人间试炼游戏 2

RENJIAN SHILIAN
YOUXI

弄清风 著

广东旅游出版社
GUANGDONG TRAVEL & TOURISM PRESS

中国 · 广州

叮——

　　检测到特殊任务物品，恭喜玩家触发系列游戏——密室逃脱之黎明之前。

　　本场游戏共 6 位玩家参与。

　　目标：在天亮前逃离于公馆。

　　祝您生存愉快！

叮！

恭喜玩家开启隐藏任务——月隐之国，本任务为连环任务。

第三环：精灵之森。

当前参与人数：2，开启双人模式。

请玩家时刻查看任务面板，按照指引完成任务。

祝您生存愉快！

Contents

目录

斩丞

I
击 鼓 传 花

叮!

恭喜玩家开启游戏——击鼓传花。

本场游戏参与人数：12。

目标：让鼓声停下或撑过四十九轮游戏。

乌鸦先生说过，实力和运气，你总得有一样。

祝您生存愉快!

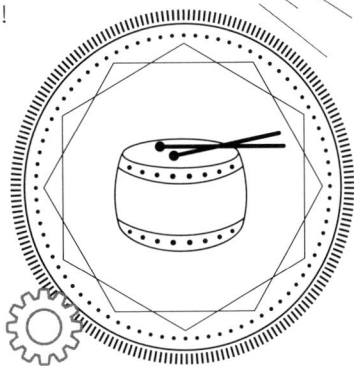

01

　　林砚东邀请靳丞合作，让靳丞承担抢夺乐章的风险，但同时也放弃了乐章的所有权，甚至为靳丞提供了他知道的所有情报。

　　靳丞便问唐措："你觉得他是哪种人？"

　　唐措想了想，说："运筹帷幄，决胜千里。"

　　连用两个成语，这绝对是自认文盲的唐措的高光时刻了。

　　靳丞虽然惊讶唐措跟林砚东第一次见面就对林砚东评价那么高，但想到他眼光一向毒辣，便点头道："永夜城对他来说就像一张棋盘，高明的棋手，总是在最后一刻才让对手知道他的目的是什么。林砚东为人低调，不事张扬，很少主动走到台前来。我观察了他三年，只能说——可以合作，但需谨慎。"

　　唐措缺乏接触，也不多发表评价。

　　此时两人正走在回东十字街的路上，靳丞便又带着唐措去了趟红宝石酒馆，打听悬赏孟于飞的消息。

　　唐措却忽然有个疑问："如果你买别人的消息，同时别人又在买你的消息，红宝石酒馆会怎么做？"

　　"那就看谁关系硬呗。"

　　唐措不解。

　　"红宝石酒馆的老板是个讲究钱货两讫的商人，一旦接下你的单子，就会把生意做好，但选择跟谁做生意，全凭好恶。"

　　唐措："……"

　　那你们能做那么多次生意，可能是臭味相投吧！唐措面无表情地想。

　　靳丞瞧见忍不住问："你跟我用脑电波交流呢？"

　　唐措黑着脸："你不是看得懂吗？"

　　靳丞："……"

　　靳丞再次败北，挑着眉，无言以对。但过了一会儿，他又从这对话里品出点什么，嘴角有了一丝笑意。

唐措已经先一步走了，靳丞快步追上，又若无其事地讲起了特殊触发副本的事情。

"按林砚东说的，这个副本很难，甚至有队伍团灭，哪怕通关了也不一定能触发奖励，获得乐章。我们抓紧时间，说不定真能赶上。"

林砚东说副本里有乐章，是玩家确确实实在里面找到了它的踪迹。乐章既然出现，那就必定可以被玩家带出来，但现在无一人通关。

从 F 区到 E 区，唐措还差五十个点，靳丞也差不多。但靳丞还是不打算马上就去刷任务升级，所谓磨刀不误砍柴工，他得先让唐措再练练，争取以最快的速度通关。至于那个特殊触发副本，E 区的人恐怕对它无能为力。而高级区的人想去 E 区，也需要时间。

这事儿看似争分夺秒，其实还有缓冲时间。

"走，去训练场。"靳丞一锤定音，手痒，心也有点痒，看着唐措的眼神便有点邪气。在这一瞬间，唐措终于想起了曾经被魔鬼教官支配的恐惧。这样想着，他身体里那股不服输的劲儿又上来了——跟靳丞切磋，其实真的是件很畅快的事情。

半个小时后，私人训练室。

靳丞把基本的剑技给唐措演示过后，便拆了他的弓作刀，给唐措"喂招"。时间太短，容不得唐措一招一式练起来了，只有实战才能最快地释放出他的天赋。跟靳丞对招，还是用自己并不擅长的剑技，唐措无疑是被压着打的那一个。

"再来。"魔鬼教官勾勾手指，嘴角含笑，偏又冷酷无情。他纵然护短，愿意在其他方面处处照顾唐措，但唯有这点不会放水——想要从他手里讨教，就得做好被打爆的准备。

唐措眼中就只剩下战意。甩了甩手中的长剑，他目光凌厉地盯着靳丞，下一秒，身影便如闪电般蹿出，双手持剑，瞬间斩至靳丞头顶。靳丞不闪不避，却再次轻巧地用弓箭拆分的双刀架住了他的剑，还有余力点评："速度挺快，但力量不够。在这样的情况下，你得有个'巧'字。"

双方再度分开。

"巧"字落地，唐措就一剑挑开了靳丞的双刀，再一个侧踢过去，成功将靳丞逼退。敌退，我进，唐措打法刚猛，哪怕用上了剑，也依旧大开大合。

"当！""当！""当！"

刀与剑的敲击声中，唐措再度被靳丞打退，直至右腿抵在墙角，才堪堪站稳。他喘着气，抹掉下巴滴下的汗，黑白分明的眸子直盯着靳丞，深邃如夜。

靳丞被他这样看着，再次回想起了从前。那无数次的训练，无数次地爬起再来，少年的倔强是青春的韵脚，看着就让人心生欢喜。

"还要来吗？"靳丞微笑着，不吝用自己的强大去挑衅他。

"来啊。"唐措缓过一口气，难得笑，还是露齿的那种。

靳丞被那一口白牙晃到了，心跳漏掉半拍，唐措却在这时攻过来，差点打了靳丞一个措手不及。

这可真有意思。

"你都学会跟我玩心眼儿了？"靳丞再度将唐措打退，活动活动手腕，终于打算动真格的。

"那你刚才——是在看哪儿呢？"唐措可不像靳丞，总那么多废话，他说打便打，没说打也要打，一时间训练室里只剩金属敲击声和汗水落地的声音。

这样的训练，一直持续了整整四个小时，直至唐措完全脱力。

靳丞虽也大汗淋漓，可黑名单狂魔的实力也不容许他在这里倒下，他甚至还能站着，双手抱臂欣赏一下小徒弟倒在地上的狼狈样。

唐措朝他踹上一脚，没踹成，倒把最后一点力气用光了，遂脾气很大地翻了个身，继续躺着恢复体力，不理他。

"好了。"靳丞弯腰，"回去洗个澡再休息，我们明天就出发去做任务。"

闻言，唐措忍着疲惫，终于站了起来。

一夜无话。

翌日。

两人再度出现在游戏大厅，而甫一露面，各种闲言碎语就从游戏大厅迅速扩散至整个中心区，甚至是全城。

随之而来的，必定是六号乐章出世的消息。

从林砚东把消息告诉靳丞到现在，已经过去了整整十四个小时，这十四个小时里又有多少人得到了消息，靳丞不知道。

那些人或许躲在暗处窥探，又或许已经急匆匆地钻进了副本里，而知晓内情的人也必定猜到靳丞会去插一脚。

遮掩是没有必要的，反而要大方出没，震慑住对手，或许还能吓退几个。

唐措也深知这一点，所以两人一副大佬派头，走得要多潇洒有多潇洒。进入任务墙时，靳丞甚至还回头朝大家挥了挥手，看那口型，像说了句："再见。"

叮！

恭喜玩家开启游戏——击鼓传花。

本场游戏参与人数：12。

目标：让鼓声停下或撑过四十九轮游戏。

乌鸦先生说过，实力和运气，你总得有一样。

祝您生存愉快！

话音落下，视野再次恢复，唐措第一次没有急着打量周遭的环境，而是仔细搜索自己的记忆，因为这个副本就在当初靳丞从红宝石酒馆买来的副本资料上，且交代得很清楚。

"击鼓传花"，是一个非常简单粗暴、致死率也很高的副本。游戏的玩法跟传统的击鼓传花很像，玩家围成圆圈坐下，其中一人手捧大红绣球花。

另有NPC[1]蒙着眼睛站在圈内敲鼓，鼓声停，花在谁手上，谁就要上台表演或回答问题。表演失败或回答错误者：死。

通关方法有两种，除了强撑过四十九轮，另一种方法的关键在于找到红绣球中藏着的字条。字条的数量为四张，每张字条上写着单个的字或词语，一张取出后，另一张才会刷新，且并不是每轮都会出现。当所有的字条都被玩家收集之后，玩家需要将这些单个的字或词语拼成完整的一句话，并对着击鼓的人大声念出，鼓声停止，则游戏结束。

每轮击鼓开始前，击鼓的人都会大声问一句："你们有什么话想对我说吗？"这就是系统给出的提示了。

需要注意的是，虽然玩家共有十二位，参与游戏的却可能有几十个人。系统并不会提示你哪个是玩家，哪个是NPC，一旦藏着字条的红绣球被NPC获得，作为单纯在玩游戏的NPC，并不会去查看红绣球中是否藏着字条。

那么这张字条就被错过了。

一个完整的句子缺失了一个字或一个词，也许最后能被猜出来，但也可能导致玩家全军覆没。所以，哪怕接到红绣球会让玩家面临死亡的风险，他们还得去接，而且是想尽办法要让红绣球落在自己手上。

环视四周，游戏地点是一栋废弃的挂满蛛网的空旷厂房。所有游戏参与人员都已就位，唐措自己也坐在一把扶手椅上。在游戏过程中，他们是不能离开椅子的。

圈内正中央，是一面红色大鼓，敲鼓的人暂时不在。

---

[1] 是英文词组 Non-Player Character 的缩写，意为非角色玩家，是游戏中一种角色类型，指的是游戏中不受玩家操纵的游戏角色，引领玩家游戏进行，是游戏的重要核心角色。

唐措数了数，一共五十六人，十二比五十六，将近五分之一的比例。而这五十六人包括他自己都穿着统一的蓝色工装制服，制服背面写着"宝乐机床"四个字，还有一个很大的 Logo[①]。Logo 与厂房墙上的喷绘图案一模一样，显然这里就是所谓的宝乐机床厂。唐措又低头看了看所有人的脚下，没看到影子。

废弃的工厂、没有影子的员工、诡异的游戏——唐措觉得这可能是新推出的团建。

靳丞坐在唐措的斜对面，两人交换一个眼神，都知晓对方已心中有数。而这简单粗暴的副本，也该有简单粗暴的玩法，于是靳丞清清嗓子，直接来了个信息共享。

F 区的玩家们，大抵不会有靳丞那样阔绰，可以从红宝石酒馆买到副本情报，也不会有多大的人脉，能够从别处恰好知道这个副本的内容。这时突然有人站起来把通关信息告诉他们，他们本能地会怀疑、会戒备，可面对的是靳丞。

这个时候的 F 区，还有人不认得靳丞那张脸吗？答案是"没有"。

赫赫有名的黑名单狂魔，A 区来的大佬，有欺骗他们的必要吗？而且能够跟靳丞和唐措分配到一块儿的玩家实力不会垫底，他们当然能看出一手打造了安全区的靳丞，对普通玩家没有恶意。

"我赶时间，急着通关，所以不希望有人在这里拖后腿。"靳丞跷着二郎腿，抱臂靠在椅背上，眉眼含笑，话语直白，"现在，请所有玩家举手。"

在场所有人面面相觑，议论纷纷，NPC 们不理解靳丞刚才的那一长串话语，疑惑是正常反应。

不一会儿，十一只手陆续举起，一个不差。

靳丞挑眉看向唐措："你举什么？怕我不认识你吗？"

唐措："随大溜。"

靳丞："我怎么不知道你变得这么合群了？"

唐措："因为你失踪得早。"

唐措从不认为自己不合群，只是不爱聚众。想当年他还没来到永夜城的时候，可是个能够面不改色地跟小区里大爷大妈们聊天的青年。

其余的玩家则你看看我，我看看你，心里都在惊疑——两位大佬的关系到底是好还是不好？这不是在吵架吧？这个大腿抱得不是很安心啊！

"吱呀——"恰在这时，厂房的破旧铁门被人打开了。

---

① 指徽标或者商标，是英文单词 logotype 的缩写，起到对徽标拥有公司的识别和推广的作用，通过形象的徽标可以让消费者记住公司主体和品牌文化。

一个同样身穿蓝色制服，但戴着红色臂章的光头大汉拿着鼓槌从门口走进来，游戏即将开始。

02

"你们有什么话想对我说吗？"

光头大汉发话，在场无一人回答。所有玩家保持冷漠脸，第一次体会到了拿着攻略打副本的感觉，仿佛全员开启上帝视角。

而光头大汉说出这句话，就更加证明——靳丞没骗他们。

此时，红绣球在某个玩家手里。大汉扫了他一眼，蒙上眼睛，举起鼓槌——咚！咚！咚！

绣球传起来了，每个NPC都是最好的玩家，全神贯注地投入游戏，一拿到绣球就迫不及待地往下传，既兴奋又紧张。

鼓点声中，传球的速度只快不慢，不少NPC激动得吱哇乱叫。叫声回荡在空旷的厂房里，配合着鼓点，营造出紧张气氛。

很快，红绣球就传到了靳丞手上。

字条是必须鼓声停止之后才刷新的，但靳丞还是仔细检查了一遍，眼见为实。按照游戏规定，绣球在每个人手上不得停留五秒钟，且必须传给下一位，不能有间隔，尽管他想直接传给唐措，还是不得不放弃。

唐措则一直盯着敲鼓的大汉，观察他的每一个动作，仔细听他的每一个鼓点，因为攻略里说，鼓声是有规律的。在打鼓过程中，敲鼓者会有连续的双槌敲打左右鼓边的动作。这样的动作一共会出现四次，不管他敲得快还是慢，旋律是什么，只要这个动作出现第四次，鼓声就会停止——这就是给玩家的提示。

红绣球在每位玩家手上不得停留五秒，而这五秒就是关键。

唐措一直等到第三次敲边鼓出现，朗声道："所有玩家，以我为起点，从左至右依次排序。我是一号，红衣服是二号，明白吗？"

玩家们虽然不知道这是什么用意，但有靳丞的威名震慑，又都存了抱大腿的心思，于是都十分配合地点头。

唐措继续："现在，听我口令。"

此时红绣球正好传到了唐措手上，他抱着绣球刻意停留了三四秒，直到第五秒，才传给下一位。

二号跟他隔着五个人。

鼓声不停，唐措仔细竖着耳朵听，目光则追随着红绣球，一直看着它被传到二号手上。

“二号，停留五秒再传。”

二号赶紧点头，抱着红绣球默数五秒，正想传，发现绣球已经到了下一位的手里——系统果真强硬，一秒都不给你多留。

“三号，继续。”

“四号，继续。”

在唐措一声声的指令中，玩家们没来由地开始紧张，不少人偷瞄靳丞。靳丞则是好整以暇地看着，恰在这时，鼓声突然加快。

“五号，快！”唐措立刻变换指令。

五号一个激灵，刚碰到绣球就往旁边扔，仿佛在扔一个烫手山芋。

唐措目光犀利，看着那绣球以快速传递，而五号和六号之间，隔着五个人。每个NPC传绣球的速度在两秒左右，而六号和七号是连在一起的，他原想控制绣球的传递速度，让六号或七号拿到它，他俩加起来有十秒的时间，足够了。可鼓声突然加快，那他也必须快，而就在这时，连续的敲边鼓紧跟着出现了。

此时红绣球已经传到了距离六号两个人的位置，唐措抬眸看向靳丞。靳丞会意，手上银光一闪，机械弓已经拉满弓弦。

“咻——”鼓声将停之时，靳丞的箭射中六号身边的NPC，巨大的爆破力直接将他射倒在地。而原本要传到他手中的红绣球，就这么落了空。

“捡。”唐措斩钉截铁。

六号后知后觉地回过神来，触电似的差点从椅子上弹起，扑到旁边把绣球捡了起来。捡到绣球后，他紧紧地抱在怀里，惊疑的目光看向靳丞和唐措——自己怎么就成第一个拿到绣球的了？

这时，光头大汉解下蒙眼的红布，回过头来，问道：“你是选才艺表演，还是回答问题？”

靳丞收起弓箭：“回答问题。”

六号紧张到变成复读机：“回答问题。”

光头大汉扫了眼靳丞，但没有说他违规，清了清嗓子，便开始宣读题目：“巍巍古寺在云中，不知寺内多少僧。三百六十四只碗，看看用尽不差争。三人共食一只碗，四人共吃一碗羹。请问先生明算者，算来寺内几多僧？”

六号蒙了，这是什么？你们这个做鬼的公司不是搞团建吗？这到底是语文题还是数学题？

其余玩家也面面相觑。

靳丞再度出声：“六百二十四。”

六号复读机：“呃，六百二十四。”

光头大汉：“回答正确。”

NPC 们纷纷喝彩，掌声如雷。

玩家们也都惊了，大佬不愧是大佬，在他们普遍只能心算一百以内加减乘除的时候，竟然这么快就得出了答案。

靳丞报以高深莫测的微笑。

唐措也懒得告诉大家，这只是因为他有答案——他作弊。

但遗憾的是，这次的绣球里没有夹带字条，他们只能继续进行下一轮游戏。

与此同时，永夜城 G 区监狱。

冷缪入狱的第十三天，对面的陈柳依旧聒噪得像只苍蝇。牢里的人陆续都被放出去了，可陈柳只是崇延章手下一个马仔，竟然还没被放出去，可见他杀的人确实有点多。

而今天，江河即将出狱。

陈柳又开始作妖。有冷缪在，他不敢大声嚷嚷，但会冷嘲热讽："我说你们这些所谓的聪明人，所谓的军师，就会借刀杀人。江河，因你而死的人肯定不少吧，大家不是都说你厉害吗？可你竟然比我早出去，真是可笑。"

没有人回答他。

冷缪早用魔法屏蔽了所有的声音，闭目倚坐在墙边，不理会任何人。

江河正在安静地等待牢房的门打开。坐牢这件事，来的时候靠传送，出去的时候却要靠自己的双腿走出去，所以如果有仇家的话，特别容易被人在 G 区外面埋伏，再被送进来。

时间到了，"咔嗒"一声，房门终于自动弹开。

江河站起来，拍拍身上沾到的灰尘，大步走出牢房。隔壁的陈柳听到声响，不甘心的牢骚骤然变成了口头威胁。

"江河，你今天离开这里，要是敢在老大面前胡说八道，等我出去了一定饶不了你！你给我记着，就算我不能拿你怎么样，其他人也不会任凭你爬上去的！"

话音落下，江河恰好走过他的牢房，隔着铁栅栏，他转头看向陈柳。

那是充满冷漠的一眼。

陈柳不知为何，一股冷意从尾椎骨直达头皮。他的心不可控制地颤了颤，随即又为自己这样的反应而觉得羞耻，大胆地瞪了回去："你那是什么眼神？江河，你在想什么？我警告你，你——"

江河直接打断他的话："我在想，我是着了什么魔，要留在天志跟你这种傻瓜做同伴？崇延章对我的恩情，这一年来我应该已经还清了。"

陈柳蒙了。

江河的言外之意无非是要散伙，他主动离开，陈柳却没有感受到丝毫愉悦。这很奇怪，陈柳愣怔了好几秒才反应过来："你说什么？！"

　　江河："说你是傻瓜。"

　　陈柳一听，毛都快炸了："江河！你别想拿退队来威胁我，你以为这样老大就会求你回去，捧着你了吗？你别忘了，当初你被人追杀，是老大救了你，是整个天志当了你的避难所，你才能有今天！"

　　"可你也忘了，当时的天志有如今的地位吗？如果不是我，你们通通不过是二流子。"此刻的江河，露出了难得一见的嚣张和自傲。

　　他用言语打击陈柳，用眼神鄙视陈柳，却在陈柳气到脸色涨红时，又截断了他的话："哦，我知道你听不懂，因为傻瓜听不懂人话。"

　　"你！！！"陈柳捂着心口，差点心肌梗死。

　　"回去告诉崇延章，留你一条命，是我还他的最后一笔债。"江河不再理他，径自转身离开。

　　陈柳一下扑到栏杆前，抓紧栏杆喊着江河的名字指责、怒骂，却换不回他的一个回头。喊着喊着，陈柳恢复理智，忽然感到一丝后怕。

　　对面的冷缪却在这时睁眼，幽幽地望着江河的背影，只稍微一想，就明白了江河的打算。其实他挺好奇天志最后的走向，所以刚才撤掉魔法听到了两人的对话。

　　江河跟天志决裂，这不出所料。但令冷缪感到意外的是，江河在最后一刻还在为崇延章着想。他主动退出，并用言语刺激陈柳，故意摆出那副嘴脸，是要让崇延章可以没有愧疚地面对他的离开。崇延章不需要再左右为难，甚至可以把气走江河的过错推到陈柳头上，利用这次的机会，打压一下队内的元老。

　　这算盘，打得真是妙。

　　可冷缪依旧不看好天志的发展，崇延章没有壮士断腕的勇气，难成大事。而且陈柳和江河一起被关在这里，整整十三天，明知道二人不和，崇延章都没有现身探望。

　　这恐怕才是促使江河放弃天志的决定性因素。

　　没了江河的天志，已经没有什么看头了。不过，冷缪忽然想起前两天被关进来的玩家透露出的一个消息，关于 E 区副本出现乐章的消息。

　　如果崇延章能在这个时候依然具备破釜沉舟的勇气，去 E 区搏一搏，那天志或许还有翻身的机会。

　　可他会吗？冷缪陷入沉思。

　　另一边，江河一路畅通无阻地走出了牢房。永夜城是个圆形的城市，所以它的每个区都是扇形，G区也不例外。扇形的两侧和弧形部分都是高耸的牢房，像巨大的围墙将G区与其他区隔绝，中央部分却是一块空旷的大草坪。

这块大草坪就是平时典狱长和犯人们玩游戏的主舞台，有时他也会把游戏安排在牢房里，但那是有时。

此时的草坪一片绿草如茵，一个人影都没有。

江河不紧不慢地走着，过了五分钟，却发现自己错了——这里不是一个人影都没有，而是有人倒在了草丛里。

她太瘦了，全身上下几乎瘦成了皮包骨，单薄的衣服上斑斑点点的全是血迹，贴着她的身体，以至于这草根本不高，也几乎要把她的人遮住。

江河认得她，是关在对面牢房里的那个小姑娘。一天前，她被典狱长带出去玩游戏，就再也没有回来。江河以为她死了，没想到还会在这里碰到她。他不由得蹲下来，探了探她的鼻息。鼻息微不可察，江河都无法判断她这个样子，到底算活着还是死了。

正当他犹豫着该直接离开还是做一做善事的时候，小姑娘忽然抬起那双瘦到骨头凸起的手，紧紧抓住他的脚踝。

江河瞬间戒备，匕首出鞘。

小姑娘勉力抬起头时，那刀尖就正对着她的眼睛，寒光倒映在她空茫的眼底，逼出了几分清醒。

"带我出去。"她嗓子沙哑，像被粗粝的沙石磨过，失去了这个年纪的小姑娘该有的音色。她的眼神也很可怕，带着浓浓的怨恨和戾气，滑稽的光头又平添几分可笑。

她说一句话，便要缓上一缓，仿佛已经用尽了全身的力气。可她的手还牢牢地抓着江河的脚踝，就像抓着最后一根救命稻草。

"带我出去。"她又重复。

"你出去做什么？"江河问。

"做什么？"小姑娘忽然笑了，笑容牵动了伤口，一边咯血一边倔强地说话，"我生来弱小，所以没有活下去的资格，对吗？所有人都可以踩上一脚，哪怕我被传送入狱了，都不放过我！凭什么？！"

与歇斯底里的质问一同落下的，还有眼眶里忽然溢出的泪水，她最后看了一眼江河，忽然放开他，往门口爬去。

江河看着她，又望向她来时的路，那草丛里隐藏着的血痕，或许是她一路想要往外走的证据。但她既然能出现在这里，能往外走，就说明她的刑期也到了。

江河又低头看了看鞋面上沾到的眼泪。

他是从不会哭的，哪怕失败地离开天志，重新成为一条丧家犬，他也是不会哭的，但小姑娘的眼泪让他有一丝莫名的触动。于是他弯腰，将根本没爬出多远的小姑娘抱起，大步向外走。小姑娘挣扎着，似乎不想再接受他的施舍和怜悯，但确实已经没了力气，很快便在他怀里不动了。

走着走着，江河忽然感觉背后有人在看他。他蓦地回头，视线扫过牢房的最高处，即西面拐角处的一座塔楼，但塔楼上空空如也。

能站到那里的，在整个 G 区只有一个人——典狱长肖童。

会是他吗？江河疑惑地蹙眉。

但小姑娘再不医治可能就真的要死了，他只得当机立断带她离开。走出监狱的那一刻，江河忽然想起自己还不知道她叫什么名字，便问："你叫什么？"

良久，小姑娘回答："郑莺莺。"

这其实是他们在牢房里比邻而居到现在的第一次说话。

03

就在江河带着郑莺莺离开 G 区时，副本中的靳丞和唐措又玩过了两轮游戏，成功获得第一张字条。

字条上写着一个字——门。

大汉再度回头："你们有什么话想对我说吗？"

只有一个字，当然凑不成整句，于是游戏继续进行。

鼓声响起，十位玩家继续按照唐措的指令传递绣球，而靳丞负责救场。NPC 们传绣球的速度基本不变，一轮游戏很快结束。

这一次，红绣球里没有字条，而拿到绣球的玩家根据靳丞的指令继续选择回答问题。靳丞的知识储备极其丰富，除非是像"决胜魔鬼城"中那样无厘头的问题，他基本都能答上。

F 区副本，问的问题也不会超出一定难度，而且他还可以靠攻略作弊。

下一轮游戏很快开始，四轮过后，唐措明显感觉到鼓点的快慢变得越来越没有规律了。它会突然加快或变慢，而敲边鼓出现的时机也越来越不凑巧，甚至有一次，后两次敲边鼓连续出现，让唐措根本没办法控制红绣球的落点。

好在靳丞反应够快，在急速的鼓点中连续清除掉三个 NPC，一通极限操作后，堪堪将绣球送到玩家手上。

此时他们获得了第二张字条——忘了。

忘了？忘了什么？忘了关门？

两张字条上的字看似有了关联，但依旧不足以冒险。

此时游戏过去七轮，还缺两张字条。

尽管绣球的落点已经越来越难以掌控，但唐措依旧没有放弃，因为这是双保险。纵观全场，NPC 玩家已经被靳丞清理掉六个，这些人掉出椅子后就消失了，周围的人虽对此无动于衷，唐措却担心清理太多会触发惩罚，拖慢速度，得不偿失。

第十三轮，得到第三张字条——关。

在第一轮表现良好的六号立刻欣喜道："忘了关门嘛！多么通顺！朗朗上口！"

被大佬带飞的感觉真是太棒了！

隔壁七号却连珠炮似的发问："可字条有四张，还有一张写着什么？那会是个像'哦'一样的语气词，还是一个名字，譬如'你'，还是'又'之类的词？忘了关门哦、又忘了关门、你忘了关门？你说到底门是怎么关的？"

六号一瞬间觉得头昏脑涨，刚才碰上数学题，这怎么又考上语文题了？老老实实让大佬带飞不好吗？

他幽怨地扫了一眼七号："我自闭了，不要跟我说话。"

七号可能是个语文课代表，继续说："而且这可能还是个倒装句，譬如不是忘了关门，而是门忘了关？"

其余玩家集体冷漠脸。

靳丞看向唐措。

唐措面无表情地说："别看我，我是个文盲。"

其余玩家不解。

大佬，您说什么呢？您再说一遍？为什么说自己是文盲的语气会这么理直气壮？

这时光头大汉再次回头问："你们有什么话想对我说吗？"

回答错误会有惩罚，于是此轮依旧 pass（通过）。

接下去连着六轮，第四张字条都没有出现，而场内的游戏人数总和已经从五十六减少到四十一。

十五张椅子空荡荡地摆在那儿，格外惹眼。

靳丞忽然有个不好的预感，以他和唐措的人品，万一字条在第四十九轮爆出，那么他们跟硬撑过四十九轮的玩家有什么不同？还费尽心思在这里猜个什么劲儿？

"我有一个问题，门是什么门？"唐措忽然打断了他的思路。

此时游戏还在以不可抗力继续，大汉拿着鼓槌卖力地敲打着，而 NPC 们也依旧全情投入地玩着游戏，只有玩家们不断开小差。

唐措觉得"忘了关门"这句话的关键，不在于是谁忘了关门，而在于这究竟是一扇什么门。永夜城的副本大多是有逻辑可循的，依照攻略来看，这个副本里每次出现的话虽然不同，但都有一个标准——这话很重要，所以大汉才会匆匆停下游戏，譬如攻略里记录过的曾出现过的一句话——锅炉房出事了。

所以，是什么样的一扇门没有关，才令人惊慌失措？哪怕"忘了关门"这句话里缺失的是主语，是没有关门的人，那这个人也必定指向特定的门，譬如看守库房的某某，关键在于库房。

靳丞很快明白了他的意思，但心念一转，没直接提关于门的问题，而是指着敲鼓的大汉，面对所有NPC问："他是谁？"

NPC们奇怪地看着他，七嘴八舌地回答："这是锅炉房的大金啊。"

他再问："锅炉房有什么门？"

NPC们面面相觑，这能有什么门？就是门咯。玩家们则摸到点头绪，说不定是这个锅炉房的门出了问题，所以光头大金才停止游戏赶了过去。

七号再度发言："锅炉房还有阀门。"

恰在这时，第三次敲边鼓响起。唐措心分二用地留意着红绣球的位置，继续发令："五号，慢。

"六号，慢。

"七号，慢。"

唐措说着，复又看向靳丞，问："能试吗？"

靳丞活动活动手腕，余光扫过离他越来越近的红绣球，说："可以。"

"咚！咚！"第四次敲边鼓再次出现，唐措让所有人加速，红绣球就正好落到了靳丞手里。靳丞搜罗一番，没有字条。

光头大汉转过身，问："你是选才艺表演还是回答问题？"

靳丞："回答问题。"

光头大汉又开始吟诗："甲赶羊群逐草茂，乙拽一羊随其后。戏问甲及一百否？甲云所说无差谬，所得这般一群凑。再添半群小半群，得你一只来方凑，玄机奥妙谁猜透？请问甲有多少只羊？"

话音落下，玩家们纷纷觉得头大，六号更是痛苦地捂住了自己的脑袋，开始怀疑人生。

——他这次连题目是什么都没听懂！

上一道数学诗他好歹听懂了！

所有人都将希冀的目光投向靳丞，唐措也在看他，因为这道题并没有出现在攻略上。

靳丞没有急着回答，调笑地看着唐措，问："你觉得我能答出来吗？"

唐措："你不是参加高考了？"

靳丞："你没参加？"

唐措："落榜了，谢谢。"

唐措只有初中毕业，但靳丞不是故意要戳他伤疤的，是真不记得了，也没特意关注过别人的学历问题啊。

靳丞摸摸鼻子："没关系。你看他们，看着都像参加过高考的，也还是答不出来。"

其余玩家："……"

人身攻击，举报了。

唐措其实能答，但这次站其他玩家这边，坚决打击学霸势力。

靳丞感受到了孤家寡人的冷，摊手，又无辜又无奈。不过他稍稍正色，看着光头大汉答道："甲有三十六只羊。"

大汉："回答正确。"

玩家们决定放弃思考，就让这个问题翻篇吧，谁爱解谁解去，反正他们死也不会做数学题的。不，不对，他们现在已经死了。

那就是死了也不做数学题。

这时，大汉又问："你们有什么话想对我说吗？"

一句话，让所有玩家瞬间抛掉刚才的数学问题，集体紧张。靳丞说可以试试，那或许通关与否就看这一轮了。

靳丞也不负众望，简单直接地说："你忘了关门。"

这是所有推测中最顺口的一句。

可惜回答错误，大汉瞬间暴走，抢起鼓槌就朝靳丞打去。靳丞早有防备，但没用制胜的箭，只将弓拆成双刀，与大汉进入了贴身近战。

随着刀光闪现，字条上的字被他用不同的组合，不断砸入大汉耳中。

唐措上身微微前倾，看得专注。

其余玩家逐渐看出名堂，靳丞是在故意拖延时间，在惩罚结束前将所有组合试验完毕。既简单粗暴，又快。

可这样的方法或许只适用于靳丞，因为大汉的战力太强，硬扛对 F 区的玩家来说太难了，一个不慎就要嗝屁。而拿着红绣球的玩家，因为有表演才艺的可能，所以这也是他唯一可以离开座椅的机会。

"啪！"半截鼓槌被靳丞削落在地，原本已经要回去的大汉再度暴走，转身抢出另一根完好的鼓槌。鼓槌迎风放大，靳丞一个后空翻极限闪避，落下时，脚尖正好点在鼓槌上。双刀在那一刻合并为弓，他搭箭，瞄准，微笑着告诉对方："阀门忘了关。"

叮!

游戏结束，恭喜玩家成功通关游戏——击鼓传花!

现在开始结算奖励。

系统播报声如约响起，靳丞的箭却也没停，在"奖励"二字落地时，正中大汉，强大的冲击力将其撞飞至红皮大鼓处，发出"咚"的巨响。做完这一切，他收起弓箭，偏头朝唐措勾了勾唇角。唐措面无表情，莫名觉得他像只开屏的公孔雀，骚是骚了点，可也许是唐措本身是个有点沉闷、无趣的人，所以偏爱这样张扬的色彩。

其他玩家没有察觉到两人之间的暗流涌动，都沉浸在躺赢的喜悦里，不可自拔。

击鼓传花——

难度：困难。

参与人数：12。

存活人数：12。

评级：A+。

获得人物点数：25。

其余个人奖励请玩家自行查看系统面板。

欢迎回到永夜城!

回到东十字街的房间后，唐措粗略地扫了一眼奖励，没发现什么特别的装备和技能，迅速加点后便出门继续前往游戏大厅做任务。

谁知房门刚打开，一朵大红绣球花就被扔进了他怀里。

靳丞倚在门口，说："系统奖励给我的，送你了。"

唐措："……"

他在想靳丞到底是什么品种的男人，能送出大红花这种奇妙的东西，仔细一看，这绣球花居然还是高级装备。

大红花——

分类：装备。

品质：高级。

描述：宝乐机床厂用以奖励年度最佳员工的大红花，戴上它，就

能获得通关奖励点数翻倍的特殊 BUFF。①（消耗物品，剩余次数 2/3）

唐措内心是拒绝的，可这个 BUFF 让他心动，他随即问靳丞："你奖励翻倍了？"

靳丞微笑："没错，25 个点，翻倍就是 50 个点，我还差两个点就可以升级，所以下一个副本你必须用上大红花 BUFF，否则我俩就得分了。"

唐措："我选择分开，谢谢。"

与此同时，E 区副本内出现乐章的消息愈传愈烈。也不知是谁走漏了风声，抑或故意为之，这回是连普通玩家都有所耳闻。

而随着"击鼓传花"副本结束，那十位玩家回到 F 区，靳丞和唐措在副本里"带躺"的消息也不胫而走。

双重刺激之下，中心区的游戏大厅里聚集的人越来越多，逐渐达到了今年的顶峰。

04

唐措选择分开，那当然是不现实的。他最终还是收下了大红花，再次与靳丞前往游戏大厅，一块儿进入副本。

至于游戏大厅聚集的那些人，他们都没有理会。系统选择谁做队友就是谁，这大约就是来自大佬的自信和从容。

A 区，苗七正蹲在家里的窗台上，拿着一个双筒望远镜偷窥远处的天志大本营。他几次捕捉到对方从窗口走过的身影，末了，回头跟正在看书的林砚东说："先生，崇延章还在呢。"

林砚东没有抬头，目光仍旧落在书页上，语气淡然："崇延章既不去挽留江河，又不肯自罚到 E 区搏命，天志——就止步于此了。"

苗七歪着脑袋仔细想了想，问："先生你既然赞赏江河，为什么只派人去监视，而不干脆把人拉拢过来？如果是先生的话，他肯定愿意追随。"

林砚东这才抬眸："你也知道什么叫拉拢了？"

苗七撇撇嘴："先生，我不是真的笨。"

---

① 原意是增益。在游戏中通常指给某一角色增加一种可以增强自身能力的"魔法"或"效果"。

林砚东微笑摇头："我既然选择跟靳丞合作，那就不需要多一个江河了。记得靳丞身边那个新人吗？他可不比江河弱。"

苗七还真没看出来，因为除了一开始菜刀帮的事，唐措似乎没展露出什么具体的才能，如今的名声大多是黑名单和靳丞给他带来的。

良久，林砚东又说："冷缪倒是可以考虑。"

另一边，E区。

程克早已出狱，并从F区升到了E区，但以他的谨慎程度，自然不会去抢乐章。尤其是在他跟安宁详细打听过靳丞和唐措的事情后，更加坚定了这个想法——神仙打架，他们这些凡人就不要去凑这个热闹了。

"那个池焰你好好带他，约束好其他人，如果你收集到什么乐章的情报，悄悄透露给池焰。卖他们一个人情，总不会错的。"

程克打定主意要跟靳丞交好，也因此高看安宁几分。安宁这小丫头，果敢又大胆，看来确实是个好苗子。

安宁点头应下，这时，有人敲门进来。此人正是当初知道程克遇害后气冲冲去东十字街寻仇的那个壮汉，他脸色有些凝重，开口就是："又一个队伍团灭了。"

程克不由得咋舌，自从十二乐章的消息传开后，这都多少人送死了？这次的特殊触发副本大致通关时间在二十四小时，超过三十个小时没回来的，那大概就是回不来了。

"千万要盯紧其他人。"程克再次叮嘱安宁，"十二乐章不是我们能碰的，不要把小命碰没了。"

与此同时，一道道惊呼自中心区的游戏大厅响起。

"天哪，快看红榜！"

"荣弋掉级了！"

"连这位都出手了吗？之前东十字街的事情他可都没有插手，E区的水现在也太深了吧……"

"这哪是掉级？这是两段跳啊！"

与靳丞一下子从A区被罚回F区不同，这次有乐章出现在E区的副本里，A区的玩家想要让自己进E区副本，那就必须被罚回E区。

如何精准被罚到E区是个问题，于是为了保险，这位被提及的荣弋来了个两段跳，先从A跳到C，再从C跳到E，两级两级地往下掉。

有新来的玩家不知道红榜和荣弋，聚集到这里的吃瓜群众便给人科普——

永夜城游戏大厅一共有三张榜，分别是黑榜、白榜和红榜。

黑榜自然就是"乌鸦先生的黑名单"，榜首是雷打不动的 G79081 靳丞。

白榜是装备评估榜，也时常被玩家称作"神器榜"，靳丞的弓也赫然在列，不过并不算很靠前。

红榜则是玩家综合实力排行榜，名单如下——

第一名：A 区，A28377

第二名：A 区，D22422

第三名：A 区，C01724

第四名：A 区，E57456

第五名：A 区，G79081

……

在这一水的 A 区玩家中，排在第一的以 A 字开头的编号就是林砚东，所以哪怕他很少露面，也依旧是一座不可撼动的大山。

排在第二的 D22422 就是荣弋，第四是冷缪，第五才是靳丞。

"怎么那个靳丞才排第五？他不是很厉害吗？"新玩家不解。他进入永夜城后，听到的都是靳丞的事迹，黑名单狂魔如雷贯耳。

"那是你不懂。"老玩家高深莫测，"综合实力排行榜并不能代表一切，这是根据玩家的点数、装备，所有加权在一块儿得来的。那排行榜上靠前的几个，真正打起来，鹿死谁手还不一定。"

新玩家似懂非懂地点头，就听人群里传来一个声音："喊，靳丞才来三年，对于 A 区那帮老变态来说，也算是个新人吧。你们等着瞧，再过两年，这张榜单还不知道要怎么变呢。"

不多会儿，就有人兴致勃勃地科普了靳丞初入永夜城时，空降 A 区，以一个绝对新人的身份连续以下克上，在半年内冲入红榜前十的事迹。

靳丞，一个自带流量的男人。

唐措目前在红榜上还查无此人，被笼罩在靳丞的光环下，虽偶有被提及，但也因为信息不多而被省略为——一直跟靳丞在一块儿的那个男的，或是靳丞的徒弟。

而他目前在黑名单上的位置，是第 88 名，一个相当吉利的数字。

不多时，有人又琢磨出别的话题来："上次坐牢的那一批，好像都没人动啊，倒是荣弋这样的古墓派动了。"

"是啊，红榜第三那位不知道会不会也插一脚。"

"冷缪和江河那些人不都还关着吗？"

"我听说似乎有人出来了，他们不会是被靳丞吓怕了，不敢出手了吧……"

嘈杂的议论声，充斥着游戏大厅的每个角落。十二乐章这样的东西，普通玩家连边都摸不到，这更加深了他们内心的担忧。

乐章落在谁手里，会导致什么样的结局，完全是个未知数。六号乐章的权限很大，它会给永夜城带来什么呢？

命运的大刀，已悄然降临到所有普通玩家的头顶。

"我宁愿是靳丞拿到它。"有人在角落里小声嘀咕，怯懦的眼神扫过那一个个进入任务墙的玩家，充满戒备。

与他有同样祈愿的人不在少数，而接二连三的团灭的消息，则多多少少带来了一些庆幸。

"想要拿十二乐章，也要看看自己是不是有这个命啊。"

"要是被这些人拿到了，永夜城岂不是要乱？他们死在里面才好呢！"

"人心不足蛇吞象。"

"死吧，都死了才好，我就不信那些人拿到乐章之后会干什么好事！"

"我真是受够了！"

"……"

有人担忧，也有人肆无忌惮地释放着恶意，但更多的人还是保持沉默。无数双眼睛密切关注着任务墙和 E 区目前的动静，生怕有人抢先将乐章拿到手。

短短一夜之间，靳丞和唐措还在副本里没出来，E 区的势力已经发生了大洗牌。

"哥，一直跟我们作对的那伙人也没了。六个人，一个都没从副本里出来。"

"我们退出。"

"哥？"

"这不是我们能插手的事情，退了吧。虽然永夜城的生活很糟糕，但我不想死。"

在死亡面前，越来越多的人开始后退。可也有选择孤注一掷的，像红了眼的赌徒，把自己的命摆上赌桌。

"横竖不过是离开永夜城。难道继续留在永夜城做任务就是条好出路吗？都是狗屁！"

此时此刻的唐措和靳丞又在做什么呢？他们在末日小镇打变异者。

变异者袭城，经典元素，唐措原想着什么时候会遇到，冷不丁就撞上了。这样的副本比起"击鼓传花"来更简单粗暴，游戏以击杀变异者数量来评定最后的成绩，不管玩家是想苟活到最后还是大开杀戒，只要存活十二小时就可以通关。

此时距离通关还有最后的一小时。

为了拿到更多的点数，为接下来的特殊触发副本做准备，靳丞和唐措选择了最刚猛也最危险的站桩式打法。

两人先是在小镇捡装备，洗劫一家武器店后，就物色了一个绝佳的站桩位置，即小镇的电视塔。

这是一个西式的小镇，电视塔有电梯和楼梯两条路通往最上层的观光区。唐措和靳丞就在这里蹲点，通过人的味道和电视塔内的巨大扩音器，吸引变异者前来。

本轮游戏还是十二位玩家，除了靳丞和唐措，其余十人分散在小镇各处。打着打着，他们发现周围的变异者越来越少，赶到电视塔附近才发现原来是碰到了带飞的大佬。

可这变异者副本其实难度不高，战斗力不强的，苟一苟也能活。大家原想着多挣些点数的，现在只能仰望大佬，呜呼哀哉了。

有人甚至苟在角落打起了牌。

靳丞扫了眼楼下的情形，回头问唐措："累了吗？"

唐措提着机枪转过头来，冷酷的脸上沾着几滴血："你说什么？"

靳丞刚要说话，唐措又听到了楼梯处传来的声响，果断转回身去，"嗒嗒嗒嗒嗒嗒！"对着楼梯口一通扫射。

霎时间硝烟弥漫，弹壳叮叮当当地落了一地，劲风刮起了唐措风衣的衣角，而他面不改色。

靳丞选择闭嘴。

电梯早就被破坏了，在连续不断的火力压制下，楼梯也已千疮百孔。靳丞把大部分人头让给了唐措，唐措也不矫情，照单全收。

一个小时后，副本终于临近通关。

其余的十位玩家都很好奇电视塔的战况，不敢上前打扰大佬，从大佬手里分一杯羹，但这无碍于他们通过各种手段偷窥。

只是让人非常不解的是，在"叮"的声音响起时，唐措忽然面无表情地变出一朵大红花拿在手里。

咋地啊？这年头杀变异者都有大红花奖励了？别说，这花还真红艳艳的，特有年代感，仿佛下一秒他就能再推出一辆二八大杠来，车头还得挂一大喇叭。

万万没想到靳丞的搭档是这样的喜好，失敬。

电视塔上，靳丞也在憋笑。

唐措那张具有欺骗性的周正英俊的脸，配上大红花真是太妙了。如果不是唐措拿机枪对着他，靳丞觉得自己一定会拍张照，以作留念。

回到永夜城后，两人验收成果。

靳丞自然是攒够了升级的点数，而唐措除了靠大红花获得更多点数，还意外收获了一把加特林机枪。重火力武器，稍稍冲淡了他被迫拿着大红花庆贺的忧伤。

加完点后，他的人物属性是——

编号 K27216：唐措。

人物点数：18。

武力：72。

智力：34。

魅力：8。

评级：A。

生命值：35%。

生存不易，请再接再厉。

余下的 18 点唐措留着买药，所谓药多不压身，关键时刻还得保命。

下一关，特殊触发副本。

II

黎 明 之 前

叮——
检测到特殊任务物品，恭喜玩家触发系列游戏——
密室逃脱之黎明之前。
本场游戏共 6 位玩家参与。
目标：在天亮前逃离于公馆。
祝您生存愉快！

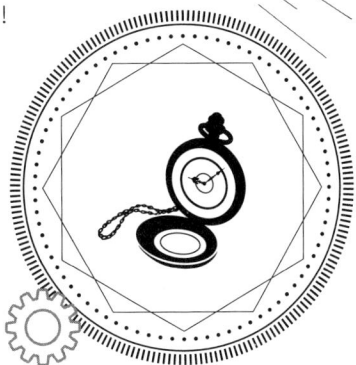

05

六个小时的短暂休息后，靳丞和唐措踏入 E 区。

升级是件很简单的事情，只要玩家攒够点数，踏入高级区的那一刻，升级就自动完成。而从这一刻开始，东十字街的那两间屋子就不再属于靳丞和唐措了，想要在永夜城继续住下去，他们需要——租房子。

对，租房子。

永夜城只为第一次入城的新玩家分配住房，除此之外，所有人都需要自己找房子并用点数支付房租。靳丞在 A 区的大别墅也是这样的。

不过两人并不急着租房，大喇喇地在 E 区招摇过市后，便再度与闻晓铭在 E 区的红宝石酒馆碰头。

闻晓铭带来了触发特殊副本所需要的物品，还有林砚东给的最新情报："这次的副本我听着就觉得很复杂，不是单纯靠武力就能解决的，而且触发物品竟然是打火机。永夜城官方商店里卖的那种价值五万块的普通打火机。"

靳丞道："这不奇怪，触发物品大多是所有玩家都能接触到的东西，你带了几个？"

闻晓铭给他们每人准备了两个，有备无患。

这次的副本名字叫"黎明之前"，跟唐措第一次碰到的"风雪夜归人"类似，"风雪夜归人"属于"暴风雪山庄"系列任务，而"黎明之前"则属于"密室逃脱"系列。

闻晓铭说着，脸色不由得凝重："根据情报，副本要求玩家在天亮前逃出一个叫于公馆的地方，但里面的时间和空间似乎是乱的，是空间重叠还是时空穿梭也不能确定。而且，迄今为止，成功从里面逃出来的只有三个人，一个可能藏到副本里去了，根本找不到人；一个完全是侥幸靠运气，误打误撞，连副本到底是怎么玩的都没搞清楚。这两个都是 E 区的。还有一个刚刚通关的是 A 区降级，傀儡师姚青的同伙，既然是 A 区的竞争者，那就不可能指望他透露什么消息出来。"

总而言之就是两个字——抓瞎。

靳丞本不指望能得到多少线索，点点头，问："六号乐章呢？"

闻晓铭答："说是里面有间琴房，有人会在那里弹《神灵、羔羊和乌鸦之歌》。想要拿到六号乐章，肯定得进到这间琴房里去。"

"对了，"闻晓铭又从口袋里掏出一张字条递给他们，"这是林砚东让我交给你们的，说是副本里可能会用到。"

字条上写着三个数字——062，是密码还是房间号？

靳丞问："这是从那三个人中的哪个人手里拿到的情报？"

闻晓铭答："躲起来的那个，六号乐章的消息一开始也是从他那儿泄露的。后来侥幸逃出来的那个，也证实他听到过乐曲声。"

说着，闻晓铭把目前收集到的情报都汇总在纸上交给他们。虽说他相信老大的记忆力，可好记性不如烂笔头，况且，靳丞带出来的人，总是不缺谨慎与周到的。

唐措快速浏览，把大致内容记在脑海中，便又递给靳丞。

闻晓铭最后叮嘱："因为可能存在时空重叠，玩家进入游戏后会分散，那个侥幸逃脱的就是落了单。而且荣弋也到 E 区了，你们千万要小心。"

唐措好奇："荣弋？"

靳丞友情解惑："编号 D22422，玩家综合实力排行榜排第二，一个浑身都是'二'的男人。"

唐措听他这语气，问："你跟他关系好吗？"

靳丞："好像不太好。"

唐措："那你跟谁关系好？"我看你跟谁关系都不好。

靳丞眨巴眨巴眼睛盯着他："我跟你关系好啊。"

唐措无言以对。

对面的闻晓铭则看看这个，又看看那个，一脸的好奇与纯真。他不在的这几天里，这两位之间发生啥了？他肯定错过了什么。

情报交流完毕，靳丞和唐措没耽误时间，买好药后直奔游戏大厅。在这里，两人又碰到了在任务墙前蹲守的池焰。池焰为他们带来了安宁收集的副本情报，虽说基本与闻晓铭的重叠了，没什么用，但好歹是份心意。

"哥，你们可千万要当心啊！我听说进去了就没几个能活着出来，忒可怕了。"池焰很担心，但要让他下副本，那他是不敢的，末了，又从身上摸出一个护身符递给唐措，"哥，这是我从庙里求来的，你带着吧，或许有好运光环呢！"

唐措："庙？"

池焰："对啊，副本里的庙，我这次进副本当和尚去了！"

哦，你看起来还挺开心的。

此时，游戏大厅里的其他人都注意到了靳丞和唐措的到来，无数双眼睛盯着这个小小的角落，注视着他们的一举一动。

靳丞抱臂，轻笑一声，随即偏头对池焰说："出去之后马上找安宁，最近没事儿别出来，也什么都不要打听。"

池焰愣了愣，随即反应过来，踮着脚打量四周，鬼灵精怪地吐了下舌头。刚才在这儿蹲老半天了，没半个人搭理他，现在倒好，万众瞩目。

"那我先回去了啊，哥、丞哥。"池焰走了，跟安宁下几次副本后身手看起来好了不少，游鱼似的穿梭在人群里。

走到半路，唐措看到他又回头大力地朝他们挥手，看那口型像在说："加油！"

待池焰的身影完全消失在视线中，靳丞和唐措对视一眼，淡定地转身步入任务墙。而人群中，也有几个人悄悄走出来，趁周围人不注意，闪身进入。

叮——

检测到特殊任务物品，恭喜玩家触发系列游戏——密室逃脱之黎明之前。

本场游戏共6位玩家参与。

目标：在天亮前逃离于公馆。

祝您生存愉快！

系统的播报来得如此之快，几乎在唐措进入任务墙后直接响起，这让唐措不由得微微挑眉。要知道他第一次触发"风雪夜归人"时，可足足等了五分钟。是抢着进入副本的人真的那么多，还是有人盯着他俩，专门等他们一起进入呢？唐措倾向于后者。

重要的是，唐措落单了。

他环顾四周，发现自己站在一间老旧的阁楼内。阁楼并不算低矮，顶部房梁处垂下一盏小小的白炽灯，勉强将屋子照亮。西侧的角落里堆满了木箱子，而东侧窗户旁则有一张简易的木板床和凌乱摆放的小茶几等物事。

窗户是很好看的用彩色玻璃做的花窗，透过窗户可以发现外面是黑夜，但不知具体几点，而且窗户推不开。

唐措拿起桌上的茶杯用力砸过去，茶杯碎成几瓣，窗户纹丝不动。

这就是系统封的，代表此路不通。

阁楼另有一扇门通往楼下，可门是用插销锁着的。不光如此，唐措还透过门缝看到那门外缠着几层铁链，至少上了三把锁。阁楼又明显住着人，所以，他（她）是被关在这儿的。

唐措转身继续搜索，房间靠墙的位置还有一个五斗柜，打开抽屉，入目都是男子的衣物，料子和做工都不错。唐措打开了柜子又去翻木箱，十分钟后得出大致结论——男，20～30岁，身高175cm往上，鞋码40。

唐措又分别从地上和枕头边捡到一根头发，黑色短发，微卷；目光扫过茶几上放着的纸笔，再看向摆在窗边的搪瓷杯和牙刷——左撇子。

于公馆，代表这是个大户人家。这个男人会写字，屋里甚至还有英文书，哪怕不是主人家的，至少不会是仆人的。

唐措甚至在墙角的一堆书里面发现了手写的乐谱，乐谱虽然没有落款，但看笔迹应该跟阁楼的住户是同一人。

乐谱，琴房，六号乐章？

唐措觉得自己应该先去探探琴房的位置，可要怎么出去呢？这个任务让他们在黎明之前逃出房子，既然窗户不能走，那必定是要下楼的。

门却是从外面锁的，也就是说，要么楼下有其他的玩家可以帮忙开锁，要么暴力破坏。

密室逃脱副本，恐怕不会允许后者。

唐措抱着实践精神试了试，果然，门根本无法破坏。可唐措进副本已经十五分钟了，如果在楼下的是靳丞，早该找上来，如此看来，多半是别人。

"啧。"唐措难得对系统表示不满。不过他可不是需要靳丞，而是担心别的玩家心怀恶意，不给他开门。

那他就只能等靳丞突破重重险阻了。

等等。我在想什么呢！

唐措觉得自己跟靳丞待久了，脑子开始出现问题；也有可能是被靳丞孔雀开屏式亮丽的色彩闪瞎了眼睛，都说眼睛是心灵的窗口，所以他的心灵受到了污染。

百无聊赖之际，唐措在床上坐下，开始摆弄床头的收音机。这台收音机还很新，是最早的那种款式，按照收音机传入中国的时间来看，现在应该是1923年或1924年之后。

刚才那些书的出版年份也与之吻合，最晚出版的一本书，是在1922年。

遗憾的是，收音机无法使用。

唐措将收音机放回原位，余光瞥见桌上的墨水，忽然蹙眉——桌上有两瓶墨水，一瓶黑色和一瓶红色，可唐措只看见黑色钢笔字迹，红墨水分明已经用了三分之二，用到哪里去了？

唐措再次审视阁楼。

能够查找的柜子、木箱他都粗略翻过，边边角角也都仔细看过，剩下的只有——床底。他刚才只弯腰扫了一眼，屋里灯光不够亮，见床下并没有东西便移开了视线。

思及此，他重新看了一眼——床板上好像写着什么，字迹是红色的，因为灯光很暗，所以看上去像是暗红色。唐措果断钻入床底，平躺着往上看，入目的景象令人惊讶。那是无数个红色的"正"字，从最早的已经被灰尘覆盖的暗红到看着尚算新鲜的正红，一笔一画记录着无数个日夜。粗略数过，有三十多个，换算成时日，就是半年左右。也就是说，阁楼的住客是在半年前被关进这里的吗？

恰在这时，突如其来的脚步声打断了唐措的思路。他凝神细听，那应该是从楼梯上传来的，由远及近。

不过片刻，门外的锁链就被拨动。

"有人在里面吗？"一个年轻男人的声音，充满试探和戒备。

唐措没有回答。

"别装了，我在下面听到了。你是玩家吗？我也是玩家，我们是同伴。现在整栋屋子里只有我们两个人，我开锁，把你放出来，你保证不动手，怎么样？"

唐措依旧没有回答，发现床底是个挺好的藏身地点，干脆躺着不动，等门外的男人自行开门。

这不是角色扮演副本，他们的着装打扮没有变，只要那个男的一进来，唐措就能立刻分辨他是玩家还是 NPC。

等了五分钟，门外终于传来了开锁的动静。那人也是没办法，整栋屋子就他一个人，连个鬼都没有。

他一边开锁，一边透过门缝观察屋里的情形，神情戒备，言语试探："我可开了啊，你千万不能躲在门背后偷袭我。我知道你一定是为了六号乐章来的，可我们现在是拴在一根绳上的蚂蚱，六号乐章还没出现，我们斗个你死我活对谁都没好处。"

唐措基本同意他的话，但并不想跟他发展队友爱。

能在现在这个时候闯副本抢六号乐章的，要么就是荣弋那样实力强悍、无所谓组队不组队的散客，要么就是亲友团。

本次游戏共六人，刨除唐措和靳丞还有四人。门外的男人，从脚步声就可以听出不是个多么厉害的高手，另外一定有队友。

男人说了半天得不到回复，心里的疑虑已经堆成了山，但还是耷着胆子把门打开了，紧握武器，谨慎地走了进去。

没人？他微怔，左右看看都没半个人影，而就在往里走进几步，正欲再度开口时，察觉到身后有什么动静，蓦然回首，黑洞洞的枪口正对着他。

"玩家？"唐措面无表情。

"千真万确！"男人立刻点头，一滴冷汗差点从鬓角滑落。

"为什么跟我们进副本？"

"你、你说什么呢？"

男人讪讪地笑，可架不住唐措目光冰冷，那双黑白分明的眼睛像是能看透他的心。可男人真没有恶意，他们想拿乐章，又不想死在副本里，于是找了个折中的办法——跟靳丞和唐措一起进，抱大腿。他们一致认为，如果是这两位大佬，至少不会在副本里向队友下黑手。这也是他在判定对方不是原来队友的情况下，还敢开门进来的原因。可现在看来，这位大佬跟他们想的有点不一样。

下一刻，唐措做了一件更让他错愕的事情，从风衣口袋里掏出一颗褐色药丸抛过去，冷声道："把它吃下去。"

男人接住："这是什么？"

"延时发作的毒，只要你乖乖听话，就不会死。"

"你、你逼我吃毒药？"

"你也可以选择现在就死。"

"你！"男人霎时间如芒在背，因为可以清晰地感受到唐措眼中的杀意，而唐措的手指已经扣上了扳机。只要一枪，他或许就能爆掉自己的头，而自己能躲过吗？这可是赫赫有名的靳丞的队友！

男人开始怕了，被唐措的眼神盯得下意识想后退，好不容易才稳住没崩。可他已经进退两难，周遭的空气也近乎凝固，耳边全是他的心跳声和越发粗重的呼吸声。

"三。"唐措开始倒数。

"二。"

"我吃！我吃总行了吧！"男人把心一横，张嘴就把药丸吞下，连什么味道都没尝出来。待唐措把枪放下，他总算舒了口气，复又狠狠瞪唐措一眼，悔得肠子都青了。

这位大佬岂止跟他们想的有点不一样，是完全不一样！

而如果靳丞在这里，他一定能看出来，刚才那粒药丸是唐措的巧克力豆，甜的，一口咬下去还挺脆。

06

唐措用一颗巧克力豆换一个小弟，这笔买卖怎么算都不亏。而且这位小弟受到的打击太大，没怎么怀疑就接受了现实。

至于为什么吃了药，人物面板那儿却没显示中毒，大佬都说了这是延迟发作的，还要怎样？

"开门的钥匙从哪儿拿的？"

"楼下，管家的房间。"

小弟叫齐辉，进入副本时就在管家房，很顺利地拿到了房门背后挂钩上的钥匙。钥匙用一根弯成圆形的钢丝穿着，拿在手里叮叮当当一大串。齐辉开阁楼门时用了三把，还剩两把不知道对应着哪里。

于公馆是栋二层带阁楼的洋房，按照一般的设定，主人家住在二楼，用人们在一楼。唐措沿着楼梯走下去，脚步声回荡在空荡荡的房子里。

这毫无疑问是栋富丽堂皇的豪宅，既有中式的大气，又有西式的奢华。走廊的木地板上铺着地毯，头顶是垂下的水晶灯，每隔几米还有挂画。只是走廊两侧的房间都关着门，唐措用余下的两把钥匙试了，没用。

从二楼到一楼，几乎所有的房门都关着，没关的只有厨房、杂物间、管家和丫鬟的房间。除此之外，便是一楼客厅这样的公共区域。

二楼还有一片露天阳台，但通往阳台的门也被封死了。而且这不仅仅是系统禁止通行，主人家在这里加装了一道铁栏杆，封得死死的。除此之外，所有的窗户外头也有铁栏杆，做得很精美，还有复杂而又漂亮的花纹，但这不能改变它是栏杆的事实。

整个于公馆，就像个囚笼。

一楼的正门和位于厨房的后门也都被锁死了，唐措转了一圈，大致摸清了现在的处境，站在厨房里陷入短暂的沉思。

"黎明之前"是密室逃脱副本，但又跟普通的密室逃脱不一样。一般而言，密室逃脱游戏是不断解锁新区域，从一个房间到另一个房间，最终解锁整张地图，逃出生天。可现在这个于公馆，区域在于空间的重叠或时间的迁跃。

恰在这时，刺耳的电话铃响起。

齐辉吓了一跳，刚想说闹鬼了，眼前一花，唐措就已经冲出了厨房。他赶紧跟上，看见对方精准地找到了声音的来源——客厅花架旁的电话机。

唐措镇定地拿起话筒："喂？"

话筒里传来靳丞含笑的声音："听这声音，请问是唐措唐先生吗？"

唐措："说正事。"

靳丞："找你不是正事吗？"

唐措："挂了。"

靳丞："别，我可好不容易打通这电话的。你要是给我挂了，我俩就真的只能像牛郎织女那样一年一度鹊桥相会了。"

唐措无言以对。

靳丞终于正色道："这里是 1926 年的于公馆，东八区时间晚上七点。初步观察，这儿的磁场很不稳定，电灯在闪、NPC 在哭、阴风阵阵，更关键的是——这里只有我一个玩家。"

说这话时，靳丞正抬头看着从天花板上探出头来的一个中年女 NPC。一男一女四目相对，靳丞靠在花架上悠然自得，女 NPC 攀附在吊灯上虎视眈眈。

灯光在闪，摇晃的金属支架发出嘎吱嘎吱令人牙酸的声音。九个灯头已经破了四个，剩余五个把这原本富丽堂皇的大厅照得阴森可怖，环顾四周，沙发上、楼梯上，到处都是灰尘和蛛网。

电话里，唐措在问："你怎么打过来的？"

靳丞："花架旁边有号码簿，我找到的。既然我们分散了，那就证实了时空重叠的可能。但这不是单人通关副本，我们是队友，不同时空必定有能够相通的地方，我找来找去，似乎只有这台电话。"

于是，靳丞做了件看起来很违背逻辑的事情——在于公馆打于公馆的电话。

他试了整整十分钟，电话里一直传来滋滋的电流声，无法接通。直至最后，信号终于稳定下来，里面传来了唐措的声音。

"你记着，号码是 1446。"说完，他又问，"你那边呢？"

"我的时间应该在你之前，也就是 1923 年到 1926 年，于公馆保存完好，暂时没有异样。包括我在内两位玩家，没有 NPC。"

"也就是说还有别的时空。"

"至少还有一个。"

"有什么需要帮忙的吗？"

既然不同的时空之间能通话，那就代表他们各自所需的线索可能在对方手里，需要互相帮忙。但唐措目前还没找到什么需要帮忙的，唯有一点需要提醒。

"时间不对，我这里是晚上十点。"

"十点？"靳丞挑眉。

"没错，我的日出会比你早三个小时。"唐措这样说，靳丞立刻懂了。

任务要求他们在天亮前逃离于公馆，如果每个时空天亮的时间都不一样，那靳丞还没等到天亮，唐措就嗝屁了。唐措所在时空的线索自此断绝，那靳丞有很大概率也会死。

思及此，靳丞道："但这跟我们得到的情报不符，那三个人的通关时间，最长的有二十四小时左右。两种可能，时间可以调整，或玩家可在不同的时空穿梭。"

唐措基本同意这个推论，而就在这时，电话里传来滋滋的电流声。他蹙眉，正要说话，靳丞就打断他："我得挂电话了，这里有个女 NPC 想要和我跳舞。"

唐措："……"

靳丞："用人打扮，年龄四十左右，国字脸，胸口有伤——嘟——"

电话挂断。

最后的那一刻，唐措能听到撞击声，应该是打起来了。他随即放下电话去找电话簿，但是没有找到。齐辉终于找着机会凑上前来："唐哥，刚才跟你打电话的那个是靳哥吗？你们这么快就找到通话的办法了？"

齐辉很有做小弟的觉悟，还没见着靳丞呢，就喊上"靳哥"了，对着比自己小的唐措喊哥也没什么压力。

唐措反问："你们没找到门路，就来打副本？"

齐辉语塞，不好意思说他们的门路就是抱大腿。

唐措也没再问，靳丞的话给他指了个方向，就是中年女佣 NPC。之前他们简单搜查时，只看到管家和丫鬟的房间，丫鬟房的衣橱里都是年轻姑娘的衣服，也就是说，如果存在一个中年女佣，那她住在另一间房，多半在丫鬟房的隔壁。

唐措找到那间房，从门的样式和房间大小来判断，应该就是这间了。再过去的那间房明显比较大，不可能是用人住的。

关键在于钥匙，钥匙在哪里呢？

地图太大了，想要找一把小小的钥匙很难。唐措吩咐了齐辉去找，地毯式搜索，而他自己则不急不缓地在走廊里踱步。

片刻后，他又到了管家的房间。

管家房里除了必备的床、书桌和柜子外，基本没有多余的装饰。墙上挂着块小黑板，黑板上用工整的粉笔字记录着一天的时间表。

上午

六点：准备工作

七点：早餐

九点半：接待客人

下午

十二点：午餐

三点：为小姐准备下午茶

六点：晚餐、为夫人煎药

零点：琴房

从这时间表来看，于公馆有小姐、夫人，那应该还有位老爷。除了夫人生病，其他暂时看不出来什么。

不过"零点：琴房"这一条是什么意思？这个时间点未免太过诡异。

此时距离零点还有一个半小时。

琴房应该在二楼，这种大户人家的琴房不会很小，一楼没有类似的房间了，可二楼的房间又都是锁着的。他又回到客厅，拨打"1446"，电话毫无反应，看来这是单线联系。

齐辉还在翻走廊、掀地毯，进行地毯式搜索。唐措抱臂看了几眼，随即转身走进厨房，翻箱倒柜地找药。夫人生病要喝药，那药包应该放在厨房才对。管家是个男人，不可能每天在夫人房里进进出出，所以端药伺候这种事，多半是中年女佣或丫鬟来做的。

不一会儿，唐措从厨房的柜子里拖出一个四四方方的铁皮盒子，里头散发出微弱的中药味。这是个密码箱，四位数字的密码。这很奇怪，什么药需要用密码箱来保管？怕被人偷，还是怕被人看见？密码是什么呢？

唐措看着那锁，双眼微眯。设置密码的人一定是每天负责煎药的人，负责端药的不一定是管家，但煎药的一定是，否则不会特地把这件事记录在黑板上。

唐措抱着密码箱，重新回到管家房里寻找线索，可这位性格古板、严谨的管家，房间里的东西真的少得可怜。服装只有同款式的西服，书只有一本《道德经》，也不像经常翻阅的样子。他也不写日记，不知道生卒年，没有任何关于数字的线索。

等等——唐措将《道德经》翻到扉页，上面有人用钢笔写了几行字。

阿沛：

这是你来到于公馆的第一天，将此书赠予你，望你能有所得。

于望年

甲寅年六月初六

于公馆，于望年。

这不是于公馆的老爷，就是于公馆的少爷，甲寅年则是1914年。1914年的六月初六，唐措仔细回忆着那一年发生的历史事件，阴历和阳历对照，再推导到六月初六——应该是 7 月 28 日。

管家进入于公馆工作的第一天，被主人家赠予书册一本，他还将这唯一的一本书放在床头，可见这个日子对他很重要。

唐措随即用 0728 去试密码锁，"咔嗒"一声，没想到第一次就开了。

"我的天！"这一幕深深震撼了齐辉的心灵，哪怕是在现实世界里玩密室逃脱，他也很少看到有人能一次破解的。

唐措没理他，径自查看箱子里的东西，里面共有五个药包，还有一把钥匙。

见齐辉凑过来，唐措随手把钥匙丢给他，让他去开门，自己却拆开了药包查验。五包药都是一样的，里面有常见的人参、黄芪等，至于其他的，唐措就不认得了。

这时，齐辉在门外喊："唐哥快来，门开了！"

女佣的房间，大小、格局与管家房类似，但东西却多了很多，满满当当都是杂物。齐辉进了副本后什么都没干就在找东西，一直在找东西，想到下面可能还要一间屋子一间屋子地找，顿时觉得这副本跟他想象的不太一样。

可他正想搜查，唐措忽然叫住他："你去煎药。"

齐辉愣怔："煎药？做什么？"

唐措："叫你煎你就煎。"

齐辉简直一头雾水，他们是来打副本的，怎么突然就开始煎 NPC 的药了呢？不过他的小命掌握在唐措手里，他也不敢反抗，只好悻悻然提了药包去厨房。

十分钟后，唐措把女佣的房间翻了个底朝天。为了节省时间，他用的是最暴力、最省事的方法，不管什么东西都往外扔，直到清空为止。

这么一找，还真被他在衣橱深处找到了一个被压着的蓝色碎花小布包。这其实是一块手帕，手帕里包着好几样东西——一根银簪子、三块大洋、一颗珍珠、一条旧了的宝石项链，还有一块金色怀表。这些东西，可不像是一个女佣能拥有的，也不像是主人家赏赐的。

唐措仔细检查过簪子和宝石项链，没发现什么端倪，随即拿起了怀表。怀表尚算八成新，拿在手里沉甸甸的，材质应该是纯金，而且表盘镶着宝石，价值不菲，可已经坏了，表盘碎裂，而且链子上依稀沾着暗红的血迹。这血迹应该已经被擦过了，只遗留下一点点，可这也足够引人注目。

这是唐措在这栋公馆里看到的第一处血迹，更准确一点说，是 1926 年之前的于公馆。

靳丞所在的时空，1926 年的于公馆，已经人去楼空。可如今的于公馆还完好无损，那在这两三年的时间里，究竟发生了什么变故？

唐措重新看向怀表，又在怀表背面靠近底部的地方，发现了两个镌刻的小字母——WY。

WY，是谁的名字缩写吗？

没有头绪，唐措暂时把怀表收起，转而搜罗其他。这房里东西虽多，有用的却寥寥无几，半天下来，唐措除了知道她的名字叫文娟，一无所获。

齐辉趁着这段时间把药煎好了，正疑惑得很，还在猜测是不是夫人房里有NPC，这药是煎给NPC服用的，以此来避免她化身BOSS[①]进入暴走状态。

可他万万没想到，大佬的行为比他揣测得更令人错愕。

"你、你怎么自己喝了？！"齐辉惊得眼珠子都快掉出来。

唐措则淡定地放下药碗，抹掉嘴边残余的药汁，而后打开人物面板，验收成果。

人物——

编号 K27216：唐措。

人物点数：0。

武力：72。

智力：34。

魅力：8。

评级：A。

生命值：99%。

于望年的恨意：附加虚弱值，全体属性 -10%。

生存不易，请再接再厉。

破案了，这根本不是治病的药，是使人虚弱却不致命的毒药。

阁楼的住客、被铁栏杆封住的窗户、生病的夫人、偷东西的女佣，这富丽堂皇的大宅里到底藏着怎样的阴私？

蓦地，电话铃又响起来。

---

① 在国内玩家口中代称为"老怪""大头目""老王"等。在各类游戏中出现的体形大、难缠、耐打、有专属技能的敌方对手或者NPC怪物，统称为BOSS，简称BB。一般这类敌人级别较高，被消灭后会掉落各式各样的稀有游戏道具，甚至触发重要的游戏剧情。

07

"查到什么了？"

"于望年给夫人下毒。"

打电话来的还是靳丞，他的声音在电话里听起来有些失真，还略有些喘，可见刚才经过了一番恶斗。

"我可以很负责任地告诉你，于望年就是于公馆的老爷。"他道。

唐措问："你那边怎么样？"

靳丞："NPC杀不了，或许需要催眠，但我的安魂曲不怎么管用。二楼全黑，阴气森森的什么都看不见，恐怕有高阶NPC。如果那个夫人真被自己丈夫毒害，倒是有可能。"

"有办法上去吗？"

"你这是给我出难题啊。"

靳丞还没碰见过这么烦琐的副本，这得是所有的BOSS都集中到他一个人这里了，完全不带商量的。

"啪！"头顶的吊灯不堪重负，再次爆掉一盏。原本就昏暗的客厅更显阴森了，呜呜的风从窗外吹过，似人的低语，又似哭泣。不，是有人真的在哭——二楼的方向。

靳丞挑了眉，嘴上却还在调侃："你知道我这副本该叫什么吗？叫'荒宅心慌慌'。"

唐措只能道一声："恭喜。"

"琴房也在二楼？"

"基本断定。"

靳丞知道自己是不得不上去了，也幸亏是自己在这里，否则这局玩儿完。他定了定神，瞥向厨房半掩的门，那里面有一个NPC。刚才被打跑的女NPC也还在，退到一楼厕所不见了，还有个穿西装的中年男NPC在走廊上游荡，看他的年龄和穿着打扮，应该就是于公馆的管家。

滋滋的电流声再度响起，通话随时都有中断的可能。但令靳丞最在意的是，游戏已经开始一个小时，从头至尾只有他们三个玩家，还有三个呢？唐措也在想这个问题，但他们谁都没有在电话里提，又互通了些其他的信息后，电流干扰加大，通话被迫中断。

齐辉忙凑上来问"怎么了"，唐措没多解释，径自上二楼。

二楼的房门是全锁的，除了走廊尽头的公用厕所。一堆锁着的房间只有这一间是开着的，难免让人在意。

先前齐辉搜过一遍，没搜出什么东西来。唐措再看，却看出了端倪——浴缸的出水口里，有一点红色的碎渣。碎渣还算新鲜，但血已经被水冲得很淡了，要凑得很近才能从出水口闻到点血腥味。

什么碎渣会出现在这里？

凶手动手留下的。

整栋房子的窗户都是关着的，唯有这间厕所的窗开着，或许是为了通风换气。

死的又是谁？

等等……这个副本里是有 NPC 存在的，如果这里真的发生过谋杀案，那这个人死时必定抱有极大的怨恨，百分之百变成了 NPC。NPC 在哪儿？

唐措霍然抬头，像无数恐怖片里演的那样，望向镜子。

"啊啊啊啊啊！"最先发出尖叫的齐辉，对着镜子抬手就是一枪，子弹几乎擦着唐措的头顶飞过去，"咔嚓"把镜子打成碎片。

碎裂的镜子里，NPC 也分裂成无数个，那脸一半青一半白，双目赤红，因为脸也是几块拼凑的，还拼凑得不完整，所以连男女都差点分不出来。

"啊！"齐辉拿枪的手都在发抖，迅速又开了几枪，同时全神戒备地打量着四周，就怕有个鬼突然出现。

唐措静静地看着，忽然想到什么，又弯腰在厕所内大肆搜索。

这时镜子碎成了稀巴烂，NPC 总算消失不见了。齐辉抹了把冷汗，下意识地靠近唐措以获得微弱的安全感："唐哥，你不怕吗？你还在找什么呢？"

唐措："秘密。"

齐辉："这还要保密吗？唐哥我可是你的人了……"

唐措没闲心解释。

他说的"秘密"，不是要对齐辉保密，而是这个厕所里藏着的秘密。那人在厕所被杀害，是否因为在这儿发现了什么呢？

管家的小黑板上有一条记录——九点半：接待客人。

从碎渣的新鲜程度和厕所里残留的血腥味来看，杀人案发生的时间不会太早也不会太晚，上午九点、十点那个时间刚刚好。

镜子里的 NPC 虽然形状可怖，难以看出本来面貌，可唐措仔细观察后，是男是女大致什么年纪还是可以判别的。那是个男人，头发偏黄，不卷，年纪应该介于青年和中年之间。

已知的于公馆的男性里，只有于望年、管家和阁楼住客。阁楼住客是卷发，排除；根据靳丞的描述，在走廊游荡的男 NPC 是黑发，也排除；那就只剩下于望年。

在不排除于公馆有另外的男性人物存在的情况下，于望年和九点半的来客依然占据最大嫌疑。可于望年是于公馆的主人，如果被杀死，可不是那么容易被掩盖过去的。唐措的直觉告诉他，死在这里的是那个倒霉催的客人。

没几分钟，唐措在碎裂的镜子碎片中找到了半截字条。这字条是被撕坏了的，尾部钩在镜子后面凸起的一枚小钉子上，看上去像是有人要将字条从镜子后扯出来时，不小心落了小半截在里面。字条上有字——

　　　起离开，可好？你的婉婉

前面的字没有了，"起"字只剩半截，但大致还看得出是哪个字。看这几个字的意思，像是"婉婉"要和谁私奔。

可私奔的小字条为什么会藏在二楼公共厕所的镜子后面？婉婉又是谁？

唐措捏着字条走出厕所，站在走廊上左右打量。这里是走廊的尽头，右手边是墙壁，左手边是通往阁楼的路。

阁楼里没有浴室，只有帘子遮住的简易马桶。那位住客被关在里面半年，不可能不洗澡，所以最有可能的洗澡地点就在这里——这叫定时放风。

"婉婉是谁啊？她要跟人私奔？嘶——"齐辉倒抽一口冷气，"刚才那个不会是奸夫吧？这是被老爷发现然后把奸夫杀了？"

奸夫的推论听起来也合情合理，但在判定此人不是阁楼住客的前提下，又冒出来一个奸夫，那这故事未免太横生枝节了。而且唐措觉得这字条上的字也怪怪的，说不出的别扭。

齐辉又说："那鬼不会还要跑出来吧？物理攻击万一对他没用怎么办？我可不会精神攻击啊！"

这话倒是提醒了唐措，靳丞都没办法杀死的鬼魂，他们恐怕更没办法。距离十二点还有最后的四十来分钟，他们连琴房的门朝哪儿开都还不知道。

此行最重要的是什么？是六号乐章。

"如果你怕鬼，那就用火。"唐措一边说，一边快步下楼。

"用火？怎么用？"齐辉追在身后。

"你不是有打火机吗？"

"打火机是用在这儿的吗？？？"

唐措猜的，反正猜一猜又不会死。

齐辉再三权衡，还是决定相信大佬的话，但一个打火机能打多大的火啊？！他又跑进厨房去拆了扫把，用布裹在扫把杆子上，再淋上油，做了一个简易火把——甭管好不好用吧，好歹是个心理安慰。

　　唐措眼瞅着他那架势，怕是要把整栋房子烧了，冷冷一瞥："去找线索。"

　　齐辉内心：大佬真可怕。

　　两人在找线索的途中，唐措几次路过客厅，余光总是下意识地瞥向电话，可电话迟迟未响。几次过后，他忽然意识到自己最近过于依赖靳丞了。摇摇头，他又转身进了丫鬟的房间。这个房间干净过头，不是说打扫得有多干净，而是一点线索都没有。

　　唐措来回在这里找了两遍，没找到什么有价值的东西，可他不信邪，转头又回来，盯着满屋子翻找过后的狼藉，抱臂深思——一个年轻的二十来岁的丫鬟，在这个于公馆的故事里，会扮演什么样的角色？她的价值会体现在什么线索上？

　　最终，唐措把目光投向那一堆衣服。这些衣服的料子、款式有明显偏差，有她自己的，另外有几件主人家的衣服，扣子掉了或是有些小的破损，由她进行缝补。

　　唐措拎起一件衬衣和一件旗袍，仔细比对，衣服上没有任何血迹和污点，也没有什么夹带，唯一能让人注意的是针脚。同样是丫鬟补的衣服，属于男性的白衬衣缝得针脚很密，相当用心，而旗袍就稍显马虎。这能说明什么？

　　综合唐措以前看过的电视剧和各种逸闻来看，这丫鬟是看上了老爷？

　　对于男女之间的感情问题，唐措一直不是很懂，以前做侦探时，能找上他的感情问题，不是出轨就是劈腿，基本没啥好事。

　　丫鬟是不是真的看上了老爷想攀高枝，暂且不论。唐措真不信这房里没有别的线索，干脆拔剑把床板和衣柜通通卸了。齐辉正打客厅路过，听见房里传来拆家的声音，还吓了一跳，以为那NPC跑出来跟唐措打上了，正要上前帮忙，急促的电话铃声乍响。

　　"怎么都赶一块儿呢！"齐辉赶紧一个箭步冲过去接起电话。

　　"喂？靳哥吗？"

　　"你谁啊？"

　　"我是唐哥的搭档啊！唉，甭管这个了，唐哥跟NPC打上了！我不跟你说了我得去帮忙——"齐辉霍然转头，刚想放下电话，却正对上唐措面无表情的脸。

　　"啊！"齐辉心脏都差点吓爆了。

　　"给我。"唐措伸手。

　　齐辉颤颤巍巍地把电话递给唐措，目光还不断往他身后瞟："NPC呢？打跑了？"

电话里。

靳丞听到那边的动静，问："怎么样？"

唐措："没事。"

靳丞："你什么时候换搭档了？"

唐措不解。

靳丞听不到他的回答，就知道他又在试图用脑电波跟自己交流，无奈又忍俊不禁："我看不见你的表情，或许你可以给我形容一下？"

唐措："……"

沉默几秒，他回答："没换。"

靳丞挑眉："既然没换，为什么他自称是你的搭档？你的搭档不是我吗？"

唐措："因为你不在。"

靳丞："哦。"

突然无话可说。

两人遂进入正题。

靳丞说："我去二楼看过了，大部分的房间锁着，我进了没锁的，但没找到琴房。管家的钥匙确实可以打开阁楼，我在阁楼的墙上看到了一些零碎的用血写下的五线谱。"

"六号乐章？"

"没错。"

十二乐章记录着《神灵、羔羊和乌鸦之歌》的谱子，并没有歌词。刨除歌词的话，那诡异的旋律出现在哪个恐怖故事里都不违和。

"床底有'正'字吗？"

"有。二楼的 NPC 太厉害，我来不及数，但一眼扫过去有一百五十多个，只多不少。"

一百五十多个，那就相当于两年的时间。从这儿基本可以判定，被关在阁楼里的一直是那个人，他一直在做记录。

唐措看到"正"字时，正字已经有三十几个，再到靳丞的 1926 年，"正"字有接近一百五十个，那么此时唐措所在的时间就是 1924 年左右。

这与他最初的推断一致。

"有一点很奇怪。"靳丞的语气里难得透出一丝凝重，"我在二楼只碰到两个NPC，一个是碎脸 NPC，还有个女 NPC。"

"男 NPC 我也碰到了，我怀疑他是造访于公馆的客人，撞破了宅子里的秘密，所以在二楼走廊尽头的公用厕所被杀害。"

靳丞一路撞见 NPC 一路打，每一刻都是恶灵惊魂，根本来不及翻找线索。

唐措说的厕所他没进去，因为那个碎脸 NPC 就在厕所里。

两个 NPC 各自占据二楼的一端，看起来关系还不大好。靳丞便干脆拿自己做饵，引诱女 NPC 到了男 NPC 的地盘，让他们打起来，这才趁机跑上阁楼，有了查找线索的机会。

"按你所说，如果男 NPC 是客人，那阁楼住客、于望年和这家的小姐呢？NPC 是可以穿墙的，除非是被什么邪异的阵法困在某个地方，否则不会被区区门锁关在屋里。"靳丞道。

"也许有人没死，逃出去了，也许有我们还没发现的空间。"唐措答。

"这也有可能，但有一点可以肯定，阁楼里关着的人叫望月。"

"望月？"

唐措忽然想到了他在女佣房里发现的怀表，怀表背面刻着两个字母"WY"。于望月，望月，不就是 WY 吗？

靳丞这便详细说起他在阁楼发现的东西——阁楼的住客被关了两年多后，已经快要发疯。无论是墙上那些用血写下的杂乱无章的五线谱，还是床底笔画越来越重的"正"字，都暴露了主人越发不稳定的精神状态。整个阁楼里一片狼藉，书本散落一地，唯一的一面镜子也被打碎了扔在地上。靳丞可以确定那是被人打碎的，因为打碎镜子的镇尺就落在一旁，上头还沾着玻璃的碎屑。而在碎镜子的旁边，靳丞还捡到几根中长的卷发。

房间里的其他东西虽然散乱，但还算完好，只有镜子被打破了——为什么？是那个男人看到镜子里的自己，无法接受现实，所以把镜子打破了吗？

"于望月呢？你怎么知道他叫望月？"唐措问。

"地上有被撕碎的纸，一个叫林婉的人给他递信，说要放他出来。"靳丞捡到碎纸时，已经拼凑不出全文了，但收信人跟落款都看得清楚，再听唐措讲起厕所的碎尸案，都对得上，问题在于——于望月和于望年是什么关系？

唐措手里转着从丫鬟房里最终搜出来的一支旧钢笔，道："从名字来看，这是兄弟。"

靳丞了然："嫂嫂和小叔子？"

两人正说着，滋滋的电流声再度出现，通话眼看就要切断。靳丞知道他那边也出现了鬼，正要抢时间叮嘱几句，电话里却突然传来第三个人的声音。

"喂？有人吗？！救命啊！！！"

08

突如其来的第三人，让唐措和靳丞都心中一凛，而那惊惧的求救声穿透话筒，连齐辉都听见了。

"周大海！"他又惊又喜，猛地扑到电话旁，看样子恨不得钻到那话筒里去。

"齐辉？是你吗？齐辉！快救我，这里有NPC！"两个队友隔着电话线隔空呼唤，一个更比一个声嘶力竭。

唐措受到双重声波攻击，耳膜都差点被震破了。靳丞稍好一些，果断发问："周大海，冷静一点，你那边到底什么情况？"

闻言，齐辉也想问，被唐措直接扣住手腕，冷眼扫过去——你再敢说一句话试试？

齐辉遂闭嘴了，大佬真可怕。

那厢周大海也总算恢复些理智，连忙答话："我不知道啊！我一进副本就在一个地下室里面，这里是个灵堂！有棺材、有牌位，还有NPC！！！我好不容易逃出来，那NPC还在呢，我的天我的天——"

周大海不知道又看见了什么，一连串的"我的天"伴随着重物倒地的声音，叫人眉头发紧，齐辉更是紧张得攥紧了拳头。

靳丞："周大海？周大海？"

漫长的十几秒过后，电话那头终于有了回应："吓死我了，我好不容易从地下室跑出来，那NPC也跟着跑出来了！这里就我一个人，太可怕了……"

靳丞忙问："地下室里是谁的灵堂？"

周大海不假思索："于、于望月啊！我好像看到牌位上是这个名字！"

靳丞："你那里是几几年？"

"不知道啊，这我咋知道！"

"你——"

靳丞再要问，滋滋的电流声打断了他的话，电话被迫中断。

唐措和齐辉也失去了所有的联络，四目相对，齐辉无比担忧道："周大海那边只有他一个人，他不会出事吧？"

唐措反问："既然知道会出事，为什么还要来？"

齐辉张张嘴似乎想说什么，但最终还是没说。

唐措也没有再问，低头扫一眼手里的旧钢笔，将它暂且收到口袋里，便开始四处搜索。齐辉愣怔过后，忙跟上他的脚步："现在找什么？"

"地下室。"唐措言简意赅。

"对哦，地下室！"周大海说过，他一进副本就在地下室。

既然是地下室，那入口肯定在一楼。两人搜寻着所有可疑的角落，最后终于在餐厅的壁橱处发现了端倪。这里有一个机关，转动壁橱上的一个动物摆件，就可以移开壁橱。壁橱后是一个向下的楼梯，里面很黑，伸手不见五指。唐措拒绝齐辉的自制火把，找来烛台点燃，率先走了进去。

齐辉紧随其后。

大约三分钟后，两人终于走到平地上，可前面依旧是一扇挡住去路的门。

齐辉看着上锁的门，使劲推了几下也推不开，不免有些抓狂："这怎么又要找钥匙？我们不会永远都在找钥匙吧？"

唐措："刚才剩下的两把钥匙呢？试试。"

齐辉一拍脑瓜子，醍醐灌顶。他随即掏出管家的钥匙串，用剩下的两把钥匙去试，第一把不行，第二把却正正好！

"开了！"齐辉用力推开门。

唐措举着烛台走进去，借着摇晃的烛光看清地下室的情形，不由得皱眉——这里如周大海所说，确实是灵堂。黑色的棺材前，白色的菊花摆在案头，簇拥着一个牌位，上面写着"亡弟于望月之灵位"。

于望月是于望年的弟弟，于望月死了，他哥给他立了牌位，这不难理解。唐措骤然从周大海嘴里听到于望月的名字时，还以为周大海所在的时空在自己之后。于望月死了，所以他的尸体从阁楼到了地下室。可现在看来，阁楼里住着一个于望月，地下室里又死了一个于望月——到底谁才是真的于望月？

唐措走到棺材前，随手把烛台放在案头，便要开棺。齐辉虽然有些怕NPC，全程戒备着周大海所说的地下室里的NPC，在正事上却不马虎，连忙过来帮忙。

两人合力，棺材很快被推开，一具干瘪的尸体出现在眼前。与此同时，一股混合着尸臭和古怪香气的味道扑面而来。

"喀、喀……"齐辉下意识地捂住口鼻，抬眼，却见唐措面不改色，甚至已经探手去摸尸体。大佬不愧是大佬。

"尸体经过特殊处理，保存完好。但是看这干瘪的程度，已经死了几个月的时间。"唐措越看，心里的疑惑越重。

于望年哪怕再变态，关押自己的亲弟弟，给自己老婆下慢性毒药，也不至于偷偷给个假弟弟立牌位，不过这具尸体单从身高、年龄和头发来看，都很像阁楼住客。

另外，地下室的钥匙在管家手里，说明这里除了于望年之外，还有管家知道。管家一定是于望年的心腹，参与了几乎所有的事情。

"这里好像没有NPC，NPC呢？"齐辉庆幸又疑惑。

"这里没有，那就在别处。"唐措说着，翻开尸体身上的衣服口袋，从里面摸出一把钥匙。他现在没法判断周大海和自己这两个时空的先后顺序，但有钥匙就好办了。

于公馆一定有于望月的房间。

"走。"唐措迅速前往二楼，路过客厅时扫了眼墙上的钟，距离十二点还剩最后的九分钟。他不由得加快脚步，直奔主卧旁的房间。

于望月是弟弟，不可能住主卧，那就从次卧开始试。

唐措试到第二间，"咔嗒"，房门开了。

齐辉觉得自己已经不能用简单的"我的天"来表达自己对大佬的崇敬之情，保持镇定跟着唐措进屋，却在进屋后的第一秒，又脱口而出一句："我的天！"

屋里有 NPC，而且是长得跟棺材里的尸体一模一样的 NPC，站在窗边，缓缓回头看。

"于望月。"唐措叫出他的名字，不闪不避。

于望月的目光却只在他身上停留一秒，双眼无神且空洞，很快，就像感应到什么似的，眼里终于恢复了一些神采，穿过墙壁出去了。

"他、他怎么回事？不打吗？"齐辉小声询问，手里的枪已经上膛。

唐措摇头，心里渐渐有了一个猜测，但还需要实证。于是他跟在于望月身后，沿着走廊慢慢地走，终于到了一扇门前。

于望月进去了。

"这是哪儿？"齐辉左右打量，忽然福至心灵，"琴房？"

唐措没有回答，他在心里默数。

"十。

"九。

……

"三。

"二。

"一。"

"当——"

客厅里的壁钟整点报时，零点到了，诡异、欢快的钢琴声也从面前的房间里传出，正是《神灵、羔羊和乌鸦之歌》的旋律。

齐辉不禁打了个冷战。

唐措则透过门缝窥探着屋内的情景，看不到钢琴，但能看到斜对着门的那扇窗。窗户仍是被铁栏杆封住的，但铁栏杆封得住人，却封不住窗外的月光。晚风吹开了白纱帘，月光便如水般洒落一地。

现在看来，管家在小黑板上写的"零点：琴房"，指的应该就是午夜零点时分，琴房里突然响起的琴声。

身份尊贵的于公馆的少爷死了，他的哥哥却秘不发表，阁楼上甚至还关着一个疑似"于望月"的人。他一定含冤而死，作为NPC终日游荡在这里，在夜半时分奏响乐曲。

"N、NPC!"齐辉的叫喊再次打断唐措的思绪，蓦然回头，发现那个碎脸NPC也出现在了走廊上，定定地看着他们，不，或许可以说是看着琴房。

唐措不敢托大，立刻祭出裁决之剑。然而就在这时，他忽然感到一阵诡异的力量波动，像是——磁场！

对，他记起靳丞提过的这个词，目光再扫过周围空气中隐约可见的波纹，心里有了一个大胆的猜测。

电光石火间，他抓住了齐辉的胳膊。

下一瞬，两人眼前一黑。

一阵天旋地转后，齐辉愕然地看着眼前伸手不见五指的黑暗，刚想问怎么回事，一股阴森寒意就从背后袭来，激得他头皮发麻——火球术！唐措仓促之间用出魔法，一个拳头大的小火球颤颤巍巍地袭向身后，照亮了一个披头散发的女NPC。

女NPC身穿白衣，肤色惨白，双眼赤红，嘴唇更是殷红如血，乍一看，能吓得人魂飞魄散，火球打在她的手上，被那双如同枯枝的手一拍即散，屁用没有。

"走！"唐措猛地将齐辉推出，自己却迎上了女NPC。

"唐哥！"齐辉没想到关键时刻唐措竟然会保护自己，又感动又害怕，最终咬咬牙，还是举枪回射。

"砰！"子弹穿过女NPC的身体，但对她根本造不成任何伤害。齐辉心里咯噔一下，而就在这时，看到一个身影从眼前掠过。那人一脚蹬在墙上，真的是身轻如燕，左手一扬，星星点点的光芒便从他指缝间洒落，直扑女鬼。

那星光甫一触及女NPC的身体，便立刻化作火焰燃烧起来。女NPC厉声惨叫，胡乱地拍打着试图将火灭掉。

来人则趁机抓住唐措的手腕，带着他快速撤往楼下。

齐辉后知后觉自己被落下了，连忙追上："等等我啊！"

片刻后，一楼客厅。

齐辉缩在电话旁，仍难以置信眼前看到的一切："我们这是来到1926年了？到底怎么回事？刚刚不是还有琴声吗？琴声呢？"

琴声没有了，眼前只有淡定如常的唐措和含笑的靳丞。

靳丞现在的心情是真不错，看了两个多小时的NPC，终于看见自家小徒弟的脸，觉得小徒弟越发英俊。这个时候，他的眼里自然是瞧不见什么齐辉的，甚至挡在了齐辉和唐措中间，占着唐措全部视线，问："你怎么过来的？"

唐措："之前有过推论，玩家可在不同的时空穿梭。我的时间比你早三个小时，琴声响了，我就过来了。"

时空穿梭这个推论是从两人的时间差推导出来的，如果这个推论成立，那么必定有一样东西是可以贯穿所有时空的。

这个东西也一定很特殊，甚至可能是造成于公馆一切异象的源头。

零点的琴声响起，空间出现波动时，唐措第一时间想到了这个。他来不及细细分辨，大胆地在心中默念"1926"的时间，结果顺利穿越。

齐辉听得一头雾水。

靳丞却已了然："那照这样看，于望月之死就是源头。他每天晚上零点在琴房弹琴，玩家可以借由他的琴声穿梭在不同的时空里，解开谜团，逃离于公馆。"

唐措："现在最大的问题是，阁楼里的到底是谁？"

靳丞："我的直觉是线索应该不在我们这儿。除了周大海，还剩两位玩家，不是被困住了没办法接听电话，就是故意猫着呢！"

听到这儿，齐辉终于忍不住插话："我的队友不会这样的，他们不是这样的人！"

靳丞笑着反问："谁说那是你的队友了？你确定吗？"

齐辉怔住，这才发现自己犯了一个严重的错误。他一直以为他们四个跟着靳丞和唐措进任务墙，那就是四个都进来了。

可当时的游戏大厅里，盯着靳丞的只有他们四个吗？

副本共六人，靳丞、唐措，还有他和周大海，剩下两个是谁？这么久不出声，大概率是敌非友。而且他们刚刚打电话的内容说不定已经被全部听去了，对方不需要出声就得到了线索，甚至可能已经找到通关的办法。

更重要的是，既然他们能到靳丞这里来，其他人当然也能。

这么想着，齐辉的冷汗当场就下来了。

09

唐措记得刚到永夜城时靳丞就说过，他的仇人很多，一旦得知他被罚回F区，需要重新做任务升级，多半会在副本里给他捣乱，所以才会把池焰列为备选队友，以待考察。

如今的情况还不能断定副本里一定有敌人，但特殊触发副本的难度已经超越了 E 区应有水准，猪队友的杀伤力无穷大。

但唐措怵吗？不，他完全不怵。

真正的猛士，话不多说就是干，目标——仍是地下室。

靳丞所在的 1926 年，于公馆已经变成一座荒宅，厨房、走廊等各处都有 NPC 在游荡，只有电话机旁算是一个暂时的安全区。但如果在这里停留时间过久，NPC 也会主动攻击。

好在从电话机旁到壁橱的路畅通无阻，三人很快就打开了机关，进入地下室。

这次唐措没用烛台，因为靳丞拿出了他在"月隐之国"副本中拿到的琉璃灯。这东西没什么大用处，就只能照明，因为是任务物品，可以收在装备栏，取用非常方便。

地下室的门仍是锁着的，齐辉口袋里就有从另一个时空带来的钥匙，但唐措若有所思，仍问靳丞："管家的钥匙还在吗？"

靳丞："开阁楼用了三把，还剩一把。"

唐措："一把？"

因为时空变了，所以相应的线索也发生了改变吗？唐措思忖着，让出位置给靳丞试钥匙。靳丞拿出仅剩的那把钥匙一试，打不开。也就是说，管家手里的那把地下室的钥匙，在 1926 年的时候，已经不在他手上了。

话不多说，唐措用手里的钥匙打开了地下室。开门的瞬间，齐辉很是戒备，但由于在之前已经开过一次地下室，所以并未有多害怕，可入目的场景，依旧令他错愕——地下室里除了棺材，还有两具倒在地上的尸体。

靳丞蹲下身，将一具背面朝上的尸体翻过来，只一眼，便道出了他的身份："管家。"他又看向另一具尸体，"于望年。"

唐措则继续开棺，目光扫过棺中那具更显干瘪但还能辨认出容貌的尸体，平静道："于望月。"

齐辉咋舌："灭门了？"

唐措转头问靳丞："夫人和其他人的尸体在吗？"

靳丞："至少打开的房门里没有。"

唐措点点头，又去检查地上的尸体。很快，他蹙起眉，道："这两个都是刚死的，身上只有普通的磕碰，没有致命伤。"

靳丞摊手："那就是 NPC 杀的。夫人林婉含恨而死，于是杀丈夫满门，一般的恐怖故事的套路。"

可这不是一般的恐怖故事。

唐措正要说话，余光瞥见角落里闪过一道身影，神色骤变。靳丞的反应比他还要快，一把星光粉尘撒过去，将 NPC 逼退的同时，也看清了他的脸。

"于望年。"

齐辉一个激灵，赶紧躲到两位大佬身后。唐措则迅速给两具尸体搜身，不管搜到什么东西，总之一股脑儿往兜里揣，而后迅速撤离。

五分钟后，三人回到客厅电话机旁。

唐措这才有空问靳丞："你刚才撒的是什么？"

靳丞微笑："佛前香炉里的灰啊，没什么大用，但能驱走 NPC。不过这东西我可只有一袋，撒完就没了。要想活着从这里离开，还得靠你啊，我的大侦探。"

唐措不理会他的口花花，径自验收此行的成果。唐措一共从管家和于望年的尸体上搜到三样东西：一把钥匙、一把枪和一本巴掌大的陈旧的小册子。钥匙和枪都是从于望年身上搜来的，枪里少了两发子弹。小册子则是管家的，里面记录了一些日常工作的注意事项，暂时没看出什么名堂。

"我们得去二楼，于望年的钥匙说不定能打开他的卧室或书房。"唐措道。他说这话时，目光是看着靳丞的。

靳丞抱臂："你可真是给我出难题啊！"

可行的方法只有一个，靳丞牵制住二楼的 NPC，唐措负责查找线索。至于齐辉，唐措和靳丞齐齐看向他。

齐辉忽然打了个冷战，为两位大佬的默契感到害怕。

唐措："你守着电话，一直打，直到打通为止。"

齐辉不想一个人待着，但扫了眼黑漆漆的二楼，想到那个可怕的女 NPC，又想到周大海，最终还是答应了这个方案。

"可要是电话打通了，我该说什么？"

唐措不假思索："就说靳丞死了。"

靳丞不解。

唐措偏头看他，没说话。

靳丞："你不解释一下吗？"

唐措反问："你现在不是看到我的脸了？"我解释了啊，在我充满正直的英俊的脸上。

靳丞被他气笑了。唐措用余光瞥着他——你这个人是不是有毛病？还特别幼稚。

齐辉赶紧劝说："两位别吵架啊，有话好好说、好好说。"

靳丞一个眼刀飞过去："我们吵架了吗？"

齐辉："没有吗？？？"

靳丞打心眼里不想跟这么没有眼力见儿的人说话，就把唐措拖走了："你给我过来。"

唐措面无表情，但完全没有反抗。

齐辉更担心了，怕他们打起来，但真的不敢再劝。

二人步入通往二楼的黑漆漆的楼梯，唐措已经拿出了裁决之剑。

"你想诈一诈剩下的那两个玩家？"靳丞问。

"池塘炸鱼，这不是你的拿手好戏吗？"说话间，两人已经走上了二楼的最后一级台阶。漆黑一片的走廊里，阴风阵阵、鬼气森森，隐约有女子的哭声从前方传来。

靳丞压低声音："这些 NPC 的攻击性各有不同。夫人是高阶 NPC，但凡有人踏入她的领地，必定遭到攻击，力量也最强。其余的大多算低阶 NPC，还可以应付。厕所的碎脸 NPC 介于两者之间，但攻击性不如夫人强。还有一点，一楼的 NPC 不会到二楼来，他们害怕夫人。"

这都是靳丞在前两个小时内通过数次实战总结出来的，唐措一一记下。

两人贴墙而走，因为都受过专业训练，脚步声趋近于无，连呼吸声也调整得微不可闻。整栋屋子里，顿时只剩下 NPC 自怨自艾的哭泣声和一楼大厅齐辉拨打电话时发出的声响。

齐辉紧张极了，他看到半掩的厨房门内有 NPC 在飘荡，地下室里还有于望年，走廊里、天花板上，都有 NPC 出没的可能。

"啪！"头顶的吊灯又爆掉一盏，只剩三盏忽闪忽灭。

唐措已经在二楼开始试第一扇门。他的动作很轻，但又很快，一扇不行再试下一扇，毫无迟滞。靳丞护在他的身侧，仔细听着女 NPC 的呜咽，蓦地，拿出小竖琴抬手就是一段《安魂曲》。香灰只剩半袋，得省着点用。

与此同时，唐措开锁的动作陡然加快，飞速奔向下一扇门，钥匙精准地插入锁孔，"咔嗒"，对了！

这是一间书房。

唐措脚步不停，只匆匆扫了一眼，便直奔书桌，翻书、开抽屉、找暗格，所有动作犹如行云流水，又快又稳。

走廊里已经打起来了。

唐措没时间抬头去看，余光瞥见角落里有个布袋，立刻将所有他觉得有用的东西扫到布袋里。而就在这时，他看到了进入于公馆后的第一张照片——旧时的黑白照片，照得不是很清楚，但可以看出那是一家四口的合照。照片是在公馆外的草坪上拍的，于望年和夫人林婉坐在一起，林婉怀里抱着个笑容甜美的可爱小姑娘，而于望年身后则站着温文尔雅的于望月。

唐措将照片从相框中抽出，看到了照片背后的日期：1923年1月3日。

从照片上来看，1923年年初，这一家人还是其乐融融的模样。

将照片收好，唐措又把目光转向书房深处的一扇小门。小门通往另外的房间，唐措仔细观察锁孔，灵光乍现，火速冲回门口："钥匙！"

靳丞会意，一道声波攻击打退女NPC，转身把管家的钥匙串整个抛出。唐措稳稳接住，又快步回到小门前，顺利开门。门内是个小卧室，不难看出这是于望年平时住的地方，色调偏暗，毫无装饰，透露着主人的古板和严谨。

"叮。"唐措踢到了什么东西，低头一看，发现是把钥匙——地下室的钥匙。

这副本变得越发有意思。地下室的钥匙在书房的小门里，小门的钥匙虽然在管家的钥匙串上，想要打开小门，必须进入书房，书房的钥匙却在地下室里。如果唐措不带着地下室的钥匙从别的时空过来，这就是一个无解的环，难怪进入副本的人一拨接着一拨团灭。

时间紧迫，不容唐措细想，他迅速开始查找线索，而绕过卧室内的床，就发现了一具尸体——丫鬟的尸体，穿着大开衩的旗袍，领口盘扣已经解开一颗，看样子是精心打扮过，嘴上还涂着口脂。她捂着心口双目圆睁，仿佛到死都没料到自己的结局。

她的死因是胸口中弹，一击毙命。

唐措想到于望年那把少了两颗子弹的枪，又想起丫鬟藏在房里的旧钢笔，破碎而凌乱的线索开始串联，露出故事的一角。

卧室里的东西很少，唐措很快折返，拎着布袋回到了走廊上。

靳丞又引着女NPC跟碎脸NPC打架，完美炮制了上一次的打法，虽然过程并不如上次那么顺利，但好歹把两个NPC都牵制在了远离唐措的另一端。

唐措匆匆扫了一眼，将情况收入眼底，而后果断冲向于望月的房间。在来到1926年前，他已经拿到了这房间的钥匙，在里面邂逅了已成为NPC的于望月。

1926年，门开的一瞬间，唐措与他来了个二次邂逅。

于望月坐在窗边，神色空茫，表情平淡。他再度回望，动作也依旧缓慢，神情没有丝毫波澜。

"于望月？"唐措试图跟他说话，可于望月仿佛一个锯嘴葫芦，既不主动攻击人，也没有任何交流的兴致。

唐措便干脆不管他，径自在房里搜罗。

靳丞好不容易将两个NPC暂时打退，缓口气，探头进来查看情况时，看到的就是一人、一NPC，各占一边，泾渭分明又和谐相处的一幕。

"你俩交朋友呢？"靳丞心想，我在外面跟NPC大战三百回合了，从进副本打到现在，您这儿还和谐友爱呢？我的印堂有点发黑，脸还有点绿。

唐措解释："你不信打他一下，他也不打你。"

靳丞："……"

唐措又道："你有没有发现，夫人也不打你了。"

靳丞："……"

他回头看，发现还真是。

黑漆漆的走廊里，再度恢复了平静。碎脸NPC和女NPC被打怕了，暂时缩回了厕所里，而那女NPC遥遥看了眼站在于望月房间门口的靳丞，竟没有上前。

无限的怨恨像潮水，潮起潮落，留下一地哀伤，她就用那样哀伤的、不可名状的眼神望着这边，随即转身隐入墙壁。

夫人林婉和于望月，果然有点什么吧？

靳丞正想着，楼下忽然传来齐辉的惊喜呼喊："通了通了！大海是你吗？我是齐辉啊！"

齐辉喊这么大声，就是为了给楼上的两位报信。靳丞回头跟唐措交换一个眼神，两人迅速下楼。

"你先别着急，你那边到底怎么样了？"齐辉一边安抚周大海，一边使劲给唐措挤眉弄眼。

唐措没答话，翻出从书房找到的日记本，再用丫鬟的旧钢笔在上面写下问题给齐辉看。

齐辉会意，比了个"OK"的手势，对着电话里的周大海问："你那边只有你一个人是吗？现在我这儿也只有我一个了，那个唐措突然间消失不见吓死我了！"

周大海不疑有他，紧张地问："那我们现在怎么办？"

齐辉："现在只能先靠我们自己了，大海我问你，你在地下室看到的于望月是不是刚死的？你找到凶手是谁了吗？"

周大海："我哪儿知道凶手啊？但看样子是刚死的。你那边没事吧？我发现那个NPC于望月好像没有想主动攻击我，我现在躲在电话旁边，暂时没事。"

齐辉："你那儿是什么时间？几几年？晚上几点？"

周大海："我看到桌上的报纸了，1923年12月25日，现在是晚上九点多。不过我看报纸上写得不对啊，于望月不是死了吗？报纸上说他出国留学去了！"

中气十足的声音从听筒传出，唐措听了，终于确定了三个不同时空的时间线。

周大海：1923年12月25日，于望月死亡。

他和齐辉：1924年，厕所谋杀案。

靳丞：1926年，于公馆灭门。

三个不同的时间段，都有凶杀案的出现。值得注意的是，根据阁楼床底"正"字的记录，于望月死亡的时间或许能跟阁楼住客被关押的时间对上。

<h1 style="text-align:center">10</h1>

通话的最后，唐措让齐辉告诉周大海，让他想办法探查阁楼。这周大海能被区区一个地下室困住那么久，还被于望月这个没有攻击性的 NPC 吓到半死，可见也不是个多靠得住的。

"我们先整理一下目前的人物关系和时间线。"唐措转而拿出布袋，把从书房和于望月房间里拿到的东西一一取出。

三人靠着电话机围成一圈坐下，唐措刚开始分析时，齐辉还能听得懂，越往后就越一头雾水，不得不进行提问。

"等等，你说丫鬟想爬上老爷的床我能理解，厕所谋杀案怎么就跟丫鬟有关了？"

好歹是队友，一条绳上的蚂蚱，唐措耐着性子拿出镜子后收获的那半截字条和丫鬟房里的旧钢笔，说："你写两个字。"

齐辉狐疑着随便写了两个字，写得不是很顺畅，因为旧钢笔的笔头有些开叉了，写折钩时容易钩住纸面。但这又代表什么？齐辉仔细看那半截字条上的字，两相对比，终于发现了一点端倪。那字条上的字也像是用这破钢笔写出来的，如此一来，丫鬟确实有嫌疑。

"可或许是她代笔呢？丫鬟不应该跟夫人比较亲吗？夫人生病了，或许已经拿不动笔了。"齐辉问。

"但这字像是描出来的，笔画停顿得不合理。"唐措道。一个人随心意顺畅地写字，和描别人的笔画写出来的东西是不一样的，如果丫鬟是代笔，那根本没必要刻意伪造夫人的笔迹。

丫鬟偷偷藏起旧钢笔，伪造夫人的书信与阁楼那位暗通款曲，为的无非就是夫人这个位子。这与她死前曾精心打扮勾引老爷的动机一致，可惜老爷似乎并不领情，一枪把人杀了。

眨巴眨巴眼，齐辉顺着唐措的思路推下去："那字条被客人发现，难道也是刻意安排的？家丑不可外扬，如果这事被外人知道，那夫人一定会死得很惨。"

唐措没有答话，但在破案时，从不吝用最大的恶意去揣摩罪犯的心理。丫鬟必定在这件事里扮演了不光彩的角色，但也低估了老爷对夫人的爱意，尽管那爱里已经掺杂了无穷的恨。

"丫鬟的尸体边掉落了于望年的日记，很多纸张被血污染了，不过有几页还是看得很清楚。"唐措拿起了日记本，翻到其中一页，念道，"1924年6月24日，我恨她，但我还是爱她。我知道她的心或许不在我身上，但必将与我葬在同处。"

"咦。"齐辉听着这宛如葬爱宣言一样的话，不知道该说什么才好。

靳丞会心一笑："你觉得1924年6月24日，就是你们所在的那个时空？"

唐措点头："没错。"

齐辉更好奇那错综复杂的多角恋："所以夫人和于望月也就是阁楼那位，到底有没有……呃，过界的爱？"

靳丞耸耸肩："如果没有，那于望年把自己家搞得像个铁笼似的，还给自己老婆下毒，在阁楼关人，多半是民国安嘉和。"

齐辉："安嘉和？谁？？？"

唐措："《不要和陌生人说话》。"

闻言，齐辉终于想起了这部童年噩梦般的电视剧，哪怕身为男人，都打了个冷战。

唐措又拿出一家四口的合照，继续说："1923年1月3日，于公馆四人健在，至少表面上其乐融融。1923年12月25日，于望月死亡，哥哥于望年在地下室为他设置灵堂，却在报纸上散播他出国留学的消息，显然于望月的死是被瞒下来的。1924年6月24日，客人发现丫鬟的字条，撞破于公馆内的阴私，遂被灭口。"

靳丞接话："1926年，丫鬟勾引不成反被杀。合理怀疑于望年已经知道字条是伪造的事实，不会那么久都发现不了笔迹的真假，哪怕事发的时候他怒火中烧不能仔细分辨，但那是他老婆的笔迹，是他最熟悉的人，他宁愿杀人也不愿事情传出去，也不接受丫鬟的爬床。"

双重原因导致了丫鬟的死，她在临死时看到于望年的日记，得知自己无论怎么努力都不可能达成所愿，可能是被活活气死的。

唐措："管家是于望年的心腹，参与了所有的事情，这点毋庸置疑。夫人在于公馆应该也有个能帮她做事的人，这人多半就是中年女佣。她虽然贪财偷东西，但既然贪财，就代表可以被利用。"

齐辉："她帮夫人做什么事？"

唐措："传字条。"

齐辉："不是说那是丫鬟伪造的吗？？？"

唐措抬眸看向靳丞，靳丞秒懂他的意思，两人眼神交错间，齐辉一头雾水。

靳丞心情不错，于是主动解释道："我不是说过了嘛，在这个1926年的时空里，阁楼有撕碎的字条，是林婉写给于望月的，说要放他出去。"

唐措点头。这张字条其实也是丫鬟伪造书信的力证之一，因为两者的落款不一样，一个是刻意亲昵的"你的婉婉"，另一个是"林婉"。从林婉的鬼魂对于望月的态度来看，他们之间哪怕有感情，也趋向于是林婉单方面的。如果没有特殊感情，那林婉就是出于愧疚。

"这还证明一点，"唐措道，"于望年确实隐瞒了于望月的死讯，因为就连林婉都以为真正的于望月被关在阁楼。"

齐辉："那阁楼里那个呢？"

靳丞歪着脑袋想了想："一个替身？"

那这替身也太惨了吧？齐辉由衷替他默哀。

这时，靳丞又让齐辉站起来打电话，打两次终于通了。那边周大海跑得气喘吁吁，但总算为他们带来了一个相对有用的线索。

"床底还没有'正'字，不过阁楼的地板缝里有血哦。我爬进床底去看的时候，还在里面捡到了一个用过的针头，抽屉里也有药，不过我只认识一个阿司匹林。"

阿司匹林是西药，在民国时期全靠进口，价格非常昂贵，获取的渠道也少。唐措不觉得于望年会对一个替身好到这个地步，结合床底还没有出现过"正"字，那之前被关在阁楼里的确实是于望月。

阁楼住客是在他后面被关进去的，时间也对得上。

可哪个倒霉鬼会这么倒霉呢？他跟这个故事又有什么关系？

话不多说，周大海继续去找线索。

唐措则拿起了他从管家尸体上找到的工作小册子，小册子很小，所以只记录了近一个月内的事情，且用词非常简练。

仔细翻看，唐措终于看到些有意思的。

1月6日：
为夫人更换新药。
加固门窗。

1月7日：
招募新女佣。

一连两天的记录，在小册子的最后一页，这说明1月7日可能就是管家的死亡时间，也就是今天。当然，也有可能是1月8日。更换新药、加固门窗、招募新女佣，这三件事情都指向一个信息，那就是——林婉想要放走阁楼住客的消息泄露了。

靳丞道："这么看，女佣可能是 1926 灭门惨案中最早被杀的那一个。她的行为触怒了于望年，他不舍得杀自己老婆，于是杀了用人。"

唐措若有所思，心里也基本认可这个推论。女佣的死或许就是压倒骆驼的最后一根稻草，缠绵病榻的林婉迟迟等不到她的归来，应该意识到了事情的败露。而新药的药效必定更重，林婉于绝望中死去，化作 NPC。不过林婉的死因仍然存疑，因为她身上显露着外伤，绝不是单纯的因为换药而死。

丫鬟不会在成功爬床之前就杀死夫人，女佣和管家更没有可能，阁楼那位还被关着，那林婉是谁杀的？

什么人杀死了她，会让她抱有如此大的怨念？

唐措渐渐觉得故事在往一个极度阴暗的方向发展，再把小册子往前翻，又留意到一条信息。

8 月 8 日：
小姐说她想弹钢琴，我偷偷为她找了一位新的钢琴老师，却撒谎说小姐去上德文课。

这条记录很特别，因为管家是个严谨到无趣的人，所有记录的文字都简明扼要，只有这条写明了前因后果，甚至还有情绪流露。

明明是偷偷做下的事情，他却还是把它完整地记录下来，为什么？因为他心里有愧，所以干脆把谎言暴露在于望年可以发现的地方，等待命运的审判吗？不过他是什么心思并不重要，重要的是——小姐在学钢琴。家里明明有琴房，却要偷偷去外面学，说明学琴在于公馆是个禁忌。一方面，是因为午夜琴声；另一方面，是因为旧的钢琴老师吗？管家的用词也很有意思，"一位新的钢琴老师"，在那之前必定还有一个。

"被关在阁楼的那位？"靳丞挑眉。

"如果你的替身论真的成立，于望月会弹琴，钢琴老师也会弹琴。假定于公馆之前曾有一位钢琴老师，那这样的大户人家，老师必定是来家里教学的。"唐措道。

故事的一角，又被补上了。

不过这些目前都只是猜测，没有实证。唐措复又收起那一大摊东西，决定再回于望月的房间看一看。他刚才匆忙下楼，还没怎么仔细搜过，而且那里有 NPC 于望月在，也算是个暂时的安全区。

齐辉仍被留下看守电话。看守电话的工作是枯燥而惊悚的，一楼虽然没有林婉那样的高阶 NPC，可低阶 NPC 们在各自的区域来回飘荡，有时也会过来串个门。靳丞给了齐辉一点香灰防身，可这并不能减轻齐辉的恐惧，因为他看到 NPC 于望年也在壁橱上探头探脑。

他现在一看到 NPC 于望年，就想到安嘉和，头顶的灯泡还在闪，越发昏暗和阴森的环境配上二楼时不时传来的呜咽声，冷意直钻脚底。齐辉只能疯狂地打电话，没人接就一直打。打着打着，他觉出点不对劲来——周大海呢？如果说 NPC 于望月没有攻击性，那么周大海所在的时空应该是相对安全的。他哪怕正在查找线索的途中，错过了第一个和第二个电话，那第三个呢？第四个呢？

"周大海出事了！"齐辉连忙朝楼上大喊。

与此同时，周大海所在时空，一把泛着寒光的匕首从背后抵在了周大海的脖子上，周大海浑身僵硬，不敢回头："你是谁？玩家还是 NPC？要做什么？"

来人有一口烟嗓，判断不出具体年龄："你不需要知道，只要你乖乖配合，不轻举妄动，我就不杀你。"

周大海连忙举起双手："我不动，保证不动！"

身后这位必定是玩家了，周大海这么想着，却摸不清他到底是本来就在这个时空里，还是从别的时空过来的。他从齐辉那儿得到的情报有限，到现在还云里雾里。而就在他看不见的背后，来人拿出一块怀表，五指张开，怀表垂下，自然晃动。"嘀嗒""嘀嗒"的声响于刹那间响起，周大海看不见，脑海中却浮现出一张表盘，迅速转动——时针、分针、秒针，转动的速度越来越快，快到拉出了残影。

周大海一个恍惚，差点迷失在这时间的幻梦里，直至——"当！"客厅的挂钟发出整点报时，午夜零点到了。

二楼的琴房亦在此时传来诡异又欢快的《神灵、羔羊和乌鸦之歌》，那令人熟悉的旋律让周大海激起一身鸡皮疙瘩，脑内瞬间恢复清明。他一时没明白到底发生了什么事，却蓦地发现脖子上架着的匕首不见了，再回首，不速之客也不见了。

"妈呀。"周大海抹了一把冷汗。

另一边的齐辉也不好过，不知道究竟有几个队友进了这副本，唯一能联络上的周大海还身处险境，让他心急如焚。

唐措蹙眉深思，靳丞则眯起眼，似是想到了什么，冷厉目光扫过四周。唐措见状，递去一个询问的目光。靳丞眨了两下眼睛以作回应。唐措看懂了，齐辉没懂，不由得痛心疾首——都什么时候了，大佬们怎么还在故弄玄虚？！

此时距离 1926 年的午夜十二点，还有五十六分钟。

齐辉的焦灼并没有持续多久，因为靳丞忽然转过身，面朝着空旷客厅和二楼的方向，朗声道："荣弋，别躲着了，出来吧。"

无人应答。

靳丞抱臂，笑问："你要学那个五岁还在尿床的孟于飞，搞偷袭吗？"

齐辉听见孟于飞的名字，只觉得耳熟，而就在这时，一个身影出现在楼梯的拐角处，缓步走入三人视线。齐辉瞪大了眼睛，没想到那里竟然真的藏了个人——荣弋！他想起这是谁了，红榜第二啊！齐辉差点又是一句"我的天"脱口而出，硬生生忍住。

靳丞则似笑非笑地打量着荣弋，目光瞥过他手中的怀表，说："我就说是谁那么阴险地猫着呢，原来是你。红榜第二，堂堂时间掌控者，不必这样做吧。"

荣弋表情冷酷，但他的冷酷跟冷缪不一样。冷缪是从名字到人，发自内心的冷酷，而荣弋是带着愁苦的冷。一脸苦相，忧国忧民，你从他身上找不到半点的快乐因子。

"对象是你，就有必要。"荣弋一开口，烟嗓又自带沧桑效果。他停在楼梯上没有下来，用行动充分表达他对靳丞的忌惮，而后道："做个交易吧。已知的三个时空，除了这里，所有的时间都已经被调到零点，琴声已经过去，接下来只有等天亮。"

靳丞微笑："所以？"

荣弋："你们还不知道另外两个时空的准确坐标，对吗？如果我把这里的时间也调到零点，你们就彻底失去了去往别处的途径。"

靳丞反问："你觉得有我在，你还会有机会出手？"

"但就在这里，你还杀不了我。只要你杀不了我，我就有出手的机会。"荣弋说着，目光落在唐措身上，"你觉得你的这位搭档，能在我出手前，找出准确的时间坐标吗？"

<h1 style="text-align:center">11</h1>

面对荣弋的威胁，唐措就像被夏天的蚊子叮了一下，有点痒，只想拍死了事。不过荣弋话里传递出的意思更让他在意，他直视着荣弋的眼，说："另外两个时空？除了你来的那个，还有一个？"

靳丞也注意到了。如果荣弋说的是真的，那么他们六个玩家分在了五个时空，除唐措和齐辉外，其余全部落单。

系统可真是太会玩了。

荣弋神色不变："这就是交易的内容。等到十二点，我可以带你们去我的那个时空，按照这个副本的规则，当一个时空内的所有玩家都离开后，它的时间会重置到玩家第一次进入的时间。也就是说，你们在那里还可以有一次时空穿越的机会。"

靳丞："那你需要我们做什么呢？"

荣弋："我想要用乐章赎一个人，终结他的清业程序，让他直接离开永夜城。六号乐章权限很大，完成这件事，你们还能做别的。"

"哦，听起来很有意思。"靳丞饶有兴致，"你要赎谁？我来永夜城三年，可从没听说过你有什么老相好在副本里当NPC。"

荣弋："你觉得我会告诉你？"

靳丞遂无辜地看向唐措，耸耸肩，说："你看，他一点都不配合我。"

面对靳丞的告状，唐措也不怎么想配合他，太幼稚了。他的余光一直留意着齐辉，看到齐辉在荣弋说要赎人的时候表情微变，想来齐辉和队友此行的目的也与之有关。

想了想，唐措再度看向荣弋，道："按照你的说法，我们也可以去1924年。"

如果一个时空内所有的玩家离开后，该时空的时间会重置，那现在1924年一个人都没有，时间就会回到晚上十点前。

"只要找不到新的时间坐标，你们就无法获得全部的线索，无法通关，去1924年也只是拖延时间，因为你们摆脱不了我。"荣弋并没有轻视唐措的意思，普通的玩家可能只会看到靳丞的光环，而忽略光环下的唐措，但A区的精英们绝对不会。

根据从F区传回的情报，唐措这个人绝对不简单。一旦他成长起来，靳丞和这位搭档将会是所有敌对玩家的噩梦。

面对荣弋的再次威胁，靳丞却笑了，朝唐措的方向偏头说："你可能不知道，我们唐大侦探有个秘技，叫反复横跳。"

荣弋："……"

唐措："……"

他很想敲开靳丞的脑壳，看看靳丞一天到晚到底在想些什么东西。

靳丞很无辜，因为他说的是实话啊。唐措说可以去1924年，那不就是第一跳嘛，哪怕荣弋可以跟着过去，直接把时间调到零点，他们还可以从1924年跳回1926年。荣弋再调，那他们就再从1926年跳到1924年，无限循环。反正只要保证每次大家一起跳，不要留人就可以了。从理论上说，他们可以永远在1924年和1926年之间反复横跳，跳到天荒地老。哪怕荣弋留在1926年，让他们无法再从1924年跳到1926年，那不正好吗？他们完全可以在1924年找线索，两三个小时的时间，靳丞相信以唐措的聪明才智，一定可以找到新的时间坐标。

荣弋是不知道还能有"反复横跳"这么骚的办法，自是不可能一个人留在1926年，放任唐措和靳丞去找线索，但如果真的跟他们一起跳，那得多傻？

气氛一时间有些凝滞，没有人开口说话。

良久，荣弋终于看了眼一直被忽略的齐辉，说："你们可以这么做，但你们能保证他跟你们绝对一条心吗？"

唐措和靳丞齐齐看向齐辉，觉得也是，只要齐辉不跟着一起行动，那"反复横跳"就不可能实现了。

被三位大佬齐刷刷地注视，齐辉冷汗都要下来了。他急于跟唐措和靳丞表忠心，可话到嘴边，又蓦地想起了其余的队友，硬生生改口："如、如果我跟你们一起行动，你们能答应我一个条件吗？"

靳丞挑眉，这出戏他倒是没预料到。

齐辉刚说完就后悔了，看到靳丞的表情，更是心跳如擂鼓。他知道以自己的实力完全没资格提条件，但话已经说出口，不得不硬着头皮讲下去："我跟我的队友进副本找六号乐章，为的也是救一个人。他、他也是我们队伍里的一员，前段时间在副本里被清退了，他是为了救我们才被清退的。"

靳丞："他为了救你们而被清退，所以你们为了救他，也想被清一清吗？"

靳丞说的话很不好听，齐辉登时涨红了脸，但又无法反驳。任务进行到这里，他已经深刻意识到这个副本绝不是靠他们几个人能通关的，如果没有唐措和靳丞，可不就是坐等被清退？

恰在这时，齐辉对上了唐措的视线。

唐措看着他，没有说话，目光沉静而幽深。在这样的注视下，齐辉突然想起了被他遗忘的一件事——他被唐措逼着吃下了毒药。

齐辉倏然瞪大眼睛，是他大意了，是唐措和靳丞对他宽和的态度让他自动遗忘了这件事。思及此，他急忙打开人物面板查看，却发现属性仍然没有任何变化。为什么呢？他都趁机提条件了，为什么毒药还没发作？

靳丞却不知道毒药的事情，目光又回到荣弋身上，道："你们是把十二乐章当食堂留言簿吗？一人写一条，一张不够写啊！"

"那你想怎么样？"荣弋反问。

"我们交换信息，公平公正。谁拿到六号，六号乐章就是谁的，从这个副本出去后，也保证不对对方动手，愿赌服输。"靳丞说得斩钉截铁。

荣弋不怀疑靳丞的话，这人虽然诡计多端心又脏，可确实是个信守承诺的人。什么是承诺、什么是奸计，荣弋还分得清。

可这样一来，他很怀疑自己还能不能拿到乐章，因为他并不是个脑力玩家。

他又把目光投向齐辉，齐辉冷汗直流。

他何曾料到，大佬们的一场博弈，赛末点竟落在了自己身上。

齐辉倒向靳丞，则"反复横跳"，荣弋无可奈何；齐辉倒向荣弋，那"反复横跳"不可实现，逼着靳丞接受荣弋的条件。

到了此时，齐辉再度看向镇静自若仿若局外人的唐措，哪还有什么不明白的——根本就没有什么毒药，那是唐措诓他的。可齐辉也没想到，靳丞很快给出了另一个解决办法："别看他了，你再看他，我就把他杀了。"

荣弋蹙眉，语气却很笃定："你不会滥杀无辜。"

靳丞微笑："谢谢你这么看得起我，可你忘了六号乐章吗？照你说的，六号乐章权限很大，我完全可以在最后将他复活。就算我不复活他，那又怎样？他有胆子背叛我、威胁我，就得有勇气承担后果。"

在这一刻，靳丞气场全开，每一个字都像有千斤重，狠狠砸在齐辉心上。齐辉这才真正认识到自己面对的究竟是谁，赫赫有名的黑名单狂魔怎么可能是善茬？哪怕确实不曾对普通玩家表露过恶意，甚至一手缔造了东十字街安全区，可又怎么能容忍别人威胁他？

"我……"齐辉不敢说话了。

荣弋看到他的反应，就知道这条路已经被堵死，思忖片刻，终于点头答应了靳丞的提议。既然答应了，那他便不再浪费时间。

"你们有什么情报能跟我交换？"他问。

"我用一个三位数的密码，交换你的空间坐标。"靳丞顿了顿，又补充道，"这是林砚东给的情报。"

"林砚东"这三个字无疑为这个情报的可靠性和有用程度做了保证，但荣弋无法判断靳丞到底是不是在唬他，正如靳丞也无法确定荣弋的情报是真还是假。

这个时候只有赌。

两人四目相对，眼神的交锋无声无息。

片刻后——

"1936年。"

"062。"

交易达成。

既然决定公平竞争，荣弋有操纵时间的开挂法门，自然不会跟靳丞和唐措一起行动。于是双方达成协议——由荣弋出手把时间调到零点，靳丞、唐措和齐辉前往1936年，荣弋则前往1924年，分头行动。

很快，客厅的壁挂时钟发出整点报时，二楼又传来琴声。

画面一闪，唐措眼中便失去了荣弋的身影，环顾四周，荒宅还是那个荒宅，只是更破旧、更昏暗，到处都被蛛网缠绕，家具上更是蒙了一层厚厚的灰尘。

距离灭门惨案已经过去了十年，在这个时间点，又发生了什么呢？

"找尸体。"唐措言简意赅。

"你觉得这里也有人死？"靳丞问。

"你觉得系统为什么会挑 1923 年、1924 年、1926 年这三个时间点作为时空坐标？它们的共同点只有一个——刚刚发生过凶杀案。"

"那你觉得现在是谁死了？"

唐措："在 1926 年侥幸活着的人。"

活着的可能有两个：小姐和阁楼住客。

此时是晚上八点三十四分，三人分头行动，唐措和齐辉去较近的地下室，靳丞艺高人胆大，独自去二楼。

这个时空的于公馆也是有 NPC 的，管家、女佣、丫鬟等人都被找到了，而如果这里也发生过凶杀案，那便如唐措所说——"哪怕找不到尸体，找到成为NPC 的他（她）也可以。"

齐辉因为刚才的事情变得沉默许多，也更小心翼翼。但唐措对他没什么意见，也从不给别人设置什么标准。只要齐辉不捣乱，唐措就无所谓，只是也不会特意安慰就是了。

十年过去，地下室的尸体已经变成了白骨，但数目没变，尸体身上携带的东西也没变。唯一有变化的就只有香炉里的香灰，那香灰是新的，说明有人不久前在这里上过香。地上的两具尸体还保留着原来的姿势没动过，那么来人上香的对象只能是——棺材里的于望月。

如果是祭拜于望年和管家，那至少得把尸体摆正吧。

除了香灰，此处没别的线索，唐措便带着齐辉去二楼找靳丞。

靳丞正在于望月的房间鼓捣，但奇怪的是这一次 NPC 于望月没有在房间里。听到脚步声，靳丞回头，说："你猜于望月会在哪里？"

唐措："阁楼。"

齐辉完全摸不着头脑，他们怎么就知道于望月在阁楼？

但这一次，唐措没解释，靳丞也没解释。齐辉不敢多问，便只有跟上。NPC 林婉还在房中呜咽，三人一靠近，她就又出现了。

靳丞拖住她，唐措和齐辉便直奔阁楼，而这一次，阁楼的锁是开着的。

齐辉看到开了的锁，下意识便看向唐措，因为知道唐措肯定又说对了。荣弋离开 1936 年后，这里的时间进行了重置，那么这个时空里所有的东西应该也都恢复成了本来的样子。

阁楼的门不是被荣弋打开的，那就只能是NPC。

推开门，屋里坐着两个NPC，正在下棋。一个是于望月，另一个是从头发、身高、面容都跟他有几分像的男人，不是特别像，但看着看着，便让人觉得很神似。

两个很神似的NPC，齐齐回头看过来。

与此同时，靳丞也到了。

12

看两个NPC对坐下棋，是一件很诡异的事情，尤其是在一个废弃多年的布满蛛网和灰尘的阁楼里。

阁楼的床上还躺着一具新鲜的尸体，有多新鲜呢？唐措无视两个NPC看过来的目光，旁若无人地走过去摸尸体，发现尸体还有余温。

他不禁又看向坐在于望月对面的男人，毫无疑问，这位就是床上躺着的那个，也是十年前被关在这里的阁楼住客。

于公馆被灭门的十年之后，他又回到了这里，在这个曾经困住他两年之久的阁楼里成了NPC。NPC于望月可能就静静地站在床边看着他停止呼吸，等他死了，两个NPC坐着一块儿下棋。

这太诡异了。

阁楼住客死时的表情还很安详，双手交握放在胸前，身上没有明显外伤。那他是怎么死的？明明活着离开了于公馆，为什么又要回来？

面对这种种的疑问，对于唐措这样的猛士来说，当然选择——直接问。

"你到底是谁？为什么回来？"

阁楼住客看着他，目光平和，跟于望月一样没有主动攻击的意图。可这个于公馆里的所有NPC都是锯嘴葫芦，玩家休想从他们口中得到一点线索。

他们该怎么办呢？当然是继续寻找线索。

废弃的阁楼里，两个NPC继续下棋，无须触碰棋子，棋子自动走位，"啪嗒""啪嗒"的声响中，黑白双方杀了个势均力敌。

唐措和靳丞两个大活人则在阁楼里若其事地翻找，走过来又走过去，靳丞偶尔还抱臂站在棋盘边看两眼，啧啧摇头。

齐辉觉得这一幕比刚才更诡异。

这时，唐措从床头的抽屉里摸出一个小铁盒。铁盒是新放进去的，因为盒子上没有落灰，打开盒子，里面是两支注射剂和一个注射针管，以及一些不知名的白色药片和一小卷纱布。

唐措拿起一支注射剂放在灯光下仔细看，看到瓶身上有一行英文字——Herzmon。

"这是什么药？"靳丞问。

唐措怎么可能知道？至于那些白色小药片，那他就更不可能认识了。但这些能说明一个问题，阁楼住客可能死于疾病。他立刻想起周大海说的，在1923年，于望月死前也在服药。周大海在阁楼里找到了针头和药品。

于望月的死因是什么？尸体上没有明显外伤，也不像是被NPC所杀，难道都是因为生病吗？

唐措下意识地掠过那两张略显相似的脸，若有所思，但觉得自己还缺一个实证。很可惜，这个实证可能会在周大海那儿。

可周大海的时空里已经过了午夜零点，如非万不得已，他们不能过去。

回到一楼客厅，电话也无法打通，那是来自1926年的单线联系。

"你怀疑他们是兄弟吗？"靳丞问。

"他们死前都在服药，又长得相像，是兄弟并患有家族遗传病的概率很高。"唐措一边说着，一边走进厨房，"譬如私生子。"

一个不被待见的私生子被关在阁楼，倒也说得通，但靳丞还是没放弃"替身"的这个猜测，因为他的直觉一向很准。走进厨房的刹那，靳丞余光瞥见NPC于望年出现在楼梯口，抬头仰望着二楼的方向，却不上去。

NPC于望年不常出现，如此举动，叫人在意。

"你觉得他是不想上去，还是上不去？"靳丞干脆倚在门口，抱臂看戏。

"二楼有夫人。"唐措也走出来看了一眼。以林婉对于望年的恨意，再结合现状，正应了那句话——死生不复相见。

于望年每天听着二楼传来的林婉的呜咽，遥望着二楼却不得上，会是什么心情？

弟弟们还有闲心在阁楼下棋。

而于望年的出现也引起了一楼其他NPC的骚动。这些小NPC的神志看起来都不大清明，大约是NPC做久了会丧失人的记忆，变得浑浑噩噩。可没过多久，当她们认出于望年后，尖厉的叫声便震落了天花板上的灰尘。女佣和丫鬟双眼赤红，齐齐扑向楼梯口的于望年，仿佛要将他撕碎。

靳丞抬手护住唐措的当口，管家也出现了，再次忠心耿耿地护在于望年身前。

于望年没有动，依旧望着二楼的方向，对周遭的一切都无动于衷。可二楼黑漆漆一片，除了偶尔传来的呜咽，什么都看不到。

齐辉已经缩进了厨房，只探出一个脑袋来看戏——没想到有朝一日还能看到NPC们的爱恨情仇。

"啊啊啊——"女佣张开血盆大口，抓着管家的头发，疯了似的咬在他的肩膀上。可见生前不会打架的人，哪怕做了NPC也只会那么几招。

管家满脸怒容，刚要挣脱开来，却被丫鬟一发簪插入后脑。

NPC是没有血的，也没有实体，虚幻与虚幻之间的打斗，被剥夺了属于人间的鲜活色彩，整个画面诡异、暗沉。他们的身体在打斗中不断扭曲，尖厉的嘶吼和鬼哭声刺得整个一楼的灰尘都在震颤，仅剩的几盏电灯也在不停闪烁，不知何时就会爆掉。

齐辉听得脑袋刺痛，胳膊上也冒出了鸡皮疙瘩，而就在这时，于望年终于转身，默默地往地下室飘去。

待他的身影消失在壁橱后，这边的打斗也终于平息。女佣和丫鬟的眼神逐渐恢复茫然，而后又按照从前的轨迹，继续在各自的区域漫无目地地飘荡。管家则稍显疲累地坐在了地上，他的手臂几乎断了，后脑勺上还插着那根簪子，浑身是伤。

至此，地下室、一楼、二楼、阁楼四个区域的NPC分布已彻底明朗。

"这一家子可真有意思。"靳丞点评道。

此时一楼客厅里的灯已经只剩一盏还亮着，客厅大门紧闭，把月光挡在外头，让于公馆看起来更像个囚笼。

靳丞回头看向唐措，昏暗的灯光下，唐措的眼睛便是这混沌空间里最亮的存在，叫人忍不住细心探究，而后愈陷愈深。

唐措不知道他又盯着自己看什么，黑灯瞎火的能看出什么名堂？

"你的琉璃灯呢？"他问。

"在这儿。"靳丞回过神来，拿出琉璃灯点亮，又听唐措问："你刚才在看什么？"

靳丞微怔，随即笑着提起琉璃灯照亮了唐措的脸，仔细瞧了瞧，说："嗯，这样看果然比黑灯瞎火的要好看。"

他将身体微微前倾，低着头，凑得很近。唐措没躲，大大方方的样子让靳丞有一丝挫败感，但也让靳丞好奇，唐措是不是永远能保持平静？

而唐措以为自己表现得很明显——但不会被看出来，毕竟唐措是一位猛士。他只会小小地紧张一下，肢体略微有些僵硬，心跳变得有些快。简而言之，就是——鲜活的灵魂在冷硬的躯壳里横冲直撞。

这让他的眸光越发亮，于是他不得不微微垂下双眼，以防情绪太过外露。这不像他了。靳丞却终于从这个微小的动作中找到令人愉悦的痕迹，笑了笑，没再说什么，但心情很好。

齐辉旁观了一切，觉得大佬们在这样的情况下还能"眉来眼去"，似乎缺乏对荒宅基本的尊重，但他不敢说。

恰在这时，一道光芒扫过齐辉的眼角。他下意识地伸手去挡，挡住的瞬间才忽然想到一个严肃的问题——光是从哪儿来的？现在是晚上九点半，一楼除了仅剩的一盏灯和靳丞的琉璃灯，没有别的光源。

思及此，齐辉霍然看向窗外，客厅是有一扇很大的落地窗的，只不过窗户被破烂的窗帘遮住了，只有窗帘的破洞里透着惨淡月光。

"外面！是外面的光！"齐辉兴奋大叫。

唐措和靳丞哪得着他提醒，话音未落，便来到了窗边。帘子被掀开的刹那，灰尘扑簌簌地往下掉，而刚才的光就在这时重新出现，将漫天飞舞的灰尘照亮。一切就像慢动作，灰尘慢悠悠地飘舞着，站在杂草丛生的庭院中的红裙少女也慢悠悠地转过身来。她有一双肖似林婉的漂亮眼睛，红裙子、黑皮鞋，长发微卷。

"小姐！"齐辉再次惊呼，目光又不由自主地看向她的脚下，瞪大眼睛，"影子，她有影子，她是活着的！！！"

"黎明之前"副本唯一活着的NPC，出现了。

唐措却在蹙眉。

在一大群活人中突然出现一个死人，意味着出事了；在一群死人中忽然出现一个活人，也不是什么好事。更糟糕的是，小姐的手上拎着一个很大的塑料桶，而那道光是她的手电发出来的。她似乎完全没有看到屋里的他们，兀自拎着桶走到墙边，打开桶盖开始倾倒。

隔着窗户和惨淡月光，唐措看不清那桶里的究竟是什么，但这不妨碍他发挥基本的想象力。

"她不会是在倒油吧？她要放火把于公馆烧了吗？"齐辉也猜到了，死亡的威胁忽然逼近，让他下意识后退一步——依然没有人回答。

靳丞眼尖，借着光看到小姐腰间挂着的东西，蹙眉道："那是钥匙吗？"

唐措点头。出现在唯一的活人NPC身上的钥匙，一定很关键。要么是大门的钥匙，要么是琴房的钥匙。

这时，小姐的脚步顺着墙壁渐行渐远，她似乎真的要把油洒遍于公馆外的每个角落，把这里整个烧掉。

唐措又想到了荣弋。

在这个1936年的时空，才过去一个多小时，而他们进入副本已经好几个小时了。荣弋一定已经见过小姐，知晓她要烧掉于公馆的事情，可以操纵时间避过大火，可别人不能。

被阴了。

13

"小姐！于小姐，看这儿！里面还有人啊！"齐辉开始拍窗户，焦急地大声呼喊。可不论他怎么喊，穿红裙的少女都不曾回头看他一眼。齐辉喊到嗓子发干，手都拍痛了，回头一看——唐措和靳丞不见了。

刹那间，他汗毛倒竖。

齐辉急忙去找，大声喊着两人的名字，正当他以为自己被丢下时，唐措从厨房探出头来，面无表情地看着他。

齐辉立刻噤声，唐措便又转身回去。深吸一口气，齐辉定了定神，这才跟上。谁知他刚跟上去，唐措便回头说："你继续喊。"

别啊，请让我跟着大佬你啊！

"去。"大佬一个字，小弟只能遵命。

齐辉战战兢兢地回到窗户前，几度回头望向唐措，那不舍、那留恋，看得刚从管家房里出来的靳丞不由得轻啧。

"啧。"就那么轻轻的一声，吓得齐辉恨不得趴到窗户上，再不敢看了，弱小、可怜，又无助，只能继续呼喊窗外的于小姐。

"小姐！小姐你开门啊！

"你有本事浇油，你就有本事开门啊！"

靳丞这才放过他，跟从厨房出来的唐措打了个照面，说："管家的小黑板上有人用粉笔写了字。"

唐措挑眉，立刻跟靳丞过去看，才发现那块本该布满灰尘的黑板被人胡乱擦了一下，不怎么干净，但看得出上面的字是新写上去的——

> 1936.6.8
> 一切终将结束

1936年6月8日无疑是今天，"一切终将结束"指的是"阁楼住客死亡、烧毁于公馆"的这个结束吗？

"这笔迹有点秀气，不像阁楼那位，倒像是门外的小姐写的。"靳丞是见过阁楼住客的笔迹的，因为1926年的时候，阁楼墙上有他写下的零碎乐谱，阿拉伯数字的写法不一样。

"这就证明小姐也进来过。"唐措摸着下巴，若有所思。

灭门惨案的十年后，两位侥幸活下来的当事人又回到于公馆，一个安详死去，另一个写下结束语，跑到门外纵火——关键是，这两位似乎是一起回来的。

靳丞抱臂靠在尚算干净的门边，问："你觉得小姐这么多年，是谁养大的？"

这个问题的答案显而易见，唐措没有回答，现在时间紧迫，也由不得他们停下来慢慢推理："夫人和小姐的房门到现在还没打开。目前已知四个时空，每个时空里都能找到一两把钥匙，这里应该也可以。"

1924年，唐措在那里找到了地下室和于望月房门的钥匙。

1926年，又找到了书房和书房小门的钥匙。

1936年呢？按照这个副本的规律，也应该有所收获才对。

还有，唐措在1924年时，从管家的钥匙串上拿到了五把钥匙，三把用来开阁楼的锁，一把开地下室，另一把又要用在哪儿？

"这里没有管家的钥匙串？"唐措问。

"被拿走了。"靳丞已经检查过原本挂钥匙串的地方，那里缺了一点灰尘，证明原先挂过东西但刚被取走。

唐措瞬间想到小姐腰间的钥匙。

可这不对。

1924年和1926年的钥匙串上挂的钥匙有所不同，那是因为这两年间，管家还活着。管家活着，钥匙串上的钥匙发生变动是很合理的。

可管家已经在1926年死了，在这十年里，钥匙挂在那儿，是不该有任何变化的。也就是说，小姐拿到的那串钥匙，应该就是靳丞在1926年拿到的那串，三把对应阁楼锁，一把对应书房小门的锁。

"去书房。"唐措当机立断。

靳丞跟他心有灵犀，一听到"去书房"，就立刻明白了他的意思。还是按照上次的方法，唐措直奔书房，靳丞负责牵制NPC。

书房内，除了多了些灰尘，一切与1926年没什么两样。

唐措直奔小门后，绕到床边看到丫鬟的白骨，也与之前没什么两样。他环视一周，试图找到小姐留在这里的痕迹，可什么都没有找到。

难道小姐取走钥匙串，仅仅是帮阁楼住客打开阁楼的门锁吗？

唐措不信，继续查找，过了一会儿终于想起自己遗漏了什么——于望年的日记本！丫鬟死前看到了于望年的日记，日记本上沾了她的血，所以只有几页是看得清的。可现在那本日记呢？

不同时空里的物品，不会因为在上一个时空中被玩家拿走了，在下一个时空中就消失。日记本不见了，只能是被NPC拿走。可NPC拿走一本已经被血液污染的日记本做什么？是那些没被血液掩盖的日记内容有什么关键信息吗？

恰在这时，门外传来齐辉的喊叫声："她又在看表了！我觉得她马上要点火了，怎么办？！"

闻言，唐措立刻闪身出门，在走廊上与靳丞碰头。

两人打了个照面，眼神交错，而后齐齐往阁楼跑。NPC夫人在后头追，可能被靳丞三番两次的挑衅激怒了，越发凶狠，呼出的森冷鬼气几乎就在唐措后脖颈吹拂。

"先走！"靳丞推了他一把，转身便是一抔香灰，犹如天女散花。

可香灰仅有震慑的功能，面对夫人这样的高阶NPC，一次管用，两次就不够看的了。二楼没了于望月，NPC夫人也似乎更容易暴走，双眼赤红、指甲尖利，发出的低吼都刺人耳膜。

此时两人已经到了通往阁楼的楼梯上，唐措一路向前没有回头，靳丞则一脚蹬在楼梯扶手上，一个利落的转身，怀中小竖琴发出悠扬琴音。

"咚——"

声波这样的精神类攻击，对NPC这样的精神体来说，犹如实质，夫人被迎头痛击，整个身体往后退出好几米，神情痛苦，也更歇斯底里。她再度冲上来，可这时唐措已经打开了阁楼门，门开的刹那，他侧身让靳丞进来，而后抬手一个小火球，正中NPC夫人面门。

"啊！！"NPC夫人捂着脸，伤得猝不及防。

与此同时，唐措和靳丞已经进了门，虽然门挡不住鬼魂，但里面有NPC于望月和NPC阁楼住客，倒也不怕NPC夫人再闯进来。

两人也没管屋里的NPC，快步走到窗边，往下看。

小姐还站在杂草丛生的宽阔庭院里，脚边是空了的油桶，而她的手里还握着块怀表。隔得太远，两人看不太清她的表情，只见她幽幽望着于公馆，茕茕孑立。

靳丞："她在犹豫。"

唐措："心有挂怀。"

靳丞："你觉得她真的听不到我们的声音吗？"

唐措："那就诈一诈她。"

说干就干。

靳丞微微一笑，鬼点子立刻浮上心头，用力敲了敲窗玻璃，朝楼下大喊道："喂，楼下的漂亮小姐，阁楼这位还没死透呢，他又活过来了，你要上来看一看吗？"

小姐没有回应，更没有抬头看。但唐措一眼不眨地盯着她，还是从她身上看到了一丝僵硬——她听到了。

靳丞继续说："看来他注定是要跟我们死在一块儿了，不过——我们都要被烧死了，怎么能让他死得太轻松呢？大侦探，你说对不对？"

唐措极其勉强地配合道："嗯。"

靳丞顿觉有趣："那你说我们该怎么做？"

唐措："听你的。"

从唐措嘴里听到这句话，靳丞真是受宠若惊，哪怕他知道这只是为了唬人。

"这样吧，"靳丞眼珠子一转，有了主意，"不如用于望年的枪杀了他，那把枪里不是还有子弹吗？"

于望年作为小姐的父亲，却让女儿从小生活在这样一个压抑的囚笼里，小姐恨他吗？靳丞认为她是恨的。

夫人常年卧病在床，小姐能够得到的来自母亲的关爱一定大打折扣，而她的父亲又是那样一个拥有极端控制欲的男人。她不能自由地学习钢琴，不能拥有正常的家庭，甚至目睹了灭门惨案，恨是一定会恨的。

那她对阁楼住客又抱有怎样的情感呢？

线索太少，靳丞没办法做出准确的判断，但很快就会知道答案了，因为小姐突然抬头看向了他。她的眼神里有愤怒。

这佐证了靳丞的猜想。不管小姐对阁楼住客抱有怎样的感情，有多复杂，这种感情必定是正面大过负面的。

抓住这一点，他们或许可以牵制对方。

然而，森冷的气息忽然在背后爆发，不用回头，呼啸而来的劲风已经告诉他们——身后的NPC，因为他们的举动而暴走了。

"哇哦！"靳丞感叹的同时，迅速将唐措护在身后，小竖琴来不及拿出来了，咬破舌尖，一个爆裂的字符从舌尖绽放，强大的音波如水波扩散，千钧一发之际，将袭来的NPC拦下。

唐措看得分明，暴走的是阁楼住客，而且他的攻击力比夫人还要强。

两人迅速退往二楼，唐措也祭出了裁决之剑。

NPC虽然没有实体，无法进行物理攻击，但裁决圣辉对一切邪恶之物都有压制效果。NPC不能说都是邪恶的，但绝不能算作光明阵营。

糟糕的是，夫人虽然没有追上阁楼，但一直在二楼的走廊游荡。走廊尽头靠近楼梯旁的厕所里，还有一个碎脸NPC。

他们此时下去，可谓是前后夹击，无处可逃。

只消一眼，唐措便对现状有了基本判断，疾声问："你能把他们引到一起吗？"

靳丞与他背靠着背，道："当然。"

语毕，两人迅速分开，一个大步流星地冲向前方，一个却稍稍落后，在阁楼住客即将追上时忽然急停、折返。

折返的自然是唐措，他用出了系统奖励的，但到现在都没用过的一个技能——空中漫步。[①]

唐措在墙壁上借力跃起，靠着那一秒的滞空时间，整个人倒挂在天花板与墙壁的直角上，一剑挥出，从背后将NPC阁楼住客打向靳丞。

一秒过后，他潇洒落地。

NPC阁楼住客想要回身打他，可靳丞的攻击也到了，吸引了更大的仇恨值。

靳丞的引怪能力一向冠绝永夜城，无论什么副本，就没有他吸引不了的仇恨。此时三个NPC追着他打，一个比一个厉害，NPC阁楼住客更是大BOSS级别的，浑身阴气缭绕，直把两人的视线全部遮住。

整个走廊里，一片令人心悸的暗黑，哭声伴着阴风，令人毛骨悚然。

唐措的脸色稍显严肃，但依旧镇静，因为他的同伴是靳丞。他只消喊一声靳丞的名字，靳丞就会知道自己的想法。

"靳丞！"

"来了。"

不过五秒，那道熟悉的声音便一个滑铲从暗黑中冲出。

唐措提剑冲上，两人错身而过，一个进一个退，于刹那间完成互换。而后，唐措激发了圣光护盾，透明的护盾散发着浓郁的神圣光芒，瞬间将走廊照亮。

光芒刺眼，NPC们下意识地伸手遮挡，眼中亦流露出难得的恐慌——有效。

十五秒的护盾，每一秒都很珍贵。唐措当机立断朝前推进，逼得三个NPC连连后退，而就在他们退过楼梯口时，唐措和靳丞立刻转向——下楼！

走过楼梯，还剩五秒，一楼还有NPC，唐措干脆也不避，直接用护盾开路，以极快的速度杀到客厅落地窗边，把齐辉惊得张大了嘴巴。

靳丞又默默地站到两人中间，冷漠地瞥向齐辉，把人吓退了。

"大、大哥，屋外……"齐辉深感惶恐。

"放心，她暂时不会点火。"靳丞语气笃定。他望了一眼窗外，正与小姐四目相对，便痞笑着挑了挑眉，满脸挑衅。想要牵制小姐，就得摸清副本中很重要的一个设定——活着的NPC，到底能不能看见鬼？

小姐无法看到NPC阁楼住客，那自然就无法判断他的生死。而从他们还在地下室上香祭拜等种种迹象来看，活着的NPC应该是看不见死去的NPC的。

靳丞又看向唐措："你在书房有什么收获？"

唐措："于望年的日记本被拿走了。"

---

① 获取来源：决胜魔鬼城；级别：初级；分类：技能；品质：普通；描述：滞空1秒，冷却时间1分钟。出自《人间试炼游戏》第四章：魔鬼之城。

靳丞："你还记得上面写了什么吗？"

唐措："当然。"

靳丞："完美。"

过目不忘，是一个侦探的基本素养，哪怕他是三流的。

14

于望年的日记本上共有五页较为清晰的内容，分别记录着不同时间段发生的事情。只是这五页纸上沾了几滴血，把一些零碎的信息模糊了。

191× 年 10 月 × 日

我从未见过那般像丁香一样的姑娘，她必将我的心神掠走了，否则我怎能如此辗转难眠？

19×× 年 × 月 10 日

今日之喜，喜结连理，喜不自胜。

1920 年 2 月 6 日

两岁的囡囡，会叫爸爸了。

我为她准备了最好的礼物，存在金城银行私人保险柜里，待她十八岁时再行取出。

1922 年 ××××

望月即将从大不列颠归来，甚喜，团圆之日可盼矣。

1924 年 6 月 24 日

我恨她，但我还是爱她。我知道她的心或许不在我身上，但必将与我葬在同处。

于望年的记事风格也很简略，不常记，且每次只有一两句话。而这五篇日记里，除了最后一篇被唐措判定为是他刚进副本时所在的时空，另外四篇无法断定。

不过唐措有种直觉，剩下的那个未知时空，就藏在这几篇日记里。

"1936 年的日记本已经被拿走了，所以荣弋没有在这里见过它。"靳丞道。

"对。"唐措点头。荣弋想要看到日记，除非复刻唐措走过的路，或者在进副本前就知道情报。但如果他一早就知道，那根本不需要再与靳丞做什么交易，所有时空全部解锁，他占的优势太大了。

唐措继续道："1922年，于望月回国；1923年年初，他们一家四口拍了合照，时间对得上。现在三个时间点：初遇、结婚、回国，你觉得哪个是关键？"

至于1920年那个，时间给得太准确，唐措反而将之排除。

靳丞略作思忖："从1920年倒推，于望年和林婉的结婚日期应该在1918年以前。1916年和1917年最有可能。"

闻言，唐措眸光微亮："1920年时小姐两岁，于望年为她准备了礼物放在银行，等到十八岁时再取出。现在是1936年，她正好十八岁。林砚东给的情报062，会不会是保险柜的柜号或者密码？"

靳丞摸着下巴若有所思："这样说来，小姐特地找日记本，或许就为了这份礼物，我们得抢在荣弋之前拿到它。"

齐辉听到了，终于忍不住小声问："可那礼物在银行啊，我们怎么取？难道说小姐已经把它取出来了？"

"可以打电话。"唐措此刻的思路极其通顺，"日记上写了，是金城银行，民国时期有名的私人银行之一。电话簿上应该有银行的号码，我们打过去或许能知道些什么。"

可现在的问题是，电话能打出去吗？就算能打出去，大概也只有1926年的电话有用，电话簿也在那儿。

此时距离半夜零点还有一个半小时。

三人没有荣弋的开挂能力，只能等。在等待的时间里，靳丞负责拖住小姐阻止她放火，唐措和齐辉继续寻找线索。

二楼的NPC凶残，单凭他们两人有些吃力，于是从一楼开始，一间房一间房地重新搜索。

1926年和1936年两个时空里的于公馆大体上是不会有什么变化的，因为于公馆被灭门了，能够对这里做出改变的，只有小姐和阁楼住客这两位NPC。所以他们的目标很明确——找不同——厨房没有明显变化；地下室的香炉里多了几炷香；管家房里的黑板有变动；女佣和丫鬟房里没有明显变化。

转了一圈，唐措又回到客厅，面对靳丞投过来的询问的视线，摇摇头。

此时屋外的小姐已经快失去耐心了，本就对靳丞的话有所怀疑，时间拖得越久，怀疑就越重。她再度遥望着阁楼的方向，看那样子知道阁楼住客是死在那儿的。

蓦地，她笑了笑，用冰冷又带着些许愤怒的目光看向落地窗内的靳丞。

这可有点糟糕。

靳丞鬼点子再多，面对这样的情况，也有点束手无策。唐揩也没有什么好办法，所以非常干脆地把难题丢给靳丞，转头开始搜查客厅。于是当靳丞无奈地回头看向他的大侦探时，看到的就是唐揩拿着根断掉的桌腿在壁炉里捣灰的画面，有一点点可爱。

"于小姐，"靳丞抱臂靠在玻璃窗上，一边用余光欣赏着唐揩捣灰的英姿，一边跟窗外的小姐喊话，"我知道你想一把火烧了这里，结束这一切，可是你确定烧了之后，故事真的就结束了吗？"

小姐没有答话。

靳丞继续说："不会结束的，等到很多年之后，你也不可能忘了今天晚上的大火。那是另一个痛苦的开端，不是吗？

"所有人都死了，不管是被动的还是自愿的，可就只有你活着，只有你独自承担这一切。如果你把这里烧了，也就不可能再有人知道这个故事，去理解你了。

"你会孤独。

"孤独一生，痛苦至死。"

靳丞与其说是在劝阻，不如说是在诅咒，齐辉听了都想打人。

小姐的脸色果然沉了下来，她盯着靳丞，那双漂亮的眸子里满是深邃的、透不进光的黑暗。她也终于开口说了第一句话："你懂什么。"

这是一句陈述句。

靳丞耸耸肩："我是不懂，但我有说错吗？"

小姐不欲与他废话，越是心中动摇，就越想快些结束这一切，不给自己动摇的机会。她很快便掏出一盒火柴，不再看靳丞，径自将火柴点燃。

唐揩却在这时从壁炉那厚厚的灰里捣出了一样东西。那是一把金色的小剪刀，像是女人做针线活时用的，掂了掂分量，挺重，看成色似是用纯金打造。

值得注意的是，这把剪刀上有血，而且血迹已经干涸，并未沾着灰尘。也就是说，这把剪刀是在血迹干了之后才被扔进去的。

在前两个时空里，唐揩不是没有检查过壁炉，但都没见过这把剪刀。

"靳丞，"唐揩叫了靳丞一声，待他回头便把剪刀丢过去，直言，"凶器。"

靳丞接住，挑眉："杀谁的？"

唐揩："夫人。"

靳丞："你确定？"

唐揩眨眨眼。

靳丞明白了，兵不厌诈嘛。

于是靳丞拿着剪刀继续跟小姐说话："你还记得这把剪刀吗？"

小姐神色骤变，手里的火柴都掉在地上，很快便在草丛中熄灭。

靳丞一看有戏，心里也明白了些许真相，微笑道："你看，你根本什么都没放下。你杀了她对不对？就用这把剪刀扎进她的心脏，从那一刻开始你就放不下了，无论于公馆是否还存在。"

"你住嘴！"小姐大叫一声，捂住了耳朵。在这一刻，冷漠的外壳裂开一条缝，露出皮肤下藏着的暗疮。靳丞的话就像针，无情地扎下，暗疮便开始流脓。

"你懂什么？你不过就是一个闯空门的贼，像你们这样的人，什么也不会懂。"

听到她这句话，靳丞才算明白了玩家在这个副本里的定位，原来是贼。神一样的贼，老子还不乐意做这贼呢！

"贼亦有道，小姐。如果你放我们出去，我们不会把在这里发现的事情说出去。但如果你非要放这把火，你烧得死我们，烧得掉这把剪刀吗？我的同伴一定会来找我们，真相也总有大白的一天。"

小姐咬着牙，冷笑道："但到那一天，你们早就变成枯骨了。"

"鱼死网破确实也可以，不过——"靳丞又问，"你真的不想再见见她吗？她就在这栋屋子里，你杀了她，现在又要杀她第二次，真的下得去手？"

"你说什么？"小姐难以置信。

"我说她就在这里，在看着你，而你，她亲爱的女儿，又要杀她第二次。"

"这不可能！"

"她有一双漂亮的杏眼，跟你一样，对不对？她已经死了，房门锁着，我不可能见到她。你也可以说我看过她的照片，可照片不会告诉我，她死时穿着白色的衣服，胸口有血。"

"住嘴，你住嘴！"小姐要疯了。她怎么能相信夫人还活着，可忍不住看向二楼的窗户时，却仿佛真的看到夫人站在那儿。

她知道那是她的想象，是假的，可她的大脑管不住她慌乱的心，多年前的一幕又在她的眼前反复上演。

血。

她的手上到处都是血，怎么擦都擦不掉的血，金色的剪刀落在地上，"哐当"一声，床上的女人痛苦地呻吟着，渐渐失去了呼吸。回忆在折磨着她，神经传来钝痛，让她陷入疯狂："她根本不配做我的母亲，如果不是她，这一切都不会发生！"

靳丞的神色却越发冷漠，仿佛一个袖手旁观的看客："哦，可她生了你，她就是你的母亲啊。"

"可她的心里只有她的爱情，她要爱情，父亲要爱情，他们都要爱情，唯独不爱我。"小姐说着，抬头望着黑沉沉的天幕和越发惨淡的月亮，疯狂逐渐变成低喃，"他们到最后也没有选择我。"

痴男怨女，随爱情生，随爱情死，却多把痛苦留给别人。

靳丞看着她脆弱的样子，不由得困惑。其实在他短短三十多年的人生里，从未觉得爱情是伟大的。既然是私人的感情，那就称不上伟大，快乐与苦痛都是自己的经历，只为自己服务，与他人无关。虽说爱情是美的，痛苦有时也可以是美的，恰如破碎的心撒落一地。

爱情究竟是个什么东西，影响力怎么这么大？

"喀。"唐措被他盯得有点不自在，干脆走到窗边打断了他的注视。屋外的小姐还保持着刚才的动作，宛如定格，唐措没兴趣跟人探讨爱情，开门见山地问："林婉到底爱谁？她爱于望月吗？"

小姐这才看向他，歪过头，哂然一笑："是啊。她爱谁不好，偏偏爱的是他。求而不得，便要将人毁了。"

"小叔叔是个很好的人。"她顿了顿，又说，"我这些年住在他旅居国外时生活过的地方，碰到了他的主治医生。医生告诉我，如果他不坚持回国，还可以活十年。"

说这些话时，小姐虽然看着他们，目光却没有落在实处，更像是在喃喃自语："他是一个无线电专家。"

话音落下，小姐陷入长久的沉寂，而于公馆的二楼，传来了女人凄厉又哀婉的哭号。其中夹杂着的悔恨、痛苦和绝望，就像一千根针刺在人的心上，密密麻麻。

唐措深吸一口气，盯着小姐，继续问："那阁楼那位呢？他又扮演了什么样的角色？"

"我不知道。

"我真的不知道。"

小姐痛苦地蹲下来，抱着头，终于脆弱又无助地哭了起来。她也许真的知道，只是不愿意说；也许真的不知道，不愿意再追究。

所有人都死了，只剩她一个了，追究又有什么意义？

于公馆内外，只剩 NPC 们的哭声。

齐辉一时消化不了小姐吐露出的真相的一角，唐措和靳丞也还在思考，不过有一点可以肯定——至少小姐现在不会急于放火了。这一劫已避开，他们只待零点过后，回到 1926 年打电话。

此时距离零点还有最后的四十三分钟。

唐措和靳丞重新回到二楼，打算把二楼再搜索一遍。托小姐的福，NPC 夫人可能被刺激到了，不知躲到了哪里，没有再出现。

碎脸 NPC 倒是还在，但不靠近他所在的区域，他也不会主动攻击。

"小姐和夫人房门的钥匙还是没有找到，琴房也还没开。"靳丞边走边说。

"我现在在想一个问题，于望月既然是个好人，为什么会在死后还留在这栋宅子里，每晚弹一首古怪的乐曲？"唐措道。

"你觉得这有特殊的意图？"

"也许。"

两人在二楼转了一圈，来到通往阁楼的楼梯口，却没有上去。靳丞抱臂望着半掩的阁楼门，徐徐道："我忽然想到一个办法，或许能拿到小姐腰间的那把钥匙。"

唐措问："什么？"

靳丞卖了个关子，笑着说："你待会儿就知道了。"

大约十分钟后，靳丞和唐措又回到了客厅。齐辉还留守在这儿，见两人过来，忙让出落地窗前的位置。

靳丞从口袋中掏出一封皱巴巴的还沾着灰尘的信，冲屋外的小姐挥了挥，说："我们刚才上去又找了一遍，发现一封你叔叔留下的信，想看吗？"

小姐霍然抬头。

靳丞继续说："看不看随你，不过，鉴于你刚才想放火烧死我们，你得拿个东西来交换。就用你腰间的那把钥匙怎么样？"

闻言，小姐下意识地握住了钥匙："你以为这是大门的钥匙吗？"

靳丞摊手："赌呗，你换不换？"

"我怎么知道你是不是骗我？"

"我都说是赌了，不过如果你想要验证一下，我也可以让你凑近了看一眼。"

靳丞表现得如此磊落大方，倒叫小姐一时拿不定主意。半晌，她终于迈步靠近，看到了那封被靳丞拿在手里的信。

月色朦胧，灯光昏暗，她看不太清信的内容，但那字迹确实很像小叔叔的。

靳丞很快又把信收回去，问："你换不换，不换我就烧了。左右我不认识什么于望月，留着对我也没什么用。"

小姐犹豫，钥匙握在掌心，迟迟没有做出决定。

唐措静静地等着，余光瞥着客厅墙上的钟，时间一分一秒地过去，距离十二点还有最后的十九分钟。

"我换。"天籁终于响起。

靳丞却临时反悔："晚了，除非你再回答我一个问题。"

小姐既然答应，便不可能在这时放弃，咬牙道："什么问题？"

靳丞："你父母是哪一年结婚的？"

小姐："啊？"

这是什么鬼问题？

15

"1916年，我的父母于1916年成婚。"

小姐从门缝中塞进来的钥匙匹配琴房的钥匙孔，而此时距离零点还有最后的十一分钟。唐措和靳丞不敢耽搁，火速冲往二楼，也不去管小姐拿到信之后的反应。

齐辉跟不上他们的速度，只好留守客厅，等待零点琴声响起，再与他们一同去到1916年。

二楼。

空荡荡的琴房里只有一架钢琴孤独地沐浴在惨淡月光中，它的琴键上有几个明显的手指印，证明小姐肯定进来过。

琴凳是可以打开的，唐措从凳子里又找到一把钥匙。但除此之外，琴房里真的什么都没有，更别说六号乐章了。两人走遍了琴房的各个角落、拍打墙壁，也没有找到任何密室或触发任何剧情。

"六号乐章如果不在这里，会在哪里？"靳丞道。

"先去开门。"唐措当机立断，两人便又回到走廊上，用琴凳里的钥匙去开夫人和小姐的房门。

恰在此时，楼下传来了小姐愤怒的叫声："你们骗我！"

信是靳丞伪造的，字迹远看着像，但仿得仓促，做旧的效果也不好，近看就会穿帮。被愚弄的小姐自然怒不可遏，于是紧跟着传入两人耳中的便是齐辉的惊呼。

"她开始放火了！好大的火，烧起来了！"

唐措和靳丞对视一眼，眼中是同款的淡定，还剩几分钟，小姐要烧便烧，反正时间一到，他们便拍拍屁股走人。

他们继续开门，被打开的是小姐的房间。这是一间风格很明显的大户人家小姐的闺房，偏西式，床上还摆着两个破旧的穿公主裙的洋娃娃。唐措看到洋娃娃这个恐怖片常见元素，二话不说就把它拆了。靳丞听到了清脆的布帛撕裂声，略感到牙疼。唐措可不管他，开启疯狂拆卸模式，短短五分钟，小姐的闺房就变成了一个垃圾回收站，恐怖的气氛荡然无存。

他还会嫌弃靳丞的效率。

"你找到什么吗？"

"没有。"

"……"

"你刚刚是在嫌弃我吗？"

我重申一次，嫌弃我，是不可以的。

唐措不想跟他废话，撕了洋娃娃后，又从梳妆台的抽屉里找到了一个小竹筐。竹筐里放着各种蕾丝发带和碎布，还有针线包，如果把壁炉里找到的金色小剪刀放进去，正好是一套。这大概就是小姐杀害夫人的证据之一了，如果玩家无法从小姐那儿得到答案，那这就是佐证。小姐的房里还有一个保险箱，藏在她的衣橱里，六位数密码。

还有最后两分钟，唐措的动作很快，脑子转得也快，十指如飞地输入密码：180206。

因为在于望年的日记本上，他这样记录着：

1920年2月6日

两岁的囡囡，会叫爸爸了。

我为她准备了最好的礼物，存在金城银行私人保险柜里，待她十八岁时再行取出。

赌一赌，2月6日就是小姐的生日，往前推两年，就是1918年2月6日。

"咔嗒。"保险柜开了。

"来不及了，快。"靳丞的提醒也随之响起，唐措顾不上看，一股脑儿把保险箱里的东西拿走，而后跟靳丞回到琴房，他们还想看一看零点时琴房的变化。

踏进琴房的那一秒，"当！"客厅的钟声如约响起。两人齐齐看向钢琴，看到NPC于望月站在钢琴前，却没有坐下来弹奏。

无人弹奏的钢琴没有任何变化，自然也没有琴声传出。

唐措不由得蹙眉，此时于望月恰好转过头去，他便顺着于望月的视线看去，看到了穿墙而来的NPC阁楼住客。两个NPC遥遥对视着，NPC于望月忽然稍稍退后，把钢琴前的位置让了出来。

这倒是有意思了。

靳丞和唐措不敢出声打扰，便抱臂靠在门边看。此时齐辉也因为一楼的大火跑了上来，气喘吁吁地出现在门口，被靳丞抬手拦住。

"嘘。"

齐辉赶紧定住，大气都不敢出一下。

那厢NPC阁楼住客终于走到了钢琴前，抬手在钢琴上轻轻抚摩着，目光幽深而复杂。大火已经蔓延上来，火苗从窗户的缝隙里探进头来，仿佛要把月光都灼烧，而走廊里，也渐渐传来了热浪。噼里啪啦的声响中，这栋年久失修的废弃老宅终于发出了不堪重负的声响，玻璃碎裂、梁柱倒塌，毁灭只是一瞬间的事情。

火光在NPC阁楼住客的眼中明灭不定，他遥遥望着、望着，似是想起了遥远的过去。良久，他终于坐在了钢琴前，抬手按下了第一个音。

《神灵、羔羊和乌鸦之歌》，诡异又轻快的曲调，在越来越旺盛的大火中，被那热浪衬托着传遍整栋宅子，而后向上，不断地向上，一直飘到窗外那惨淡的月亮上。

此时，唐措和靳丞反而不急着走了，任热浪如潮、大火汹涌，两人专注地看着弹琴的NPC阁楼住客。

他弹得很忘我，表情痛苦又快乐，曲子虽然诡异，但配着他的表情和这大火中的老宅，竟分外贴切。他们回头看，夫人、碎脸、管家、丫鬟和女佣都因为大火而慢慢聚集在这里，最后出现的是于望年。

NPC们没有再互相厮杀，好像知道一切都要结束了，神情或哀戚，或解脱，复杂不一。于望年和夫人遥遥相望，但终究没有说上一句话。

1926年。

乐曲即将结束的那一刻，靳丞和唐措、齐辉来到了这里，一边往楼下客厅走，一边开始抽丝剥茧。

靳丞："在这个副本里，六号乐章作为剧情的一部分，已经融入故事里。它必定有自己的来源，原先我们都以为这首曲子是于望月弹的，可现在看来，它跟阁楼住客有关，否则于望月为什么要在最后让他来弹？"

唐措快步走过楼梯："没错，也许这首曲子就是阁楼住客写的，于望月死后每天晚上弹奏它，是在提醒。"

让唐措做出这种判断的，还有一个很重要的原因——从已知的信息来看，于望月确实是个好人。他身体有病，家境富裕，依靠国外的医疗技术可以活十年，但仍然选择回国，因为他是一个无线电专家。他去国外学了先进的技术，必定要回国，将它用到该用的地方上去，这是志向。

心怀远大者，很少囿于后宅阴私，恰如于望月，哪怕成了NPC，也依旧平和。这样的人，跟《神灵、羔羊和乌鸦之歌》这种乐曲太不搭调。

当然，这些目前只是推测，他们首先要做的还是打电话。1926年没有玩家，所以时间被重置了，三人很快就找到了电话簿，翻到银行的号码，顺利拨出。

等待接通的时候，齐辉紧张地盯着话筒，一颗心扑通扑通地跳。刚才进行时空穿梭的时候，他其实很想去找周大海，但不敢说。靳丞给人的感觉太可怕了，老是突然间瞪过来，让齐辉很担心自己的小命不保。

"您好，这里是金城银行，请问有什么可以为您服务？"蓦地，电话里传来甜美的女声。

电话竟然真的通了！

齐辉激动地看向靳丞，靳丞保持微笑，说："你好，我姓于。几年前我在你们银行的私人保险柜里存了一样东西，现在我想提前把它取出来，请问需要办理什么手续？"

"请问柜号是多少？"

"062。"

"请稍等。"

过了片刻，那边有了回复："于先生，经核实，您保险柜里的东西已经在一个星期前被取出，办理手续的是您的管家。"

"他取出来的是一个箱子，对吗？"

"很抱歉，我无法为您解答。"

靳丞随即又问了几个问题，对方都答不出来，只好挂断电话。他回头看向唐措，唐措若有所思："如果是管家在一个星期前取走了东西，那这个东西应该还在这里。系统既然安排了这段剧情和这个可以接通的电话，没道理找不到。"

齐辉疑惑："可我们不是已经把这里都找遍了吗？"

"不。"唐措斩钉截铁，"我们又有了小姐的房间和琴房的钥匙。"

话不多说，三人迅速回到二楼。

依旧是分头行动，靳丞带着琴房的钥匙去引开两个 NPC，唐措便和齐辉去开小姐的门。小姐的房间看起来和 1936 年时差不多，唐措目标明确——先开保险柜。保险柜的密码没变，唐措把里面的东西拿出来，摆在地上，再把从 1936 年带回来的保险柜里的东西，一样一样对照着摆。它们分别是珠宝首饰一盒，字画一幅，以及一些零碎的小孩子的玩具。两个时空的保险柜里唯一不同的就是 1926 年的多了一本日记。

看来于望年和小姐这对父女，记日记的习惯倒是一样的。

1936 年的日记本应该是被小姐取走了，而 1926 年的这本，因为被锁在保险柜里，相对保存完好。

他翻开日记本，小孩子歪歪扭扭的字迹跃然纸上。

唐措是从头开始看的，最初的日期是 1923 年 9 月 8 日，距离于望月的死亡日期非常近，只相差两个半月。

1923 年 9 月 8 日

叔叔送了我一支笔！

从这一条开始，接下去十几页都简单记录着当天的天气和吃食。此时的小姐只有五岁，虽说出生于大户人家，识字较早，但还是有很多的错别字，有一些字不会写，便用简笔画代替。

大概一个月后，日记的内容变了。

1923 年 10 月 11 日

囡囡喜欢新来的老师，母亲也喜欢他，囡囡很开心。

1923 年 11 月 9 日

母亲总是和老师在一起。

1923 年 11 月 11 日

母亲今天又在琴房，她说她也想学钢琴，囡囡可以跟母亲一起学，很开心。

1923 年 11 月 13 日

母亲好奇怪，她总是看着我的老师发呆，都不看囡囡了。

1923 年 11 月 17 日

母亲说不可以把她经常去琴房的事情告诉父亲，为什么呢？

1923 年 11 月 26 日

叔叔一直在吃药，囡囡不认识瓶子上的字，好奇怪哦，长得像小蝌蚪。父亲说爷爷也有一样的病，是人的心生病了，可心为什么会生病呢？囡囡看着叔叔吃药，心也会痛痛的，囡囡也生病了吗？

1923 年 12 月 15 日

父亲和母亲吵架，我偷偷地看到了。可是每日跟母亲在一块儿的明明是老师，母亲为什么说是叔叔呢？囡囡不懂，他们有点像，可是囡囡都分得清呢。

叔叔捂住了囡囡的眼睛，他说囡囡不要看，囡囡不要怕。

囡囡不怕。

1923 年 12 月 16 日
我的老师不见了，我问父亲，父亲说他走了。

1923 年 12 月 17 日
叔叔也不见了，父亲说，他也走了，"走了"是什么意思呢？囡囡不懂。

1923 年 12 月 18 日
母亲生病了，她要喝很苦很苦的药，囡囡很心疼。

1923 年 12 月 20 日
母亲一直在哭，是不是药太苦了？囡囡给她糖，母亲不要。

1923 年 12 月 25 日
半夜有琴声，囡囡害怕。

1923 年 12 月 26 日
囡囡害怕。

1923 年 12 月 27 日
囡囡想要和母亲一起睡，可是母亲一直在哭，囡囡很害怕。

1923 年 12 月 28 日
囡囡害怕，叔叔。

…………

接下去的内容里，"母亲在哭"和"囡囡害怕"交替出现，虽然每一页都只有寥寥几字，但对于一个孩子来说，那可能就是她的全部生活。

新来的钢琴老师应该就是阁楼住客，他在教学的过程中跟夫人产生了私情，可这事儿为什么又会牵连于望月呢？

唐措忽然想起小姐说的，夫人喜欢的是于望月。她爱而不得，所以瞧见一个跟于望月很相似的人，产生了移情吗？最后事情败露，她又因爱生恨，干脆嫁祸于望月，保住情人？

这倒与靳丞说的"替身论"很像，可11月26日的那条日记又可以作为"私生子"的佐证，因为小姐在旁边画出了药瓶上的蝌蚪文，仔细辨认，就是Herzmon。

爷爷也有一样的病，而且是心生病了，那就是遗传性心脏病。

私生子、替身、于望月和夜半琴声，从最初的牺牲者到最后的灭门，这种种串联在一块儿，唐措突然有了一个与痴男怨女的爱情故事截然不同的版本。

如果，这一切都是精心策划的阴谋呢？

16

唐措在研究日记的时候，靳丞过来了。他一边防备着随时可能出现的夫人的鬼魂，一边道："琴房里什么都没有，也没有钥匙。"

这么说，小姐房间的钥匙只有在1936年才能获得。这副本环环相扣，少了哪环都不行，对于玩家来说太不友好。

这时，唐措终于又看到几条有用的信息。

1924年6月4日
二楼的浴室里有血，我看到了。
我问父亲，父亲说林医生也走了，他又为母亲换了一个医生。

1924年6月9日
我又做噩梦了。
囡囡害怕，叔叔。

1924年7月11日
我终于偷到了阁楼的钥匙，可里面是我的老师，不是叔叔。
我没有告诉母亲。

接下来是最后一条，大半年后。

1925年3月4日
囡囡再也没有见过叔叔。

日记到此戛然而止，但谁都知道，小姐还在这里生活了将近一年的时间。是什么促使她拿起了那把剪刀，已经不需要再深究了。因为当一个孩子用纯真的双眼去打量世界时，世界是什么样子，就会在她的心里投下什么样的影子，毋庸置疑。

唯一令唐措好奇的是"林医生"这个人。

原先唐措不知道他的身份，只将他当作一个倒霉的不小心撞破秘密的普通客人，可如果是医生就不一样了。这位林医生还在为林婉治病，那林婉吃的有毒的药是不是就出自他的手？如果是，他必定对于公馆的事有所了解，说不定就是于家的家庭医生，而他被灭口，也不只是因为撞破私情了。

"于望年真正想要隐瞒的，或许不是林婉的私情，而是他弟弟的死。"唐措道。

"这也有可能。"靳丞摸着下巴，"林婉的私情整个于公馆的人都知道，但于望月的死却被瞒得严严实实。"

唐措道："12 月 17 日，小姐说叔叔不见了，可见他是这一天被关起来的。仅仅过了一个礼拜，12 月 25 日，于望月就死了，这么短的时间，再加上他身上没有外伤，很大概率是死于心脏病发作。也就是说，可能是于望年把他关起来的举动，不幸导致了他的死亡。"

靳丞："于望年只是想略施惩罚，根本没想让弟弟去死，所以会愧疚，因为无法接受弟弟的死亡，甚至把尸体保存下来，不让任何人知道，不断地折磨自己也折磨林婉？"

"这样一来，你的替身论就彻底说得通了。"唐措把日记放下，"故事的前半段，林婉把阁楼住客当成于望月的替身。故事的后半段，于望年也把他当作于望月的替身，他自始至终都是替身，永远没有自己的名字。"

靳丞顺着他的话头继续接下去："最有趣的是，第一个把他当替身的林婉并不知道故事的后半段，她把这个替身当成了真正的于望月。"

齐辉听着他们一唱一和，脑袋里就像水晃荡得太厉害都快蒸发了。恰在这时，NPC 夫人又出现了，靳丞随手一把香灰撒出去，再度开打。

唐措继续搜索，因为管家从银行拿回来的礼物还没找到。

可小姐的房间和琴房都找过了，其他的房间在不同的时空也都搜过不止一遍，难道说礼物并不是什么特别的东西，所以被忽略了，还是说礼物放在唯一还没打开的夫人的房间？

可管家在一周前刚把东西拿回来，它可能存在的时空只有 1926 年和 1936 年。而且这副本里还有荣弋，他们不能耽搁太长时间，等零点一到，必须去1916 年了。

时间一分一秒地过去，唐措的眉头渐渐蹙起，齐辉更是心急如焚。他终于爹着胆子跟唐措提议打电话给周大海，问问周大海那边的情况。

周大海在 1923 年，但那里的时间已经过了零点，他们过去只能等天亮，而且会把自己当前的位置暴露给荣弋。可 1923 年或许还有什么重要的线索被遗漏了，他们不过去，就只能找周大海。

齐辉正是想到这点，所以才充满期待地看着唐措，希望唐措能答应。

唐措看了他几秒，才道："不要说多余的话，一切听我指令。"

齐辉重重地点头。

不多时，电话通了，周大海焦急又欣喜的声音从电话里传出："阿辉是你吗？！你那边情况怎么样？我这里都过凌晨四点了，还有一会儿就要天亮了，怎么办？"

闻言，齐辉心里的那块大石不禁又沉重几分。

距离 1926 年的零点，还有四个多小时，等他们过去，那边早就天亮了，这么看来，周大海必死无疑。而一旦周大海死亡，1923 年的时间将会被重置，唐措和靳丞再过去将毫无阻碍。

可唐措仍答应了齐辉现在就打电话的举动，让齐辉的心里终于感受到一丝暖意。

这时，唐措拿出纸笔写下了他要齐辉问的话。齐辉看了纸上写的字，错愕地看着他，却只看到他从容镇静的模样。

来不及多想了，齐辉赶紧照着纸上的念："大海，你先别急，仔细听我说。我们现在暂时没办法过去，也没办法在一两个小时里通关，你想躲避天亮只有一个办法——找荣弋帮忙。"

周大海："这怎么可能，他怎么会帮我！"

齐辉："那就要看你手上掌握着什么关键信息了。"

周大海："这……我、我——"

齐辉："你先别急着说。"

语毕，齐辉清了清嗓子，又道："荣弋，你在听吗？你还没有找到通关的钥匙对不对？还有六号乐章，你不知道六号乐章，哪怕通关也毫无意义。我们再做场交易怎么样？"

电话那头没有应答。

周大海那边倒是几度想说话，但也知道这是自己唯一的机会了，不敢打断。齐辉继续喊话，余光却一直留意着唐措，好像看到他那么镇定，自己也能镇定下来。

就这么一直喊了十分钟，就在周大海快绝望的时候，荣弋终于出现了。

"靳丞呢？"

齐辉下意识地看向唐措，唐措面无表情，黑白分明的眼睛就这么直直地看着他，仿佛要看进他的心里，把一切都看破。

"没有靳丞。"齐辉咬咬牙，"这是我和大海跟你的交易，我们要活下去。"

话音落下，唐措这才提笔继续写字。

荣弋似乎略有些惊讶，隔了两三秒才回复："你想交易什么？"

齐辉："我们可以给你提供一些情报，换你去帮大海把时间调到零点前。"

荣弋："你能有什么情报提供给我？"

齐辉："琴房，你还没有打开琴房，对吗？"

荣弋没有答话，而这时，靳丞也过来了。他跟唐措站在距离电话较远的地方说悄悄话，两人凑得很近，连齐辉都没听见他们在说什么。

荣弋再度出声的时候，唐措的指令也来了。

"我答应你。"

"好。但是你得先帮大海调时间，等到确认他那边的时间变了，我再把情报告诉你。"

"你确定你有资格跟我讲条件？"

"就是因为没资格，所以才要讲。如果我给你的情报是假的，你完全可以把我们两个都杀了，对你来说轻而易举。如果你拿了情报却反悔，我们毫无办法。"

说这话时，齐辉的掌心都在出汗，生怕一不小心惹怒大佬，为自己招来杀身之祸。

荣弋沉默着，但没有动怒。唐措敢让齐辉这样说，便是已经摸准了荣弋的性格。荣弋可以阴靳丞、可以使手段，但那是副本里的正常较量，他已经算是A区脾气很好的一位了，甚至比看起来温文尔雅的林砚东更好打交道。如果是疯子苗七或冷缪、姚青等任何一个人在这里，齐辉这么说，那就是在找死。最终荣弋答应齐辉的条件，短短十分钟内就帮周大海调好了时间，齐辉便把剪刀和获取小姐腰间钥匙的信息透露给了荣弋。

荣弋知道小姐腰间有把钥匙，但没能阻止小姐放火，而是通过不断调整时间来避免火灾的，自然没拿到钥匙。他听齐辉那么说，心里便信了七分。

待双方挂断电话，齐辉激动得眼泪差点都要掉下来，看向唐措的目光更是感激不已。虽说唐措和靳丞没出声，可他们相当于让出自己的情报，成全了周大海。

好人！大大的好人！

齐辉为自己先前的恐惧和猜忌感到羞愧，连连道谢。唐措却无动于衷，盯着客厅的钟，依旧与靳丞说着悄悄话。

大约二十分钟后，唐措再次望向电话："就现在，再打给周大海。"

齐辉已对他全然信服，他说什么就是什么。电话很快接通，那头的周大海也激动不已，语气中满是劫后余生的庆幸。

"大海，你在1923年还发现了什么？赶快说出来，一定不要有什么遗漏，我们的时间不多了。"齐辉叮嘱道。

周大海也不含糊："我重新检查了一遍地下室，发现地下室有关押过人的痕迹。墙角似乎摆过一张小床，床脚的拖痕还在，而且地上有头发，看着不像是于望月尸体上掉下来的。"

闻言，唐措立刻道："你问他，是不是比短发稍长一些的卷发。"

齐辉问了，周大海给了肯定的答复。

唐措和靳丞对视一眼，答案显而易见。12月16日，阁楼住客被关在地下室；17日，于望月被关阁楼。这个时候于望年虽然受了老婆出轨的刺激，但还没有丧心病狂到杀人，只是把他们关了起来。

一个礼拜后，25日，于望月死亡，于望年便把两人调换了位置。

那厢周大海又说："地下室的墙壁上隐约有写过什么的痕迹，但是很淡很淡了，基本上看不出来。我看得眼睛都要瞎掉了，也只看出一些线条和歪歪扭扭的不知道什么东西。原先应该是红色的，好几年前写的吧。"

线条？是乐谱吗？

另一边，1936年。

荣弋调快时间，与小姐隔着落地玻璃窗相遇。他按照齐辉给的线索，成功拿到剪刀跟小姐搭上了话，但因为演技不够、忽悠能力有待加强，过程不如靳丞那么顺利。小姐要么拒绝与他交换钥匙，要么直接怒而放火，荣弋只得一次又一次把时间倒回去，从头来过。

可调整时间不是无节制的，次数太多，荣弋也需要付出很大的代价。如果超出原有限制，他被削弱太多，那后面再遇上靳丞，就只有认输的份儿了。一滴一滴的汗顺着荣弋的鬓角滑落，电话响起，他也来不及去接。

唐措打的就是这个算盘，琴房里没有六号乐章，泄露这个消息不会损失根本利益，却可以暂时拖住荣弋。就算荣弋顺利进入琴房，拿到小姐房间的钥匙，那也得回到1926年才能拿到日记本，而想要打银行电话，也得在1926年。

就看他有没有那个胆量过来"硬刚"。

"你确定荣弋的时间操控是有限制的？"他看向靳丞。

"当然。"靳丞保持微笑，"你知道荣弋有个很著名的座右铭吗？"

唐措不知。

"我活得不怎么容易。"

17

距离 1926 年的零点，还有最后的两个小时，唐措依然没有找到管家从银行带回来的礼物。

三人又回到电话旁。

齐辉积极思考："说到底，管家为什么要提前把礼物取出来？是于望年授意他这么做的吧？"

靳丞抱臂靠在花架上，见他越来越上道："继续说。"

齐辉："于望年是不是已经预料到惨案的来临？大家一起在于公馆这个牢笼里生活那么久了，精神到达极限都快崩溃了吧。他可能察觉到了什么苗头，所以提前把礼物取出来送给女儿，就像、就像料理后事一样？"

这话说得不无道理。

从各个 NPC 的表现来看，夫人被亲生女儿所杀，死前又一直在服药，怨气最重，所以成了高阶 NPC。而本该最可怕的于望年却跟丫鬟们是一个级别的，可见他死时的怨气一般。他或许是真的预料到了于公馆的结局。

对于于望年来说，这何尝不是解脱呢？弟弟被他间接害死了，夫人也死了，所有的爱而不得和愧疚悔恨都会因为死亡而烟消云散。

可说来说去，礼物还是下落不明。

唐措又去了趟管家和小姐的房间，而后再去于望年的书房，几乎要把所有房间的墙皮都剥下来了，也没找到任何线索。

到底遗漏了哪儿呢？

唐措最终站在于望月的房间深思，大门开着，从这里他可以遥遥望见夫人的房间，但礼物会在哪里呢？夫人的房间打不开，钥匙多半在最后一个时空里，难道要去那个时空拿了钥匙再回来开门？

小姐在 1936 年取走日记本，多半是为了日记本上记录的礼物的信息，她并不知道礼物已经被提前取出，可见礼物还没交到她手上。管家去银行取的东西，那东西极有可能仍被管家保管着，他会放到哪儿呢？这么重要的东西……

唐措再度望见夫人的房间，灵光乍现，火速奔向厨房。

齐辉正站在客厅通往厨房的必经之路上，看到唐措几乎是踩着楼梯扶手滑下来，急忙让开。随后他又跟上去："唐哥，怎么了？？？"

唐措言简意赅："密码箱。"

装药的密码箱。

在 1924 年，唐措在厨房找到一个带密码锁的铁皮盒子，里面装着夫人的药。他将它打开后便弃置一旁，因为一个装药的箱子，实在没什么可注意的。

他下意识地忽略了它。

可如果在 1926 年，这个箱子里装的东西已经改变了呢？

很快，唐措在原来的位置找到箱子，用第一次打开的密码去试，已经打不开了。

齐辉兴奋起来："密码换了，里面的东西肯定也换了吧！"

唐措没有答话，专心地破解密码。他先是用小姐的生日试了，打不开，又试了取回礼物的日期，依旧打不开。

靳丞不知从哪个角落晃出来，倚在门边，说："既然是十八岁的礼物，可能于望年仍然希望女儿在十八岁那天打开，你试试那天的日子。"

这真是个奇妙的思路。

小姐的生日是 1918 年 2 月 6 日，那十八岁时就是 1936 年 2 月 6 日，唐措抱着姑且一试的心态输入"360206"，没想到竟然成功了。

齐辉目瞪口呆。

唐措也沉默两秒，随即又淡定地打开箱子，从里面拿出了一个八音盒。八音盒很重，是用纯银打造的，镶嵌着十几颗红色和蓝色的宝石以及水晶，造价不菲，底下还压着张卡片，上头用钢笔写着——爱你的父亲，于望年。

唐措把八音盒打开，上了发条，却没有音乐传出，于是唐措决定把它拆了。

齐辉觉得这也太猛了，忍不住问："这不要紧吧？拆了还装得回去吗？"

唐措没说话，只是抬头看向靳丞，眨眨眼。

靳丞觉得他很可爱，一时被冲昏头脑："拆吧，我给你装。"

唐措遂看了一眼齐辉，又低下头继续拆八音盒。齐辉觉得怪怪的，有哪里不对，但究竟什么不对又说不出来，总之怪怪的，而且觉得自己很多余。

五分钟后，八音盒已经变成了散落的一堆零件。唐措盘坐在地上鼓捣，靳丞就蹲在他前面支着下巴看。等到唐措终于确定八音盒里没藏东西，就把零件一股脑儿推到靳丞面前，靳丞便无可奈何地给他装。

两人全程没说一句话，但那自然流淌的默契把齐辉足足劝退到十米开外，守着电话孤独寂寞。

比他更孤独寂寞的是 1936 年的荣弋，他不光孤独寂寞，还身心俱疲。1936 年的这些 NPC 真的动不动就暴走，动不动就放火。靳丞和唐措是黄金搭档，两个大脑两副身手，他就只有一个人，疲于应付。好不容易拿到钥匙，也绞尽脑汁开了小姐房间的保险柜，联系之前得到的线索，他知道自己得回 1926 年，但想到 1926 年有靳丞和唐措，心生犹豫。

此时过去，他的劣势太大。

想了想，荣弋有了决断，最后一次调整时间，零点的琴声一响，荣弋的身影瞬间消失在 1936 年。

另一边，唐措收好八音盒，开始跟靳丞进行最后的线索整理。只剩最后一个时空，故事的大体样貌已经出来了，整理得清楚些就可以节省接下来的时间。

想必荣弋也已经掌握了大部分的线索，那么现在最重要的就是抢时间。

一个多小时后，零点到了，三人顺利去到 1916 年。

1916 年的于公馆是跟其他时空的于公馆稍显不同的存在，这里宽敞明亮，所有的灯都亮着，窗户外也没有加固的栏杆，处处整洁如新。客厅的茶几上还摆放着许多的糖果，门上贴着喜字，红得喜人。

骤然从鬼屋切换到窗明几净的大宅，齐辉一时有些恍惚，好在唐措很快就把他拉回了现实——"找尸体。"

齐辉瞪大眼睛："尸体？"

"每个时空都有凶杀案，这里当然也不例外。"唐措简单解释一句，转身就往地下室走。他走得很快，开壁橱、下楼梯，一气呵成。

可他被地下室的门挡住了，因为钥匙不匹配。

靳丞弯腰仔细看那钥匙孔："锁换过，这不是后来的那把锁。"

唐措又敏锐地闻到地下室里传出的血腥味，问靳丞要来琉璃灯，照着半指宽的门缝望进去。齐辉也凑过来看，却在看清的第一眼吓得跌坐在地。

"眼睛！有人、有一只眼睛在看我！！！"齐辉惊魂未定，说话都在大喘气。真的太可怕了，门缝里那只眼睛瞪得老大，布满血丝，仿佛眼珠子都快从里面弹出来了，就好像、好像有个人在里面扒着门缝拼命想出来。

唐措没被吓着，但脸色沉凝："是玩家。"

齐辉怔住。

唐措回头："你再看一眼。"

这话是什么意思？

齐辉一时没明白，或者是拒绝明白，但唐措已经给他挪开了位置，他只能硬着头皮凑上去看，心跳如擂鼓。

"孟、孟平？"齐辉在看清那人眼角的痣时，终于认出了对方。他难以置信地喊出这个名字，随即陷入疯狂："孟平？你怎么了孟平？你回答我啊！"

唐措和靳丞没有说话，静静地等齐辉发泄完，接受孟平已经死了的事实。

"为什么？为什么会这样？他怎么就悄悄死在这里了？"齐辉抓着头发，虽然情绪已渐趋平稳，可依旧很崩溃。

"副本一共六位玩家，你、我、唐措、周大海、荣弋，只有五个人，那当然还有第六个。他不在我们之前的时空，就只能在这儿，但从头到尾都没有回应过电话。"靳丞道。

唐措接着说："没有回应，除非他像荣弋那样有实力，否则就是被困住了。而我们进入副本到现在已经过去十几个小时，天亮了，他必死无疑。"

闻言，齐辉哪还能不明白，只是一时无法接受。如果说孟平是在打 BOSS 过程中不幸身亡，那还好接受一些，可现在分明就是活生生在里面被困死的！他死的时候该有多绝望、多崩溃，电话响了那么多次，他却一次也无法把自己的呼救传出去，那画面，齐辉想都不敢想。

"里面应该还有尸体。"唐措又扔下一个重磅炸弹。

"怎么说？"靳丞问。

"每个时空以死亡开头，死的是 NPC 而不是玩家，孟平只是恰好死在了这里。但 1916 年这个时间点是婚礼前后，这么热闹喜庆的日子出现死人，如果你是主人，你会怎么做？"

"暂时瞒过去？"

唐措点头。

想要瞒过去，就得把尸体藏起来，于公馆适合藏尸的地方，除了阁楼就是地下室，寻常的客人一定不会去这两个地方。

鉴于周大海所说，地下室的墙壁上有涂写过什么的痕迹，所以地下室里一定还隐藏着什么故事。这便是唐措倾向于尸体在地下室的原因。

两人随即前往阁楼确认，1916 年的阁楼根本没有上锁，推门进去都是杂物。而这个时空里也没有管家的钥匙串，但他的黑板上记录着不同的内容。

上午

六点：准备工作

七点：早餐

九点：送二少爷离开

下午

十二点：午餐

三点：下午茶

六点：晚餐

九点：清理杂物

很正常的时间表，但最后一行让唐措分外在意。什么杂物需要到晚上九点才清理？这种大户人家，管家在九点后才开始做清理工作，未免太不合理了。

"现在几点？"他问靳丞。

"九点二十八分。这个清理杂物多半是处理尸体了，如果死了人，尸体总不可能一直放着。"靳丞说。

言下之意是，唐措要找的尸体或许已经不在了。

那NPC呢？抱着这样的疑惑，唐措和靳丞又相继探查了其他的房间，主要是于望年的书房。此时的于望年是新婚，与夫人正是如胶似漆的时候，绝不可能分居，所以应该与夫人同住，书房就只是书房。

他们在书房里找到了于望年的日记本，这本日记虽然没有1916年之后的内容，但同样没有污损，补全了之前缺失的部分。

    1915 年 10 月 8 日
    我从未见过那般像丁香一样的姑娘，她必将我的心神掠走了，否则我怎能如此辗转难眠？

    1916 年 2 月 13 日
    婉婉之心不在我处，可我仍旧无法放弃。
    只是不知是怎样的男子，能得她垂怜？

    1916 年 7 月 2 日
    我终于打动了婉婉，天不负我。

    1916 年 10 月 7 日
    婚期在即，一位重病女子自称父亲原配出现在于公馆，并带着一个瘦弱少年，希望能让他留下。
    这着实出乎我之意料，我必得派人回老家好好查探一番。

    1916 年 10 月 8 日
    他叫于望日。

    1916 年 10 月 10 日
    今日之喜，喜结连理，喜不自胜。

1916 年 10 月 11 日

　　我本无意害死她，只怕她病气沾染到我的婉婉，也无法对一众宾客解释事情的来龙去脉，便叫他们先去地下室避一避。

　　只是一个晚上，她竟去了。

　　少年许是无法接受母亲之死，心脏病发作，未能救回。林医生虽有过错，但大错在我，若不是我将他们安置于地下室，林医生必不会待他们如此轻慢。

　　悔之晚矣。

　　于望年的日记记得不多，有用的就这几篇，大致能勾勒出一个完整的故事。靳丞合上本子，闲适地坐在椅子上，屈指敲打书桌："这故事看到最后，没想到还是个原配之子的复仇大计。"

　　阁楼住客如果是于望日，那隐姓埋名回到于公馆，必定为了复仇。那后面发生的一系列事情，就有了完美的解释。

　　1916 年，于望日虽说心脏病发作，但必定是没死的。于望年误以为他已经死了，把尸体送离于公馆，也为日后埋下了祸端。

　　多年之后，于望日隐姓埋名，作为小姐的钢琴老师重新回到这里。他必定知晓了林婉真正爱的是于望月，所以凭借自己与于望月有几分相像的容貌，刻意勾引林婉。

　　林婉泥足深陷，而两人私情的败露，也多半是于望日故意泄露的。

　　这件事就像导火索，彻底引爆了于公馆接下来的一连串悲剧。于望日在其中扮演了什么角色呢？他引诱了林婉，可林婉栽赃给于望月的话可是她亲口说的，这是因爱生恨。

　　丫鬟之死，死在贪婪，女佣也差不离。

　　至于林医生，他的傲慢和冷漠间接导致了于望日母亲的死亡，那他的死也必有于望日的手笔。当时丫鬟假借夫人名义与阁楼的于望日通信，企图栽赃给夫人，于望日或许在其中做了什么手脚，导致医生被害。

　　医生被害的厕所，离他的阁楼很近。阁楼没有浴室，于望日要洗澡的话，必定是要去那里的，他完全有动手的机会。

　　可直接杀死医生的也不是他。

　　他玩的是人心，不杀一人，于公馆被灭满门，而他就静静地坐在阁楼上，看着底下的人互相残杀，最后，全身而退。

　　其中的凶险自不必说，一步踏错，事情可能就会败露。他与于望月相似的脸是他最好的工具，也是最大的破绽。

靳丞："这么说来，于望月也是死后才知道真相的。这个副本里的活人NPC不能看见死去的NPC，于望日就不会防备。"

唐措点头。

于望月知道真相后，开始弹奏于望日作的曲子，希望能提醒还活着的人，可惜没用。

"现在的问题是——怎么开门？"

故事大体清晰了，可于公馆仍旧大门紧闭，地下室的门也打不开。唐措把这故事所有的细节反复又捋了一遍，又将手头没用掉的道具一一摆开，分别是八音盒，以及自己在1924年管家的钥匙串上拿到的一把钥匙。

未打开的门还有三扇：一扇于公馆大门、一扇地下室的门和一扇夫人的房门。

没办法，他们只能继续找。

唐措现在对手上的这把钥匙最好奇，这可是他刚入副本时就拿到的钥匙，但到现在都没用出去，太奇怪了。

他找啊找啊，在大宅里走了几个来回，蓦地，忽然有个东西从他身上掉了出来。他仔细一看，才发现风衣口袋破了个洞，掉出来的是池焰送他的护身符，据说可以带来好运。它被门缝吹进来的风带着，落进了放着电话机的柜子下面。

唐措弯腰去捡，抬头时，却望着头顶的电话机怔了怔。

"怎么了？"靳丞问。

"灯下黑。"唐措立刻直起身子，拿起电话机翻过来一看，电话机底部竟然有个锁孔。他把锁孔展示给靳丞看，眸光难得地亮。

靳丞莞尔。也难怪，他们都快把于公馆翻个底朝天了，就只忽略了这台一直在打的电话机，可不就是灯下黑嘛。

唐措把从1924年拿到的那把钥匙插入，完美契合。

电话机底部的暗格里，藏着的还是一把钥匙——于公馆大门的钥匙。他们仔细想想觉得倒也挺合逻辑的，很多人习惯把大门钥匙放在靠近玄关的地方，鞋柜上或者其他方便之处。

放电话机的矮柜也恰好符合，因为距离大门不过五六米。

这大概就叫聪明反被聪明误，唐措是完全没想到，这副本的通关方式原来这么简单。

可六号乐章还没拿到，他们不可能现在离开，于是由靳丞收起钥匙，两人继续寻找打开地下室和夫人房间的办法。

唐措看向客厅的钟，现在是晚上十点半。

"荣弋现在在哪里？"

"大概还在反复横跳。"

"你确定？"

"放心，他不如你聪明，又活得那么不容易。"

靳丞总是肆无忌惮地在背后说人坏话，特别缺德。说着，他又从兜里掏出一颗巧克力递给唐措："尸体被处理了，那 NPC 呢？"

唐措接过："你哪儿来的？"

"客厅茶几上顺的啊，于望年和林婉的喜糖吧，沾点喜气。"靳丞理直气壮。

你怕不是在诅咒我。

唐措腹诽，但这巧克力看着不错，还是进口的，便还是把它拆出来吃了，他一边吃一边解答："尸体不在，所以 NPC 不在。于望年和管家这些人的尸体都留在于公馆，医生被碎尸，肯定也有零星的一点残存，只有于望日的母亲，她的尸体被整个清理出去了。"

靳丞点头，觉得这样也说得通。

恰在这时，齐辉跌跌撞撞地从地下室门口跑上来，大声喊着："我看到钥匙了！孟平的尸体旁边掉了把钥匙！"

唐措和靳丞连忙往地下室跑。

可就在这时，靳丞眉头微蹙。

电光石火间，他召出机械弓，回身便是目标明确的一箭，"咻——"长箭划过客厅，穿过吊灯的缝隙，直指楼梯。荣弋的身影出现在那儿，闪身避过。他手里的怀表因此而不规律地晃动了一下，但他的施法并没有因此中断。唐措明显感到身体忽然变得沉重，空气如有实质，在阻挡他的前行。在最后一刻，唐措回头看向墙上的钟。

"嗒。"秒针停止转动。

唐措、靳丞和齐辉被定在通往地下室的楼梯上，因为时间停止了。

荣弋却也猛地吐出一口血来，撑着楼梯扶手，把嘴角的血抹掉，再抬头时脸色苍白。但他目光坚毅，没做丝毫停顿便越过了三人，甚至没有多看他们一眼。他径自来到地下室门前，透过门缝确认了钥匙的位置，而后拿出一把剑从门下面将钥匙钩了出来。拿到钥匙，他迅速试了地下室的门锁，打不开，他便直奔二楼。

唐措不能动弹，眼睁睁看着他离开。而就在荣弋的身影消失于楼梯转角处时，靳丞忽然朝唐措俏皮地眨了眨眼睛。齐辉还沉浸在同伴死去的悲伤和被定住的错愕中，骤然看到这一幕，只恨不得自己眼瞎。

被定住的每一秒，都度日如年。也不知过了多久，也许是几分钟，也许是半个小时，荣弋终于又回来了。他步履匆匆，脸色似乎比刚才又苍白几分，迅速从三人身旁穿过前去开门。

唐措不能回头，但能听到钥匙开锁的声音。

靳丞笑了。

他慢悠悠地活动了一下脖子，再慢悠悠地转身，弯弓、搭箭，笑着威胁："把钥匙给我放下，再不放下我就打人了。"

话音落下的那一秒，停滞的时间重新恢复了流动。这次换荣弋定住，身体僵硬，但也只是一瞬。他尚算平静地回过头来，说："以我现在的状态，确实困不住你。"

靳丞："所以你又阴我。"

你这又什么无辜少女似的语气。

荣弋蹙眉，那表情像吃了一吨黄连："你早就防着我。"

"那是，因为我比较聪明。"靳丞拿出闻晓铭在进副本前给他的干扰时间的一次性小道具，扔在地上。既然都知道时间掌控者可能会进副本，他怎么可能什么准备都没有？他之前没拿出来，只是没到时候罢了。

荣弋放弃了靳丞交流，跟这个人说话，简直比攻略副本失败还令人难受。

靳丞摊手，面向唐措求安慰。

唐措无视他，径自上前打开荣弋开到一半的门。只是在走进去之前，他又回头问荣弋："夫人的房里有什么？"

荣弋："你可以自己去看。"

唐措："我懒。"

你信不信我现在表演当场吐血？

荣弋着实好脾气，深吸一口气，仍解释道："夫人房里除了地下室的钥匙，还有她夹在书里的忏悔信。结婚的前一天，于望日撞见了她向于望月表白，于望月拒绝了她。第二天，地下室那位病重，是林婉心虚，故意叫走了医生，医生顺水推舟，这才害死了人。"

唐措了然，难怪这整个惨案里，下场最惨的是夫人林婉，躺在病床上日复一日受折磨，还被亲生女儿所杀，死后无法超脱。

思及此，唐措转身走进地下室，目光所及，是还没来得及擦拭的满墙用鲜血描绘的红色乐谱。

于望日，那个与病重的母亲被困地下室、求救无门的少年，于悲愤中写下了这首乐曲。

这可能是他对于公馆另类的诅咒吧。

可乐谱已经在这里了，要怎么把它变成六号乐章呢？唐措想着，拿出了唯一还没有用到的八音盒。

这时靳丞走上前来："把发条上了，放在地上试试。"

唐措照办。

下一瞬，八音盒开始转动，那缺失的音乐也终于响起，正是《神灵、羔羊和乌鸦之歌》。音乐声中，满墙的红色乐谱仿佛活了过来，鲜血顺着墙壁滴滴答答流淌而下，慢慢汇入八音盒底——恐怖，又绚烂。

旋转的圆盘上，逐渐散发出圣洁光芒，一页薄薄的纸张在光芒中浮现。

叮！
恭喜玩家获得十二乐章之六号乐章！

18

拿到六号乐章后再通关，几乎是顺理成章的事，但因为唐揩和靳丞已经升至 E 区，却没有及时在 E 区租房，所以回到永夜城后，直接流落街头。

玩家们对于突然出现的人毫无特殊反应，靳丞却在第一时间戴上了面具，并且带着唐揩迅速离开。

唐揩望向街边，问："去哪儿？"

靳丞笑着："别紧张，我们现在直接去找林砚东，六号乐章不宜在我们手里久留。"

闻言，唐揩问："你想好怎么用了？"

靳丞："有了一个大致的方向，但还得让林砚东参谋参谋，对于永夜城的规则，他比任何人都了解得透彻。"

前面很快就转过一个弯，两人直奔中心区。

今日的中心区仍旧暗潮汹涌，走在路上，来自街边或角落里的打量目光明显增多，就像一片静谧丛林，稍有点风吹草动就会惊起一群飞鸟。六号乐章已经出世的消息还没扩散出去，等到消息扩散，这林子就该烧起来了。

但唐揩没有料到的是，消息暴露的速度比他想象的要快。

彼时他们已经跟一直等在中心区的闻晓铭碰头，交换信息后，便直接来到林砚东的书咖。闻晓铭负责去找林砚东，唐揩和靳丞便在书咖里等候。

等候的间隙，两人聊起了此次副本的收获。

因为是特殊副本，而且是困难级别的，所以系统直接豪爽地奖励了 50 个点。唐揩又在最后关头拿出了大红花，50 翻倍成 100。

其他的奖励虽然少，但少而精。

时间暂停——

分类：技能

品质：高级

描述：暂停时间一秒钟，在这一秒钟内，玩家本人可自由活动。冷却时间一小时，仅限副本使用。

恐怖娃娃——

分类：装备

品质：高级

描述：向敌人扔出娃娃，释放范围十五米的惊声尖叫，造成持续5秒的精神震荡。

金剪刀——

分类：武器

品质：普通

描述：于公馆小姐的金色小剪刀，能剪断五彩的丝线，但剪不断悲剧的延续。

金剪刀先不去管它，"时间暂停"和"恐怖娃娃"都算是出其不意的实用类技能，唐措还算满意。

大约半个小时后，林砚东出现，为他们带来了一个坏消息。

"六号乐章出世的消息已经传开了。"

"这么快？是荣弋？"

靳丞蹙眉。林砚东却还是那副温文尔雅的模样，仿佛无论什么事情都无法令他失态。他招手让服务员上一杯清茶，这才缓缓道："你们拿走六号乐章之后，特殊副本就关闭了。有人恰好想进去，却触发了一个快速通关的打斗副本，等从副本出来，消息就瞒不住了。"

原来如此。

靳丞屈指敲打桌面："等到乐章生效，全区通报，他们早晚都会知道，也不差这一会儿。"

林砚东略有诧异："决定了？现在就用？"

"我在林先生心里，就那么喜欢搞事吗？"

"不，我喜欢把它称之为——利益最大化。"

靳丞喜欢这个说法。

不过他刚在F区搞过一次，再在E区搞一次，未免太过招摇。而且六号乐章的诱惑力是十一号的几何倍数，一个不慎就容易阴沟里翻船。

"林先生有什么建议吗？"

"我的建议是：点数。"

"减少升级所需的点数，加快整个流程的进度？"

"是，也不是。每个区的任务难度摆在那里，让玩家加快升级固然好，但如果他们自身的实力没跟上，那就是揠苗助长。"

靳丞略作思忖："降低物价？"

林砚东："官方的药品店、训练场，价格至少可以减去半成。玩家每月上交给永夜城的点数，也可以削减三分之一。"

"你这是虎口夺食啊。"

"系统本身并不靠点数运转，不是吗？"

"还有呢？"靳丞微笑。他抱臂靠在沙发背上，姿态闲适，语气散漫，不像是来谈事情的，倒像是来听取林砚东的报告的。

一直跟随在林砚东身侧的苗七忍不住瞪他，林砚东却不在意："完善你上次定下的红名系统，重新制定入狱的规则。"

"你想把入狱的对象反过来？"

"不，让他们一起入狱。"

"够狠。"

"在永夜城，生存是一个课题。玩家实力不济被杀，入狱是给他们一个教训；滥杀者罔顾法纪，也得有一个教训。既然永夜城没有法纪，那就给它立一个。"

闻言，唐措想起了靳丞以前说过的话。他说在永夜城，最难的是建立秩序，而林砚东所说的这一系列措施，没有一个像上次靳丞送大批精英去坐牢那么轰动，却一点一点地改变着永夜城的规则。

打个比喻，这就像在搞基建。这些规则对于精英们来说也并没有多大的影响，真正惠及的还是普通玩家，而且见效的时间会比较慢。

谈话的最后，靳丞问："还是当初的那个问题，永夜城可以被关闭吗？"

靳丞第一次问出这个问题时，是在进入永夜城的一年后。林砚东只是笑笑，却没有回答他。如今林砚东依然笑着，回答说："想要知道这个问题的答案，你必须了解这个世界真正的构成。神，真的存在吗？"

这又是一个不是答案的答案。

靳丞挑了挑眉，没再追问。他端起咖啡喝了一口，重新恢复闲适姿态："介意我在这儿召唤我亲爱的乌鸦先生吗？"

林砚东："请。"

书咖本来就没有客人。

靳丞再度与唐措交换一个眼神。他不问唐措的意见，是知道唐措向来直言不讳，有什么问题自然会主动提出。

唐措点点头，靳丞便明白他的意思了。

下一秒，靳丞毫不犹豫地拿出六号乐章。这次没有其他玩家阻挠，他便没有事先在乐章上写下律令，直接说出了那个字："令。"

这一声，冷静、果决。

空灵诡异的歌声再度洒下，以书咖为中心，迅速笼罩整个中心区，进而向各区扩散。无数玩家齐齐抬头，尤其是刚刚知道六号乐章被拿走这个消息的玩家们，面露错愕。

> 神灵、羔羊和乌鸦，
> 一起在悬崖快乐地玩耍。
> 他们唱啊跳啊，
> 石头里开出了鲜花。
> 神灵说，看呀，
> 它是我的花。
> 一只羔羊吃了它，
> 快点走开呀……

乌鸦先生在歌声中出现，落在书咖的花架上。它高傲地昂着头颅，看到拿着乐章的又是靳丞，语气又顽劣又充满兴致："玩家 G79081，你真是从来不让我失望，这次你又想做什么呢？伟大的乌鸦先生很期待！"

靳丞微笑致意："那我现在可以宣布我的律令了吗？"

乌鸦先生翅膀一挥："当然。"

靳丞："令：各区玩家每月上缴点数削减三分之一，官方药品店、训练场等一应服务类场所，价格减半。"

闻言，乌鸦先生没有跳脚，但很是不满地瞟了他一眼，似乎觉得这很无趣。不过靳丞提的律令又不违反十二乐章的使用规则，它便漫不经心地答道："可。"

靳丞："令：凡在永夜城内杀人者，与被杀者一同入狱。"

乌鸦先生歪着脑袋，听到坐牢终于有了点兴致，爽快答道："可。"

这前面两条都是林砚东的提议，靳丞照单全收，毫无芥蒂。接下来的内容，林砚东略显好奇。

唐措和苗七也都看着他，而书咖外，还有很多玩家在寻找乐曲的来源，想必要不了多久，这里就会成为整个永夜城瞩目的焦点。

靳丞："令：废除自杀惩罚模式，所有自杀者直接进入清业程序。"

乌鸦先生立刻色变："不行！这不可能！G79081，你这是在挑战至高无上的永夜城的权威！"

"真的不可能吗？"靳丞神色不变，甚至直视着乌鸦先生的眼睛，反问它，"这可是六号乐章，您确定它没有这样的权限？"

"你！"乌鸦先生语塞。

乌鸦先生不喜欢懦弱自杀的胆小鬼，可不喜欢了，这个讨厌的G79081，就喜欢做这么不讨喜的事情！

它气到跳脚！

其实靳丞心里也不确定，六号乐章虽说权限很大，可这一次他所有的律令针对的都是整个永夜城，覆盖范围很广。而上次的十一号，基本只作用于东十字街罢了。

好在乌鸦先生跳了一会儿，还是不情不愿地点了头。

"可可可可可！"它看起来想啄靳丞一口。

哪知靳丞还有话："令——"

乌鸦先生急忙打断："怎么还有？！你给我闭嘴，你已经超过了！"

靳丞微笑："真的超过了吗？"

乌鸦先生："伟大的乌鸦先生说什么就是什么，你这个奸诈、无耻的玩家，竟然怀疑我的权威！"

靳丞不为所动："我要你两根羽毛。"

乌鸦先生："休想！"

靳丞立刻转头跟唐措打小报告："它不给我。"

唐措："那就是它违反了永夜城的规则。"

靳丞："你说得对。"

唐措："嗯。"

靳丞："它如果不给我，永夜城一定会拔光它的毛作为惩罚。"

乌鸦先生疯狂跳脚："你们两个该死的、得寸进尺的、无耻的玩家！伟大的乌鸦先生才不会秃毛！你们才秃！你们生生世世都秃！"

气死鸦了，气到秃毛。

可乌鸦先生无可奈何。靳丞的要求并没有超出六号乐章的权限，它本想吓退他，可靳丞不吃这套，还不怕它。

如果不给，违反规则的就变成了乌鸦先生自己，那可是很糟糕的，比秃毛还糟糕。

"哼！"乌鸦先生重重地出气，但最终还是用嘴巴拔了两根毛下来，丢给了靳丞。待靳丞拿到东西，它立刻消失，一点都不给靳丞再提要求的机会，只留下一句狠话——你们给我等着！

林砚东看得莞尔，而就在这时，蜂拥赶来的玩家已经出现在书咖外。好在他提前让苗七关了门，所以这些人只能拥堵在外面，透过大大的玻璃窗窥探里面的情形，又慑于靳丞的威名不敢靠得太近。

喧闹，如沸腾的水，充斥着整片空间。

"靳丞，又是靳丞！"

"果然是他！"

"他怎么现在就用了，一点征兆都没有！"

"还、还有林砚东，他们这是结盟了吗？"

"这可是大事啊……"

"……"

玻璃阻隔不了所有的声音，林砚东早就知道靳丞把地点选在这里的用意，却也顺水推舟，蹚了这趟浑水。

靳丞不会允许他永远躲在幕后，这位后生可是个不吃亏的狠角色。

　　叮！

　　检测到六号乐章，持有者 G79081。

　　律令在规定权限内，审核通过，即时生效。

　　下面进行全区播报。

系统的播报声暂时压下了外头的喧闹，玩家们听着律令内容，错愕、哗然、激动，在永夜城的各个角落上演。

书咖内，靳丞端起咖啡杯，仿佛端着的是一杯高档红酒，对着窗外的玩家微笑致意，还是那副不可一世的大佬模样，优雅又带点痞气。

坐在窗边的是唐措。他一抬眼，看到的就是靳丞含笑的侧脸，脸颊那道疤透露着无声的野性。他忽然有点口渴，端起自己的杯子喝了一口，神色平静。

靳丞跟他靠得很近，让对面的林砚东若有所思。

可林砚东不是那等煞风景的人，自然地从唐措身上移开视线，对靳丞说："我没想到最后会有那条律令。"

靳丞："逃避也不失为解决问题的一个办法，不是吗？生存和死亡，我选择自由。"

III
五 号 乐 章

叮！

检测到十二号乐章，持有者在编玩家 D11119。

律令在规定权限内，审核通过，即时生效。

下面进行全区播报。

令：从即日起，黑帽子杂货铺将开始梦幻无限市场，

欢迎各位玩家光顾。

19

"啊！"

气急败坏的咒骂，和着八音盒的乐声在于公馆的地下室里响起，音乐趋近尾声，六号乐章却没有出现，这还能说明什么？被人捷足先登了！

再回头望向倒在地上的尸体，这可真是赔了夫人又折兵，姚青黑着脸，刚出狱就听到了六号乐章的消息，为了进 E 区副本又费了好大周章，本以为掌握了有利的副本线索，这次一定能成，哪想到还是竹篮打水一场空。东西没拿到，队友死了两个，他还得从 E 区重新往上升，气得要吐血。离开副本后听到拿了六号乐章的又是靳丞，他更不想说话了。

与姚青抱有同样心情的不止一个，对于高级区的精英来说，回 E 区重新来过，跟坐牢又有什么区别？

像姚青这样连坐两次的，现在听到"靳丞"和"乐章"这样的词就觉得脑壳痛。

"靳丞绝对是个祸害。有他在，我们都得被压得死死的，更别说拿到乐章了。姚青，少爷说了，一定要想办法在副本里搞死他，我们不能再让他活着回A 区。他现在不知道怎的又跟林砚东搞上了，如果让他回去，以后 A 区还不都得听他们的？这可不行啊！"

"我要你来教训我！你去搞一个我看看？！你要是不被靳丞打成死狗，我跟你姓！"

姚青彻底暴躁。

都是一群蠢货，他可是在游戏大厅看到荣弋了，连荣弋这个时间作弊器都拿靳丞没办法，谁还上赶着找死？！

不过想起靳丞刚颁布的三条律令，姚青又陷入沉默。靳丞是个什么样的人，他其实一直都没看懂。这人邪气，出手着实是狠，可拿了六号乐章这样的大杀器，却在永夜城里做善事。

姚青走到窗边往外看，今天的永夜城，气氛很诡异。

永夜城的气氛为何总是那么紧绷、压抑，因为玩家没有自由选择的权利。凭什么要遭受这样的折磨呢？不是每个人都能在这样极端的情况下熬着的。

可现在呢？

唐措曾光顾过的卖酸辣粉的小店里，一个年轻的姑娘正笑着跟店主大妈打招呼，还不忘叮嘱道："阿姨，多放点葱花和醋啊，要多多的醋哦！"

大妈有些恍惚，这姑娘前几天还是一副宛如行尸走肉的样子，怎么今天就看开了？过了一会儿，她又见对方突然哭了。她一边哭一边吃，大妈看着不忍心，给她递了一张餐巾纸。

"谢谢。"姑娘又对她笑了笑，笑得比哭还难看，看得人心窝子疼。大妈忽然明白，这姑娘以后都不会再出现了。

酒馆的客人数量直线飙升。唐措和靳丞走过好几家酒馆，家家爆满。很多人在醉酒，又哭又笑，还有不少人打架斗殴，还是用最原始的方式，像是在发泄。

两人这次一改之前的招摇做派，尽挑灯光暗的地方走，没让人认出来。别人做什么选择，那是别人的事情，他们也有自己的事情做，比如——租房。

在永夜城租房是一件很简单的事情，房租日结，明码标价，奈何某位追求生活品质的大爷太挑剔。

"马马虎虎，三室一厅吧。"

"你要那么大干什么？"

"不要三室一厅，你想跟我睡一间房？"

"……"

唐措陪他看了几个小时，几乎要把整个E区都逛遍之后，大彻大悟："我为什么一定要跟你住在一起？"

他转身就往回走，决定租一个F区那样的单间。

靳丞仗着腿长拦在他面前："你真要抛弃我啊？"

唐措不为所动，继续往前走。

靳丞便干脆倒着走，非得跟他面对面，双手抱臂，嘴角含笑："我说你就不能顺着我一下？别人看到了，以为我俩又在吵架。"

唐措遂停下来，黑白分明的眸子盯着他看了好半天，才问："那你还租不租了？"

"租。"靳丞虽说是妥协，但语调轻快，没半点勉强，刚才分明就是在逗趣，"你想租哪个就租哪个，我听你的。"

唐措真是懒得理他，立刻回身把刚才看的那套公寓租了。两室一厅一卫，空间不大，但设施齐全，价格也还算过得去。

永夜城的装修风格一贯是偏冷色调的，以黑白灰为主，工业风，倒是挺适合两个单身男人。但是这稍显冷硬的工业风，在闻晓铭送来一个大包裹后，被破坏得荡然无存。

"杯子、果盘、冰箱贴、抱枕，哦，还有这些小摆件，莉莉可挑了好久呢。"闻晓铭一边往外掏东西，一边说，"还有这床被子，又轻又薄，还很软！"

唐揩不是一个会过日子的人，也从没有把任何一个地方当作他的家。如果只是他自己居住的屋子，那多半就是F区单间的那个样子，除了一些必需品，空空荡荡，可能家里最多的东西是外卖盒子。但现在看着四处忙活的闻晓铭和优哉游哉靠在厨房烧水的靳丞，唐揩有了点不一样的感觉。想着想着，唐揩坐在沙发上，略有些出神。

不一会儿，靳丞端着水杯走过来："累了？喝点水，去洗个澡休息吧。接下来我们不急着升级，你可以多睡会儿。"

唐揩罕见地没说什么，接过水杯径自回了屋。

闻晓铭立刻凑过来，眼睛里闪烁着八卦的光，小声问靳丞："老大，你跟我唐哥究竟怎么得到六号乐章的啊？"

靳丞："你唐哥？"

闻晓铭："口误，口误。"

靳丞："你猜猜？"

唐揩睡着了。他是真的有点累，"黎明之前"副本虽说耗时不长，打斗占比不大，可太费脑子，是另一种意义上的累。不过唐揩也明显觉到自己体质的加强，三四十个小时没有休息，也只是脑子感觉到有点累而已，甚至还能爬起来打一架。

他一觉醒来，已是八个小时后。

闻晓铭早走了，厨房传来煎蛋和烤吐司的香味，靳丞懒洋洋地靠在料理台上，施展他并不精湛的厨艺。如果不是窗外的天还是黑的，那一瞬间，唐揩还以为这是在抵达永夜城之前。

靳丞闻声回过头来，他今天穿得很清爽，一身米白色的家居服，过长的头发也随意扎着，如果不是脸上那道疤，看起来就像个刚毕业的大学生，还是篮球校队队长。"今天有什么安排吗？"他端着早餐走到餐桌旁，抬手搁在椅背上，身高腿长，又是一道风景。

唐揩被他问住，顿了几秒，才说："训练场。"

靳丞："今天不行，训练场降价了，人肯定很多。我们现在太扎眼，等什么时候有空了，我再陪你练。"

唐措："所以？"

靳丞勾起嘴角："去看电影怎么样？电影也半价。"

唐措面无表情。

昨天睡觉前他还在想，靳丞跟别人不一样，可不过一个晚上，怎么就变成看电影的老套路了？毫无新意。

"去不去？"

"……

"剧情片还是恐怖片？"

"剧情片。"

副本没打够吗？看什么恐怖片。

20

永夜城的电影院生意并不好，毕竟在永夜城这个地方还能有闲心看电影的人也并不多，不过这里的电影五花八门，不论是二十年前的老电影还是刚刚上映的新片，都能找到。

影厅也分两种，一种是正在放映新片的大放映厅，另一种是可以私人点播的 VIP 厅。

靳丞挑了一部唐措抵达永夜城后才上映的剧情片，主演是他不认识的两个年轻演员，他问唐措，唐措也不认识。

说起来，他不光不认识大部分的明星，连电影院都没进过。以前混迹街头的时候，听说这行来钱快，他倒是想过靠这张脸赚点钱，不过后来发现那星探给人家女孩子下套。唐措把人干翻了，就走了。

人生岔路千万条，唐措也不知怎么走到最后，就碰到了靳丞。

他们本来是两个世界的人，一个是出身优越的天之骄子，一个是挣扎在社会底层的野孩子。通过考核进入靳丞所在队伍的那一刻，是唐措觉得他俩靠得最近的时候。

他原先其实不叫唐措，"措"是错误的"错"，因为他的生母觉得他的出生就是一个错误。福利院的院长觉得这不好，非要给他改了，但他不知道，唐措原先也不姓唐。

唐措早慧，四岁的年纪已经能记住所有的事，但他说自己忘了，还给自己随便安了一个姓。院长总想着帮他找到父母，但唐措其实一直都知道父母住在哪儿。

被抛弃的同时，唐措也抛弃了对方，因为他从小就是一个酷哥。

酷哥从前其实也没有想过能成为靳丞的队友，他们的关系很简单，不远不近，没有过多交集，没有过去，也没有将来。

哪知意外一个一个地到来，彼时可能会面临的阻碍、约束，在永夜城却是都不存在了。

一场电影，唐措有一小半的时间在看靳丞，因为剧情很智障，每一秒钟都在挑战唐措的忍耐极限。

"不好看吗？"靳丞转过头，压低了声音问他。

"哪个？"唐措反问。

靳丞眨眨眼，影厅昏暗的灯光下，电影里正好放到男女主角解开误会后的甜蜜场景，两人抱在一块儿，额头抵着额头，嘴角都带着腻死人的笑。镜头开始三百六十度慢动作旋转，风吹着女主角的头发，给了她一个眼睛里点缀着璀璨灯光的大特写。

"你爱我吗？"

"爱。"

男主角的回答响起的时候，侧前方的一对小情侣，女生把头靠在了男生的肩上，两人双手交握，安静又腻人。

全场只有四个人。

唐措抬头看着靳丞，靳丞也看着他。

唐措不是很懂这个走向，靳丞却玩得很开心，干脆把手肘撑在座椅扶手上。

"你有事吗？"

唐措面无表情，视线稍微有点移开，只见靳丞对他摊开了手掌。唐措疑惑，低头看过去，就见他掌心里放着一颗酒心巧克力。

"觉得电影太难看就吃点甜的吧，下次我租个碟，在家里给你放。"

唐措拿过巧克力："我没有特别想看。"

靳丞笑着又靠回了自己的椅背上："那就当陪我。我喜欢看电影，也喜欢摄影，偶尔画个画，还会点乐器。原本我是要出国学艺术的，但我哥出了点事故退伍了，我就只好接班。"

唐措还是第一次听他谈及家里的情况，当然，他不是一点都不知道，只是那都是听别人说的。

"你哥？"他问。

"亲哥。他手受伤了，不过不影响正常生活。这人除了过于严厉，没什么其他毛病，做事比我周到，也更懂人情世故，有他在，我也不用担心父母。我来永夜城的那一年年初，他终于交了个女朋友，如果顺利的话，现在可能孩子都有了。"

唐措："嗯。"

靳丞："'嗯'是什么意思？"

唐措："'好'的意思。"

靳丞："我妈有段时间热衷于给我相亲。"

面对这话题的突然转换，唐措一时有些愣怔。

靳丞挑眉："我知道你们有段时间都在传我交女朋友了，那是我妈朋友的女儿，我好不容易安排假期回去探亲，没想到探到了相亲桌上。我们只见过那一次，我跟她说的话，还不如指导你一次训练来得多。"

到了此时，唐措终于明白靳丞是在干什么。把该交的底都交了，该解释的误会都解释了，可他需要这么郑重吗？

这里是永夜城，没有了人类社会的法度和一应约束，每天考虑的都是生死的问题，其他的似乎都不重要了。

"我是认真的。"靳丞又说。

唐措没说话，电影进行到尾声，男女主角分分合合之后，在初遇的地方重逢，没有对白，只是互相看着，唯美的慢镜头下，音乐开始流淌。

侧前方的小情侣还沉浸在电影里，完全没注意到后面发生了什么。

"我——"话到嘴边又不干脆了，唐措好不容易定了定神，打算一锤定音，没承想，另一首乐曲忽然开始飘扬。

两种乐声叠加在一块儿，让人神色骤变——《神灵、羔羊和乌鸦之歌》。

靳丞蹙眉，氛围在顷刻间烟消云散。前方的情侣更是惊得站了起来，其中的女生略显紧张地抓着男朋友的胳膊："昨天不是才响过一次吗？今天怎么又来？"

男生也很惊诧："你先别担心，也许是别的事。"

可女生还是很惶恐，紧紧挨着男朋友。男生便只好继续安慰她："你看昨天不是也没事吗？我们现在都能来看电影了，证明事情在往好的方面发展。别害怕，再怎么样，你也还有我。"

可靳丞和唐措都知道自己手上没有第二份乐章，歌声再度飘扬，意味着有什么脱离了他们的掌控。

果然，五分钟后，熟悉的系统播报声带来了最坏的消息——

叮！

检测到五号乐章，持有者在编玩家D11119。

律令在规定权限内，审核通过，即时生效。

下面进行全区播报。

令：强制任务触发时限从一个月改为一周。

令：从即日起，所有副本通关奖励中，黑龙麟、苍白之心、德拉克宝石、宽恕火种尽归在编玩家 D11119 所有。

律令即时生效。

系统播报要连续播三遍，这第一遍播完，前方的女生就哭着坐在地上。男朋友连忙去扶她，可还没来得及安慰几句，女生就化作一道白光消失在影厅中。

"南南！"他略显惊慌，整个人急得像热锅上的蚂蚁，随即想到了什么，立马往外冲。

女生一定是触发强制任务了。

"在编玩家 D11119，黑帽子。"靳丞语气微沉。

黑帽子持有五号乐章的事，靳丞、林砚东这些人都知道，可既然已经是公职人员，只要等到工期结束离开永夜城就可以了，竟然会赶在靳丞颁布六号乐章之后紧跟着搞这一出，猝不及防。

唐措略作思忖，问："你不是跟他有来往吗？事先没有任何征兆？"

靳丞："黑帽子和 K 不一样，他并不经常跟别人接触，很少露面。这个人的脾气也很古怪，我跟他做过几次交易，没摸清过他的底细。如果说有谁能了解他，那就只有 K 和居酒屋的老板娘，林砚东或许也知道些什么。"

K 就是红宝石酒馆的老板。

现在的情况很不妙，大部分普通玩家不可能连着进副本，中间间隔时间超过一个礼拜的比比皆是。而五号乐章一出，不知得有多少人触发强制任务。

靳丞和唐措快步走到电影院外一看，街上果然比刚才萧条许多，人人脸上都带着惊慌和深深的忧虑。昨日才刚缓和的气氛，今天又紧绷起来。

可就在这时，本该停了的乐曲声再度续接，让玩家们如遭雷劈。

叮！

检测到十二号乐章，持有者在编玩家 D11119。

律令在规定权限内，审核通过，即时生效。

下面进行全区播报。

"怎么回事？！怎么还有一张！"

"天哪——"

"停下，求求你快停下！"

"不要念了！"

"……"

哀求、吵闹，都停止不了系统冷酷无情的播报。

　　令：从即日起，黑帽子杂货铺将开始梦幻无限市场，欢迎各位玩家光顾。

21

黑帽子不仅拥有五号乐章，竟还神不知鬼不觉地拿到了十二号乐章，两份同时使用，着实令人惊讶。

事已至此，靳丞暂时摸不清黑帽子的意图，贸然找上门去肯定不行，于是当机立断——先去红宝石酒馆找 K。红宝石酒馆跟黑帽子杂货铺一样是连锁店，E 区自然也有。

服务员认得出靳丞那张脸，恭敬地迎了上来，却又在靳丞询问 K 的踪影时，摇头说："抱歉，先生，我家老板现在不在 E 区。"

靳丞挑眉："你确定他不在吗？"

"他真的不在。"

"好。"

一个"好"字落下，服务员还没来得及松口气，如有实质的威压就降临在他的头顶："去告诉你老板，我等他十五分钟。"

说罢，靳丞径自带着唐措走进了最近的一个包厢，关门，落座。

唐措直言："K 摆明了在回避你。"

靳丞："这很正常，他跟黑帽子的交情比跟我要深得多。但这并不代表他跟黑帽子就是一条战线上的，他或许知道十二号乐章的事情，但不一定知道黑帽子拿了乐章到底要做什么。"

"黑龙麟、苍白之心、德拉克宝石、宽恕火种，这四样东西有什么用？"

"我也不知道。"

"不知道？"

"我来永夜城才三年。"

靳丞摊手："唯一可以肯定的是，这四样东西一定至关重要，有着我们不知道的效用。而且从字面来看，这些东西可能来自西幻副本。"

唐措立刻想到了"月隐之国"。其实黑帽子这件事最让他在意的是时机问题，黑帽子不是第一天拿到五号乐章，可为什么偏偏挑在这个时候颁布律令？

在几天前，唐措和靳丞触发隐藏副本的消息刚巧透露给了 K，K 才为他们带来林砚东与之有关的消息。

K 与黑帽子有来往，而黑帽子恰恰提了那四样从名字上看很像西幻副本产出的东西，其中会有什么关联吗？

靳丞也有了这个猜测，但没有实证，多说无益。再者，黑龙麟这些东西是副本产出，能让黑帽子用乐章作为代价来换取，必定极其稀有，暂时可以抛到一边。

倒是他用十二号乐章提的那条广告，很有问题。

"乐章不可能只是打广告那么简单，这个梦幻无限市场多半是依托永夜城的一个物品交易系统。"靳丞分析。

"黑帽子为什么会开杂货铺？"唐措忽然问。

"大约七年前，但他并非一来永夜城就考了公职员，而是升到 A 区之后才转行的。"

"他认识林砚东？"

"没错。"靳丞打了个响指，"不论是普通玩家还是在编玩家，一定有比我们更接近真实的存在。林砚东、黑帽子、K，相比他们，我们知道的事情还是太少了。B 区还有个隐居的占卜师，那人很邪乎。"

"占卜师？"

"她也是在编玩家，能力是预言。她开了一家占卜室，但三个月才开一次门，且每次只招待三个人。我去过一次，她告诉我，在今年的 4 月，我的人生将会迎来一次重大转折。"

4 月？可不就是唐措来永夜城的日子吗？也是一切的开端。

唐措不禁又想起了电影院里未尽的话，但也知道现在不是提这个的时候，而就在这时，包厢的门终于被人敲响。

"哟。"K 走了进来，骚气的紫色西装几乎成了他的标配。他往左右看了一眼，下意识就要坐到唐措身边，因为不想跟靳丞一起坐。可他刚要坐下，靳丞大长腿一伸就拦住了他的去路，而后更是直接站起来坐到唐措身边，冷着脸示意 K 坐在两人对面。

"你至于吗？"K 无语。

"至于。"靳丞跷起二郎腿，抬手搭在沙发背上，整个一讨债的大爷。K 知道他的脾气，无奈摊手："黑帽子干的事，你可不能算在我头上。"

靳丞笑了："十二号乐章难道没你的份？"

K："我是个生意人，谁跟我买情报，只要出得起价钱，我就给谁。你压根儿没问过我有没有十二号乐章的线索，怎么能怪我呢？"

靳丞："那还是我的错了？"

K摊手，嘴角含笑。

两个笑面虎隔着桌子对峙，谁都看不穿对方心里的真正打算。蓦地，靳丞说："你敢保证你没有把我这边的情报泄露给黑帽子？"

K："这有违我的职业道德。"

靳丞："但是K，黑帽子的这两条律令，可不是道德不道德的问题。你该知道这会带来什么后果，普通玩家怎么样，你觉得无所谓，也不需要有所谓，但你真的要为了黑帽子跟我作对吗？你觉得——剩下的七份乐章，是会落在我的手里，还是黑帽子手里？"

K笑容微敛，目光中透出一丝冷厉。

靳丞依然从容自得，眸光微垂地看着自己轻轻敲打着桌面的指尖："我要搞死他，也就是一份乐章的事情。你真觉得我用前两份乐章做了善事，我就是个善人了？"

赤裸裸的威胁。

K能在永夜城立足，专做情报生意，自有他独特的能力，哪怕林砚东都不敢轻易拿他怎么样。放眼全区，也就只有靳丞这样的狂人才敢当着他的面说杀就杀。

可K也不得不承认，靳丞有这样的底气。

"我确实没把有关你们的情报刻意透露给黑帽子，他也没问过。今天这一出，我也觉得很意外。"K缓和了语气，"以前我问过黑帽子要用五号乐章做什么，但他没有回答我，他这次搞你们一个措手不及，事先肯定不会让消息泄露。你们想打听，还不如去问老板娘。"

靳丞："那四样东西有什么用？"

K挑了挑眉："这可就要花点数买了。"

靳丞反问："你真有相关的情报？"

"这倒没有。"

"那就都赊着。"

两个赊账的人，语气一个赛一个理直气壮，唐措算是知道他们究竟怎么搭上线的了。

"梦幻无限市场呢？如果你连这都不知道，关门吧。"

"啧。"K开始学靳丞，发现这个词真的特别能表达他内心的情绪。不过也不能自砸招牌，跟靳丞的生意还是得做的，他整理了一下思绪，道："这条算我免费送你们的。梦幻无限市场其实是一个赌盘，你们也可以把它看作一个在永夜城内的特殊副本。"

靳丞没说话，却是唐措开口了："玩家是赌徒，赌的是什么？跟谁赌？庄家又是谁？"

K看着这位从头至尾都很镇静的靳丞的小徒弟，很感兴趣："赌你所拥有的一切。可以跟系统赌，也可以跟玩家对赌，庄家是黑帽子，他会在每场赌局中抽取一部分利益作为佣金。"

唐措："他不下场？"

K笑了笑，发现唐措每次都能问到点子上："不排除这种可能。"

靳丞却问他："你脸抽筋吗？"

K不解。

靳丞："抽筋就去治。"

K："你有病啊？"

我都那么配合了，还说我抽筋？K真是气不打一处来，翻个白眼，恨不得直接把人赶出去。

靳丞可也不稀罕在这儿待着，这骚气的K一看就不怎么正经，还对着唐措笑。他刚才说的那些话，靳丞也不全信。

永夜城的玩家，都是骗人的鬼。

末了，靳丞丢下茶水钱，说："告诉黑帽子，不要犯到我头上来。"

离开酒馆，靳丞脸色沉凝，唇边的笑只剩下一点点，还冷得可怕，那眼神更是看谁谁死的感觉。唐措难得见他这样，问："事情很糟糕？"

靳丞："非常糟糕。"

唐措不解。

靳丞："耽误别人的人生大事，是要遭雷劈的。"

黑帽子那个杀千刀的老狗，早不搞事晚不搞事，非要挑在这种时候搞事，活该被情人端了，单身一辈子。

唐措无言以对。

靳丞又在大街上，大庭广众之下堵住他："你就没什么要说的？"

唐措不解。

靳丞："比如看我心情非常糟糕，安慰安慰我。"

唐措环顾四周，街上的人更少了，每个人都行色匆匆，更有甚者抱着头蹲在路边一动不动，既痛苦又无助。他道："其他玩家的心情看起来比你更糟糕。"

"可只有我心情好了，才能更好地想办法去解决问题，不是吗？"靳丞也看到了周围的情形，但他从不陷于他人的苦难之中。

唐措觉得这逻辑真的无懈可击，但要让他安慰人，他做不到，于是冷酷无情地绕过靳丞继续往前走，说："闻晓铭该找你了。"

闻晓铭确实已经到了E区，听到系统播报后便立刻赶过来，并带来了黑帽子的消息。

"我来之前苗七找到我，说他们正在查黑帽子的事情，还说让我们先不要动，林砚东会亲自去会一会他。"

这倒是出乎意料，靳丞没想到一个黑帽子能把林砚东从幕后钓出来，这俩人以前一定认识。黑帽子要那四种材料的用意，或许他知道。

靳丞摸着下巴，问："你几天没进副本了？"

闻晓铭："三天。"

靳丞："先别急着进，卡着时间就可以。接下来的几天你去找池焰，委托安宁和她的队友去看着杂货铺。记住，我只要他们盯着，把黑帽子的行踪记下来，其他一切都不需要他们管。酬金部分，你自己看着办。"

"行。"闻晓铭应得利落，又问，"各区的杂货铺都要看吗？"

靳丞："重点看A区和E区的，A区的让莉莉来。"

得了指令，闻晓铭风风火火地走了。靳丞和唐措便直奔中心区，再度来到了那家不怎么正宗的居酒屋。

居酒屋的生意还是一如既往地差，两人撩开帘子走进去的时候，店里一个客人都没有。老板娘靠在水池边抽烟，娇艳的口红粘在烟嘴上，身材还是那么火辣。

她低垂着眸，看起来心情不是很好，余光瞥见客人进来了也不招呼。等到靳丞走到近前，笑眯眯地敲了敲桌子，她才看过来。

"他不在。"三个字，干脆利落。

"他是谁？"靳丞笑问。

"明知故问。"老板娘斜了他一眼，弹去烟灰，说，"十二号乐章的事情跟我无关，你最好少拿这事儿来烦我，否则就算你俩长得帅，老娘也照样赶你们出去。"

靳丞摊手，无辜地看向唐措。

唐措便道："我们不问这件事，只想跟姐姐你打听一个人——林砚东。"

老板娘吐出一口烟，挑着秀气的眉略显讶异。

唐措露出点笑意："姐姐认识林砚东，对吗？林砚东说他不能离开A区，又跟我们做交易，我们想知道他跟永夜城之间究竟发生了什么，怕他坑我。"

"你这小帅哥可真有意思。"老板娘说着，便要伸手摸唐措的脸。那笑容妖媚，含笑的眼睛里更像带着钩子。可她的手刚伸到一半，就被靳丞截住："老板娘厚此薄彼啊，亏你以前夸我那么多次，也从来没上过手。"

"哼。"老板娘拍掉他的手，"就你？你不如出家当和尚去。"

老板娘哪是没撩过，是这没心没肺的直男根本撩不动。她想起来就有气，于是看唐措越发顺眼，瞧这脸蛋，长得多周正、多俊。

只是靳丞护崽子的意图太明显，老板娘也不想自讨没趣，只笑盈盈地看着唐措，说："我承你这声姐姐，嘴甜的孩子有糖吃。"

22

"林砚东救过他一次。"

老板娘继续吞云吐雾，目光透过迷蒙的烟雾，好似又看到了从前："那是一个几十人的大副本，我没去，具体情况我也不了解。但最后活下来的就那么几个人，黑帽子的队友全死光了，他通关之后就开了杂货铺。几年过去，永夜城里的人换了一茬，也就没什么人记得当初的事情了。"

靳丞："他没跟你提过？"

老板娘讽刺地笑了笑："我不过就是他的一个情人，他跟我说这些做什么？你们要问不如去问林砚东，怎么好好的一个人进去，出来就性情大变？他跟他那些队友平时称兄道弟的，可后来人死了，也没见他再提起过。"

唐措若有所思地问："你觉得他队友的死，跟他的性情转变有关系吗？"

"谁知道呢？"老板娘对着唐措，复又笑盈盈的，"反正我跟他都掰了，他怎么样都跟我没关系。不过姐姐也提醒你们一句，小心林砚东。黑帽子再有什么打算，都是在编玩家，没办法直接对玩家下手，林砚东可不一样。"

唐措微笑："多谢。"

靳丞可看不下去了，把手边的柠檬水放到唐措面前，又接过了话茬："最后一个问题，当年活下来的除了林砚东和黑帽子，还有谁？"

老板娘："B区的占卜师，不过这家伙常年躲在B区不出来，你们要想见她可不容易。"

这倒是个令人意外的答案。

片刻后，唐措和靳丞离开居酒屋返回E区。回去的路上，两人又顺道拐去黑帽子杂货铺，站在街对面看了一会儿。

两人没有遮掩，就这么正大光明地打量。一个抱臂站着，一个斜倚在路灯柱上，路灯的光将他们的影子重叠。

"这儿的人不少啊。"靳丞道。

往日冷清的黑帽子杂货铺周围聚集了很多人。这些人大多在周围晃悠，鲜少有试探着往里走的，许多更是躲在两侧的楼里，悄悄窥视。

靳丞不知道安宁的人到了没有，即使到了也是藏在暗处的。他和唐措却是明处的人，这么光明正大地出现，就是要让黑帽子看见。

唐措："你觉得林砚东和这次的事情有没有牵连？"

靳丞："如果有，他不至于把六号乐章拱手让给我。但当年的那个副本很关键，里面发生了什么，林砚东不一定会对我们和盘托出，我们得绕过 K，查一查以前的事情。"

"担心他给黑帽子通风报信？"

"防人之心不可无。"

原本 K 是个很好的情报来源，虽然要价高了点，但用得称手。这次不光弃之不用，还要绕过他，查以前的事情就会麻烦许多。

靳丞还是头一次感到这么拘束，来永夜城三年，根基还是太浅了，一旦牵扯到这些老玩家和从前的事情，就迅速落于下风。

眼瞅着玩家在杂货铺外面徘徊，却半天都没人进去，靳丞又说："黑帽子现在大概在 A 区。"

唐措："怎么说？"

靳丞："艺高人胆大嘛，黑帽子搞这么一出，A 区的各位精英一定坐不住。搞不了我靳丞，难道还不敢进一间杂货铺吗？ A 区这么热闹，身为杂货铺老板的黑帽子怎么会不去验收成果？"

更何况，在编玩家的身份就是黑帽子的免死金牌，玩家再厉害，除非用特殊手段，否则也无法对他动手。

唐措点点头，基本同意。

两人这次却猜错了，A 区的杂货铺里确实热闹，很多人被炸出来了，可等他们到了才发现——黑帽子根本不在这儿。

时间倒退回一个小时前，F 区。

一片万花筒般五彩缤纷的空间里，头顶、脚下、四周的墙壁上都是不规则的无限重复的彩色几何图案。而且这空间并非正常的六面体，而是一个十二面体，每一面都挂着铃铛，所有铃铛自然垂下，完全违反重力法则。

叮！
欢迎来到梦幻无限市场。

十二个铃铛齐颤，十二面墙像是 LED 屏，那些不规则的几何图案开始旋转、切换，下一秒便都换成了白屏。

白屏闪烁，一顶黑色巫师帽出现在每一块墙壁上，帽子下面是一张戴着纯白面具的诡异笑脸，没有身子。

其中一张面具开口了，他望向空间内一大一小两个人，笑容几乎要咧到耳根。

"没想到我的第一位客人会诞生在F区，二位想要点什么？首单有优惠哦。"

"我要藏在神明书中的那把匕首。"那个小人儿开口了。她裹着麻料做的红披风，露在外面的光着的脚纤细、柔弱，藏在兜帽中的小脸也透着股病色的苍白。如果池焰和唐措在这里，一定能认出她就是当初的那个小姑娘，郑莺莺。站在她旁边的，自然就是江河。

"无名之刃。"这次开口的，却又换成了另一个巫师帽。巫师帽滑稽地转了一圈，帽尖朝下，倒吊着看向他们，说："这可不便宜。"

郑莺莺："多少？"

巫师帽："这不是价钱可以衡量的，不过看在你是我第一位客人的分儿上，我可以勉为其难给你开个价。"

郑莺莺："你说。"

巫师帽："我要你的半颗心、一只眼睛和一根小手指，且永不可再生。"

闻言，郑莺莺蹙起秀气的眉，第一次露出了犹豫和怀疑的神色。旁边的江河也面露警戒，立刻打断道："没有了心会怎样？"

巫师帽："放心，这里是永夜城，灵魂高于一切。肉体只是储存灵魂的容器罢了，它可以无限变强，切除半颗心当然也不会死。但她最后会变成什么样子，就不是我能控制的了。"

江河："既然是买卖，就应该说清楚。"

巫师帽"桀桀"怪笑着，再开口时，却是江河脚下踩着的那个说话了："你可真有意思，不知道吗，永夜城从来不包售后。"

江河下意识拉着郑莺莺退开，退开的刹那，头顶的巫师帽也开口了："那可是无名之刃，你们一来就开口要这东西，胆子也很大。如果不想买，你们现在就可以走了。"

话音落下，墙壁上又开始浮现那些不规则的几何纹，绚丽的色彩包围着那十二顶巫师帽，像怒放的花又像振翅的蝴蝶，不断变幻，无穷无尽。

巫师帽下的面具表情也在变幻，一秒变一个，表情如定格，充满了怪诞气息。那左右摇摆的铃铛更是传出了简易版的《神灵、羔羊和乌鸦之歌》，没有歌词，只有叮当叮当的铃铛声。

听到这铃铛声，郑莺莺藏在披风里的身子抖了抖，她的目光却因此变得更坚决："我买。"

铃铛声骤停，变幻的缤纷图案也卡住，正前方的巫师帽咧开嘴："我还得提醒你一句，梦幻无限市场是命运的赌盘，你买的只是一个拥有的机会。"

光芒一闪，郑莺莺面前出现两个光团。

"一个代表有，一个代表无，一旦做出选择，交易即刻达成。"

江河面色凝重，有心想要阻拦，可目光扫过郑莺莺的脸，又被她坚决的目光打住。郑莺莺咬牙，目光死死地盯着两个光团，再看不见其他。

片刻后，她终于伸出手，把心一横，点了右边的那一个。

叮！交易达成！

播报声响起的刹那，郑莺莺立刻捂着心口跪倒在地上，痛苦地蜷缩起来。江河急忙扶住她，就见她捂着心口的手上鲜血直流，一根小手指赫然已经不在了。

再看她的眼睛，其中一只竟似被生生挖去，只剩一个流血的空洞。

江河悄然攥紧拳头，而这时，一个戴着巫师帽的身影终于出现在两人面前。他左手端着一个托盘，托盘上正是郑莺莺缺失了的一根手指、一只眼睛和半颗跳动的心。

宽大的帽檐遮住了他的眼睛，只露出咧着的嘴。他随即摸出一把匕首抛在郑莺莺脚边："恭喜你，赌对了。"

可郑莺莺实在太痛苦了，鲜血几乎要将她半边身子染红。

江河想要代她去捡，却听黑帽子阴笑着提醒："那可是被神诅咒的匕首，你如果不怕死，可以碰碰看。"

江河的手立刻顿住，电光石火间，他想起了有关这把匕首的传说。这是把弑神的匕首，传说有人将它藏在书册里，企图去刺杀神明。

这个故事是哪里来的，存在于副本世界中还是其他地方，都不可考，但唯有匕首是真实存在的。神杀死了弑神者，将诅咒施加在匕首上，从此之后，这把匕首便有了一个特殊的能力——吞噬。

凡是被匕首刺中的人，都将被吞噬一部分灵魂为匕首的主人所有，除非主人死亡，否则这匕首谁碰谁倒霉。

"我自己来。"郑莺莺终于缓过一口气，虽然依旧痛苦得直不起身子，但还是抬起头，充满渴望地向前伸出了手，而后——牢牢地攥紧了匕首。

命运，终于被她掌握在自己手中。

永夜城各区，梦幻无限市场陆续开张，迎来了自己的客人。但除了 F 区的郑莺莺，再没人见到黑帽子本人。

半个小时后，唐措和靳丞刚刚离开居酒屋时，黑帽子其实就在中心区，距居酒屋一条街外的私人会所内。

他甚至是坐在窗边看着靳丞和唐措离开的。

"这就是你千挑万选的盟友吗？"他回过头看向坐在对面的林砚东。

"不好？"林砚东反问。

"永夜城存在这么久，能登顶的人千千万，不止靳丞一个。这些人大多是昙花一现，或者太过保守，到时间就离开永夜城了，你就能肯定靳丞是特殊的一个？"

"加上唐措就可以。"

黑帽子歪着脑袋想了想，又耸耸肩，没再说话。

林砚东左手捻着佛珠，说："十二号乐章的事，不给我一个解释吗？"

黑帽子："我要开梦幻无限市场，你不是一早就知道吗？更何况，我们又不是一条船上的。跟你一条船的刚刚才从这里走过去，你就不怕我把你知道梦幻无限市场的事告诉他们？"

"你大可以去说。"林砚东从容淡定。

"嘿。"黑帽子轻笑一声，"你别搬起石头砸了自己的脚。靳丞可不是好糊弄的人，小心他到最后把你杀了。"

"这就不劳你操心了，说吧，这次的事你想怎么了结？"

"我不觉得你有立场来跟我讨债。"

林砚东抬眸，捻着佛珠的手暂停，微笑道："你忘了当年的事？我还救过你一条命。"

"你最好提都不要提。"黑帽子却是瞬间变得暴戾、阴狠，"林先生，我可从来没有让你救我。"

"那你或许可以去死。"

林砚东轻飘飘一句话，成功把黑帽子的话堵住。如果是在当年那个副本里，黑帽子或许会选择死也不会再回来，可几年过去，他的想法早发生了改变。

良久，黑帽子又恢复平静，阴恻恻地笑着，说："那好吧，我可以免费给你们提供一条其他乐章的线索，怎么样？靳丞都让 K 来警告我了，我也不想跟你们现在就撕破脸。"

又过了半个小时，池焰找上了唐措和靳丞在 E 区的住所。他带着个小包，把东西交到唐措手上的时候不由得松了口气。

"小铭哥让我送来的，说是一个叫林砚东的人给的东西，你们看了就会知道。杂货铺那儿有安宁姐他们看着，他先回 A 区去了。"

唐措打开包裹，发现是两张 B 区的通行证。

靳丞瞧见了，靠在沙发上，说："林砚东不想亲口说出真相，送来两张通行证，这是打发我们去找另一个当事人啊。这样看来，他暂时也不会见我们了。"

"我们去居酒屋的事情，他应该知道了。"唐措思忖着，又问，"你说那个占卜师每三个月见一次客，下次见客是什么时候？"

靳丞算了算时间："巧了，就是明天。"

语毕，靳丞看向一头雾水的池焰，余光又瞥见敞开的房门，蓦地计上心头，微笑问："池焰啊，好久没见了，你唐哥搬了新家，今晚要住下来吗？"

池焰挠挠头："啊？我可以住吗？"

唐措："……"

23

池焰最终还是没能住下来，因为当唐措提出要跟他住一间的时候，靳丞忽然翻脸，把他赶走了。

大门关上的那一刻，池焰都没弄明白到底怎么回事。

这位哥哥受什么刺激了？

门内的唐措不发一言，就抱臂靠在沙发背上，静静地看着靳丞作妖。

靳丞被他这么看着，倒也不心虚，反而端起教官的架子来，说："时间宝贵，距离明天还有十几个小时，闲着也是闲着，去训练场练练吗？"

唐措："行啊。"

靳丞终于看到唐措对他笑了，只是感觉不太妙。他好像真的把这头小老虎惹毛了，对方正摩拳擦掌地要咬他一口。

对于唐措来说，没有什么是打一架不能解决的，尽管他打不过。

靳丞这个无耻的话又多的家伙，在打架的时候格外帅。他可以肆无忌惮地对你笑，也可以对你进行冷酷无情的段位压制，从容自信，游刃有余。

唐措当初就是这样日渐沉迷，他着迷于靳丞的强大，哪怕一次次被打趴下。只要靳丞还站着，他就好像能再从地上爬起来。

换成别人，他就不爬起来了。一次次爬起来多麻烦，他会等自己变得比对方更强大，然后一拳把对方干翻，多省事。

练到最后，结局毫不意外是唐措脱力躺在训练室的地上，而靳丞盘腿坐在他身旁，给他递过去一瓶水。

唐措整个人汗涔涔的，喝了水总算缓过来一点，却仍是躺在地上不想动。靳丞却在这时抓住他的胳膊，让他下意识进行反击。

"啪！"靳丞压下他扫过来的腿，嘴角含笑，"别紧张嘛，我只是看看你手上的伤。"

唐措面无表情，可高强度训练过后，他的头发都被打湿了，脸上还带着自然的红晕，他再怎么不想有表情，看起来都很青春有活力，眼睛还特别亮。

"我没受伤。"他反驳道。

"你确定？"靳丞一把将他的袖子捋下，露出手臂上大块的瘀青。唐措这下没话说了，可他真的没注意，不是刻意隐瞒。而且在永夜城受的伤，那能叫伤吗？喝点药就完事了，疤都不给你留一个。

说起来，唐措一直不知道靳丞脸上的疤是怎么来的，为什么一直不去掉。

"别盯着哥哥看。"靳丞又开始不要脸。

唐措默默地转过头去，还真不看了。靳丞却又不乐意了，一边摸出闻晓铭自制的药水给唐措涂在瘀青上，这么点伤没必要喝治疗药剂，一边说："你刚才那么看我，不是有话想问？"

唐措："不感兴趣。"

靳丞："那你说说，哪里你不感兴趣了？"

唐措被他烦死了，嚯地坐起来，转头问："我说了又怎么样？"

靳丞支起下巴，微笑："我给你提点建议，说不定你就能改过来了呢。"

不是自己改，而是让唐措改，能说出这么不要脸的话，世上仅有靳丞一人而已。唐措差点爬起来再跟他打一架，但想想又算了，再打三百场，靳丞也还是那个靳丞。

唐措持续发送死亡凝视。

靳丞摸摸鼻子，知道自己也不能把人逗得太狠了，又开始转移话题："你刚才是在看我脸上的疤对不对？这疤是我刚到永夜城那年留下的，吃个亏长个教训，我就没把它去掉。要是想去掉，也就几个点数的事情。"

去不去疤倒是其次，唐措很好奇："什么人能让你吃亏？"

靳丞："刚来的时候找的队友，副本里被阴了一把。"

唐措："你不像那么没有防备心的人。"

"因为他救过我。"靳丞说得轻描淡写，"不是所有的相处都是有阴谋的，在那个副本之前，他确实算得上一个合格的队友，不说正直善良，但至少挺有底线。只有当变故来临的时候，你才会发现底线的存在就是用来被打破的。"

唐措不解。

靳丞："他想救人，这个人在他心里很重要。所以当我跟这个人同时被摆上天平的时候，他会毫不犹豫牺牲我。如果是我俩同时身处险境，必须二选一，这也没什么，但那是一场魔鬼的交易，他为了救那个已经死掉的人，把我的名字写在了交易单上。"

"后来呢？"

"他死了，交易就失败了。"

强大的人并非一直强大，靳丞也有错信的时候，哪怕如今提起来再怎么云淡风轻，只要脸上的疤还在，那件事就永远存在。

这并非靳丞耿耿于怀，而是他从不否定任何时刻的自己。

唐措觉得自己在这个时候好像应该说点什么，但一向不善于表达，如果说"我不会放弃你"这样的话，又太过肉麻。

良久，他说："疤不要去了。"

靳丞等了半天等来这一句，略显狐疑："为什么？"

唐措："因为帅。"

话音落下，化作惊喜在靳丞眼中绽放。他没想到唐措会打直球，平时闷葫芦似的，一开口这么酷——就是一只很酷的闷葫芦。

"那你考虑好了？"靳丞单手撑在身侧，目光灼灼地盯着他。

唐措稍稍后仰。

"读取失败，重来。"

"我答应你了。"

唐措一个大喘气，说："跟你做一辈子的好兄弟。"

"咻。"名为靳丞的气球泄气了。

当年的青葱少年终于变成了老油条，岁月诚不欺我。

现在能怎么办？

翌日。

唐措一个有起床气的低血糖患者精神尚算不错，靳丞却一副没睡好的样子，气压相当低。看到唐措出来，他又瞬间变脸，站在那儿一脸无辜和委屈。

你是个少女吗？

什么是生活的艰辛，这就是了。

吃过早饭，两人立刻出门。

因为他们只有 B 区的通行证，所以得先到中心区，再从这里进入 B 区。系统检测到两人手中的通行证，就会自动放行，不需要办理任何手续。

一个小时后，占卜室的大门已经在望。

B 区是仅次于 A 区的高级区，这里的建筑不论从规模还是风格来说，比起E 区都高了不止一个档次。占卜室也不例外，因为开在一栋带花园的别墅里。

"一个人只能来这里占卜一次，我上次来过，所以这次只能你上了。"靳丞道。

"客人的标准是什么？"唐措问。既然占卜师一次只见三个客人，总不至于是根据先来后到吧。

靳丞摊手："没有标准就是她的标准，等到门口你就知道了。"

唐措遂没再问。

别墅门口已经到了不止一个人。唐措仔细观察，发现这些人大多只是上前站了一会儿就走开；也有人突然面露愤怒，用力摇晃着别墅的铁门，但门内什么回应都没有；还有一些散客不远不近地站着，不像是来占卜的，倒像是在记录情报。

唐措和靳丞到的时候，因为唐措走在了前面，大家一时还没认出来。等到靳丞那张极具辨识度的脸出现在众人视线里，他们便顺理成章地成为焦点。

靳丞视若无睹，笑盈盈地嘱咐唐措："你去门口站着就行，如果你是她的客人，门就会自动打开。"

唐措二话不说直接走到门前。其余人蠢蠢欲动，不知心里在打什么鬼主意，可靳丞余光一扫，这些心思就像阳光下的泡沫，瞬间破裂。而就在这时，从早上到现在一直紧闭的大门，突然开了。

靳丞走到唐措身边："看来我们这位占卜师先生，一早就料到你要来。"

唐措问："你上次也是这样？"

"差不离。"

"那走吧。"

两人无视周遭惊诧或羡慕的目光，大摇大摆地走进去。而就在他们的身影消失在鹅卵石路的拐角处时，大门又缓缓关上，阻挡住其余人的步伐。有人不死心地扒着门往里看，可除了郁郁葱葱的树木，什么都看不到。

另一边，唐措和靳丞顺利走到真正的门口，这一次，门又自动开了。随之响起的还有一道冷冰冰的女声："靳丞，你也跟着进来干什么？我不招待你。"

靳丞："陪朋友。"

对方陷入沉默，隔了三秒，才说："你在楼下坐着，让你朋友一个人上楼。"

24

唐措一个人到了二楼的书房，但还是没见到人，因为书房被一块巨大的黑色幕布隔成了两个空间。

他在幕布的这头，占卜师在幕布的那头。

靳丞说，占卜师叫言业，女性，来永夜城的时间超过十年，但升到 B 区后就开了这家占卜室，从未到过 A 区。

这么多年她就一直躲在这幕布后，像是在极力逃避什么，上一次靳丞来，就连她的脸都没见到。

"你想占卜什么，过去还是未来？"冷冰冰的女声从幕布那头传来。

"是你主动请我进来的。既然你知道我要来，也应该知道我要占卜什么。"唐措的目光盯着幕布。房间里没有风，幕布就像是凝固的画，动都不动。

"你不亲口说，占卜就不会灵。"她回答。

话不好套。

唐措想了想，道："我想知道在黑帽子、林砚东和你一起经历过的那个副本里，到底发生了什么。"

言业："这与你无关。我的占卜，只占卜你个人的命运。"

唐措："黑帽子连用两份乐章，乐章关乎每一个玩家，当然也关乎我。"

言业："强词夺理。"

双方陷入短暂的沉默。

唐措问："你在害怕什么？"

言业冷笑："你这狂妄的语气也是跟他学的吗？"

唐措："是的。"

许是他太过坦率，毫不犹豫地让靳丞背锅，反倒让言业语塞。她不答话，唐措就继续说："秘密之所以太过沉重，就是因为知道的人太少，每个人背负的东西过重。一旦说破，压力自然转移。"

言业："你说得轻巧。"

"所以你可以选择让我不那么轻巧。十二乐章现世，黑帽子走上舞台，再加上林砚东、靳丞，等等，命运之轮已经开始转动，现在就是说破的最佳时机，你还在等什么？"

对面迟迟没有回答，良久，才道："你跟靳丞一样，嘴皮子利索，性格却不那么讨喜。"

唐措颔首："多谢夸奖。"

可他说那么多，言业还是没有松口的迹象，甚至说："我再给你最后一次机会，你想占卜什么，过去还是未来？"

唐措便反问："为什么是我？"

"命运告诉我是你。"

"你连自己的命运都无法掌控，又怎么能参透他人的命运？被命运摆布的傀儡，怎么知道你预知的一定是正确的呢？"

"出去。"她似乎真的被触怒了，声音像掺着冰碴子。

唐措不为所动。

双方僵持着，抑或说，言业单方面僵持着。十多分钟后，幕布后又传来声音："不知者无畏。我现在终于明白，为什么你和靳丞能走到一起了。"

唐措忽然好奇："这也是命中注定吗？"

言业："所有已经发生的事，都是命中注定。"

唐措一向认为所谓的"命中注定"只不过是心理作用，但这是永夜城，神明都有可能存在，那虚无缥缈的命运就更不好说了。

"我选未来。"他道。

"唐措，你的未来充满了不确定性。"言业给出的答案却似乎与她刚才说的话相悖，她语速很慢，中间又顿了顿，才道，"我只能叮嘱你一句，当你有朝一日拿到金色乐章时，记得向永夜城兑换一个彩蛋游戏。那个彩蛋游戏的名字叫作——神的礼物。"

语毕，对方忽然猛烈地咳嗽起来，那反应之大，仿佛要把肺都咳出来。唐措蹙眉，一个箭步走上前去，正想撩开帘子，便被厉声喝止："住手！"

唐措停下，对方的语气这才稍稍温和："不要越界，唐措。"

唐措在斟酌，目光紧盯着黑色幕布，思绪飞转，快速判定情况，足足五秒，这才缓步后退。

"你可以走了，唐措。"言业的声音带上了一丝疲惫，"不过看在你这么配合的分儿上，我最后给你一个建议。"

"你不是好奇黑帽子的目的吗？不要把目光执着于黑帽子的过去，必要时也可以看看自己的手心。人与人的命运千丝万缕，循着关系寻找过去，你会有惊喜的发现。"

"这个惊喜在副本里？"唐措问。

言业轻笑着，却没有再回答。

五分钟后，唐措和靳丞会合，离开了占卜室。

别墅外面还是等着许多人，言业开张一次要接待三个客人，现在还剩下两个名额，其余人自然不会轻易放弃。

回去的路上，唐措把他和言业的对话一字不落地说给靳丞听，末了又问："金色乐章是指哪个？是所有乐章集齐后的产物，还是指特定的某个乐章？"

靳丞："是一号乐章，又称金色乐章。"顿了顿，他又琢磨着，说，"这么看来，关键线索在'月隐之国'里，我在第二环触发的支线任务，或许做到最后真能搞出一个乐章来。"

唐措点头："三者连通的关系性，只有它了。"

在黑帽子这件事里，黑帽子、林砚东包括靳丞和唐措，他们的相通点在哪里？唐措想来想去，除了大家都是玩家外，只有"月隐之国"。

林砚东和他们跟"月隐之国"的关系就不必说了，黑帽子所求的那四样东西，看着也像是西幻副本的产出。

绕来绕去，他们还是得去副本里走一遭。

"不过在这之前，还是得先去试一试那个梦幻无限市场。"靳丞道。

"嗯。"唐措说着，又确认一遍，"那是个赌盘？"

靳丞："K是这么说的。"

唐措："那就带池焰一起去。"

"为什么？"

"因为他运气好。"

池焰给的平安符帮唐措直接找到了于公馆大门的钥匙，这份运气，毋庸置疑。

这天下午，他们果然找到了池焰，说要带他去杂货铺。池焰是个对唐措无条件信服的弟弟，根本不需要多忽悠，就跟着一起走了。

去的路上，靳丞想着要关心他一下："你现在的能力是什么？入门了没有？"

池焰不好意思地挠挠头。

唐措还是头一次见他不好意思，刚要问，就见池焰捋起袖子露出了一条大花臂。那暗金的色泽、那龙腾虎跃一般的图纹，不叫声大哥都让人怪不好意思的。

"哥，你可千万别误会啊哥，我没有去混社会！"池焰急忙解释，"这叫麒麟臂，很玄学的，暴击率特别大！"

"暴击？"

"就是我一拳下去可以发挥出几倍的实力，还很有可能击中对方命门，不过这个得看概率啦，有的时候只有零点几。它最厉害的是还有好运BUFF，用这条手臂来开箱子捡东西，手气真的行，杠杠的！上次的那个平安符就是我这么捡到的哦！"

唐措和靳丞对视一眼，开始沉默。

运气真的是一门玄学。

中心区，游戏大厅。

唐措和靳丞出现在B区占卜室的消息已经传开，玩家们三三两两地议论过后，大致都能推断出他们拿到了通行证的事实。

"唐措"这个名字，也再度被提及。

"永夜城那么多人，占卜室三个月开一次，一次招待三人，一年也才十二个人。而且因为占卜室在 B 区，几乎没有低级区的新人进去过，唐措这次能拿到名额，我怎么觉得这么不简单呢？"

"根据可靠消息，唐措跟靳丞一起进的特殊触发副本，实力不比靳丞差多少。"

"嘶，这年头的新人太恐怖了吧？"

"人家连十二乐章都敢伸手，老玩家在他眼里也是个屁。"

"……"

不一会儿，唐措和靳丞进入黑帽子杂货铺的消息传来，又掀起了一阵波澜。许多人坐不住，纷纷前往 E 区凑热闹，说要看看这场"乐章争夺者的正面交锋"。

不过唐措三人早就进去了，梦幻无限市场又在一个异度空间，他们自然什么也看不着。

踏进杂货铺的第一秒，三人就发现了周遭的变化，摆满货架的杂货铺不见了，取而代之的是一个色彩缤纷的十二面体空间。

整个过程就像是进入任务墙，触发了副本。

叮！

欢迎来到梦幻无限市场！

十二个铃铛、十二顶巫师帽，跟郑莺莺和江河遇到的情形一模一样，但唐措此时并不知道他们也来过这里。靳丞掏了很多东西给池焰，交代他待会儿的交易由他出面完成。即赌资由靳丞提供，赌的却是池焰的运气。

不得不说，池焰的麒麟臂是少有的让靳丞觉得眼红的技能。他得试试。

巫师帽下的面具开口了："请问各位需要点什么？请大胆地、充满想象力地说出你的需求哦。"

靳丞挑眉："我要十二乐章，有吗？"

距离他最近的侧边墙壁的巫师帽，笑着说："这位客人，你的想象力一般，但野心很大。十二乐章属于禁品，无法贩售，只可在玩家内流通。"

靳丞："如果我只买它的消息呢？"

巫师帽："你可以预订，先生。如果有玩家将十二乐章的消息作为货品放入市场，本店可为二位开启交易空间，双方无须担心身份泄露，即可完成对赌。"

对赌？看来这也不只是买进卖出那么简单。

靳丞看向唐措，唐措会意，开始给池焰下指令。

池焰仔细听着，很快就明白了他的意思，而后清清嗓子，开始点单："我要一颗梦想宝石，什么价格？"

头顶的巫师帽突然阴恻恻地笑，吓了池焰一跳。他抬头，便瞧见那张诡异的白色面具盯着他，眼睛里是一片黑色的空洞："梦想宝石，由巨龙出品，克一切幻境、提升佩戴者精神力，你得提供至少三件高级装备。"

池焰立刻用余光瞥向唐措，见他点点头，便从靳丞给自己的东西里挑挑拣拣拿了三样，试探着推了出去。

十二个巫师帽齐齐看过来，白墙上再次浮现出不规则的几何纹，不断变幻，盯得久了，便让人产生一种头重脚轻、仿佛整个人都在旋转的失重感。

"别看。"靳丞抬手按住池焰的肩膀。池焰赶紧回神，身前却忽然出现两个光团。

"一个代表有，一个代表无，一旦做出选择，交易即刻达成。"

咽了口唾沫，池焰犹豫着伸出手。他的麒麟臂已经处于激活状态，被袖子遮挡的暗金纹路间或有淡淡的流光闪烁。池焰相信自己的运气，但这毕竟花的不是他的装备，他还是略显紧张。快要触碰到光团时，他再度回头朝两位哥哥确认。

就这个了？靳丞冲他无所谓地耸耸肩，随你。

池焰把心一横，果断伸手抓了右边那一个，探进光团的那一刻就知道成了，摊开掌心一看，可不就是鸽子蛋那么大一颗流光溢彩的宝石嘛！

靳丞和唐措再度交换一个眼神，而后齐齐道："再来。"

25

"罗纱羽衣。"

"《奇门遁甲》。"

"蒂奇的铅皮水桶。"

一样样东西被放上赌盘，而后又被池焰准确无误地从光团中抓出。唐措不知道黑帽子是不是躲在墙壁后面气得跳脚，但那些不规则几何纹的变幻速度明显加快，十二顶黑帽子有时像过电般抽搐，滑稽又怪诞。不过梦幻无限市场好是好，凡是他们想要的这里几乎都有，可光换了这几件，池焰那儿的存货就快见底了。如果没有池焰的麒麟臂，说不定血本无归。

"一颗什么用都没有的魔法石头。"

池焰报出这名字的时候，心里还很疑惑，什么魔法石头前面还要加"什么用都没有"这样的前缀？更离奇的是，他抽别的都一发即中，抽这破石头竟然失败了。

巫师帽很开心，十二顶帽子齐齐旋转起来，铃铛更是摇晃得厉害，奏响了《神灵、羔羊和乌鸦之歌》。

"哥，怎么办？"池焰急忙示意。

"继续抽。"靳丞又丢了几件东西给他。三年多下来，他积累了很多好东西，但大部分是重复且无用的，要么是占着"高级"的名头没有"高级"的实力，要么不符合自己的战斗路数。靳丞也一直有意识地让自己和身边的同伴不要过分依赖装备，而有了闻晓铭这个装备大师后，就有更多的东西闲置了，拿来换东西算是物尽其用。

池焰立刻又试了一次，这次成功了。摸着手里那块平平无奇的黑色小石头，他心情复杂——进副本好几次了，他运气那么好，都没见过多少高级以上的装备，可就这么块破石头，竟然耗费了七件装备。他有种想要把它供起来的冲动。

靳丞还不太拿这块石头当回事，随手抛给了唐措，说："给你加元素亲和度用的，加不了太多，聊胜于无。"

听听、听听这叫什么话？聊胜于无！

巫师帽又开始发癫了，十二张面具齐齐盯着他们，开口："还来吗？还来吗？还来吗？还来吗？"

靳丞很冷酷地回答："不来了。"

池焰觉得黑帽子可能会被气死。

离开杂货铺时，三人毫不意外地撞上了蹲守在外的一干有心人士。靳丞和唐措依旧走得旁若无人，也不会有人有那个胆子拦住他们问情况，池焰则绷着脸跟在他们后面，像个称职的小弟。

只是没走几步，靳丞忽然看到个熟人。

"哟，这不是小弋弋嘛！"

荣弋原本正向他们走来，听到这话顿时停下脚步，目光幽深。池焰好奇地看他，小脑瓜子仔细想了想，才想起名字里有个"yi"字的可不就是荣弋。

"你找我有事啊？"靳丞笑眯眯。

荣弋一出现，周围的玩家立刻躁动起来，目光热烈了十倍不止。但出乎所有人意料的是，荣弋虽然一副想干掉靳丞的表情，可还是走过去，跟靳丞一起离开了，别说斗个你死我活，就是象征性的交手都没有。

"难道他们在副本里抢夺乐章的消息是假的？"有人不禁提出疑惑，怎么想都想不通。

——永夜城的大佬们什么时候变得这么平和了？

那厢，舆论的主角们只管讲自己的。

荣弋因为要进特殊触发副本，先前降至 E 区，所以现在也是 E 区的一员。他来这里找靳丞，纯粹是想开诚布公地和他谈一谈。

"你打算什么时候回 A 区？"他问。

"不急，有些事情回了 A 区反而束手束脚。"靳丞也很坦然。

"合作吗？"

"你不怕我再坑你一把？"

荣弋不予置评，径自说："冷缪出来了，我可以说服他暂时不跟你作对。林砚东似乎也有跟他接触的意思。"

靳丞："你跟缪缪到底什么关系？"

"你可以不用叠字吗？怪恶心的。"

"不可以。"

荣弋想翻白眼，忍住了。

靳丞继续说："我既然跟林砚东合作，也不缺你一个。"

荣弋："但你猜得透林砚东真正想要的是什么吗？而我的目的只有一个——一个复活的机会。"

"乌鸦先生的羽毛"这样的复活道具，是只有在玩家刚死时才有用的，想要复活一个早死了的人却不那么容易。

荣弋考虑得很清楚，先前在副本里靳丞不答应他的条件，那是因为双方已经处于对立面。但如果他们在副本外就达成合作，或许可行。

况且只是限定情况下的合作罢了，他也不算跟靳丞捆在一根绳上。

"我答应你。"靳丞回得干脆，比起林砚东，荣弋确实算得上是一个比较可靠的合作对象，不过转念一想，又道，"不过你得先付出一些筹码。"

荣弋："什么？"

靳丞把池焰拎到他面前，拍拍池焰的肩膀，说："把这位弟弟带上，你不是降到 E 区了吗？正好，只要他不死，我们的合作就可以进行下去。"

"欸？？？"池焰完全在状况外，眼睛睁得大大的，看看靳丞又看看荣弋，最后定格在唐措身上，"哥！"

闻言，荣弋看向唐措："弟弟？"

唐措本想说实话，但看着池焰不知所措的表情，又把话咽下去了，权当默认。荣弋遂点头，说："我可以带他下副本。"

直到荣弋又跟靳丞聊了会儿，转身离开的时候，池焰还有点蒙。他们约定好了，荣弋会在明天过来接他，双方住得还挺近。

"我、我就跟他走了吗？"池焰拉着唐措的衣袖，活像个被抛弃的小可怜。

靳丞半开玩笑半认真地说："你也可以选择拒绝。"

池焰依旧小可怜样："那、那别了，红榜第二呢！不过哥，你们不会是要我盯着他吧，我需要留意什么吗？"

"不用。"唐措说。

"你太弱了。"靳丞又说。

池焰原本只是装可怜，现在是真的觉得自己可怜，这两位哥哥矢志不渝地走在打击他的道路上，哪怕他刚刚给他们抽出了好几个SSR（极度稀有）级道具。

随后靳丞又去了趟红宝石酒馆，唐措便带着池焰前往训练场。唐措暂时打不过靳丞，但虐一个池焰还是手到擒来的事情。

半个小时后，池焰被虐到怀疑人生，唐措却也有点诧异。

池焰的能力应该属于异能一类，除了麒麟臂，其他并不值得一提。但这个麒麟臂确实很邪乎，仿佛自带瞄准镜，明明池焰是个毫无功底的普通人，出拳飘忽、力道不足、下盘不稳，可偏偏有好几次，唐措都差点没躲过去。

如果被击中，又触发暴击，那可就丢人了。

渐渐地，唐措有了一个猜测，于是丢给池焰一瓶治疗药剂："起来再打。"

池焰已经气喘吁吁、汗如雨下，可他冷酷的唐哥并不会有丝毫心软。他只慢了一拍，对方的拳头就砸过来了。

他忙不迭地从地上爬起来，匆忙应战。

又差不多二十分钟后，靳丞办完事过来，唐措才终于放过他。两人并肩看着躺在地上大喘气的池焰，唐措抱臂问："运气类的技能，应该算什么？"

靳丞："控制系。"

唐措点头："我试过了，他这个麒麟臂是吸取对方的运气来增强自己。但他是近战，前期太吃亏。"

靳丞挑眉，没想到这麒麟臂会是这么蛮不讲理的技能。不过唐措说得没错，池焰底子不好，光用拳头很容易被人打死。

"我觉得他缺一个灭霸的拳套。"靳丞道。

唐措不是很理解他的幽默感。

靳丞耸耸肩，又道："荣弋是时间掌控者，也算控制系，没想到我这乱点鸳鸯谱还挺准。不过池焰跟着他能学到多少，就看他自己的造化了。"

说着，靳丞拿出从梦幻无限市场换来的罗纱羽衣，丢给了池焰："拿着吧，穿在里面，防御用的。"

池焰急忙摆手："这很贵的，给我哥用啊！"

"少年，"靳丞抬手揽着唐措的肩，笑得痞气，"在永夜城，机遇和危险是并存的。你承担了风险的同时，也要学会抓住机遇。你很聪明，应该明白如果自己没有足够的实力，继续出现在我们身边，只会加快你的死亡。直到死，你也不可能真正站在你哥的身边，因为我不会允许。"

靳丞的话，真实、残酷，又坦然。

池焰攥着纱衣，久久没有说话，唐措和靳丞却不担心他受到打击或钻牛角尖，因为他眼睛很亮。

"还有一点，你知道为什么我把纱衣给你而不给你唐哥吗？因为你唐哥有我啊。"

池焰："啊？？？"心情有点复杂。

谁知两位哥哥并不管他，兀自聊了起来。

唐措问："有消息了？"

靳丞："暂时没有。"

靳丞去红宝石酒馆找K，是为了跟他买占卜师客人的情报。今天会有三位客人，除了唐措，靳丞也想知道另外两个是谁。

他虽对K留了心眼儿，但正常的合作还是要有的。

那厢池焰见没人理他，只好乖乖地自己坐起来。

这天晚上，池焰去跟安宁告别后，就留在了唐措和靳丞的家里，睡沙发上。

翌日。

荣弋一早就登门领人，被靳丞吐槽他是老年人作息。荣弋不想跟他说话，并把带来的早餐递给了唐措。

"来都来了，怎么不带个果篮啊？"靳丞还在后面挑三拣四。

"闭嘴。"永夜城水果最贵，一个苹果就能卖出高价，荣弋就是拿水果去喂猪也不会买给靳丞。

待荣弋把池焰领走，靳丞也拿到了占卜师的客人名单，红宝石酒馆的服务员特地给他送来的，态度恭敬，服务周到。靳丞看过名单，却挑了挑眉，转手把它递给唐措。

"身份不明？"唐措蹙眉。

"K很少给出这么不靠谱的消息，这个人肯定用了什么改变容貌并且能够屏蔽探查的道具。"靳丞窝在沙发里，怎么都不觉得K有必要在这件事上撒谎。但如果他说的是真的，那这时候突然冒出一个不明人士，可不太妙。

而且情报上说，这是一个二人组。

至于另一位客人，靳丞倒是认识，"欧皇"余一一。这人一天到晚搞玄学，出现在占卜室再正常不过。

但为了保险起见，靳丞依旧找到闻晓铭，嘱咐他多留意余一一，以防万一。随后他又把从梦幻无限市场换到的《奇门遁甲》交给对方，这本书据说可以帮助玩家自制装备，具体效果如何，还要闻晓铭自己判断。待一切安排妥当，就到进副本的时候了。

隐藏任务月隐之国第三环，精灵之森。

叮！

恭喜玩家开启隐藏任务——月隐之国，本任务为连环任务。

第三环：精灵之森。

当前参与人数：2，开启双人模式。

请玩家时刻查看任务面板，按照指引完成任务。

祝您生存愉快！

IV

精 灵 之 森

叮！

恭喜玩家开启隐藏任务——月隐之国，本任务为连环任务。

第三环：精灵之森。

当前参与人数：2，开启双人模式。

请玩家时刻查看任务面板，按照指引完成任务。

祝您生存愉快！

26

进入副本，一片郁郁葱葱的绿色便闯入视线，从浅绿到青绿再到深绿，百米高的参天古树撑起了森林。夕阳穿过树的缝隙，跋山涉水而来，却不像"月隐之国"那样是烂漫的玫瑰色。它被包裹在细纱一样朦胧的迷雾里，高贵、神秘，又泛着一股冷意。

在那迷雾和树木的双重掩映中，唐措依稀看到远处有一些树屋和宫殿的尖顶。藤蔓做成的云桥将所有的树木和建筑连接在一块儿，有些藤蔓上开着花，白色的、粉色的，模糊不真切。

"精灵之森"——唐措在心里默念着这个名字，环顾四周，却没发现靳丞的身影。

很显然，他们再次被分开了。

他打开任务面板。

月隐之国——
第三环：精灵之森。
主线：探访秘湖。

秘湖在哪儿，唐措不知道，周围有迷雾也不好随便乱走，所以决定先去前面有人的地方一探究竟。

他走得不快不慢，一直留意着周遭的情形，而没多久就发现，那些树屋和尖顶的宫殿看着好像就在不远处，走起来却很远。

这森林有古怪，也许是布置了什么迷阵，也许是迷雾所致。

蓦地，唐措听见右侧方隐约有人声传来。他顿住脚步，略作思忖，便果断朝声音的来处寻去。

拨开丛生的灌木，他看到了面对面站在树下的年轻男女。巨大的古木如同参天华盖，将夕阳摇碎了，洒在他们肩头。那繁盛的枝头还倒挂着风铃一样的花，随着晚风轻轻摇曳。白雾如纱，唯美烂漫。

他们一个是有着银色头发和尖耳朵的女精灵，身材高挑、容颜天顾，气质虽稍显清冷，可泛着红晕的脸颊冲淡了疏离感，将高贵与少女感完美相容。那双碧色的瞳孔更像是会说话，轻易便能将你收作裙下之臣。

另一个背对着唐措，但唐措不用看到他的脸就能猜到他的身份，哪怕他此刻是以别人的身份存在。

靳丞，原来在这里。

唐措面无表情，自动进入看戏模式。他没有出声，静静地靠在树上，观赏着远处的男女。

精灵拿了一个东西给靳丞，又跟他说了什么，隔得太远，唐措没听清。

靳丞接了，精灵却突然失落，好似听到了什么不想听的话。不过片刻，她便转身离开，提着裙摆越跑越快，转身的刹那，眼角似乎还有泪光。

唐措想，靳丞这个百分百直男，一定"注孤生"。

"出来吧。"靳丞的话打断了他的思路。

唐措挑眉，不确定靳丞是知道自己来了，还是单纯听到有人靠近。思考间，靳丞回过头，目光准确地落在他身上，嘴角勾笑。

好吧，唐措耸耸肩，大大方方地走过去，问："怎么知道是我？"

靳丞："你的脚步声跟别人不一样。"

唐措姑且接受这个解释。经过永夜城的洗礼后，靳丞的听觉已经达到变态的程度，能够听出来也很正常。

"你的任务是什么？"唐措直接切入正题。

"探访秘湖。"靳丞说着，抬手抵在树干上，将唐措的去路阻截，"你就不问问刚才的事？"

"哦，刚才那位 NPC 是谁？"

"不对。"

"她送了什么任务道具给你？"

"不对。"

"你触发任务剧情了？"

"还是不对。"

语毕，靳丞微微俯身，双方的距离无限拉近，呼吸可闻。他还刻意压低了嗓音，用更磁性、更撩人的声线循循善诱："你再仔细想想？"

唐措不得不配合他："你刚才偷偷摸摸跟那个女精灵在说什么？为什么收她的东西？"

靳丞笑了："你不高兴吗？"

唐措面无表情："对。"

靳丞没有得寸进尺，两人的话题重新回到正事上。

刚才那位精灵名叫索菲亚，是精灵一族的公主，身份极其尊贵。她似乎看上了吟游诗人兰斯洛特，特意约他在这里见面，并送了他一条吊坠。靳丞也从她口中，知道了西奥多和兰斯洛特出现在精灵之森的原因。

精灵之森位于西西里特大陆中部，若从偏北的法兰公国前往南方的百花王国，有大半概率会从这里经过。

但精灵之森是精灵族的地盘，精灵高贵，如果不是他们认可的朋友，一般不被允许踏足这片神圣之地。精灵之森本身也蕴藏着丰富的自然系魔法元素，致使这里时常有雾气弥漫，寻常旅人若不小心误入，很容易迷路。所以尽管许多的旅人会从这里经过，但真正能够进入精灵之森的，寥寥无几。它在西西里特大陆所有人的心中，代表的就是神秘。

可是前不久，精灵之森碰到些麻烦，通过青藤同盟发布了悬赏任务。于是西奥多这个隐瞒身份在青藤同盟办事处历练的年轻骑士，就领取任务来到了这里。

至于兰斯洛特，他可能是跟随西奥多一起来的。

"你说精灵之森的变故就出在秘湖？"唐措若有所思。

"对，秘湖在森林深处，似乎是精灵族的圣地。但三个月前，那里的迷雾突然加重，以至于精灵王庭跟秘湖失去了联系。他们始终找不到解决问题的办法，这才不得不向外求助。明天一早，我们这批人就会出发前往秘湖。"靳丞道。

"秘湖的变故会对精灵之森产生什么影响？"

"她没说那么详细，只是反复强调明天的行程会很危险，劝我不要去。我的主线任务是探访秘湖，当然只能拒绝，她就给了我一条吊坠，说这上面有精灵王的赐福，希望它能保佑我。我看过了，这吊坠暂时不能收进装备栏，也不知道具体效用，可能是任务触发物品。"

精灵王的赐福？唐措忽然想起裁决之剑的描述中也有类似的话——百花王国西奥多公爵阁下的佩剑，拥有第十三代精灵王哀弥夜的赐福，附魔武器（已损）。

"现任精灵王是谁？"

"也没说。"

线索中断，唐措和靳丞商量过后，便继续往树屋那儿走。这次两人一起，虽然还是走了很久，中途似乎因为迷雾绕了些路，但好歹顺利抵达。

迷雾在这里逐渐散开，视野恢复明朗，将一幅天赐的精灵画卷徐徐展开。

精灵，无论在哪个故事里都兼具高贵与美丽的种族，隐居在神秘的迷雾森林中，鲜少为世人展示他的真容。

而当这一切无比真实地展现在唐措眼前时，他不得不承认，这儿确实很美，美得让人生不出一丝亵玩之心，仿佛那就是天上的月亮，就该高高地挂在那儿，不沾染人间的一丝尘埃。

于是他又开始生出一股不真实感。

三三两两的尖耳朵的精灵，穿着束腰的纱衣，光着脚，拎着竹编的果篮或抱着水壶，从岩石铺成的小径上走过。他们大多有着金色和银色的头发，碧色瞳孔，皮肤白皙，容貌俊美。

外围还有许多卫队打扮的精灵，身穿长靴和造型精致的藤甲，护住胸口、手腕部分，背上则背着弓箭和箭袋，英姿飒爽。树屋错落有致地分布在四周，全然看不出任何斧凿的痕迹，仿佛由树枝和藤蔓天然长成，却又在墙壁和窗户上点缀着复杂而曼妙的花纹。

而那云梯的分布、从门口垂落的花，甚至是一只陶碗上的图纹，都彰显着精灵独特的艺术审美。

"西奥多！兰斯洛特！"

前方忽然有人叫他们的名字，唐措循声望去，发现是老朋友——青藤同盟驻法兰公国办事处的凯尔特骑士。凯尔特站在一间树屋的走廊上向他们招手，唐措和靳丞便直接从盘绕树干的旋转楼梯走上树屋，与凯尔特会合。

只是在走上楼梯时，靳丞回头朝某个方向看了一眼，微微蹙眉。

"你们到底去哪儿了？害我担心半天。"凯尔特带着他们进屋。

"没什么，第一次来，四处走走。"唐措道。

"也是，精灵之森可不是什么时候都能进来的。"凯尔特一双小眼睛四下张望着，随即关上门，压低了声音道，"不过我发现一点问题。"

唐措："什么？"

凯尔特："刚才我不是去找你们吗？怎么找都找不到，便想问问精灵卫队的人有没有看到你们出去。但我发现他们之间的气氛特别紧张、严肃，好像一直在防备什么，忧虑很重。"

靳丞："他们担心秘湖的变故，不是很正常吗？"

凯尔特："本来我也觉得很正常，所以看到这个任务没多想，就跟西奥多一起进来了。但我刚才在床底发现了这个。"

摊开手掌，凯尔特给他们看的是一枚很小的镶着羽毛的胸章。

他随即解释道："这是小风车海港近几个月内才开始贩卖的新货，看到上面的羽毛了吗？据说是从度猎鸟胸口拔下来的羽毛，很昂贵。"

唐措了然："这是客房。近期才开始贩卖的胸章出现在这里，你怀疑在我们之前就有人来过精灵之森？"

"没错。"凯尔特蹙眉，"可是我们一点风声都没有收到。"

靳丞眼珠子一转，问："那其他人呢？"

因为悬赏任务来到精灵之森的肯定不止他们三个人，问凯尔特比较快。凯尔特不疑有他，道："你说小风车办事处和黑山办事处的那几个人吗？我们虽然都是青藤同盟的，但隶属不同的办事处，我也说不准他们知道多少。"

看来这次前往精灵之森帮忙的人不在少数，光青藤同盟就来了三个办事处的人。靳丞蓦地想到什么："我记得小风车海港离这里很远？"

凯尔特不疑有他："是啊，谁知道他们正好路过，就跟我们一起进来了。瞧那身金光灿灿的装备，生怕别人不知道小风车海港喝的水都是蜜做的。"

正好路过？

唐措跟靳丞交换一个眼神，又看了眼凯尔特手中的那枚胸章。从凯尔特的语气来看，青藤同盟各个办事处之间的关系似乎不太和谐。

略作思忖，唐措试探着说："但无论怎样，你们都隶属青藤同盟。"

"是啊。"凯尔特泄了气般坐下来，端起茶壶给自己倒了杯水，一饮而尽，"谁让我们都是青藤同盟的呢？哪怕我们是偏远乡巴佬，他们是振翅的白海鹰。在那些德鲁伊、矮人和零散的冒险者眼里，我们就是一伙的。要是在这里出了差错，我们法兰公国办事处明年的经费又得削减了。"

凯尔特兀自发愁，看来他是真的很讨厌小风车办事处那几位。

唐措不愁，可对于目前的情况也不甚乐观——其一，秘湖之行参与人数众多，情况便很难把控；其二，精灵族似乎对秘湖的情况有所隐瞒，再加上胸章的出现和公主的话，此行的危险程度直接上三颗星；其三，也是最重要的一点，这次的主线任务过于简单。

不是说任务的难度，而是给出任务的方式，前两个副本里，系统给唐措的任务提示都是一步一步非常详细的，譬如保护大公后走地道，走完地道又去教堂，连路线都规划好了。

可这次呢？只有一个探访秘湖，自由度太高，反倒让人感到不安。

唐措后退一步，与靳丞避着凯尔特说悄悄话："你觉得呢？"

靳丞抱臂："刚才上楼梯的时候，似乎有人在看我。现在距离明早出发大约还有十二个小时，我觉得我们得做点什么，一旦进入秘湖范围，可能就回不来了。"

唐措基本赞同。

两人的目光遂齐齐落在凯尔特身上，唐措冲靳丞挑眉示意，靳丞摊手，做无辜状。这么眉来眼去好一会儿之后，靳丞拿出了一个精灵球。

晕晕蛋——powered by 10086（10086 提供）。

27

凯尔特被迷晕，趴在了桌上。

唐措在他被放倒后才想起来，忘了问凯尔特现任精灵王的名字。如果还是给裁决之剑附魔的那个哀弥夜，那他们相当于多了一重保障。

现在也没办法问了，两人抓紧时间出去探查情况。

此时天色渐暗，森林中的迷雾越来越浓，云桥上逐渐亮起了灯火，将周围点亮。那灯火是冷色调的，许是因为迷雾，朦胧得像月光。

月亮也终于在迷雾中露了个脸，却很不真实。因为那月亮很大，大得像是梦中才会出现的，有种冰冷的美感。

抬头看到门口垂下的一盏灯，唐措才发现那不是真正的灯具，而是一朵朵或盛放或含苞待放的纯白的花。这花很像昙花，随藤蔓开遍各处，花蕊就是灯芯，而它的每一片花瓣，都散发着月亮一般的荧光。

"是魔法的气息。"唐措兜里放着"一颗什么用都没有的魔法石头"，元素亲和度得到提升，感知也因此变强。不过这花不像是被人施了魔法，而是凝聚着很多魔法元素，自然发光的。

靳丞："这片森林不寻常，寻常草木也不能小觑。如果跟人交手，一定得小心。"

十分钟后，靳丞大大方方地敲开了隔壁树屋的门，微笑询问："晚上好，很抱歉突然过来打扰你们。"

里面住着的是人类客人，胸前并未佩戴青藤同盟的标志，看来是零散的冒险者。他们认得兰斯洛特，对他的态度也比较友好："是兰斯洛特啊，有什么事吗？"

靳丞举起手里的纸笔晃了晃："你们知道，我是个吟游诗人。难得有机会来到精灵之森，怎么能不写一首美妙的乐曲呢？所以我想来听听你们的感触。每个人都有自己独特的见解，这会对我的创作很有帮助。"

这番话合情合理，而且一个能够对普通冒险者真诚相待的艺术创作者，总能得到尊敬。

靳丞顺利进门，而就在屋内的两位冒险者都聚集在靳丞身边与他说话时，唐措绕到树屋后，轻车熟路地避开精灵卫队的目光，撬开卧室的窗户，翻进树屋。

他的目标很明确，找找客房里有没有像羽毛胸章那样的疑似上一位客人的遗留物。卧室不大，他很快就把这里翻了个底朝天，而外面的客厅就由靳丞负责，他会假借思考的样子在屋里走动，不动声色地完成这个任务。

至于为什么会这样分配，完全是角色问题。

唐措身上的标签明显，青藤同盟的身份会给他带来一定的便利，也会带来麻烦，因为别人必定会怀疑他的目的性。而且如果他不小心敲开了小风车办事处的门，场面恐怕也不好看。

相对而言，吟游诗人的身份就非常好用了。

可没了池焰，两人的运气一朝回到解放前，连着敲了两扇门，找到的都是零散的人类冒险者，没套出什么话，也没找到任何东西。

出师不利。

敲开第三扇门，总算小有收获，因为开门的从人类冒险者变成了蓄着大胡子、拿着酒瓶喝得醉醺醺的矮人。视线下移的那一秒，靳丞迅速切换模式，双眼亮晶晶地盯着他的酒瓶，说："好香的酒，我从没闻到过如此美妙的香味。"

矮人成功收获酒友一枚，开心上头，就透露出一些消息。

"精灵跟我们矮人虽然世世代代都是邻居，他们在精灵之森，我们在朔风峡谷，但高贵的精灵可看不上我们这些矮人。我这次要不是跟人打赌，也不来领这个任务，我可不想被高贵的精灵大人用他长在头顶的眼睛瞧我，可没想到——嘿，他们竟然把我招进来了，还给我喝这么美味的酒，回去之后我可能跟他们吹一辈子呢！"

此次队伍中的矮人只有汉谟一人，他拉着靳丞又胡吹一通，醉醺醺地睡着了。靳丞仔细思索着他的话，抬头，视线对上正好从卧室走出来的唐措。

"找到什么了吗？"他问。

"没有。"唐措摇头，"但是从他的话来看，这次的秘湖之行确实有很多猫腻。秘湖如果真的那么重要，变故出了那么久还没有解决，精灵族为什么不直接向罗杰里德那样的大人物求助？反而有点来者不拒的意思。"

"这确实是个问题。"靳丞道。

两人随即离开矮人的屋子，而后用同样的理由敲响了精灵的房门。精灵不如其他种族那么好说话，高贵且骄傲，举止优雅有礼，但待人总带着股淡淡的疏离。

不过这可难不倒靳丞，如有必要，他可以表现得比这片大陆上任何一个人都像位古老的贵族——

一位来自被黄沙包裹的与世隔绝的神秘国度、拥有真正古老贵族血统、非常具有艺术天赋并以成为西西里特大陆最受欢迎的吟游诗人为目标、真心仰慕精灵并打算为他们写诗赞美的高贵的贵族。

他举止优雅、长相俊美，谈吐幽默却不轻浮，用实力证明他有资格成为精灵的朋友。

"兰斯洛特，期待你的乐曲。或许你有所耳闻，我们精灵族天生热爱音乐。自然之神赐给我们与众不同的一双耳朵，一定是为了让我们聆听这世上最美妙的声音。"

说话的男性精灵眼睛里闪着灵动的光，动作却还很矜持，只微微颔首。

靳丞以贵族的礼仪回复他，从容自在，没有一丝勉强。拜别他之后，靳丞又连续拜访了几位精灵，得到的反馈却大同小异。

精灵们对他的态度确实都算不错，可似乎真的不了解秘湖发生的事情。

探访了半天，收获寥寥，靳丞坐在树下的岩石上略作休息。唐措很快从树后转出来，说："你刚才走了之后，那两个精灵在卧室里嘟哝，埋怨上次的客人太无礼，没跟他们打个招呼就走了。"

靳丞摸着下巴："看来精灵之森确实来了不止一拨人，只是消息的传播被局限在某个范围内。那两个精灵说客人没打招呼就走了，你怎么看？"

唐措："多半是死了。"

靳丞："所以是精灵的高层瞒下了这个消息？那他们极有可能把秘湖的真正情况也瞒了下来，甚至连大部分的精灵都被蒙在鼓里。而我们这些接了悬赏任务前来的，真正的任务内容可能是——"

唐措："送死。"

话音落下，靳丞忽然给他使了个眼色。唐措立刻警觉，余光扫过附近走过的精灵卫队以及远处的哨楼，精灵卫队果然如凯尔特所言，过于严肃、戒备。

靳丞倒是有心想绑一个问问，但大致的情况他们都摸出来了，也不必多此一举。而且这是在外围，精灵的高层抑或说是王族不在这里，真相也一定不在这里。

"公主提到过一个词——精灵王庭。"

"在前面？"

两人神色坦然地说着话，卫队走过时，靳丞甚至笑着冲对方点了点头，没办法，贵族就是要这么自信且优雅。

卫队停下来，回礼，为首的精灵道："明日一早就要出发，还请二位早点回去，再过一会儿便会有我的族人为你们送上夜食。愿二位用过我精灵之森的露酒后，能睡个好觉。"

短短几句话，把靳丞去王庭一探究竟的算盘打碎，送露酒，这就相当于查房，凯尔特又晕着，他们必须有人留在屋里。

权衡过后，两人暂时回到树屋，由唐措留下应对，靳丞单独出巡。

没过一会儿，送露酒的精灵果然来了，唐措将凯尔特安顿在床上，又用道具制造了靳丞也已经入睡的假象，成功糊弄过去。

可一直到月上中天，靳丞也没回来。

他不会又触发什么支线剧情了吧？唐措想。

事实正如他所料。

靳丞凭借其强大的实力，顺利绕过所有的巡逻卫队和哨楼，成功靠近王庭。可等他靠近了才发现，那些尖顶的宫殿和拱卫四周的树屋之间，隔着一道深深的天堑。

天堑呈圆环形状，像护城河将整个王庭环抱其中，站在悬崖边眺望对岸，远看着近，其实距离有两三百米。且天堑两侧都是裸露在外的坚硬岩石，寸草不生，底部则氤氲着浓雾不断向上飘荡，将整个王庭衬托得宛如云上之城。

王庭的建筑风格却与四周的树屋很不一样，那是黑色的建筑，古老恢宏、庄严肃穆，唯一能通往王庭的路，只有四条云梯，但都有重兵把守。

靳丞不信这个邪，于是绕着崖壁走了很久，试图找到另外的路，结果没走多久，就触发了支线剧情。

"叮"的一声，他绝对不可能听错。可"叮"了之后就又没了，他狐疑地改变了自己的站位，绕着刚才触发的点走了一圈，才又听到声音。

　　叮！

　　恭喜玩家触发支线任务——绝望的麦考恩。

　　今天是麦考恩掉下去的第七天，在这七天里，他每天都跪在地上真诚地向神明祈祷，有没有人来救救他呢？

此时的靳丞站在崖边一块凸出的石头上，踏错一步就会掉下去，但听系统的意思，就是要让他往下跳。

他抱着小竖琴，只想吟诗一首——

亲爱的措措，永夜城想让你孤军奋战。

糟糕的是，精灵卫队的人朝这边过来了，悬崖边还没有遮挡物。

时间一分一秒地过去，留守树屋的唐措眉头越发紧蹙。等了那么久靳丞还没回来，这让唐措确信他一定遇到了什么。

唐措没有莽撞地出门寻人，他和靳丞两个人，必定得有一个去执行探访秘湖的任务，这才是最主要的。

于是唐措就这么等啊等，一直等到了第二天破晓。

一夜不睡对于现在的唐措来说没有多大的负担，更何况他只是在屋里坐着，也算是休息。只是靳丞现在情况未知，他纵然对靳丞再有信心，脸色也不会太好看。

凯尔特习惯了西奥多的高冷表情，倒没有生疑，只是揉着脑袋嘟哝自己昨晚怎么就迷迷糊糊睡了。

此时天刚破晓，晨光将浓雾稍稍驱散了些，走到树屋外深吸一口气，空气中蕴含着的浓郁的自然之力让人不禁精神一振。

凯尔特由衷地赞叹："不愧是精灵之森啊！"

这时，两个精灵卫队的人来到了树屋下，礼貌颔首："两位客人，日安。长老已经在前方等候，是时候出发了。"

凯尔特点头："好，待我们稍稍准备一下，马上就到。"

卫队随即离开，去通知其他的人。

凯尔特这时才发现靳丞不在，忙问："兰斯洛特呢？"

要不要告诉凯尔特，这是个问题。

唐措其实已经考虑过这个问题，所以只稍作停顿，便道："他昨晚察觉到一些异样，确定这里已经来过其他的客人，精灵族对我们隐瞒了事实。我跟他分头出去打探情况，但他到现在也没回来。"

"那这怎么办？"凯尔特登时蹙眉，眼中流露出浓浓的担忧，"不行，我们得尽快找到他。精灵之森太大了，我们对这里又不熟悉，兰斯洛特一个人太危险了。"

唐措却摇头："不，队伍马上出发，来不及了。凯尔特，记住我说的话，不要把实情透露给精灵，你只需要告诉他们——我们是早上才发现兰斯洛特不见了的。"

凯尔特稍有所悟："你是说，把责任推到精灵头上？"

唐措："对，一定不要让他们知道我们已经发现了什么。"

28

当先发制人，带着怒气找上精灵卫队，质问自己的同伴为何不见了的时候，他其实是心虚的。正直善良的骑士，毕竟不擅长骗人，但只要一想到精灵对他们也有所隐瞒，他就顾不了那么多了。

对方的反应如唐措所料，错愕是一定会有的，但他们沉下来的脸色里似乎还夹杂着点别的什么东西。

凯尔特再三要求他们一定要找到兰斯洛特，对方答应了下来，但依旧要求他们尽快归队，不要耽误队伍出发的时间，还要求他们不要把消息对外扩散，以免引起恐慌。

凯尔特假意应下，回到唐措身边后，说："肯定有问题，我们得小心点了。"

但不管怎么说，队伍还是如期开拔了，由一位看不出具体年纪但据说已经是长老的男精灵带队，配备六名精灵卫队。

除此之外，队伍的构成如下——青藤同盟驻法兰公国办事处两位、小风车办事处三位、黑山办事处两位、零散的人类冒险者八位、矮人一位、德鲁伊两位。

人类冒险者中有一位叫多恩的，昨天跟靳丞两个人相谈甚欢，看到他不在，便问了一句。凯尔特正不知怎么回答，唐措便道："他有事，不去了。"

多恩挠挠头，随即会心一笑："兰斯洛特是个吟游诗人，做这种任务确实不太适合他。那我就期待他的大作了，兴许等我们回来就能听到。"

看来他以为靳丞不去是在潜心谱写乐曲，唐措便干脆默认了。

矮人汉谟在一旁嘟哝。他可没有多少音乐细胞，对他来说最悦耳的莫过于铁锤敲打在金属上的声音。他一边嘟哝，一边拍了拍挂满腰间皮带的酒壶，听到那酒水晃动的声音，他不禁露出了微笑——这也很好听嘛。

小风车海港那三位则完全无视这边的情况，凑在一起不理旁人，稍显傲慢。黑山办事处的两位沉默而肃穆，对上唐措的视线，微微点头。

唐措把这些人的反应都一一记在心里，而随着队伍逐渐向森林深处走去，他的目光又看向了远处的王庭。

他们的路线绕过了那个地方。

越往深处走，迷雾越浓，不过个把小时，不论是树屋还是远处的尖顶王庭，都消失在了浓雾之中。整个森林里静悄悄的，明明是白天，林子里却很暗沉。那雾像是把阳光都遮住了，所有的树看上去都黑沉沉的。

一股紧张的气氛悄然在队伍中流淌。

"咕噜。"矮人汉谟解下一个酒壶，旁若无人地喝了一大口酒。

小风车海港的一位单眼皮男子闻到他身上的酒味，嫌弃地走远了些。而人类冒险者多恩则忍不住上前与精灵交涉："精灵阁下，请问我们还有多久能抵达？"

"你可以叫我伊凡斯长老。"这位长老态度温和，"我们大概还需要一个自然时才能到达秘湖区域的边缘。但是到那里，我们就不能进去了，需要你们自行查探。"

多恩点点头，任务的内容他们都有所了解，到这里也不能打退堂鼓了。但为了保险起见，多恩还是又问了一句："里面没有大的危险，是吗？"

伊凡斯点头："是的，秘湖本是我们精灵族诞生的地方。但自从它被迷雾笼罩，我族便逐渐失去了与它的联系，现在更是被排斥进入。身为外族人的你们却没有这个顾虑，这也是我们打破陈规，将你们请来的原因。"

"伊凡斯长老，以前真的没有外族人去过那里吗？"小风车海港的单眼皮男子不知何时也走了过去。

"有，但千年来也只有三位。"伊凡斯笑着，"各位若能成功探查到秘湖的异样，为我族解决这一麻烦，那你们就将成为精灵族最亲密的朋友，王庭的大门也将为各位敞开。"

这几句话，听得多恩激动不已，只有悄悄攥紧拳头，才能压抑住内心的翻涌。成为精灵族的朋友，进入王庭，那是多大的荣耀啊！哪怕他们没有从这里获得多丰厚的报酬，回到人类国度后，自有贵族会邀请他们成为座上宾。

到时候，荣华富贵，唾手可得。

如果哪位贵族大人肯教习他们真正的骑士之道，那他们的命运，甚至是子孙后代的命运，都将得到彻底的改变。

其他人虽不如多恩那么激动，但多多少少都流露出向往，唯有汉谟还自顾自地往嘴里灌酒，毕竟他来这里也不过是想回去之后吹个牛——多么单纯的愿望啊！锻造之神一定会庇佑他的！汉谟如此想着，情不自禁又多喝了一口酒。

唐措听到两人的对话后，则瞬间脑补了许多，譬如进入秘湖区域后他们这些人的一百零一种死法。不过最令他感到不安的，还是一直没有任何变化的任务面板。

他不动声色，继续往前走。

又一个小时过后，队伍终于停了下来。所有人望着前面仿佛凝成实质的浓雾，不由得心生警惕。

伊凡斯转过身来，面对大家道："前面就是秘湖区域了，大家进入后一直往北走，大约半个自然时就能抵达湖边。请原谅我们无法同行，但自然之神必将代替我们，洒下庇佑。"

闻言，单眼皮男子越众而出，单手置于胸前，回了一个贵族礼："多谢伊凡斯长老。"

伊凡斯点头示意，随即让开，做了个请的姿势："请大家依次进入，我将以自然之神的名义，为你们赐福。"

精灵的赐福。

唐措不由得搭上了腰间的剑，若有所思。而这时，单眼皮男子已经第一个走上前去，低下头，让伊凡斯在他头顶洒下神圣的光辉。

那大概是一个魔法。

唐措能感觉到周围的魔法元素朝伊凡斯抬起的那只手上汇聚，再幻化成光点洒落，但不能判定这魔法的具体功效。很快，轮到唐措了。他大大方方地走上前去，恭敬低头。在这个过程中，他察觉到赐福似乎有一瞬间的停顿，再抬头时，却没有发现伊凡斯脸上有任何异样。

前方的凯尔特特地停下来在等他，唐措为了避免露出破绽，神色自然地转身离开。只是在进入浓雾前，他又回头看了眼伊凡斯。

伊凡斯也正好在看他，四目相对，唐措的目光深远，伊凡斯则有一瞬间的僵硬，随即恢复成一汪难以看清的深潭。

双方点头示意，仿佛无事发生。

这时候唐措心里突然冒出一个念头，这个副本的名字不该叫"精灵之森"，应该叫"演员的诞生"。

他可能是被靳丞荼毒了。

进入浓雾后，唐措看了眼走在前面的队伍，立刻拉住凯尔特。他与凯尔特是故意落到最后才进来的，目的自然是方便行动。

"凯尔特，我给你打掩护。你趁大家不注意，立刻原路返回，盯着伊凡斯。"唐措道。

"可我走了，这里不就只剩下你一个人？不行，我们已经丢了一个兰斯洛特，不能再让你落单了。"凯尔特严词拒绝。

"这里不是只有我一个人，我不会落单。但凯尔特，我能真正相信的只有你。"唐措态度强硬。

凯尔特仍是不放心，可无论他怎么说，唐措都不松口："好了，凯尔特，你的任务并不比我轻松。暂时分开，是为了更好地重聚。"

凯尔特只得无奈妥协："那好吧，西奥多，你一定要注意安全。"

事不宜迟，为了避免精灵们走远，唐措立刻掩护凯尔特离开，好在这里浓雾弥漫，能见度只有周身十五米，凯尔特的离开没有惊动任何人。

静等三分钟后，唐措快步上前，大喊："等等，凯尔特不见了！"

他没有表现得太过惊慌，因为这与他的人设不符。

听到他的话，其余人纷纷转过身来，脸上的惊讶与凝重不似作假。多恩最先发问："怎么回事？他不是跟你一起进来的？"

唐措沉着脸："没错，我们本来走在一起，可我只是稍微走快了几步，再回头就发现他不在了。"

多恩深深蹙眉，其他的冒险者也都略显紧张。黑山办事处的那两位一路上都沉默不言，此时终于开了口："还有其他异样吗？"

这两人都是黑发黑眸，这在西幻世界里很少见，而且他们是一对双胞胎。

唐措："其实在今天一早，我的另一个同伴兰斯洛特就不见了。我们将事情上报给精灵卫队，希望他们帮忙寻找，但并未料到进入这里后，还会发生这样的事。"

此话一出，众人齐齐色变。

单眼皮男子立刻蹙眉："你为什么不早说？"

唐措语气淡漠："因为你没问。"

"你！"对方被噎住，恰在此时，矮人汉谟打了个酒嗝，便更让他下不来台，差点恼羞成怒。他的同伴及时拉住他，沉声道："我们都是青藤同盟的人，出了这样的事，你理应先告诉我们。"

唐措抬眸淡淡扫了他一眼，说："兰斯洛特不是同盟的人，他只是我的朋友。"

对方再次被噎住，看着唐措的目光越发不善。双方僵持，黑山办事处的那两位便道："此时的争吵都是无意义的。"

"应该先想办法。"

兄弟俩你一句我一句，语气、表情都如出一辙。

单眼皮男子蹙眉看过去："黑蒙、黑斯，我们并非在争吵，你们难道没看出来是有人故意隐瞒吗？"

黑蒙、黑斯："没有。"

单眼皮、同伴们："……"

唐措看出来了，小风车办事处的人真的不太招人待见。他略作思忖，道："没能及时说出来，是我的失误。我可以向大家致歉，但正如二位所说，我们现在最重要的是想办法。"

黑蒙和黑斯对视一眼，又齐齐望向德鲁伊，其中一个问："德鲁伊自古以来是精灵族的朋友，两位有什么想说的吗？"

两个德鲁伊都摇头："我们跟你们一样都是单纯来帮忙的，其他什么都不知道。事实上德鲁伊虽然跟精灵族交好，但居住在不同的森林，今天是我们第一次来这里。"

闻言，几个冒险者纷纷表露出明显的担忧。商量下来，大家决定先在这附近找一找凯尔特，再前往秘湖。

寻找的结果当然是令人失望的，气氛逐渐凝重，可既然已经走到了这里，众人犹豫过后，还是决定继续往前走。

越往前走，迷雾越浓，能见度从周身十五米逐渐缩小为十米。为了避免再有人消失，大家都自觉靠近，二十分钟过去了，没有人再消失，但也没看到秘湖的踪迹。

"那位精灵长老说，进来后大约再走半个自然时就能到秘湖，可现在我们走了已经快半个自然时。"多恩语气凝重。

"再往前走走。"唐措道。

一行人再度出发，又过了十分钟，还是没看到任何湖水的影子。

单眼皮男子问："我们走错路了？"

德鲁伊摇头："不会，德鲁伊不可能在森林里迷路，我们走的方向确实是一直往北的。"

闻言，众人心里不由得诞生了一个可怕的猜测，那就是精灵给了错误的信息。可他们为什么要这么做呢？

正当大家疑惑时，一阵急匆匆的脚步声突然在身后响起。

"谁？！"多恩立刻拔剑。

"是我！"略显熟悉的声音令唐措蹙眉，他凝眸望去，浓雾中，快速跑来的身影逐渐清晰，赫然就是已经离开的凯尔特。他跑得气喘吁吁，抹了把汗，解释道："抱歉，刚才是我不小心走散了，去往了反方向，好不容易才追上来。"

众人虽然心中仍有疑惑，但看到他回来，还是松了口气。唐措却在蹙眉，待凯尔特回到他身边，压低声音问："怎么回事？"

凯尔特："我出去的时候那些精灵就不在了，怎么找都没找到人，没办法，我只好回来找你。"

唐措看着他，没再说话。

他重新打开任务面板。

月隐之国——

第三环：精灵之森。

主线：探访秘湖。

没有任何变化。

29

因为迟迟没有找到秘湖，众人不敢再贸然前行，决定先休息过后再出发。

黑蒙和黑斯熟练地生起篝火，火光稍稍驱散了一点雾气，大家便围着篝火席地而坐。唐措理所当然地跟凯尔特坐在一起，看着他专心烤肉干的侧脸，突然问："你读过《精灵的十四行诗》和《湖上秘闻》这两本书吗？"

"嗯？"凯尔特仔细想了想，说，"'十四行诗'我倒是读过一些，只是我不是当艺术家的那块料。至于你说的《湖上秘闻》我就没看过了，跟秘湖有关吗？"

这两本书，是唐措在月隐之国魔法学校的图书馆里看到的。他当时粗略看了几眼，《精灵的十四行诗》毫无疑问是精灵的赞美诗，而《湖上秘闻》，讲的则是一个人类居住在湖畔木屋时发生的事情。

那是一本杂记，记得很琐碎，唐措也记不得许多，只清楚记得那本书的作者笔名是——L。

现在细细想来，杂记里所描述的没有名字的神秘湖泊，很像是精灵之森的秘湖。

关键字："雾"。

飘满雾气的森林、神秘的湖泊，那个人大约在每年的盛夏即将过去、秋天快要来临的时候来到这里，独自在湖畔小屋住上几天或半个月。

而现在的时间，恰好是夏末秋初。

精灵就算隐瞒了秘湖的变故，但对于秘湖有没有外族人进入的事情应该没有说谎的必要。千年来就几个人，那这几个人必定不是普通人，"L"又会是谁？

唐措环视一周，干脆装作好奇的样子发问："刚才伊凡斯长老说，除了我们，千年来只有三位外族人到过秘湖，你们知道是谁吗？"

"其实我也有点好奇。"多恩善意地冲唐措点头，"我们既然都到了这里，也该对这里有所了解。"

单眼皮男子："呵，你们现在了解会不会太晚了？"

多恩蹙眉，想说什么，却没有张嘴，似乎忌惮着小风车办事处的人。坐在唐措对面的德鲁伊适时开口："我们德鲁伊虽与精灵交好，却从未听闻族中有哪位先人到过这里。但我曾听人提过，人类中，百花王国白骑士家族的公爵阁下，似乎到过秘湖。"

唐措："白骑士？"

黑蒙："是百花王国除了王室外，最有权势的大贵族，王国最锋利的一把剑。他们先后为王室培养了三位王后，白骑士，又名花中王后，家族徽章就是一朵白色月季。"

黑斯："据不可靠记载，白骑士家族还拥有精灵血脉。"

黑蒙："公爵阁下造访秘湖，合情合理。"

黑斯："但不知道是哪一任公爵。"

唐措发出"白骑士"的疑问，但并非全然不知。在听到这个词的第一秒，他就想到了林砚东曾描述过的副本——七月玫瑰事件。

林砚东很清楚地说过，西奥多的哥哥埃德温，是百花王国白骑士家族的公爵。

也就是说，是西奥多的先祖、某一任的公爵阁下，到过秘湖。

思及此，唐措一直搭在腰间剑柄上的手不禁暗自摩挲着，又问："其他两位呢？"

德鲁伊摇头，黑山办事处的两位也摇头，那些零散冒险者就更不知道了。

"嗝"，突如其来的酒嗝声闯入众人耳中，矮人汉谟抬起他那双总是被酒气浸染得稍显混浊的眼睛，说："你们青藤同盟自己都不知道吗？波波罗岛的那位就去过。"

单眼皮男子："谁？"

汉谟："当然是最厉害的那一位。"

单眼皮男子的同伴连忙道："罗杰里德阁下？"

"才不是他呢。"汉谟翻了一个白眼，"我说最厉害的，那就是最厉害的，反正不是叫什么罗杰里德的！"

具体是什么名字，伟大的矮人工匠可不记得了。

青藤同盟的诸位登时都露出思索神情，不过片刻，黑蒙和黑斯灵光乍现，默契地说出了一个名字："创始者奥古斯汀。"

单眼皮男子："奥古斯汀现在还活着吗？他已经超过一百年没有出现了吧。"

凯尔特蹙眉："不管你是什么身份，奥古斯汀阁下都是青藤同盟的创始人，你应该学会尊重。"

"我哪句话不够尊重？凯尔特，你又以什么身份与我说话？我可是——"单眼皮男子面露讥讽，这让黑蒙兄弟也不由得蹙眉。小风车的另外两位连忙拉住自己的同伴："霍克，够了。"

霍克这才不情不愿地闭嘴。

黑蒙投去淡淡的警告目光，道："奥古斯汀阁下是我们青藤同盟永远的引路人，任何人都不应对他妄加揣测。"

黑斯则看向矮人汉谟，希望能从他那里得到证实。

可惜汉谟抱着酒壶，竟醉得睡过去了。

唐措的大部分注意力却在凯尔特身上，凯尔特刚才几乎没说什么话，只在奥古斯汀的问题上义正词严。唐措原本在怀疑他的身份，可他的这一举动，让人更加生疑的同时也有点摸不着头脑。

恰在此时，一名冒险者忽然惊喜地站起来，指向唐措背后的方向："看那儿！雾有点散开了，那儿是不是有片湖泊？！"

所有人齐刷刷地看过去。

多恩更是直接爬树，登高远眺，为大家带来了好消息："真的是片湖！我们再往前走一会儿就到了！"

最早发现的冒险者与同伴激动不已："原来就在附近啊，我们刚才要是再往前走点就好了，白等了那么久。"

"是啊，不过现在去也完全来得及。事不宜迟，我们马上出发吧。"

"走！"

秘湖近在眼前，谁也不想落后，齐齐向湖边奔去。唐措的动作也很快，抓起汉谟的后衣领把人甩到凯尔特背上："看好他。"

话音落下，唐措已跃出好几步。凯尔特活像个苦力，背着矮人落在最后面，却又反抗不了独裁者的霸权。

湖边，缭绕的雾气终于稍稍散开，让大家得以窥探到秘湖的一角。那是一片巨大的黑色湖泊，湖边岩石嶙峋，而那雾隐的深处，有隐约的咯吱声传来。

"那是什么声音？"

周围的能见度还是不高，谨慎起见，大家还是决定集体行动，避免落单。循着那声音沿着湖畔往前走，不多时，一个黑色的庞然巨物便映入眼帘。

黑蒙："这是——"

黑斯："矮人的黑铁熔炉！"

在那烟波浩渺的湖上，一个巨大的黑色熔炉矗立其上。熔炉下方则是错综复杂的金属支架一直延伸到湖底，无数的齿轮，大的小的，密密麻麻上百个，维持着熔炉的运转，也似水车将水从湖中带出，灌入熔炉中。

白色的雾气便从熔炉中袅袅升起，扩散至整个湖面，继而是整片森林。

方才大家听见的咯吱声，就是齿轮转动的声音。

"还有那里，那湖里站着的是不是还有炼金巨像？！"霍克一边说着，一边抑制不住激动跑过去。他几乎是跪在湖边，难以置信地看着从水中冒出小半个身子的钢铁巨人，张大的嘴久久无法闭合。

他的同伴也不再管他的失态，因为这真的太令人惊奇了。

黑铁熔炉、炼金巨像，这都是存在于矮人传说里的东西了，如今的矮人虽说仍掌握着顶尖的锻造技术，可早就没了昔日的辉煌。

黑蒙兄弟下意识地看向汉谟，可这位心大得没边的矮人，正趴在凯尔特背上睡得直流哈喇子，怎么叫都叫不醒。

多恩对于矮人族的事情并不了解，看了眼凯尔特和汉谟，主动来到唐措身边，道："看来那第三个来过秘湖的外族人，应该是矮人族的先辈了，你觉得呢？"

唐措："也许。"

多恩复又看向还在不断往外冒雾气的黑铁熔炉，道："秘湖的变故应该就出在这熔炉上，熔炉出了问题，所以秘湖的雾越来越浓。"

黑蒙："你说得有道理。"

黑斯："但一定不是全部的真相。"

兄弟俩依旧你一句我一句，默契十足。两个德鲁伊也走过来，说："精灵的秘湖里装着矮人族的黑铁熔炉，这很奇怪。"

确实很奇怪。

唐措看着那不断冒着雾气的熔炉，微微蹙眉。熔炉出了变故导致秘湖被浓雾笼罩，这合逻辑，却不合情理。精灵是崇拜自然之神的种族，怎么会将这些人工打造的东西安置在自己的诞生之处？

他环视四周，湖畔也没有什么小木屋，是它已经被拆除了，还是在唐措没有走到的湖的另一边，抑或，书上记载的根本不是秘湖？

"啊啊啊——"一声尖叫打断了唐措的思路，同时响起的还有扑通的落水声。唐措心中一凛，急忙冲过去，湖面上却只剩下隐约可见的几缕头发。

那水像是煮沸的滚烫热水，咕嘟咕嘟地往外泛着泡泡，人掉下去没扑棱几下就往下沉，最后连头发都看不见了。

"山姆！"

"山姆！"

他的同伴连声呼喊，却不敢下水救人，因为变故发生得太快了，以至于还有人没反应过来，怔在湖边。

眨眼间，湖面已恢复了平静，仿佛一切从未发生。

"神啊，这不是湖水，是吃人的岩浆吧！"一人吓得后退，不敢继续站在湖边。

"我们还是赶快走吧！只要把这里的情况如实跟精灵汇报，他们也不会为难我们的，对吧？说什么没有危险，这可都死人了呀！"

"矮人、这该死的矮人，他怎么还不醒？"

"这可是他们矮人族的东西，说不定就是他在搞鬼！"

一时间，说什么的都有。

唐措神色平静，余光留意着凯尔特，也没从他脸上发现什么端倪。那个叫山姆的是想靠近炼金巨像所以主动跳进湖里的，暂时也看不出什么猫腻。

多恩提议返回，他虽不是与山姆一起来的，但大家都是冒险者，难免兔死狐悲。

小风车海港那三位立刻出言反对："好不容易到了秘湖，都没好好调查，怎么能回去？况且，那个叫山姆的之所以会死，是因为他的贪婪，与我们无关。"

"你！"山姆的同伴气得双眼瞪圆。

多恩把人拦下，沉着脸看向唐措和黑蒙兄弟："几位怎么说？"

出乎意料的是，表现得沉着冷静的黑蒙兄弟趋向于留下继续调查。唐措没说话，目光在几人身上扫过——有一点可以明确，小风车海港距离精灵之森十万八千里远，几人却那么巧合地出现在这里，现在还不肯离开，必定有所图。

"不是我们不想离开，而是现在肯定出不去。"唐措说着，走到汉谟身边用力推了推，汉谟依旧没醒。

汉谟这睡得也太沉了。

一醉不醒的矮人、黑铁熔炉、炼金巨像、消失的小木屋、诡异的湖泊，似乎都指向一个匪夷所思的猜测。

另一边，靳丞还在崖底仰望天空——下来之后要怎么上去，这是一个问题。

时间倒退至昨晚。

靳丞在精灵卫队发现他之前跳下了悬崖，以靳丞的能力，跳崖不在话下，到达底部时摔掉了大半管血，喝瓶药剂就了事。

崖底怪石嶙峋，连根草都没有，靳丞掏出一块手帕擦了擦手上磨出来的血，一边走一边喊任务中提到的名字，走得闲庭信步，不知道的还以为他来跳崖一日游呢！

"麦考恩？

"您跟哪儿待着呢？

"听到吱个声儿。"

"吱！"

"哟。"

靳丞没想到对方还真给他"吱"个声，那声音还是从自己脚底传来的，低头一看，真是好大好肥的一只老鼠。

成精了吧。

"麦考恩？"

"吱吱吱吱！"

老鼠疯狂扭动，因为它的尾巴被靳丞踩住了。靳丞干脆揪住尾巴把它倒提起来，仔细打量："您要是告诉我您就是麦考恩，看我不把您给剁了。"

老鼠登时吓得发抖，绿豆眼水汪汪的。

靳丞乐了，系统可真的是人才，叫他跳崖来救一只老鼠？这是鼠王还是"一只耳"啊？

不对。

靳丞扯着老鼠耳朵，忽然察觉到一丝魔法气息，这倒霉的家伙不会是被人施了变身咒吧？左腿沾着血好像已经断了，大概率也是从上面掉下来的。

"你是人？是就吱一声。"

"吱！！！"

得到肯定的答案，靳丞摸着下巴仔细思索。在这个西幻世界里，什么人或是什么族群最擅长变身？

德鲁伊？

30

靳丞带着老鼠麦考恩在崖底走了一晚上，几乎绕着王庭兜了一圈，也没发现什么可以上去的通道。

可他试过了，这天堑不能从上面离开。无论他使用什么道具，在靠近崖边的时候，道具都会自然报废，仿佛有股力量封印着这里。

如果不能从上面走，那下面必定有路，否则崖底不会那么干净。靳丞走了一遭，一具骸骨都没看见。

精灵王庭存在那么久，哪怕真没往这儿抛过尸，总不会连林中的鸟都没死过一只吧？除非是都被人清理干净了。

他问麦考恩，可麦考恩只会"吱吱吱"。

直到天快亮的时候，麦考恩突然开始慌张，疯狂地挥动双手做出飞翔的姿势，并挡在靳丞面前不让他往前走。

"你是说飞出去？"两人默契堪忧，以至于靳丞越发怀念唐措，甚至想作诗一首。

而就在麦考恩连比带画终于把自己的意思表露清楚时，天边终于透出光亮，将浓雾稍稍驱散。

靳丞抬头，就见浓雾散开之处、高高的崖壁上，隐约挂着一个巨大的鸟巢，有着玄金色羽毛的庞然大物正在安睡，头埋在翅膀里看不见，但那长长的尾巴垂在外头，有两三米长。

"吱！"麦考恩刺溜一下掀开靳丞的裤腿躲进去，抱着头瑟瑟发抖。这可怜的小家伙在前几天可能已经见识过对方的厉害。

靳丞却摸着下巴若有所思。

巢穴那么大，或许里头还有鸟蛋，可以当早饭，也可以孵幼崽。西幻故事里总有这样的桥段，而且作为男主角，没有拉风坐骑的人生是不完整的。

"哗。"对方似乎感知到了什么，于睡梦中抖了抖翅膀，仅仅是这样微小的动作，周围就刮起一道劲风。

麦考恩抖得更厉害了，恨不得整只鼠都钻进裤管。

下一刻，巨大鸟兽缓缓抬起头，露出鹰一般的嘴巴和漂亮的金色瞳孔，那锐利的目光扫过下方，充满了不可一世的狂傲和冷漠。

四目相对，靳丞情不自禁地吹了个口哨。

这一举动毫无意外地触怒了对方，它仰天长鸣，巨大的翅膀张开来，扇起的劲风隔着老远将靳丞的头发吹乱。

靳丞当机立断将麦考恩放进衣兜，几个起落跃上崖壁，在空中腾挪的同时取出机械弓，抬手就是一箭。却不是往对方去的，而是正中崖壁，为靳丞提供了新的落脚点。

呼呼的风吹着，靳丞如同展翅的大鹏，收翼落在箭杆上。他就这么姿态轻松地蹲在上面，唇边带笑但眸光冰冷，强大的战意毫无遮掩。

抬手，从虚空中再次抽出一支箭，靳丞双眼盯着在半空盘旋的对手，仿佛化身成了对方的同类。

空中大战，就此拉开序幕。

全身都舒展开的鸟兽，看形状很像是狮鹫。它有狮子的身躯和利爪，还有鹰的嘴巴和翅膀。靳丞不知道它在西西里特大陆的食物链中如何排行，但想来是不差的。只是不知道它算是精灵族的邻居，还是宠物。

尖啸声打断了靳丞的思绪，狮鹫向他俯冲而来，他立刻单腿钩住箭杆，后仰着躲过利爪。与此同时，一箭迅速射出，就着这个姿势射向狮鹫较为柔软的腹部。

可狮鹫到底是个庞然大物，凶猛、迅捷，再加上翅膀卷起的劲风太强，箭偏了一些，斜刺在崖壁上。

初次交手，一人一兽最近的距离不过两三米，狮鹫巨大的身躯几乎将靳丞头顶所有的光都遮住，危险的气息将他笼罩，紧张又刺激。

十分钟后，靳丞的箭已经布满了崖壁，初看杂乱，实际上错落有致。彼此之间不会靠得太近，但百米之内必定会有落脚处。

靳丞在这人造的箭梯上如履平地，甚至天堑这两三百米的宽度都并未对他造成什么阻碍。

"轰——"巨大的冲击波轰打在崖壁上，靳丞及时躲开，又借着强力的余波被高高抛飞，于半空中弯弓搭箭。

"咻！"金属箭划破长空，又在临近敌方时骤然分裂成三支。狮鹫怒啸，庞大的翅膀扇落了两支箭，却终究还是被刺中了前肢。

而此时的靳丞，一个漂亮的空翻，已经在对面的崖壁上落定，旋身，又是一道干脆利落的分裂箭。

不，是连珠箭！

一支分裂箭可分为三支，连珠齐射，靳丞仅凭自己一个人、一把弓，就造成了"万箭齐发"的景象。

狮鹫根本躲不了那么多的箭，双眼赤红，彻底被激怒，劲风与长啸齐齐上阵，那恐怖的声波将崖底的怪石和崖壁上凸起的岩石齐齐震碎。

刹那间，碎石当空，尘土飞扬。

千钧一发之际，靳丞的食指迅速滑过弓弦。弓弦割开指腹，"铮——"的金戈之声饱含杀伐，如有实质般，将所有的碎石和尘土倒卷而回。

"砰！"本就被乱箭射中了的狮鹫一时大意，狠狠砸在崖壁上，砸出一个巨坑，咔嚓之声响起，也不知是哪根骨头断了。

不过靳丞也被漏掉的石子划破了脖子，鲜血顺着伤口流淌下来，一直滑过锁骨。他顾不上擦，因为狮鹫已经重新杀了回来。

刚才的撞击给它带来了一定的伤害，可还完全不能影响它的活动，速度甚至更快了，隔着五十多米就能让人感受到疾风。

如此凶悍、野蛮的打法下，靳丞反应再快，都免不了被打中。

"砰！"落地的前一刻，他强行调整姿势，双脚屈膝卸了一部分力，又拆了机械弓刺入地面，也还是滑行了十多米才停下。

可见狮鹫力道之大，若是真被那双利爪抓住，等待他的就是被撕碎的下场。

靳丞喘了口气，汗水滑过伤口，带来些微的刺痛。他抹掉唇边的一丝血，甩了甩手臂，又笑了笑。

这大鸟打人真痛，带劲。

不过也差不多是时候了。

狮鹫再次俯冲而来，带血的爪子在阳光下泛着凌厉的光。靳丞极限躲避，一脚蹬上旁边的怪石，重新回到了崖壁上。

他的速度很快，趁着狮鹫因为巨大的惯性刹不住车，几个起落跑出老远。狮鹫怒啸着追上去，靳丞则贴着崖壁跑，它便浑然不顾坚硬的岩石会刮伤翅膀，紧追在他后面，好几次都险些抓破靳丞的背。

碎石扑簌簌往下掉，靳丞回头扫了一眼，突然猛踩崖壁，一个后空翻向上高高跳起，而后向狮鹫的背部坠落。

狮鹫也急忙拔高，追着靳丞向上飞去，但它到底不如靳丞灵活。在它向上疾冲时，靳丞已经抓住了它的羽毛，单手挂在它背上。

狮鹫怒不可遏，猛烈地拍打翅膀、摇晃身躯，不断变向，希望把靳丞甩下来，见甩不掉，干脆用背往崖壁上撞去。

靳丞挑眉，光芒一闪，空着的那只手上就出现了一把匕首，对着狮鹫背部狠狠刺下。

"吼——"狮鹫吃痛，翅膀都为之一缩。可撞击崖壁的势头已经不可阻挡了，靳丞顾不得将匕首拔出，立刻松手，翻滚着跌落地面。

这滋味可不好受，靳丞的生命值直接跌至20%，身上也多了很多伤口。

狮鹫比他更惨。

它撞在崖壁上之后又砸向地面，震得地上的碎石都被弹起来。它痛苦地嘶吼着，拼命想要站起来，可前肢刚站起，便摇晃着又倒下。

这倒不是它真的伤得有多重，而是因为中毒。

靳丞不是个侠士，侠士不会下毒，可他会。所谓战斗，是求生的斗争，平时跟玩家打，他不会用毒箭，但在副本里可就不一样了。

只是狮鹫躯体太大，毒箭发挥作用的时间长了点，效果也差强人意。

拿出一瓶药剂给它灌下，靳丞静静地观察了一会儿，确定狮鹫没有再发动攻击的能力，便把目光投向了远处的鸟巢。

掏鸟蛋，靳丞是专业的。

另一边，秘湖。

几个人类冒险者执意要走，多恩都没拦住。队伍至此分散，七位冒险者分为了两派，一派五人选择离开，一派以多恩为首选择留下。青藤同盟的人也都选择了留下，矮人还睡着，两个德鲁伊却要跟着冒险者一起走。

"德鲁伊是亲近自然的种族，我们战斗力不强，不如早早出去汇报情况。"

唐措不予置评。

小风车海港的人微微蹙眉，但也没说什么。

湖边仅剩十人。

大家分散开来各自探查，唐措却蹲在矮人汉谟身旁，盯着他陷入沉思。凯尔特问："你在想什么？"

唐措："我在想怎么才能把他叫醒。"

凯尔特："为什么一定要叫醒他？他很重要吗？"

唐措没有回答。他解下汉谟腰间剩下的酒壶，试图用酒香唤醒他，但是失败了。他又在汉谟胳膊上划了道口子，试图用疼痛唤醒他，也失败了。最后，他把目光又投向了黑铁熔炉和炼金巨像，这两样东西，据说是矮人族的两大神器。

唐措信步走到湖畔。鉴于之前的死亡事件，此时大家都跟湖畔保持着一定的距离，靠那么近的，只有唐措一人。

他托着手肘，思索几秒，便开始在自己的装备栏翻找。在这个副本里，为了符合人设，许多超出这个时代的东西都不能用，剩下的那些——夜莺、青藤徽章、裁决之剑等，他想找个远程攻击的武器。

但似乎都不太合适。

夜莺的镌刻技能"月光潮汐"或许有用，但唐措想把它留作底牌。

唐措退而求其次，选用水球术。很快，一个小水球飞快地朝黑铁熔炉砸去，砸在熔炉上，"滋啦"一声化作白烟消散。

一个小水球不顶用，唐措接连释放了二三十个，以最快的速度砸过去，"滋啦滋啦"的声音把所有人的目光都吸引了过来。

"他的脑子被史莱姆入侵了吗？"霍克一脸不解。

"别理他，法兰公国的乡巴佬能查出什么。"他的同伴说着，很无所谓地继续沿着湖畔走。

"我们真的能找到吗？那到底是个人还是件物品？"

"不确定，总会找到的。"

那厢唐措丢了上百个水球，黑铁熔炉毫发无损。他便转头问凯尔特："隔这么远，你能打掉它吗？"

凯尔特摇头："不能。"

这时黑蒙兄弟走过来，听到唐措的话，疑惑道："为何要将它毁去？黑铁熔炉是神器，矮人族都不一定能有第二个。"

唐措表情冷酷："打假。"

黑蒙和黑斯不能理解他作为一个现代人的幽默感，但也能从这两个字猜到点什么。黑蒙蹙眉："你说这是假的？"

黑斯："你确定吗？"

唐措："我觉得我们看到的一切都是假的。"

凯尔特略显诧异。

唐措看向他，问："你不觉得奇怪吗？我们刚开始明明找不到秘湖，才生了篝火坐下休息，可矮人睡之后，秘湖忽然就出现了，湖里还尽是矮人族的东西。"

黑蒙眸光微亮："阁下的意思是——幻境？我们现在都在汉谟营造出来的幻境中？"

黑斯立刻接话："击碎黑铁熔炉就能打破幻境？"

"或许你们也可以尝试杀死汉谟。"唐措真诚建议，他觉得这个方法可能是最快的。

话音落下，三人都瞪大了眼睛齐刷刷地看着唐措，难以置信。唐措耸耸肩，他都这么说了，系统都没给他警告，不会是罢工了吧。

"喀。"黑蒙打破沉默，"我们先尝试击碎熔炉。"

黑蒙兄弟俩一个是剑士、一个是魔法师，水平都很不错。魔法师的远程攻击手段最多，几个大杀伤力魔法砸下去，黑铁熔炉终于裂开了一条缝。

而此时此刻，小风车海港那三位早已走出视线范围内，不知去了哪里。

黑斯再接再厉，唐措却忽然想到些什么，转头望向来时的方向，微微眯起眼。德鲁伊和那几个冒险者离开挺久了，按照唐措的猜测，他们不可能顺利走出这片林子，甚至不会离开太远，因为还在幻境里。

可林子里静悄悄的，一点动静都没有。

他们出事了吗？

就在这时，黑铁熔炉终于炸成了碎片，铁块沉入湖中，湖面上泛起波澜，久久不能平静。黑蒙回头看到睡着的汉谟似乎蹙起了眉，立刻让黑斯继续攻击炼金巨像。

没过一会儿，炼金巨像也倒下了。

地上的矮人呻吟一声，迷雾忽然开始翻涌，遮住了所有人的眼睛。再次恢复视野时，眼前的景象骤变——他们都站在林子里，四周是参天古木，什么秘湖、黑铁熔炉，都不存在。

大家都有些惊疑，远处还传来多恩等人的询问和惊呼声。他们刚才走得远了些，因此并未听到唐措和黑蒙兄弟的谈话。

唐措却没理会，看了眼缓缓苏醒的汉谟，径自往来时的方向走。他走得很快，没过几分钟就找到了熄灭的篝火，继续往前，又迎面撞上两个惊慌失措的德鲁伊。

"人不见了！我们刚才在迷雾中走散，一转眼人就不见了！"德鲁伊大喊。

唐措蹙眉，正待询问，余光却瞥见南边的方向，隐约有一片黑色的湖。他心中一凛，直接改道跑过去。

秘湖，跟上一片完全不同的秘湖，又出现了。

31

这次的秘湖风平浪静，除了依旧缭绕不散的浓雾，似乎与普通的湖泊没什么两样。但唐措没有贸然靠近，停在距离湖畔十多米的地方，回头看向跟过来的其他人。

凯尔特、汉谟、黑蒙兄弟俩，再加上两个德鲁伊和以多恩为首的三位冒险者，一共九人，小风车海港那三位却不知去了哪里。

汉谟还有些不清醒，用力揉着眼睛，看了许久才反应过来："秘湖！"

话音落下，他心急火燎地往湖边冲，惊喜得连他的酒壶都不顾了。唐措见状，抬脚一颗石子踹过去将他拦下。

"鲁莽的人类，你在做什么？！竟然打你汉谟老爷的屁股！"矮人被石子打中屁股，气得直跳脚。他真想让这些光长个子的人类好好学一学矮人的谦逊，可发现所有人的表情都很奇怪，望着他的背后震惊莫名。

哗啦啦的水声和某种怪物的吼声亦在此时冲入他的耳膜，他霍然转身，待看到翻涌的湖面时，差点吓得跌坐在地："锻造之神啊，这是什么……"

一条双头巨蟒冲破了湖面，庞大的身躯搅动迷雾，还未完全伸展时就有二十多米高。它似是被打扰了安眠，很恼火，猩红的眼睛在湖边扫视一周，定格在湖畔众人的身上。

下一刻，两个头齐齐张开血盆大口，对着湖畔愤怒咆哮。

带着腥气的风吹散了迷雾，那强烈的冲击抵达岸边，将草叶全部斩断。汉谟没站稳，一屁股跌坐在地，抬手抹了把脸，脸上还有几滴水，不知道是湖水还是它的唾沫。

"退后！这是深渊巨蟒！"黑蒙一口叫破它的名字，众人纷纷色变，退了个干净。

多恩满脸抑制不住的惊恐："深渊巨蟒不是在猩红高地吗？怎么会到这里来？这片秘湖又是怎么回事？"

汉谟："是啊，它怎么会跑到精灵的诞生地？！"

黑蒙兄弟随即将幻境的事告知，大家这才恍然。一名冒险者战战兢兢地问："这么说，深渊巨蟒也是假、假的了？"

另一个冒险者紧紧抓住他的胳膊："可确实有人死了！"

矮人的秘湖，死者人数为一。

此话一出，大家又后退了几步，直到确定深渊巨蟒并未往湖畔袭来，这才稍稍松了口气。唐措看向两个德鲁伊："跟你们一同返回的冒险者，确定是走散了吗？"

"你怀疑什么？"其中一个德鲁伊扫过众人，"你们中间，似乎也有人不见了。"

黑蒙："先不管他们。"

黑斯："我们打不过深渊巨蟒，这是猩红高地的霸主，只有罗杰里德阁下那样的大人物才有一战之力。"

如果摧毁或杀死湖中的东西，就可以打破幻境。他们能够毁掉没有自主攻击力的黑铁熔炉和炼金巨像，可拿巨蟒怎么办呢？

又是谁触发了这个幻境？是失踪的五名冒险者，还是小风车办事处那三人？此地的大家都还醒着，总不可能是他们。

汉谟后知后觉："你们毁了黑铁熔炉和炼金巨像？？？"

多恩好心提醒他这是假的，可汉谟已经听不进去了，那可是圣物！是矮人族梦寐以求的想要再造的神器，哪怕是假的，他都渴望能有看一眼的机会，现在都没了！

矮人捶胸顿足，差点哭出来。

没人有空理他，当务之急还是解决幻境。可众人七嘴八舌地讨论了半天也没什么好办法，面对太过强大的深渊巨蟒，他们似乎只有永远被困在幻境里这个选项。

唐措问凯尔特："深渊巨蟒没有天敌吗？"

凯尔特点头："有。"

唐措抱臂，示意他继续往下说，凯尔特便告诉他："是龙，龙是所有生物的天敌。"

如果不是凯尔特的表情很认真，没有任何开玩笑的意思，唐措真觉得自己可能会马上打人。他略作沉思，余光瞥见两个德鲁伊，眸光微亮："德鲁伊是不是擅长变身？"

德鲁伊突然被点名，稍显戒备："什么意思？"

唐措："你们可以变成龙。"

德鲁伊脸都黑了，怀疑唐措是在借机讽刺。多恩连忙打圆场，解释道："西奥多阁下，德鲁伊虽会变身，可变成巨龙实在有点强人所难，更何况是与深渊巨蟒作战。"

黑蒙兄弟却若有所思，两双眼睛齐齐看着唐措。

唐措慢悠悠地在他们面前踱步："这是幻境。既然有假的深渊巨蟒，为什么不可以有假的巨龙？你们有两个人，巨蟒有两个头，你们也可以合体变成一条双头巨龙。"

天方夜谭。

德鲁伊长这么大，从未听说过这么胡闹的法子。这是对德鲁伊的羞辱，哦不，是对巨龙的羞辱，不对，也不是，反正——

"这是不可能的！"德鲁伊忍不住大声反驳。

"你们没试过，就说不可能，这才是不可能的由来。"唐措停下脚步，侧身看着他们，义正词严，"世上本没有路，走的人多了，便成了路。"

唐措觉得他们应该要接受一下现代教育。

两个德鲁伊还是无法认同，不由得把目光投向此处看起来最冷静沉着的黑蒙兄弟，却见对方沉思过后，道："可以一试。"

德鲁伊登时沉下脸："你们青藤同盟果然都是一路的。可即便我们成功变出巨龙，真的打得过吗？你们却什么力都不用出。"

凯尔特蹙眉，忍不住提醒："你们刚才已经逃跑，又跑回来了，在上一个幻境中你们也没有出力。"

德鲁伊被噎住，脸色难看。他们对视一眼，都从对方眼里看到了浓浓的担忧和骑虎难下的窘迫，说到底，还是深渊巨蟒太令人恐惧。即便知道这是幻境，是假的，依旧生不出可以战胜它的念头。

远处，小风车办事处那三人躲在树后，悄悄窥探。

"他们难道吵起来了？"

"吵起来正好。"

"可如果这是幻境，我们要找的东西肯定不在这儿，要等他们把幻境破了吗？"

"大人说过，秘湖代表着未知，这里的每一个细节都不能放过。哪怕是幻境，也不一定代表我们看到的一切都是假的。"

霍克听两位同伴说着，目光紧盯着唐措，道："那人古怪，我从未听说过法兰公国办事处里有这号人物。"

同伴："他是个骑士，哪个小贵族家的少爷？"

另一个同伴道："我却觉得他的同伴和那两个德鲁伊更可疑，那个凯尔特从一开始就走散了，又突然出现。德鲁伊明明跟冒险者一起离开，怎么就只有他们两个回来？他们是精灵的朋友，说不定知道什么内幕。"

"我们得去找找那五个冒险者。"

霍克微微蹙眉，如果可以，实在不想管那五个胆小的蠢货，可想起此行的目的，他按捺下来，说："这次的行动一定不能失败，只有办成了，父亲才会帮我想办法说服罗杰里德，让我当他的弟子。也只有这样，我们在波波罗岛才能掌握足够的话语权，这都是为了小风车办事处，明白吗？"

"明白。"另外两人点头应和。

闻言，霍克又眯起眼睛盯着唐措看了一眼，冷哼一声，旋即转身离开。另外两人在他后面跟着，微敛的眸光里稍有些不耐和厌烦。

小风车三人组的离开没有引起任何注意，湖畔，德鲁伊正在尝试双人变身双头巨龙2.0。第一次变身毫无意外地失败了，别说双头巨龙，他们连龙都变不成，最后变了个龙身蛇尾的四不像。

如果是靳丞在这里，一定会饶有兴致地观赏这出变身大秀，但唐措是个雷厉风行的猛士，抄起矮人的酒壶就扔给对方。

"喝。"失去系统限制不怕崩人设的唐措，也越发冷酷了。

德鲁伊接住酒壶，一头雾水。

"让酒精麻痹你们的脑子，你们需要一点想象力。"说着，唐措最后又给对方来了剂猛药，"知道想象力是什么吗？世界由你创造，你就是神。在这个世界里，人类可以操纵黑铁铸造的巨物在天上飞，深渊巨蟒也不过是餐桌上的一道菜，煎炸烹煮全看心情，龙又算得了什么？"

这一次，连黑蒙兄弟俩都怔住了。德鲁伊被唬得一愣一愣的，有心想反驳，却又觉得没啥可说的，只得喝口酒压压惊。

待他们把酒都喝完了，还沉浸在悲痛之中的汉谟才反应过来，悲痛叠加至双倍："我的酒！！！"

你这个人、你这个可恶的长腿的人类，跟你汉谟老爷有仇吗？！

唐措当然是无动于衷。

汉谟号了一会儿，又忍不住凑过来问："你说的那个在天上飞的黑铁巨物是什么？真的会有这种东西吗？"

唐措："相信自己就可以。"

汉谟若有所思，神情稍显缓和，但随即他又吹胡子瞪眼："你别以为讨好我我就会原谅你！"

唐措："……"

你哪只耳朵听到我在讨好你？

恰在这时，前方忽然光芒大盛。唐措下意识地抬手遮住眼睛，待那光芒敛去，一个庞然大物投下阴影，将他们所有人都笼罩在内。

"龙！真的是龙！"

"黑龙！"

或许是醉意上头，也或许是被唐措蛊惑的，两个德鲁伊竟真的合二人之力化身成龙。成功的喜悦冲淡了忧虑，黑龙仰天长啸，啸声惊扰了湖中的巨蟒。湖水开始剧烈翻涌，巨蟒咆哮着，恨不得将水波拍散，但那猩红的眸子中，似乎隐隐有一丝忌惮。

大战一触即发。

唐措拔出裁决之剑，偏头看向凯尔特，忽然问："你觉得打得赢吗？"

凯尔特微怔，随即深深地看了一眼他的剑，道："能。"

唐措笑了笑。

凯尔特这是第一次看他笑，目光不禁追随着他的身影，直至他提剑杀出，矫健的身子像正在捕食的猎豹，全力之下，一剑斩入湖面。

刹那间，裁决之剑圣辉暴涨，直将湖水斩断，大浪滔天。那凌厉的剑光一直延伸至距离岸边百米处，虽然还没能斩到巨蟒身上，却也逼得它不得不留心防备。

黑蒙见状，立刻冲德鲁伊大喊："快进攻！我们给你牵制！"

龙吟震天，黑龙拍打着翅膀，迅速俯冲而下，张开嘴朝巨蟒的脖子咬去。湖畔的黑斯亦取出法杖，开始吟唱晦涩的咒语。当光芒在杖尖点亮时，一场魔法的风暴逐渐成形，而后在合适的时机，迅速释放。

"大冰冻术！"寒冰的气息从湖畔开始蔓延，以极快的速度，一寸寸将湖面冰冻，并不断推至巨蟒处。

以黑斯的实力，释放出足够冰冻整个湖面的冰冻术是不可能的。他神色肃穆，紧盯着冰面，只期望它能稍稍困住巨蟒。下一秒，一道如风的身影掠过视线，黑斯凝眸，就见唐措已经踏着冰面冲出，紧随其后的是他的哥哥黑蒙，还有凯尔特。

多恩等冒险者咬咬牙，也跟着拔剑。

与此同时，靳丞果然在鸟巢里发现了一个黑色带暗金纹路的鸟蛋。鸟蛋很大，足有一个橄榄球那么大，所幸可以暂时收进装备栏，带着不是问题。

他又给狮鹫注射了镇静剂，像上次在"风雪夜归人"遛熊一样，给狮鹫套上了绳，决定骑着它离开。

老鼠麦考恩已经晕了，靳丞那样的战斗风格让他仿佛坐了趟夺命过山车，能活着就不错了。

可靳丞好不容易驯服狮鹫准备离开时，崖底忽然传来了说话声。他立刻警觉，拍拍狮鹫的脖子命令它回到巢穴，而后自己也躲在里面，悄然窥视着声音的来处。

不多会儿，脚步声出现，且越来越近，说话声也变得清晰。

"之前我们明明已经搜过一遍了，什么都没有发现。"

"正因为什么都没有发现，所以才要继续找。王庭里已经找遍了，云桥四处都有卫队把守，他不可能凭空消失。不在这里，又会在哪里？"

走过来的是精灵卫队，共五人。

靳丞听着他们的话，下意识地想到了麦考恩。

卫队找得很细致，但这空旷的天堑里除了怪石什么都没有，所以他们行进的速度依旧很快。走到狮鹫巢穴这段路时，领头的那位忽然停下，蹙眉："这里怎么有打斗过的痕迹？"

所有的箭都被靳丞回收了，所以他们看到的也就是崖壁上砸出来的坑和满地乱石。

另一人便不假思索道："是狮鹫又发狂了吧，它一向如此，哪怕一只路过的飞鸟都能令它躁动。"

队长略显狐疑，抬头遥望狮鹫的巢穴，看到它还像平常一样睡着，爱搭不理的样子，这才稍稍放心。

"这是伊凡斯长老的坐骑，不得怠慢，回去就向他报告。"

"是，队长。"

队伍继续前进，很久都没有再说话，而就在他们即将走出靳丞视线时，不太清晰的对话声又传来。

"队长，王庭究竟发生了什么事？王子殿下究竟犯了什么事？为什么……"

"不该问的不要问。"

"可是……"

"王子殿下他……我们左右不了……明白吗？"

后面的话，靳丞已经听不清楚，但仅有的信息已经让他倍感震惊。他低下头，正对上刚刚苏醒的麦考恩的绿豆小眼——

你还是个王子吗？

32

老鼠是精灵王子这件事情，给了靳丞不小的震撼，因为在他的印象里，王子都是要变青蛙的。而且"麦考恩"这个名字，怎么也不如"莱戈拉斯"更像一个精灵王子的名字。

这样想着，靳丞又打开了任务面板——支线任务还是没有变化。

靳丞看着麦考恩，联系到他的身份和精灵对于秘湖一事的反常操作，大致判断麦考恩变成这样或许与秘湖脱不开关系。

王庭里一定发生了什么，精灵卫队不会无缘无故抓捕自己的王子。

最关键的是，崖底真的有通往外面或者王庭的路，否则精灵卫队又是怎么下来的？总不见得跟自己一样跳崖吧。

待卫队走远，靳丞果断带着麦考恩朝他们来时的方向走。只是在离开前，他又喂了点东西给狮鹫，这才遗憾地放弃了这只拉风坐骑。

为了防止有另外的卫队出现，靳丞贴着崖壁走，这样也更方便他寻找通道。按理说，通道应该在靠近王庭的这边，那这个天堑就可以用来处理某些不方便当众处理的人。

靳丞找得很仔细，每一寸崖壁都不放过，十五分钟后，皇天不负有心人，终于在某处崖壁离地十多米的地方找到了通道。

通道被魔法遮掩了，如果是一个不懂魔法的人根本发现不了。而且它离地十多米，寻常人找通道，都会下意识地以为通道都是贴地的，哪想到会吊在上面？这个距离恰好避开了世人的认知范围，又不至于过高造成摔伤。

通道的入口没有关闭，想来是卫队还要回去，这里又只此一条路，便没有关。靳丞大摇大摆地走进去，走过一条长长的甬道后，便瞧见了向上的石阶。

这果然是通向王庭的路。

"吱。"麦考恩抓着靳丞的衣服口袋，目露哀伤。随即他又顺着靳丞的胳膊滑下来，抬手指着那条石阶，激动地又吱了几声。

"你带路？"靳丞终于跟他有了点默契。

麦考恩猛点头，一人一鼠这便踏上了去往王庭的路。

这条路并不短，因为石阶并不笔直，七拐八绕的，有些地方很宽阔，有些地方又很窄，两侧完全没有护栏。而这个位于王庭正下方的空间，实际上是一个中空的地下牢房，这些错综复杂的石阶将一间间牢房相连，牢里基本是空的，四周也没有守卫。

越往上，空间越小，靳丞也终于看到了关押的犯人，而且基本都是精灵。

有麦考恩带路，靳丞并未浪费时间一个个盘问，只是他会尽量从牢房门前经过，看能不能触发什么任务。麦考恩目标明确，很快就将他带到了一扇牢门前，里面躺着一个卫队打扮的奄奄一息的青年精灵。

"吱！"麦考恩身子小，一下就钻了进去，用头拱着那精灵的脸，试图把他唤醒。

靳丞直接掏出一支治疗药剂丢给他，小老鼠热泪盈眶，用力鞠了一躬，这才颤颤巍巍地抱着比鼠还高的药剂凑到精灵嘴边。精灵还有点残存的意识，嘴巴微微张着，这才让他把药剂灌了进去。只是身为一只老鼠，灌药的动作对他来说太过吃力，一瓶药剂有一半都倒在了外面，急得他差点哭出来。

"好了，他不会有事了。"靳丞这么说着，又查看了一遍支线任务，任务依旧没有变化。躺在地上的人也暂时没有恢复的迹象，靳丞不再耽搁，招呼麦考恩离开。

麦考恩点点头，爬到精灵腰间叼出一串钥匙，这才依依不舍地钻出牢房。

钥匙被交到了靳丞手里，靳丞挑眉——这倒是个意外之喜。

很快，一人一鼠来到了石阶的尽头。这儿有扇石门，令人惊喜的是，石门上的魔法机关设在外头，他们却可以毫无阻碍地从内部打开。

但更令人惊喜的是，门外有人，谈话声穿过石门的缝隙传了进来。

"伊凡斯长老，秘湖那边怎么办？这个人胆敢跟踪你，一定是发现了什么。"

"把他关起来就行了，好好盘问一下他那个同伴的来历。"

"是那位年轻的骑士？"

"嗯。我给他赐福的时候，隐约在他身上感知到了一点精灵血脉的气息。"

"这……"

对话中断，说话的那人似是陷入了沉思，又或许是骤然想到什么，没再往下说。片刻后，伊凡斯又问："我们的王子殿下呢？还没找到？"

对方回答："没有，已经加派人手去找了，但是长老您吩咐过，不让我们惊扰到其他人，尤其是菲尔加罗长老。他似乎到现在还不愿相信秘湖的变故与王子殿下有关，如果被他发现是我们动的手脚，那——"

"哼，菲尔加罗那个妄图颠覆精灵血脉的蠢货，他怎么就能容忍一个混血的精灵登上王座？这将是精灵族的耻辱！放心吧，现在我们谁都进不去秘湖，靠那些外族人又有什么用？他们绝对不可能唤醒真正的秘湖。"

"伊凡斯长老，秘湖现在变得如此凶残，那么多外族人一个都没有回来，我们从——那些人手中得到的方法，会不会有什么问题？"

听到这里，靳丞忍不住蹙眉。

这人提到"那些人"时，话语里有明显的停顿。先前伊凡斯说麦考恩血统不纯，反对他登上王座，这大约就是一系列变故的源头了。身为长老，伊凡斯为了维护血统的纯粹，不惜暗害麦考恩，甚至对秘湖动手脚。

"那些人"，就证明他有同伙，伊凡斯是从别人手中得到了导致秘湖产生变故的法子。而从对话中提到他们的语气来判断，多半是精灵族以外的人。

靳丞微微眯起眼，联想到这个西幻世界的大致设定，心里有了个猜测。

"别想那么多了，找到麦考恩才是关键。"说到这里，伊凡斯的话里透出一丝疲惫，"将他带下去吧，关在最底下，别让人接触到他。"

闻言，靳丞立刻带着麦考恩离开石门前。地牢内没有很好的隐蔽之处，他便干脆找了间空的牢房，背对着躺下。

几乎就是在他躺下的瞬间，石门被打开了，脚步声由远及近，没有停留，直接略过了大半个身子都躺在阴影里的靳丞。

待他们走过去，靳丞悄悄睁开眼，看到那个被两名卫兵拖着离开的身影——凯尔特。

与此同时，秘湖边的战斗终于进入尾声。

众人合力之下，深渊巨蟒发出一声哀嚎血洒秘湖，庞大的身躯逐渐沉入湖底，幻境自然也就破了。

这是一场恶战。

巨蟒虽死，但大家或多或少也受了伤。尤其是两位德鲁伊，浑身染血脸色惨白，瘫坐在地上直喘气，脸上满是后怕和庆幸。

一直留守湖畔远程助攻的黑斯是受伤最轻的，他把黑蒙和多恩等人都扶到一块儿休息，看到唐措走过来，说："在刚才那个幻境里，巨蟒的战斗力应该比真的削减了一半。"

黑蒙也点头："确实如此，否则我们不可能打得过。"

唐措也装模作样地点点头，随即道："现在的问题是，如果我们看见的都是幻境，真正的秘湖又在哪里？"

"喀、喀……"多恩捂着心口咳嗽了几下，也道，"如果没办法找到真的，那我们这么一个幻境接一个幻境地破，恐怕撑不了多久。"

队伍一共十余人，如果每人都带一个幻境，这才第二个。

闻言，黑蒙和黑斯的神情亦沉凝起来。唐措留意着凯尔特和德鲁伊，前者的表情没什么变化，后者的眸光在听到他们的对话时有些闪烁。

德鲁伊，在隐瞒什么吗？

小风车海港那三位和那五个冒险者至今不知所终，谁是敌？谁是友？

唐措不知道的是，距离此处大约两公里处，正被他念叨着的两拨人马相遇了，只不过小风车海港的人悄悄躲在树后面，没有出声。

五个冒险者或坐或站，其中一个似是刚刚醒来，揉着脑袋。霍克跟同伴对视一眼，都猜到这人多半就是刚才那个幻境的主人了，就跟矮人汉谟一样。

"刚才怎么睡着了？我明明很小心，也没像那个粗俗的矮人一般喝酒。"揉着脑袋的那个满是不解。

其余人道："先别讨论这个了，我们得赶快行动。趁早把人都杀了，我们好回去复命。"

"刚才我们把人推下去，没人发现吧？"

"应该没有，否则他们不会轻易放我们离开。"

此话一出，躲在树后的霍克三人差点发出声音。他们怎么也没想到，在矮人幻境里死掉的冒险者，竟然是被人推下湖去的。

而他们话中的意思更让人惊讶，这是要把所有人赶尽杀绝吗？

为什么？

霍克瞪大了眼睛，而接下来，更让他震惊的一幕出现了，五个冒险者凑在一起不知道又嘀咕了什么，其中一个身上发出光芒，光芒一闪，那人就变成了唐措的形象。

他摸了摸自己的脸，活动了一下脖子，说："这个叫西奥多的看着最不好对付，我先去会会他，你们都藏着暂时不要出来。

"记住，不要再轻易睡着了。"

五人又商议片刻，便转身离开。

树后的霍克三人走出来，神情复杂地看着五人离开的方向，摸一摸后背，已经渗出了冷汗。其中一人道："现在怎么办？我们要不要回去提醒他们？如果他们都被杀了，我们也逃不了吧。"

霍克蹙眉："这些人是谁？"

另一人摸着下巴，若有所思地说："看他们变身的样子，很像是德鲁伊。如果他顶着那个西奥多的脸回去，两个西奥多对峙，会怎么样？另外两个德鲁伊已经在那儿了，剩下五个都是人类冒险者，他们不会怀疑这五个里面还有能变身的德鲁伊。"

霍克："可那个西奥多不是还有同伴？他的同伴难道没有办法分辨？"

同伴反问："你不觉得那个同伴也怪怪的？他是第一个跟我们走散的人，为什么不怀疑他也被人调了包？这样一来，他们两个身份都存疑，信谁？"

谁都不可信。

"不过他们既然说要回去复命，说明还是有办法从这里离开的。我们悄悄跟上去，先不要声张。"

最终，霍克采用了同伴的建议，三人尾随假唐措的身后，远远看着他装出慌张的样子出现在众人面前。

最为镇定的黑蒙兄弟都怔住了，两个西奥多，怎么可能？

"他是假的，他一定是秘湖幻境幻化出来欺骗大家的，大家都离他远一点，不要上当了！"假唐措说完，又愤怒地指向凯尔特，先下手为强："我明明一开始就跟凯尔特走散了，你又是谁？是不是他的同伙？！"

唐措冷眼看着这出闹剧，静静地观察着每个人的反应，不做应答。

对方冷哼一声："你不说话，是不是心虚了？说，你假冒我混进队伍里，到底什么意图？我跟凯尔特走散，是不是也是你搞的鬼？"

这一手栽赃嫁祸，玩得可真是炉火纯青。

唐措都忍不住想给他鼓掌，因为手痒。而且他确实不想跟对方多废话，于是直接拔剑，在所有人包括对方都没有反应过来时，一剑刺穿了对方的心脏，端的是迅疾如风。

对方下意识地伸手握住了剑身，却并不能阻挡分毫，只碰到满手的血。那张跟西奥多一模一样的脸上，满是震惊、错愕，甚至是莫大的荒谬感。

他怎么就被捅了呢？！

唐措可不会跟他解释，猛地抽出剑，面无表情地看着他倒下。

四周，鸦雀无声。

想了想，唐措觉得还是得说点什么，于是一边掏出手帕擦拭剑上的血，一边看着倒在地上的人，说："我不会像你那么聒噪。"

其余人下意识地后退一步，面对现在的状况，却不好判断。而等到唐措擦完了剑上的血，假唐措也终于死了，死后的身躯光芒一闪，恢复了原貌。

这既不是西奥多的脸，也不是五个冒险者的脸，是头上长角的德鲁伊。

所有人的目光，又齐刷刷定格在两位德鲁伊身上。

33

两位德鲁伊从没有面临过如此窘境，所有怀疑的目光都堆叠在他们头上，让他们百口莫辩："我们真的不知情，也根本不认识他！德鲁伊虽然不是一个庞大的种族，但我们也不可能每一个都认识啊！"

可无论他们怎么解释，怀疑的种子已经埋下，以多恩为首的三位冒险者更是以绝对的距离跟他们划清界限，这可不是闹着玩的。

黑蒙走到唐措身边，问："发现什么了吗？"

唐措检查得很仔细。德鲁伊恢复本体形态后，身上也穿着甲衣，唐措毫不犹豫地把甲衣扒了，几经翻找，终于在他后背肩胛骨的位置找到了一个不怎么起眼的标志。

倒五芒星，内嵌玫瑰。

"这是啥乱七八糟的玩意儿？"汉谟好奇地凑过来，歪着脑袋，不太认识。

黑蒙身为青藤同盟的一员，不会不认得，而在看清这个标志的刹那间，脸色骤变，立刻回头盯住了两个德鲁伊，想叫他们把甲衣脱下来验身。

可他的动作虽快，但德鲁伊的动作更快，他们几乎是在标志暴露的瞬间便挟持了离得最近的一位冒险者，厉声道："别动，否则我杀了他！"

变故来得猝不及防。

"你别伤害他！"多恩拔出剑，却不敢上前，一颗心提到了嗓子眼。

"你冷静点！"另一个冒险者也急红了眼，他哪里能料到呢，怎么就突然翻脸了？！那个标志究竟是怎么回事？！

青藤同盟的诸位还稍显镇定，德鲁伊的反应说明一件事——他们身上也有玫瑰教派的标志，逃不掉，所以先下手为强。

那秘湖这一系列事情的幕后黑手，便是玫瑰教派无疑了。

凯尔特呢？

唐措又看向他，发现他面露追忆，嘴里喃喃地念叨着"玫瑰"两个字，好像想起了什么。那厢黑蒙已经跟德鲁伊发起了谈判："放开他，我让你们走。"

德鲁伊怀疑地看着他，又深深地看了眼唐措，道："那你们退后。"

黑蒙和多恩交换一个眼神，双方开始齐齐后退。德鲁伊也押着人质后撤，等撤出一定距离，正要撒手，却听唐措忽然问："反叛者伊索，在吗？"

德鲁伊一愣，其中一个想说什么，却被另一个制止。两人死死盯着唐措，掐着冒险者脖子的手稍稍用力，差点掐出血来。

下一秒，他们用力将人推出，转身逃离。

"喀、喀……"冒险者捂着脖子跪倒在地，整个人都还是蒙的，只见背上全是冷汗。

多恩急忙上前搀扶，矮人汉谟挥舞着他的锤子脾气暴躁地追了几步，回头看到大家都没追，便又暴躁地回来了。

黑蒙思索着刚才唐措的话，忍不住问："为什么会问他？"

唐措："这是精灵的诞生地，意义重大，玫瑰教派不可能派一条杂鱼过来办事。"

当然，真正的原因是，唐措只认识戴流苏耳环的伊索。至于巴兹和彼得牧师，他怕这些德鲁伊地位不够高，根本不认识。

黑蒙点点头，沉声道："事情似乎比我们想象的严重，玫瑰教派不仅渗透了德鲁伊，还秘密混入精灵之森，必定有所图谋。我们得赶快将事情上报给波波罗岛。"

唐措反问："怎么报？"

黑蒙语塞，顿了顿，他又道："现在幻境已经破了，没有新的秘湖出现，如果这时候原路返回，可不可以？"

唐措没有回答，抬头望着四周参天的古木和仿佛永不会散去的迷雾，良久，才说："我们真的已经破了幻境吗？"

多恩蹙眉："什么意思？"

唐措却不好解释。他还没有关键的证据，线索无法准确串联，大半是直觉罢了。思忖几秒，他道："我们先往回走走。"

这也是没有办法的办法了。

隐蔽的灌木后，霍克三人持续沉默。德鲁伊的阴谋已经叫人惊讶了，唐措的凌厉反杀更让人震惊，现在竟然又牵扯到玫瑰教派。

良久，霍克终于打破沉默："法兰公国什么时候出了这样的狠角色？他还认识反叛者伊索吗？"

同伴们纷纷摇头，他们哪里会知道！

"依我看，我们还是现在跟他们会合吧？至少他看起来很强。"

"但我们现在过去，他们会相信我们还是原来的我们吗？那个西奥多，不会也一剑把我们杀了吧？！"

霍克听着同伴的讨论，心情真是糟糕透了："那要怎么办？我们只是来找东西，可没想摊上这样的事！"

三人商议后，决定还是——尾随其后，静观其变。

前方，唐措一行七人沿着来路返回，走了大约十五分钟后，不得不停下来，因为前方又出现了一片全新的秘湖。

更糟糕的是，刚才被德鲁伊挟持的那位冒险者，也开始犯困了。

有人犯困，这可不是一个好兆头。

"怎么会这样？"多恩百思不得其解。他们是一早出发的，现在太阳还没有下山，在这样紧张的气氛下，怎么还会有人犯困？

黑蒙："难道是迷雾的问题？"

这时，黑斯眯着眼迟疑片刻，说："我好像也有一点困。"

接二连三地有人犯困，肯定有鬼。

唐措开始想他们到底接触过什么、被什么影响了，如果是迷雾，那所有人都在这迷雾里，受到的影响应该是一样的，为何会有先后顺序？

体质不同？

唐措蓦地想到什么，问："你们吃过什么东西吗？"

黑斯和那位冒险者仔细回想，纷纷摇头。黑斯道："我跟我哥哥吃的都是同样的东西。早餐是精灵族提供的，午餐是篝火旁的烤肉干，我和哥哥各自吃了两根外加一块干面包，喝的水也是从精灵之森带过来的。"

如果大家吃的喝的都一样，那问题到底出在哪里？

等等……唐措仔细琢磨着"精灵族提供"这几个字，灵光乍现："昨晚是不是有精灵去敲门，给你们送了露酒？"

众人微怔，随即点头。

唐措又问："你们都喝了？"

他问这话时，汉谟正好想给唐措展示自己藏着的最后一壶酒，刚打开壶塞，闻到酒香没忍住就又喝了口。

"咕噜。"美酒下肚，他仰头看着唐措，"你问我？"

唐措不问了。

"露酒里加了料，每个人感受到困意的顺序，跟喝酒的量有关。"唐措说着，又补充道，"我和凯尔特没喝。"

话音刚落，犯困的那位冒险者扑通一声睡倒在地。那头磕到地面的声音，谁听了谁疼。

这不由得让唐措想起"风雪夜归人"副本中的山洞那一晚，也是系统强制入睡，万年不变的套路。

可如果入睡的人数变成了复数，这时候呈现出来的幻境会是什么样子？

唐措忽然有点好奇。

不一会儿，多恩背起了入睡的同伴，七人全部抵达湖畔。这一次的秘湖，较之前两次有了很大的变化。

成群结队的动物在这里喝水，许多是唐措没有见过的，或许只能从神话传说中见到的，占据了湖畔的各个角落。

众人不敢太过靠近，便都站在灌木后观望。

"湖里有人！"黑斯忍着困意睁大眼睛，音量也下意识地拔高。

"你小声——"黑蒙的训话戛然而止，因为他也看到了湖里的人。那是一个不知道该怎么形容的仿佛天神般高贵、漂亮的女子。她穿着金色的纱裙从湖边款款走过，头顶花环王冠，雪白的赤足踏在青草地上，无论是高傲的独角兽还是圣洁的白鹿，都向她俯首。

只是多看一眼，黑蒙就感到了由衷的羞愧——他不该这样直视她的脸。

"这、这是……"

"神啊，谁能告诉我，我究竟看到了什么？"

"难道是……"

没有人再顾忌声音的大小，心神都被那个女子牵引着，都有种隐隐的猜测，可话到了嘴边却又不敢往外说。

那是亵渎。

只有唐措是个猛士："精灵女神，还是自然女神？"

凯尔特一本正经地回答他："自然女神，辛西娅阁下。"

旁人都不说话了，哪怕暴躁的矮人汉谟，也是不敢直视神的容颜、直呼神的名讳的。"这两个人，怎么一个比一个猛？"

"如果她是那位，难道我们要去……哪怕是假的，也不可能办到。"黑蒙欲言又止。而他没有说出口的两个字，唐措明白——屠神。

对于唐措这个无神论者来说，"屠神"只是一个词，但对于黑蒙他们来说，这意味着不可能。

怎么办？

唐措歪头看向凯尔特："你看起来跟她很熟，以前认识？"

凯尔特："……"

唐措不解。

凯尔特："我只见过她的画像。"

唐措："在哪里？"

面对唐措的追问，凯尔特沉默片刻，说："在一个人的画册里。他以前偶尔会来秘湖小住，就住在湖畔的小木屋里。"

湖畔木屋，《湖上秘闻》——唐措觉得真相似乎马上要浮出水面了，这个他在副本第一环偶然获得的线索，却在这里实现了它的价值，或许这就是连环副本的意义所在。

"他叫什么名字？"

"路易。"

路易，L。

唐措又骤然想到另一个名字，不死的玫瑰，路易十四。

"那是多久之前？"他又问。

"我记不清了。"凯尔特的目光望向湖面，穿过缥缈的迷雾，仿佛看到了遥远的过去，"总之是很久很久之前了，大概是你们的曾祖父都还没有出生的时候。"

唐措无力吐槽他这个以曾祖父为单位的时间轴，正色道："所以，你有办法破除这个幻境吗？或者说，你有办法把真正的秘湖展现给我们吗？"

凯尔特想了又想，而后很认真地告诉唐措："我的脑子好像有点不清醒。"

恰在这时，不远处的林中突然传来异响，唐措当即顾不上清醒不清醒的问题，快速前往查看，然后在灌木丛里捡到了两个睡着的人和一个尚且清醒但脸很臭很臭的霍克。

又有两个人睡着了，很不妙啊。

另一边，靳丞带着麦考恩与真正的凯尔特说上了话。

隔着铁窗，凯尔特看着毫发无损的靳丞，又惊喜又觉得憋屈，忍不住扒着门说："兰斯洛特，你去哪儿了啊？我还想着要去找你呢，结果你倒来牢里看我了。"

这可真是，人生的大起大落。

"哦，我就跳了个崖。"

"你说什么？？？"

"咳。"靳丞总算收敛了些，"没什么，你怎么会被关进来的？西奥多呢？"

凯尔特遂把一路上发生的事情都告诉靳丞。他跟唐措分别后，因为还未深入秘湖范围，所以顺利地出来了，并跟上了伊凡斯。可没跟多久，伊凡斯就发现了他。

"我已经很小心了，隔着很远的距离，我都不知道他到底是怎么发现我的。"凯尔特诉苦。

"也许是他趁赐福的时候，在你们身上做了什么标记。"靳丞说着，弯腰仔细看了看锁孔，回头，正对上麦考恩邀功似的小表情。

"钥匙？"靳丞挑了挑眉，掏出麦考恩从青年精灵身上获得的钥匙，插进锁孔——"咔嗒"，门开了。

凯尔特喜极而泣。

34

带上凯尔特重新回到石门前，这一次，石门外终于没人了，两人一鼠顺利打开门出去，发现外头是一个酒窖。

略作查探后，靳丞道："这里应该还是在地下。"

凯尔特点头，酒窖一般都在地下室，要么被锁着，要么有人把守，他小心翼翼地凑到门边一看，果然，外头有两个精灵卫兵。

王庭里的卫兵不只配备了弓箭，手里还握有长枪。

靳丞问麦考恩："你原来做王子的时候，知道这里连通着地牢吗？"

麦考恩疯狂地摇头，靳丞便明白这是他变成老鼠后才发现的。凯尔特则目瞪口呆："他是王子殿下吗？？？"

"吱！"麦考恩双手叉腰，他可是正儿八经的王子，哪能容忍这接二连三的质疑。但他随即又想起什么，两只耳朵耷拉下来，情绪低落。

凯尔特还以为自己哪儿冒犯他了，挠挠头不明所以。这时靳丞一把抓走麦考恩，说："现在是你这个王子殿下出手的时候了，看到外面的守卫了吗？你从门缝里钻出去，在他们面前跳一段舞，再钻进来，引他们把门打开。"

等等……他可是王子殿下啊！

凯尔特心惊胆战，可刚要开口劝阻，靳丞一个眼神扫过来："不然你去？"

凯尔特闭嘴了。

王子麦考恩就这么被塞出了门缝，差点被挤扁。他回头看向门内，那两个人类还虎视眈眈地盯着他，跟他做着"快去快去"的手势。

欺鼠太甚。

麦考恩在心里默念一百遍"他们是好人"，转头把怒火撒在两个精灵守卫身上，昂首挺胸"吱吱吱"一通训斥，而后在他们反应过来前，撒腿就跑。

"老鼠！"

"是可恶的老鼠，怎么会有老鼠混进王庭？快把它抓起来！"

守卫一枪刺出，差点刺中麦考恩的屁股，好在他身子小动作灵活，房间里的凯尔特又及时出手，一下把他拉了进去。

靳丞则一直贴在门边，仔细留意着门外的动静。

守卫毫不意外地开始掏钥匙开门，一只老鼠跑进地牢没什么，万一破坏了酒窖里的酒，那可就损失大了。

"咔嗒。"门开了。

两个守卫几乎同时进入，靳丞和凯尔特也几乎同时从大门两侧蹿出，一人一个从背后捂住守卫的口鼻，拖入黑暗中打晕，并直接堵住他们的嘴拖进地牢关在牢房里。

大约十分钟后，两个精灵卫兵关上门，重新出现在酒窖外，只是如果仔细观察，会发现他们的两只尖耳朵很不自然。

麦考恩躲在靳丞的口袋里，依旧为他们指路。

他们要去的地方是伊凡斯长老的住所，如果能直接找到伊凡斯与外人勾结对秘湖动手脚的证据，无疑是最好的。

凯尔特担心他们又会直接撞上伊凡斯："如果他真的借着赐福在我身上做了标记，难保他不会察觉到我们的靠近。"

"那正好。"靳丞无所畏惧，"我们可以直接把他抓了，省事。"

刚才不动手，只是顾忌凯尔特还在对方手里，不了解情况不好动手，现在可没这个担忧了。

与此同时，唐措把霍克带回去，众人一同看着秘湖幻境发生了新的变化。原本的秘湖只是有很多动物抑或说是神兽和自然女神罢了，现在的秘湖，湖里又多了一艘通体黑色、充满神秘的大船。

氤氲的迷雾中，船上隐约有人影晃动，似是海上传说中的鬼船一般。

毫无疑问，这是小风车海港那两位入睡者的杰作。

见状，霍克的脸不是一般地难看。

黑蒙没心情管他，弟弟黑斯越来越困，眼看着就要撑不住了，他不由得看向最能够让他安心的唐措，问："现在怎么办？"

唐措又看向凯尔特："你说呢？"

黑蒙还不知道唐措与凯尔特之间的那段对话，但对凯尔特也不是没有怀疑，看到他沉默，怀疑则更重。

凯尔特沉默片刻，道："我不知道。"

唐措倒也没指望他能立刻说出解决办法来，如果事情那么简单，秘湖的异状也不会维持了三个月还没有解决。

"其实我们在进入秘湖范围时，就已经身处幻境了，这是属于你的幻境。刚才那个德鲁伊有一点没说错，你根本不是凯尔特。"唐措直视着凯尔特的眼睛。

假的凯尔特到底是谁？

唐措倾向于他是秘湖的守护人，或者说，是秘湖这千万年来诞生的灵魂，玄幻故事里常有这样的设定。

经他这么解释后，其余人都很快理解，霍克更是突然瞪大了眼睛。他看着凯尔特，满是错愕。

唐措扫过他悄悄攥紧的拳头，若有所思。

那边，黑蒙蹙着眉深思："也就是说，现在有双重幻境，大的幻境里套着很多小的幻境。那我们能不能直接将他唤醒？"

这个"他"指的就是假凯尔特。

这在理论上当然是可行的，唐措道："我们之前打破幻境的方法，是破除幻境中与入睡者对应的特殊物品。可这个大幻境里，这个物品对应的是什么？"

所有人都答不上来，就连假凯尔特自己都不知道。他只觉得自己的脑子一片混沌，好像什么都不记得了，也就是在听到奥古斯汀的名字以及自然女神辛西娅和路易时，才想起了一点模糊的片段。

唐措哪怕作为一个外来者，也大概了解神对于西西里特大陆来说，已经很遥远了，因为千年来从未有过神迹显露。

"你还记得图察王朝的事情吗？"唐措问。这是路易十四王朝。千年之前，路易十四因为妄图勘破永生的秘密，窥探神灵禁区，导致整个王朝覆灭。

那是谁有这么大的能量让月隐城永困黄沙之中，并将玫瑰从西西里特大陆上抹去？当然是神。

路易十四这个不敬神灵的狂妄之徒，自然干得出把神的真容画在自己画册上的事情。而这也证明了一个事实——路易见过这位神。

图察王朝时期的西西里特大陆，与现在的西西里特大陆是两个纪元。

"图察……"假凯尔特喃喃自语，"我好像又记起来一点，路易那时候还是个王子。他与哀弥夜是好朋友，所以经常会来秘湖小住。"

千呼万唤的哀弥夜终于出场了。

唐措问："哀弥夜在那个时候，还没有登上王座，对吗？"

王子与王子，相当的地位和年纪，成为好友的概率更大。

假凯尔特歪着脑袋想了想，迟缓地点了点头："大概是吧。"

唐措又问："奥古斯汀呢？他又是什么时候出现的？"

假凯尔特的眼中瞬间流露出一丝迷茫，他想啊想啊，脑袋里出现一丝钝痛，仿佛有什么东西压制着他，他想要冲破那层压制，但很吃力。

良久，他才终于在那层压制上找到一丝缝隙，回忆的画面让他的语气染上哀伤："路易已经很久没来了。"

这个很久是多久，假凯尔特也说不清楚。

"有一天哀弥夜带着还是小男孩的奥古斯汀过来，说他也即将回归女神的怀抱。奥古斯汀留下来，陪着我度过了一段快乐的时光。"

回归女神的怀抱，意味着死亡。

唐措听到这里，大致厘清了故事的脉络。千年前，路易十四与精灵王哀弥夜是好友，路易冒犯神灵遭到天谴，王朝覆灭，但是哀弥夜还活着。

在这之后，图察王朝的余孽建立玫瑰教派，妄图复活路易十四。

哀弥夜带回的奥古斯汀长大成人，成立了青藤同盟。

昔日好友反目成仇？

如此一来，玫瑰教派对秘湖出手的原因倒是有了。不论这里有没有他们想要的东西，总之是个与路易十四有关的地方。

可奥古斯汀又是何方神圣呢？他能被哀弥夜带回这里，又创立青藤同盟，不可能是个突然冒出来的角色。

关于这一点，假凯尔特说不清楚。或许是哀弥夜并未跟他解释那么多，又或许是他忘了。

"最后一个问题。"唐措认真直视着假凯尔特的眼睛，问，"你为什么会变成凯尔特？在这三个月里，每一次有人进入，你都会幻化成某个人的模样混进队伍吗？"

假凯尔特摇头："不，是我从你身上感受到了哀弥夜的气息。你唤醒了我，所以我来到了你的身边。"

唐措没想到是这个答案，看来是裁决之剑上的哀弥夜的赐福，帮忙撬动了禁锢的一角。他没想到的事，伊凡斯长老肯定更想不到。

顿了顿，唐措又问了一个问题："你叫什么名字？"

这一问，把对方问住了。在假凯尔特的眼里，唐措那双黑白分明的眼睛就成了他全部视线的焦点，那双眼睛里有——真实。

我叫什么名字呢？

我是谁？

假凯尔特越想脑袋越痛，可他知道，自己应该是有一个名字的。拥有了名字，他才能知道自己是谁，他应该无数次在湖水中看到过自己的倒影。

可他现在连自己本该是什么模样都记不起来了。

他可以是任何人，却唯独记不起自己。

唐措见他流露出痛苦的表情，便不再追问。他猜想是有人给假凯尔特下了咒，或者是在真正的秘湖畔布置了什么魔法阵。总之，是有一层禁锢存在的。

破解禁锢的前提是要找到它，可它会设置在哪儿呢？

此时还醒着的有唐措、黑蒙、多恩以及已经睡过一次的矮人汉谟，黑斯也摇摇欲坠，眼看着快要不行了。令人惊奇的是霍克也精神得很，除了脸特别臭，没有别的问题。唐措还以为像他这样的公子哥，不会看着精灵族的美酒而无动于衷，而他很快会后悔，当初为什么不多喝一点酒。

"轮到你了。"唐措直接拔剑，"你有两个选择，说或者死。"

霍克沉默且僵硬，因为唐措一言不合就拔剑捅人的画面，开始在他脑海里循环播放。但他余光瞥着一旁的假凯尔特，还想挣扎，便道："你们不担心那几个失踪的冒险者吗？我刚才在林子里看见他们了。"

唐措："哦。"

霍克："你什么意思？"

唐措好心解释："'哦'就是不担心，来了就杀掉。"

霍克："……"

矮人汉谟觉得唐措说得真的非常有道理，摆弄了一下他的大铁锤，附和道："不错，鬼鬼祟祟的肯定都不是好人！矮人老爷一锤子就把他们脑袋打飞！"

霍克："……"

我姑且认为你不是在骂我。

霍克忍住："刚才那个假冒你的德鲁伊就是他们其中一个，那些人摆明了都是玫瑰教派的，现在也肯定还在暗中窥视。我好心告诉你们，别到时候出了事，还要来怪我没提醒。"

唐措："所以你们鬼鬼祟祟的，又在窥探什么？"

霍克闭紧嘴巴，可黑蒙兄弟和多恩他们都齐齐看过来，让他无所遁形，只得道："事关青藤同盟，我不能随便说出来。"

这事好办，唐措看向汉谟和多恩："得罪了，请稍作回避。"

两人识相地离开，连一贯暴躁的汉谟都没什么意见。假凯尔特还沉浸在自己的世界里，丝毫没有注意到这边的情形。唐措随即向霍克示意——你可以讲了。

霍克咬咬牙，终于妥协："我们是来找湖心的。"

湖心？

唐措和黑蒙、黑斯齐齐蹙眉，霍克不该说的都说了，也不差几句解释："湖心就是秘湖千万年来诞生的灵，也许是个人，也许是件物品，得到它，将会获得无穷无尽的好处。"

黑蒙："所以你们想趁这次机会，悄无声息地把它从秘湖带走？带回小风车海港？你们把事情上报给总部了吗，还是说想独吞？"

面对黑蒙一连串的提问，霍克能预想到回去后，黑山办事处一定会就此事对小风车海港发难，可就算他在这里说破嘴，结果恐怕也不会有任何改变。

黑山办事处的人，脾气又臭又硬，闻名整个同盟。

当然，前提是他们都能活着回去。

唐措却更关心"湖心"的问题，不出意外，假凯尔特就是这个湖心了，难怪刚才霍克看他的神情那么奇怪。

原来是一直在找他，找了半天，发现人就在自己身边，自己却没发现。

不过有黑蒙在，小风车海港办事处的这个算盘终究是打不响了。

湖心被偷走对于秘湖来说会怎么样，不用想都知道。除非青藤同盟想要跟精灵族撕破脸，否则事情一旦暴露，后果不堪设想。

而此时，黑斯也终于抵挡不住困意，睡着了。随着入睡的人越来越多，幻境中的秘湖也发生了更多的变化。譬如岸边开出的美丽的花，又譬如不断延伸至浓雾中的栈桥，那黑色的平静的湖水里，也仿佛藏着大凶险。

大家更不敢随意靠近。

时间缓缓流淌，大家分散开来，或四处寻找可能存在的禁锢，或奓着胆子靠近湖畔探查，可都一无所获。

两个小时过去，多恩也睡着了。

目前仅剩唐措、黑蒙、霍克以及矮人汉谟。

唐措就是奓着胆子跑到湖边的那个，站在一只驯鹿附近，那鹿正低头在湖中喝水，偶尔抬头看看他，大大的鹿眼里满是好奇。

穿着金色纱裙的自然女神已经到了栈桥上，沿着栈桥一直走一直走，直到走进那浓浓的迷雾里，只剩下一个模糊的影子。一头白色的独角兽紧紧地跟在她身边，偶尔用角亲昵地蹭着她的手。

唐措不停地思考着，如果把他的脑子具象化，那大概就是一个不停旋转的陀螺。他低头看着湖水，湖水里便倒映出他的所思所想，铺开一张画纸任他描绘。

这些当然只是他的想象，别人都看不到，但如果靳丞在这里，大约会畅想一下唐措的思维地图到底是什么样的。

靳丞又在做什么呢？

他不会真的遇上什么事了吧，否则怎么会到现在还没有出现呢？唐措这样想着，看着水中自己的倒影，突然灵光乍现。

他回头看向假凯尔特，问："是不是无论我在睡梦中怎么描绘秘湖，幻境都会把一切如实呈现出来？"

假凯尔特愣了愣，随即点头。

唐措又问黑蒙："西西里特大陆有什么东西是能够忽视一切障眼法还原真实存在的？"他原想说照妖镜，但西西里特大陆应该没有这个东西。

黑蒙冥思苦想，但一时真的想不出来，假凯尔特也没有任何头绪。汉谟却眨眨眼，用一种"你们竟然不知道"的眼神凸显自己的博学："真实之镜啊，由矮人族赫赫有名的第九代锻造宗师杰拉德米·冯·阿斯卡·怀特……"

矮人的名字，真的很长。

唐措打断他："把你的酒壶给我。"

汉谟立刻警惕地捂住酒壶："为什么？"

唐措："醉酒，入梦。"

汉谟其实不笨，大体能猜到唐措什么打算。他可以在幻境里呈现真实之镜，让假凯尔特在镜子里看到真实的自己，从而真正唤醒假凯尔特，打破幻境。

犹豫再三，汉谟忍痛把酒壶丢给了唐措，而后气鼓鼓地又叉着腰转过身去，不敢再看。多看一眼，他可能就后悔了。

唐措喝了酒，稍微有些醉意，却不可能立刻入睡。于是他把酒壶还给汉谟，又拔出剑用了用，决定趁这时间干点别的。

霍克看到他拔剑都快产生阴影了，立刻问："你想干什么？"

唐措微笑："你不是说还有四个躲在暗处吗？为了防止他们趁我睡觉的时候来砍我，我先把他们砍了。"

我喝了酒，超凶的。

35

当唐措提着剑满林子逮人的时候，靳丞也正在王庭开启他的异世界跑酷，兜里揣着麦考恩，后头跟着凯尔特，漫天的羽箭嗖嗖的，像下雨，愣是将深秋带进了黄梅季。

事情是这样的——

有麦考恩带路，靳丞和凯尔特有惊无险地抵达了长老们居住的区域。可就在他们即将抵达目的地时，王庭的戒备突然变得森严，似乎发生了大事。

两个冒牌货差点就要被发现，千钧一发之际，公主出现救下了他们。

麦考恩看到索菲亚，激动不已，恨不得立刻表明身份。

略作思忖，靳丞立刻放弃了寻找伊凡斯的念头，在索菲亚的掩护下撤离危险区。索菲亚将他们暂时安顿在自己的房间，还贴心地为他们准备了吃的。

据凯尔特跟靳丞小声科普，这位公主殿下与麦考恩其实并不是亲兄妹。上一代精灵王云游大陆时，爱上了人类女子，不顾族人反对与她成婚，但那女子身体不好，生下麦考恩之后便去世了。

精灵王为此郁郁寡欢，不等麦考恩成年，便被召回了自然女神的怀抱。但在他去世前，他似乎预感到了自己的离开，于是将同样父母双亡的索菲亚收作养女，让她陪伴麦考恩长大。

这个凄美的爱情故事经吟游诗人的口传遍了整个西西里特大陆，尤其受贵族小姐们的喜爱。

靳丞倒不觉得别人的爱情如何美，但麦考恩和索菲亚瞧着感情不错的样子，而系统也终于在两人相认后，给了他"支线任务已完成"的提示。

既然支线任务已完成，那靳丞也不打算继续在这边耗着。

可就在打算离开时，靳丞看到索菲亚的床头摆着一个丑得别具一格的布偶。

他上一次看到那么丑的布偶还是在法兰公国，它的主人是一个戴着流苏耳环、穿着白色礼服、撑着把黑伞的变态——反叛者伊索。

靳丞微微眯起眼，视线又落回索菲亚身上，而后神色自然地走过去，将麦考恩从她面前的桌上拎起。

"吱！"麦考恩疑惑地瞪着他的绿豆小眼，索菲亚也不解地抬头望着他，脸上露出纯真的笑容和恰到好处的羞怯："兰斯洛特，怎么了？"

靳丞微笑："没什么，就是觉得该跟王子殿下谈谈报酬的事了。我救了他，精灵王庭应该要给我丰厚的回报吧？"

"兰斯洛特。"凯尔特连忙对他眨眼，报酬这种事怎么能当面提出来呢？而且事情还没结束，现在说是不是太早了？

靳丞不为所动，仍旧微笑。

索菲亚连忙起身："那是一定的，你救了我的哥哥，还识破了伊凡斯长老的阴谋，整个精灵族都会感谢你。"

靳丞："可是你们有伊凡斯长老这样的人物，我不能全然信任，所以在事情结束之前，还是让王子殿下跟我待在一起吧。这样也能更好地保护他的安全。"

凯尔特怔住，兰斯洛特不是那么没分寸的人啊，他一向善良大方，怎么会……等等，事出反常必有妖，凯尔特悄悄握住剑柄，往靳丞身边挪了一步。

索菲亚似乎受到了打击，望着靳丞久久没有说话，神色稍显黯然。

靳丞心里的怀疑却在加重，不只因为布偶，仔细想想，索菲亚怎么会那么巧出现在长老居住的区域，还顺手救下他们？她一个公主殿下去那里做什么？

如此一来，她昨晚对兰斯洛特表白的事情就更值得商榷了。如果布偶真的与伊索有关，伊索是认得兰斯洛特和西奥多的，甚至知道西奥多的真实身份。

"吱。"麦考恩在靳丞的手心直起了身子，拍拍胸脯，眼神中满是诚恳，似乎在保证他不会忘记靳丞对他的恩情。

靳丞觉得这可真是够傻的，余生可能做只老鼠都比当王子有前途。

"我的同伴还在等我去找他，我们该走了。"靳丞当机立断，眼神示意凯尔特，而后状似无意地往窗外看了一眼——他站的地方离窗很近。

"可你们现在出去，万一又被卫兵发现了怎么办？再等等吧，我已经派人去外面查探了，待会儿我亲自送你们出去。"索菲亚劝道。

"不了。"靳丞把麦考恩放回口袋，"再不走就来不及了，凯尔特！"

话音落下，靳丞立刻跳窗，凯尔特紧随其后。索菲亚登时色变，急忙追到窗边往外张望，回头大喊："人跳窗逃跑了，快追！"

等候在外的卫兵破门而入，有十几个，而门外还有更多的精灵，从别的路包抄。

哪怕是逃亡路上，凯尔特还不忘打听事情的来龙去脉。他实在是太好奇了，虽然相信靳丞所以跟着一起跑了出来，可公主殿下怎么就忽然倒戈了呢？！

靳丞一边跑，一边摸出索菲亚送他的吊坠："她不是倒戈，是一开始就不是自己人。"

语毕，他想要把吊坠扔了，但又迟疑了一下。

伊索的魔偶突然出现，意味着伊凡斯口中的"那些人"可能就是玫瑰教派的。伊凡斯妄图杀害血统不纯的麦考恩，那索菲亚呢？

他不一定会因此而支持索菲亚，因为索菲亚根本不是前代精灵王的女儿，她没有王族的血脉，甚至血脉还比不上伊凡斯自己。

也就是说，索菲亚可能跟伊凡斯不是一路的，或许在伊凡斯不知道的情况下已经投靠了玫瑰教派。

玫瑰教派一方面接触伊凡斯，另一方面又将索菲亚作为暗桩，双管齐下。等到伊凡斯除去麦考恩，玫瑰教派也掌握了秘湖，这时候再把不可能完全臣服于玫瑰教派的伊凡斯反杀，清除后患。

索菲亚就是最安全的那一个，成了一个完美的傀儡。

眨眼之间，靳丞把真相猜了个七七八八。这时一道羽箭飞来，靳丞侧身避过，翻过屋顶，顺着黑色的琉璃瓦滑下。

他又把吊坠收了回去。

嗖嗖的羽箭追着靳丞的身影越过屋顶，呈抛物线落下，靳丞疾冲至屋檐，纵身一跃，跳上了隔壁的塔尖。抬手钩住那尖尖的塔顶，靳丞转了个身稳稳落定，抬手朝凯尔特做了个下压的动作，拿出小竖琴就是一出《十面埋伏》。

西西里特大陆的精灵们不可能听过这首名曲，小竖琴也做不到将原曲全部展现，所以这是靳丞的改良版，他把这招命名为——音爆。

金戈铁马的铮铮之声中，音波急速扩散，无差别地掠过所有迎面而来的羽箭。下一秒，所有的羽箭，"砰""砰""砰"全部爆裂。

凯尔特早已按照靳丞的指示藏在屋脊后，见此情景也还是抬手捂住了头，生怕那爆炸声落在自己头上。

兰斯洛特的魔法可真厉害啊。

凯尔特由衷感叹着，见靳丞收招，连忙再度跟上。麦考恩紧紧地趴在靳丞的口袋里，一颗心扑通扑通地跳，小小的绿豆眼里满是泪水。

变故来得太快，虽然他已经什么都明白了，可什么都做不了，只能捂住自己的嘴，不让自己发出声音给靳丞拖后腿。

"我们去哪儿啊？"凯尔特大喊。

"去送个礼！"靳丞再次跳过一处屋顶，矫健的身姿看起来比那些精灵还要轻盈。他有点手痒，如果这时候能用弓就好了，可惜。

往下看，越来越多的精灵跑出了宫殿，或站在窗内探出头来，看着从他们头顶跃过的靳丞和凯尔特，一片哗然。

卫兵们紧追不舍，不断有精灵从侧方包抄，但怎么都围不住靳丞。只苦了跟在靳丞后头的凯尔特，几乎是拼了老命在跑，跑得差点断气，有时还需要靳丞回头救他。

这样的动静，很快引起了其他王族的注意。

"公主殿下！"一个身穿长袍的老者在走廊上拦住了索菲亚，"究竟发生什么事了？"

索菲亚深吸一口气，逼迫自己露出一丝微笑来，说："菲尔加罗大长老，有外人入侵王庭，但只有两个，人数很少，卫队已经去追了。您身体还没有好，还是先回去休息吧，请勿为了这点小事操劳，否则我会担心的。"

可菲尔加罗不吃这套："王子殿下已不见数日，现在又有外人入侵，我怎么还能安心去休息？伊凡斯呢？让他来见我！"

索菲亚见糊弄不过去，心生一计："他们似乎正往伊凡斯长老那儿去，或许此事跟伊……请大长老放心，我马上派人过去！"

伊凡斯不能留了。

那个兰斯洛特肯定察觉到了什么，如果他跟伊凡斯见面，自己或许会败露。

索菲亚提着裙摆匆匆离开，脚步声在长长的走廊上回荡，像极了她越来越快、越来越不安的心跳。

菲尔加罗看着她的背影，目光幽深，随即又望向窗外，看着外头的喧闹，蹙眉。他开始怀疑自己做错了，如果在发现秘湖异常时就立刻向波波罗岛求援，而不是固守着精灵的骄傲，不愿让外族窥探到精灵族的弱势，那……可现在说什么都晚了。

菲尔加罗沉下脸，大袖一甩："去查。这几天里伊凡斯和公主殿下都在做什么，还有，立刻封锁精灵之森。"

没有人看到，一只丑丑的布偶正掀开窗帘的一角，从索菲亚卧房的窗户里爬出来。它动作迟缓地从口袋里抽出一把黑色小伞，打开，而后撑着伞从窗台一跃而下。

此时靳丞终于靠近了原先的目的地，即长老们的居住区。身后又是一拨羽箭袭来，他余光瞥见凯尔特已是满头大汗，立刻抓住他的后衣领，带着他退往屋脊后。

凯尔特累得趴了下来。

"我们分头行动，待会儿我把他们引走，你往王庭外撤退。"靳丞的声音在他耳畔响起，凯尔特连忙抬头，想说他还可以撑一撑，却见靳丞已经冲出去了。

咬咬牙，凯尔特遵循了靳丞的提议，往反方向冲。

前方，伊凡斯终于出现了。靳丞微微勾起嘴角，速度不减反增，几个起落跳到一处塔楼，双手攀住塔顶边缘，一脚把里头的卫兵踹倒，打晕、夺弓，所有动作一气呵成。靳丞再次拿出吊坠绑在箭尖，拉弓瞄准出现在大约两百米外另一处塔楼上的伊凡斯。

"咻——"羽箭带着吊坠，精准地钉在伊凡斯身后的墙上。

卫兵们牢牢护着伊凡斯，却没料到这箭根本不是冲他来的，都稍显愣怔。还是伊凡斯反应最快，取下箭上的吊坠，蹙眉。

这吊坠看着像是精灵族的东西，但很普通，伊凡斯一时想不起来在哪儿见过，靳丞就朗声给了他答案。

"公主殿下送我的吊坠，伊凡斯长老认得吗？"

伊凡斯刚要喝问他是什么意思，一个卫兵冲过来，竟拔刀向他刺去。塔楼上乱作一团，伊凡斯心惊之余，意识到有什么脱离了他的掌控，立刻吹响脖子上挂着的哨子。

哨声尖锐，刹那间刺破长空。

不一会儿，远方就传来了狮鹫的回音，那是嘹亮的响遏行云的啸声。

弥漫的云雾开始翻涌，巨大的狮鹫朝这里飞来，张开翅膀时投下的阴影大得能将一整个塔楼都罩住。

伊凡斯目露欣喜，欣喜之余还有一丝阴狠——到底是谁要杀他？刚才那人突然甩来一个据说是公主殿下的吊坠，又是何意？无论如何，先乘坐狮鹫离开，躲过这场混乱再说。

可令伊凡斯万万没想到的是，那狮鹫在塔楼上方盘旋一周后，竟弃他而去，飞向了别处。他急忙追过去，就见把吊坠给他的那个男人轻松爬上了狮鹫的背，随即扬长而去。

临走时，他还微笑着转过头来挥了挥手。

"停下！停下！"伊凡斯暴跳如雷，疯狂地吹响哨子，可狮鹫只是稍稍摇晃了几下发出几道啸声，没有回头。

而恰在这时，他手中的吊坠发出光芒，一道略带磁性的优雅男声从里面传出来："咦？这个气息怎么不对？"

伊凡斯没来由地打了个冷战，立即将吊坠扔在地上："谁？！"

那人轻笑着："是你啊，伊凡斯，看来被识破了。"

听见这笑声，伊凡斯显然也想到了对方的身份，再联想到靳丞的话，脸色骤变，渗出一身冷汗。

嗒嗒的脚步声从旋转楼梯上响起，他蓦地转头，发现——索菲亚公主殿下到了。

另一边，事了拂衣去的靳丞骑着狮鹫飞离王庭，中途接上了凯尔特，在凯尔特的指引下，前往秘湖。

36

秘湖,依旧浓雾缭绕,狮鹫盘旋在森林上空,却迟迟没有降落。

凯尔特抱着麦考恩,顶着高空的风大声说话:"先前送我们进去的精灵说,秘湖现在排斥精灵族的进入,王子殿下怎么办?"

靳丞现在对精灵族的一切话语都抱怀疑态度,但也没必要拿麦考恩去冒险,于是道:"你跟它留在这里,我跳下去。等我给你发信号,你们再下来。"

凯尔特现在已经对靳丞言听计从:"好!"

靳丞随即跳下,呼呼的风从耳边刮过,他的身影穿过浓雾,逐渐看清了下方的湖水和密林。稍稍调整位置,他准确降落在湖畔的一棵大树上,接连踩断好几根比大腿还粗的树干,这才止住下落的趋势。

湖畔没人。

靳丞正落在最后一根树干上,摘去身上沾的树叶,打开人物面板一看,这么一跳就跳掉了百分之七十多的生命值。

掏出药剂灌下,他四下打量一二,蓦地听见远处的林中好像有什么声音,便追过去,跑了十来分钟,前方的林子里冲出两只长着蓝色毛发和獠牙的巨大猛兽。它们逃得仓皇,身上还带着新鲜的伤口,随着跑动不断地往外流血。

看到靳丞的那一刻,两只猛兽眸光骤亮,竟然口吐人言:"救命!快救命,后面有个疯子!!!"

靳丞挑眉,很快反应过来这大概是两个变身巨魔形态的德鲁伊,是队伍里那两个吗?

思及此,靳丞并未立刻出手,而是往旁边一站,目光越过他们看向他们身后。树影晃动,一道鬼魅般的身影从中蹿出,几个起落便追了过来,身姿矫健,出手如电。

"噗!"他的速度快得拉出了残影,一剑刺入一只巨魔的背部,再利落拔出。

滚烫的鲜血溅在他的侧脸上,慢慢往下滑落。他抬起头来,虽然脸上有血,可那张英俊且周正的脸看起来还是那么正气凛然,黑白分明的瞳孔里满是坚定,仿佛只要他说这人该死,那这人就该死,他杀得毫无错处。

此时,另一只巨魔看见同伴被杀,更吓得肝胆俱裂,拼命往靳丞那儿跑。他认出靳丞了,甚至喊出了"兰斯洛特"这个名字,像抓住最后一根救命稻草一般向他伸出手。

"救我!"他拼命大喊,拼命向前冲。

靳丞也向他伸出了手,他大喜过望,可是紧接着,就看到对方的手上变魔术似的出现一把匕首，刺进了他的心脏。

他难以置信地瞪大了眼睛，身体慢慢滑落，至死都没弄明白这究竟是怎么回事。

"你做什么了，把人吓成这样？"靳丞绕过尸体，来到了唐措面前。

"玫瑰教派的。"唐措没多解释，反正靳丞都懂。他只觉得困意终于出现了，混杂着身体和精神上的双重疲乏，让他快要站立不住。

"怎么了？"靳丞觉得今天的唐措有点奇怪，就这么定定地看着自己，有点呆。他忍不住伸手替他擦去脸上的血，结果刚伸手，唐措便往前倒，一头磕在他肩膀上。

"唐措？"靳丞急忙抓住他的胳膊，以为他受伤了。

"别吵，我要睡觉。"唐措闷闷的声音从肩膀处传来，声音还是冷的，却被困意掰弯了尾调，听起来似乎带着那么一丝埋怨。

靳丞抓着他胳膊的手不由得放轻，就这么任他靠着，问："累了？"

唐措："喝了酒。"

靳丞挑眉："你跟谁喝的？"

这是重点吗？

唐措随即忍着睡意简单讲了一下来龙去脉，但实在太困了，脑袋和眼皮都不可控制地越来越重，整个人几乎都靠在了靳丞身上。

靳丞便干脆把他背到背上，一边与他小声说话，一边去找其他人。

"原来是幻境，早知道我应该把梦幻无限市场兑换的那颗梦想宝石给你，或许能轻松点。"

"嗯。"

"……"

不一会儿，唐措彻底睡着。

湖畔，霍克、黑蒙和汉谟留在这里看守其他的入睡者，以防玫瑰教派偷袭。听到林子里传来脚步声时，三人还以为唐措回来了，便齐齐看过去，谁知看到了靳丞。

"站住！"黑蒙立即拔剑，虽然看到了他背上的唐措，但仍不敢掉以轻心，戒备着问，"暗号呢？"

唐措临走时，为了方便确认身份，是留了暗号的，一个绝对不会被识破的暗号。

靳丞刚想说，独自蹲在湖畔望着湖面发呆的假凯尔特回过头来，道："他是真的。"

霍克闻言，不由得松了口气，气氛便松弛下来，不再剑拔弩张。矮人汉谟很高兴，靳丞可是他的酒友啊，能在这里重逢岂不是一件美事，可惜没有酒了。

想到酒，他就又忍不住瞪唐措一眼，噔噔噔跑过去绕着他转了一圈，说："他酒量可真差，一壶酒就醉了！"

靳丞微笑——我说是谁的酒呢，原来是你的。

这时，黑蒙终于想到正事，快步走到假凯尔特身边，问："西奥多既然已经睡着了，真实之镜呢？不会失败了吧？"

按理说，入睡之后幻境就会有变化，可他们刚才毫无察觉。

假凯尔特摇摇头，抬手指向隐入浓雾中的栈桥："真实之镜在那儿。"

遥远的栈桥的尽头，自然女神半倚栏杆而坐，雪白的赤足荡在水中，湖面泛起波纹。那只白色的独角兽依旧依偎在她的身旁，闭着眼，似在安眠。不知何时，她的手中出现了一面镜子，她垂眸看着镜子，风轻轻吹着她波浪一般的头发，如画一般。

"我要过去了。"假凯尔特说着，径自往栈桥上走去。

霍克见他离开，急忙上前一步，眼里流露出一丝不甘心，但碍于黑蒙和靳丞在场，还是忍住了没有动手。

黑蒙和汉谟并肩目送，暴躁的矮人此时也不再暴躁，显得平和。

假凯尔特沿着栈桥走得不疾不徐，莫名透着股仪式感。渐渐地，他的身影被浓雾遮掩，只剩下一个模糊的身影，走向了高贵典雅的女神。

他把手放在胸前，向女神恭敬行礼。

女神便把镜子给了他。

他低下头，看到了镜中的自己。那真实的容颜在他瞳孔中渐渐放大，掀起波纹，波纹又从他的脚底扩散至整个湖面。

湖面开始沸腾。

饮水的动物们散了，湖中的黑色鬼船开始沉没，栈桥也寸寸断裂，被沸腾的水波吞噬。

靳丞见势不妙，立刻奏响小竖琴。

巨大的狮鹫闻声而降，刮起劲风，凯尔特从狮鹫背上探出头来，看到湖中的异样不由得心惊："兰斯洛特，快带着西奥多上来！"

"等等，捎上你汉谟老爷啊！"矮人蹬着小短腿也跟着往上爬。

靳丞带一个是带，带两个也是带，便默许了他们跟上的举动。黑蒙对他感激地点点头，随即将黑斯、多恩等人全部送上狮鹫。

霍克也想上去，可他刚刚靠近便被靳丞拦下："你的同伴还没上。"

霍克咬咬牙，立即回头把同伴捎上，于是他成了最后的那一个。

下一瞬，地动山摇，湖畔忽然开始塌陷。

"来不及了！"凯尔特大喊一声，霍克连忙用力将最后一个同伴往上推，而后抓住狮鹫的爪子，在最后一刻被带上半空。

"哗啦！"地面彻底塌陷了，听着那巨大的水声，霍克被吓出了一身冷汗。可就在他忍不住低头往下看时，却发现下面哪有什么塌陷，哪有什么灾难现场，有的只是一片烟波浩渺的巨大湖泊。

那湖泊是黑色的，一眼望不到边，湖上氤氲的雾气没那么浓，所以那神秘的黑色里也透着股仙气。

秘湖，这才是真正的秘湖。

这么大的湖泊，意味着当他们进入所谓的秘湖范围时，其实就已经身在湖中了。如果不及时离开，恐怕现在所有人都在湖里。

"吱！"麦考恩从凯尔特的口袋里探出头来，看着下方的情景，喜极而泣。靳丞则一直护着唐措，抬手替他挡着风，一直到他悠悠转醒。

黑斯、多恩，所有睡着的人都依次醒了。

不多时，狮鹫降落在真正的湖畔，在距离降落点不远处，沿着湖畔走大约十分钟的位置，有一座门前挂着风铃的小木屋。

风轻轻吹着铃铛，发出清脆声响，它越清脆，便衬得秘湖越静谧，仿佛天地间只剩下了这清脆声响。

一只纯白色的独角兽，从湖中心的迷雾里，踏着水波而来。

"它就是湖心？"霍克忍不住问。

矮人汉谟挠挠头，觉得这也没啥惊奇的，不就是头独角兽，黑铁疙瘩都比这好多了，中看不中用。黑蒙、多恩等人则保持敬畏，毕竟这可是秘湖，西西里特大陆三大圣地之一，精灵族的诞生地。

独角兽走到岸边，轻松地跃上了湖畔。它并未说话，只是径直走到凯尔特面前，低下了自己的头颅。

凯尔特微怔，过了几秒才反应过来独角兽找的不是自己，于是连忙把麦考恩从口袋里拎出来，放在独角兽面前。

独角兽的眼神不禁温和许多，再次低了低自己的头，似乎在示意麦考恩什么。麦考恩紧张地用小眼睛偷瞄靳丞，得到他耸肩的回答，这才壮着胆子伸出手摸在它的独角上，光芒自独角上绽放。

白色如果是绚丽的，那或许就是眼前的色彩，它将麦考恩笼罩在内，随即越来越大、越来越盛，直至变成一个俊美少年的轮廓。他有着金色的长发，澄澈透明的碧绿瞳孔，俊美恍如天赐般的容颜，两只小小的耳朵比起精灵来似乎没有那么尖，但稍微圆润一点，更显可爱。

"麦、麦考恩！"凯尔特做了心理准备，可也没想到一只老鼠变身美少年的冲击会如此巨大。

一只黑不溜秋的老鼠，怎么会这么俊、这么可爱呢！

"凯尔特！兰斯洛特！"这么俊、这么可爱的少年，声音听起来也像泉水叮咚，清脆悦耳。他差点惊喜得跳起来，但想到自己是个王子，又矜持地忍住了。

其他人可不认识他，骤然见到老鼠变少年，都惊奇不已，待凯尔特解释过后，才一个个恍然大悟。

唐措则反复琢磨着"王子殿下"这几个字，双手抱臂——前面刚走一个公主，现在又来一个王子，不愧是西西里特大陆未来最受欢迎的吟游诗人。

靳丞余光瞥见不远处的小木屋前似乎有人影闪过。

"有人！"他立刻追击。

唐措亦没有丝毫迟疑，两人一前一后赶到小木屋，正碰上伊索推开门从里面出来。双方打了个照面，伊索微笑着抬起手中的书跟他们挥了挥："好久不见啊。"

"是好久不见。"靳丞不着痕迹地挡在唐措面前，落落大方地直视着他的眼睛，"敢问伊索先生，我的朋友巴兹，最近还好吗？"

伊索歪着头笑笑，流苏耳环晃啊晃，说："放心，他很好。比起你来，巴兹真是个让人省心的孩子，从不会给我添麻烦。托你的福，伊凡斯死了，索菲亚也暴露了，我在精灵之森的精心布置，被破坏得干干净净。"

靳丞："是您先算计我的，先生。"

"不过你们真的认为，那个半人血的孩子，真能成为一个合格的精灵王吗？"

"至少秘湖认可了他。"

"呵。"伊索轻笑着撑开了他的伞，见靳丞和唐措退也不退，似乎一点都不害怕，不由得略显赞赏，"给你们吊坠，只是想跟你们打个招呼，我对杀两个小辈没有兴趣。你们要不领情，就算了。"

靳丞可不信他的鬼话，而这时，唐措发现了任务面板的变化。

月隐之国——

第三环：精灵之森。

主线任务：湖畔小屋。

那厢伊索已经打算离开，凭靳丞和唐措两个人，自然留不住他，更不可能主动寻死。于是双方友好地道别，甚至还互相行了个道别礼。

两人目送伊索离开，靳丞问："你看到他手里的书了吗？"

唐措:"《湖上秘闻》,路易十四写的书。"

这本书是不是存放在小木屋中被伊索拿走的,暂且不知。但它能被伊索拿在手中,证明必定有某种指向。

可惜这是月隐之国魔法学校里的书,唐措当时并未带走。

小木屋陈设简单,跟普通的林中屋没有什么两样。唐措和靳丞转了一圈,几乎把整个小木屋翻遍了,都没找到什么与众不同的地方。

他们查看任务面板,主线任务还是"湖畔小屋"。

这时,麦考恩从外头跑进来,当着两人的面推开屋中的小火炉,撬开地板,从地板底下拿出了一个古朴的木匣子。他打开木匣子,献宝似的把它递给靳丞:"谢礼!刚才阿默告诉我的,它也谢谢你们。"

阿默?

唐措和靳丞齐齐向门外看去,独角兽站在湖畔回过头来,向他们点点头。看来它真的已经找回自己的名字了,思及此,两人又不禁看向地板——他们刚才分明什么都没有发现,这木匣子到底是怎么藏的,难道他们两个眼瞎吗?

不,如果他们眼瞎的话,伊索也眼瞎。

毕竟他也没发现。

而这被麦考恩随意送出的木匣子里,装着一块红色宝石、一幅画、一支笔和一个装着水的小玻璃瓶。

叮!

恭喜玩家成功完成连环任务"月隐之国"第三环——精灵之森。

难度:困难。

支线任务完成度:96%。

评级:A。

获得人物点数:45。

个人奖励请自行查看系统面板。

欢迎回到永夜城!

叮!

检测到德拉克宝石一枚,根据五号乐章颁布律令,此物品归在编玩家 D11119 所有。

37

回到永夜城的靳丞和唐措，同时出现在客厅里，两人隔着茶几对视，一个面无表情，一个微笑骂人。

"杀千刀的黑帽子。"

不过这也证明靳丞和唐措的猜测没有错，黑帽子要的那四样东西，就存在于西幻类副本中，甚至可以说，就藏在西西里特大陆。

靳丞一屁股坐在沙发上，大爷似的跷起了二郎腿："你觉得黑帽子跟林砚东之间，到底有没有猫腻？"

时机很重要。黑帽子在那个时候颁布律令，除了正好拿到十二号乐章的原因之外，未尝没有他们触发了"月隐之国"副本的缘故。

泄露消息的不一定是林砚东，也可能是K，但K会知道得那么详细吗？靳丞自问没有透露那么多。

"你可以找林砚东试探。如果四件东西都出自'月隐之国'，我们没办法违抗律令，但要不要做这个任务，主动权在我们。"唐措也在对面坐下。

"这倒是，不过还有一点很重要——"靳丞竖起一根手指，"你觉得林砚东知道'月隐之国'里可能藏着十二乐章的事情吗？"

"直觉？"

"直觉。"

"不知道。"

"看来我们想的一样。"

唐措和靳丞所谓的直觉，其实并非全然玄乎的东西。它是大脑经过无数次推导、论证之后，根据旧有的经验得出的答案，是概率。

相信直觉，其实就是相信自己。

紧接着便是验收奖励。

德拉克宝石已经被划给黑帽子，唐措连它的具体作用都不知道，就与它失之交臂。唯一能让人略感安慰的是，剩下的东西里也有不错的。

> 路易十四的自画像——
> 分类：素材。
> 品质：普通。
> 描述：一个英俊的年轻人在湖边顾影自怜时画下的画像，以供世人瞻仰。

秘湖之泪——

分类：素材。

品质：高级。

描述：秘湖的眼泪，具有强烈致幻效果。

阿默的礼物——

分类：素材。

品质：稀有。

描述：彩虹独角兽幼年时蜕下的角壳，磨成粉撒在铁匠的熔炉里，会得到意想不到的效果。

龙炎——

分类：武器。

品质：高级。

描述：据说是用龙骨做成的笔，坚不可摧。用它来书写咒语，效果是念咒的十倍。

除了这些，当然还有些垃圾物品，此处不表，而再次加点后，唐措目前的人物属性如下——

编号 K27216：唐措。

人物点数：34。

武力：125。

智力：65。

魅力：35。

评级：A。

生命值：85%。

生存不易，请再接再厉。

麦考恩挖出的木匣子里的东西几乎都在唐措这儿，靳丞那边的收获自然就没有他那么丰富，但他完成支线任务后，又得到了一块乐章残片。

"目前还是不知道乐章残片一共有几块，不过以永夜城的特性，最后一块一定在最后一环。"靳丞道。

唐措点头表示赞同，随即又稍显认真地问："你不累吗？不休息一下？"

靳丞难得听到唐措那么关心自己，还一连问了两句，简直受宠若惊，心里啧啧两句。

"进了副本之后就没休息过，我确实有点累了。"

唐措站起来，说："累就回去躺着，我去训练场。"

靳丞优哉游哉地跟在他身后出了门。

中途两人被酸辣粉店的大妈叫住，进去嗦了碗粉。

唐措对酸辣粉是真的爱，靳丞双手托着下巴看着他吃，如此少女的姿态放在一个一米九的刀疤脸帅哥身上，竟也毫无违和。

过了一会儿，他又问："如果流落荒岛，你带我还是带酸辣粉？"

唐措："……"

靳丞："说啊。"

唐措："你有那么无聊吗？"

靳丞："我很无聊啊，所以我在跟你聊天。"

那你可以闭嘴了。

唐措很不理解，为什么酸辣粉都堵不住靳丞的嘴？"流落荒岛带酸辣粉还是带靳丞"，怎么会有这么无聊且幼稚的问题？

可靳丞偏要唐措回答，于是唐措也不得不认真思考了一下这个问题，因为他知道如果不回答，这茬根本过不去。

你永远也无法真正了解靳丞到底有多难缠。

"我带你。"他回答。

"为什么？"靳丞追问。

"因为你会给我带酸辣粉。"

"说到底我只是个酸辣粉袋吗？"

没错，酸酸辣辣就是你。

靳丞很不开心，那眉头一蹙，嘴唇一抿，双手抱臂，不爽似大爷，幽怨似少女，直勾勾地盯着他，仿佛在梦里也不会将他放过。

嗑瓜子的大妈观赏了半天，忍不住劝说："年轻人不要闹别扭！"

唐措嬉皮笑脸地跟大妈打趣："阿姨您放心，我跟他闹着玩儿呢。"

大妈也笑呵呵："我知道，我知道。"

离开酸辣粉店的时候，唐措走得特别快。靳丞仗着腿长优哉游哉地跟上去，说："待会儿去训练场，要不我让你打一顿出气？"

唐措理都不理他。

靳丞也不气，因为这分明不是去训练场的路，他明知还要故问："不是去训练场吗？怎么又往回走了？"

唐措很酷，言简意赅："累了。"

回到住所，两人进行了短暂的休息。

唐措睡得晚也起得晚，等到起床时靳丞早出门了，在桌上留了张字条说去中心区见林砚东，时间是一个小时前。

一时半会儿，靳丞可能不会回来，唐措便也给他留张字条，径自去了训练场。

在训练场待了差不多四个小时，唐措才回到住所。靳丞不出意外已经回来了，还打包了饭菜等唐措开餐。

唐措去洗了个澡出来，刚在饭桌前坐下，便听靳丞说："林砚东那个老狐狸，拿一条关于乐章的线索来堵我的嘴。"

"几号？"

"还不确定，但大概是七、八、九里面的一章。"

"在哪儿？"

"G区。"

永夜城监狱。

唐措没料到是这么一个答案，如果乐章在G区，那他们必定得对上那位赫赫有名的典狱长，大凶。

"而且林砚东还毫不避讳地告诉我，这个消息是他从黑帽子那里得来的。我猜哪怕我们把黑帽子杀了，他都不会眨一眨眼睛。"靳丞又道。

"黑帽子能杀吗？"唐措问。

"能，但是很难。"靳丞屈指轻叩桌面，"在编玩家有系统保护，我们是不能随便对他们出手的，除非满足两个条件：一、他自己犯错，被开除；二、我们拿到绝杀牌。两个条件任意满足一个，就可以动手。"

"绝杀牌？"

"就像从低级区去往高级区的通行证一样，一次性消耗物品，只能在副本里拿到。"

靳丞顿了顿，又道："黑帽子暂时还不能死，梦幻无限市场留着有用，难保以后不会拿来救急。而且他身上还藏着太多的秘密，不把它们挖出来，对不起他那一通骚操作。"

唐措："那我们去G区吗？"

靳丞却摇头："没必要为了进监狱而进监狱，等到合适的时机再进。如果乐章在肖童手里，那短时间内绝不可能被玩家拿到。"

肖童，就是典狱长的名字。

唐措点头。对于永夜城的事情，靳丞比他了解更深、更广，在拿主意这样的事情上面，唐措乐得偷懒。

　　不过他忽然又想起件事："那个小姑娘呢？没有消息了吗？"

　　"她失踪了，也许彻底死在牢里，也许已经出去了。但如果她出去了，凭她一个人，怎么瞒得过 K 的耳目？"说起她，靳丞不由得蹙眉。他很少在永夜城里见过这么奇怪的个例，那小姑娘身上就像笼罩着一团迷雾，碰不到、看不破。

　　现在她失踪了，莫名叫人不安。

　　唐措也跟他有同样的感觉："或许可以从 G 区找答案。"

　　说了这么多，饭菜都快凉了。靳丞怕唐措又低血糖，监督着他吃了满满一碗饭，这才满意点头。

　　唐措说他这叫喂猪。

　　靳丞反问："猪可以吃，你呢？"

　　唐措假装没听懂，并起身回房。刚要走，靳丞拉住了他的手，盘坐在沙发上抬头看着他："我把影碟租回来了。"

　　上次电影院之行被黑帽子打断，这次靳丞学乖了，把影碟租回来搞家庭影院。

　　这次不看剧情片了，靳丞选了古装片，高评分、大制作，最重要的是男主角没有他帅。如此一来，他就可以在男主角耍帅的时候告诉唐措——我穿古装比他更帅。

　　"哦。"唐措也盘腿坐着，姿态慵懒地靠在沙发背上，闻言抬了抬眸，神情冷淡，"缪缪见过吗？"

　　靳丞愣住，这关冷缪什么事？

　　好半晌，他才反应过来之前跟唐措说过他跟冷缪一起打过一个古装的角色扮演副本，他是大侠，缪缪是花魁。

　　靳丞："……"

38

　　永夜城有一点很不好，永恒的黑夜让人失去时间的概念，无论什么时候醒来，都好像没到起床的时候。窗外明明没有光，唐措还是拿被子罩着头，在床上缩成了一个小鼓包。

　　靳丞说要出去买早餐，让他在家里等着，他还"嗯"了一声。

　　靳丞今天心情好，被一个简单的"嗯"字就取悦了，高高兴兴地出门，半路遇见傀儡师姚青，还不计前嫌地跟他打了声招呼。

按照十二乐章颁布的律令，现在无论谁杀谁，双方都得去坐牢。姚青不担心靳丞对他突下杀手，但从 A 区掉到 E 区，又没拿到十二乐章，现在正是最痛苦的时刻，看到靳丞满面春风地出现在他面前，可不得心肌梗死吗？

这个人，为什么就不能活得低调一点？

关于这个问题，姚青终究是不会得到答案了，因为靳丞跟他打完招呼后，又若无其事地略过了他，一点儿都没期待他的回应。

姚青气得转身就走。

靳丞回到家时，唐措已经起床了，歪坐在沙发上养精蓄锐。靳丞一边准备碗筷一边说起碰见姚青的事情，与其说是在讲姚青，不如说是在汇报自己的行程。

唐措泰然处之，不予置评。

接下去的一整天，唐措和靳丞难得地陷入了无所事事的境地。

不管是闻晓铭还是池焰，此刻都还在副本中没有出来，甚至可以说，永夜城的大部分人在副本里，因为黑帽子的十二乐章颁布后，强制任务的时间被缩短为一个礼拜，为了避免触发强制任务，大家难免会主动一些。

靳丞刚才出去的时候就已经感受到了街上的冷清，看姚青行走的方向，应该也是去游戏大厅的。

蓦地，唐措想起些什么，问："乌鸦先生最近好像很少出现？"

靳丞："这确实有点奇怪，我们两个黑名单次次副本都凑在一块儿，但它除了颁布律令的时候出现过两次，之后再也没有出现过。要么它是被系统制裁了，要么它是碰见什么更好玩的事了。"

靳丞说得轻松，但这个猜测的背后，代表着有什么他们不知道的事情正在发生。未知的感觉总是不妙的，唐措蹙了蹙眉，决定还是去训练场待着。

靳丞把他拉住："今天休息。"

怎么休息？继续看电影吗？唐措不干。

靳丞无奈，往他手里塞了本书，道："也不差这一时片刻，听教官的话，要劳逸结合。"

唐措一看那书的封面，《西西里特童话》，是从林砚东那儿拿回来的书。他也不是偏要那么勤奋，说穿了他只是讨厌被人打倒的滋味，所以致力于打倒别人。

除此之外，唐措很懒。譬如此刻，他要么躺下看书，要么就瘫着，不洗碗、不做家务、拒绝喝水。

靳丞跟只会说"你多喝热水"的直男真的没有什么两样，还拒绝了唐措午饭想要吃酸辣粉的提议。

一场合租战争眼看就要打响，好在安宁及时敲门，将刚刚燃起的战火扑灭。

她是来汇报黑帽子的情况的。

在靳丞和唐措进副本的这段时间里，安宁和她的同伴们依旧尽心尽力地监视着黑帽子杂货铺，紧盯黑帽子的一举一动。

"盯着他的人很多，但是他很少露面，即便露面了也是去高级区，我们很难追踪到他。"因为内容实在太过枯燥，确实没什么可讲的，安宁粗略几句带过，但有件事让她觉得有点在意，"有个去杂货铺的客人，有点奇怪。"

靳丞抬眸："哪里奇怪？"

"他的刀，我看着觉得有些眼熟。"安宁详细地描述了那把刀的形状，期待地看着靳丞和唐措，果不其然，得到了她预想中的答案。

靳丞："是孟于飞的刀。"

安宁："我不太敢确定，所以只能来问你们。如果那真的是孟于飞的刀，为什么会在那个人手里？孟于飞不是死了吗？他的刀应该也被系统回收了才对啊。"

闻言，靳丞挑着眉似笑非笑，似乎想到了什么滑稽的事情。唐措看他一眼，很快便猜出了事情的来龙去脉："他去捏脸了？"

靳丞耸肩，除了这个可不会有别的答案。万万没想到啊，五岁还在尿床的孟于飞，居然是个屁货。

"看到他最后去哪儿了吗？"靳丞多好奇啊，现在就想当面采访一下孟于飞，捏脸的感觉怎么样。

"我派人跟着他了。不过他挺警惕的，好像察觉到有人跟着他一样，没有回自己的住所，而是直接去了游戏大厅。大厅人多，进去就找不到人了，我们只好在外面守着，到现在都没看见他出来。"

靳丞："他进去多久了？"

安宁："昨天下午三四点进去的，我觉得八成是进副本了。"

安宁的猜测不无道理。已经过去十几个小时，他如果还留在游戏大厅，那迟早会被人发现。

靳丞略作思忖，便道："别盯着了，那是孟于飞，对你们来说还是太危险了。我会找人继续盯着，你让人撤回来，不要耽误下副本。"

孟于飞的事情，靳丞还是打算交给 K。K 跟黑帽子有交情，跟孟于飞可没有，区区一个孟于飞也不会被他放在眼里。

而此时此刻，被他们说起的孟于飞，已经如同一条死狗似的趴在甲板上。冰冷的夜雨拍打着他的伤口，给他带来钻心的疼痛，狂风和海浪更是一步步将他拖向死亡的深渊，他只有牢牢拽住船上的绳索，才不致让自己滑落海中。

周围都是尸体，有玩家的，也有 NPC 的，血水从摇晃的船体上不断流入海中，转瞬间便消失无形。

"咯、咯……"他惊恐地感受着一切，却又不得不抬头看着，努力伸出手抓住面前的人的脚踝："别杀我！"

那是一只很纤细的脚踝，白得能看清青色的血管。

雨越下越大，孟于飞用尽全身力气抬着头，却依旧看不到她藏在兜帽中的脸。可看不见的才最可怕，这场夜雨、这身红色的斗篷，就像钢印烙在孟于飞的心上。

兜帽下藏着的脸在看他，但是没有回答。

孟于飞被雨水呛了一下，余光瞥见被风吹开的斗篷里，匕首一闪而过的寒光，急忙喊道："我对你有用！别杀我，我是孟于飞、孟于飞！"

"孟于飞？"一个男人的声音在孟于飞身后响起，带着点惊讶。脚步声随即响起，男人走到了孟于飞身前，缓缓蹲下，扳过了他的脸。

"我换了脸。"孟于飞不敢隐瞒，看着眼前的男人，莫名觉得他有点眼熟。电光石火间，他想起了对方的身份，双眼睁大："江河？你是江河，对不对？"

江河放开他，没有答话。

孟于飞："那你一定知道我是谁，你们不是要对付靳丞吗？别杀我，我可以帮你们！我会对你们有用的！"

"我们不是要对付靳丞，只是想要十二乐章。"江河解释了一句，末了，又觉可笑，自嘲道，"我已经不是崇延章的手下了，你跟我说这些，没用。"

"可你们不要十二乐章了吗？想要十二乐章，就不可能不对上靳丞！"孟于飞越是喘气，声音就越发地大。

一个大浪拍过来，船身剧烈摇晃。

孟于飞抓着脚踝的手猛地松开，整个人撞上货箱，五脏六腑都差点移位，离死大概也只剩一口气了。江河看着他，神色稍显冷漠，转头问："你要杀他吗？"

郑莺莺的匕首自始至终都藏在斗篷下面，她抬头，似在解释："他们要杀我，我才杀他们的。"

江河没有答话。

郑莺莺复又低下头，幽幽说道："他们都该死。"

船依旧在晃，嘎吱嘎吱的，仿佛下一刻就要散架。远方黎明尚早，黑夜的暴风雨还在酝酿下一轮演出。

一只乌鸦站在倾斜的桅杆上，饶有兴致地看着下方的一切。

孟于飞以为自己就要死了，但还是活了下来。披着红斗篷的小姑娘在他面前蹲下，这一次，孟于飞终于看清了她的脸。

她说："我不杀你了。"

惊喜在孟于飞的瞳孔中扩散，可下一秒，郑莺莺的话便让他顿住。

"但你必须用你的名字来交换，从今以后你不叫孟于飞了，你叫欢欢。我家的小狗就叫这个名字，我很喜欢它，虽然它咬了我一口。"

39

靳丞把孟于飞的事情交给了 K，可整整四天过去，毫无进展。好像他进了副本之后便人间蒸发了，再寻不到一点踪迹。

他也有可能是死了，可能够在靳丞手上活下来的人，会这么快就死在副本里吗？无论是 K 还是靳丞，都不会这样认为。

为了这事儿，K 的脸这几天都有点黑。他可不想因为孟于飞砸了自己的招牌，因此花了更多的精力去查，想要赶在靳丞进下一次副本之前查出点头绪来，结果令人失望。

可他没查到孟于飞，倒是发现了另外一件事。

天志的陈柳死了。

那个仗着自己是元老，总是排挤江河，最终导致江河离开天志的男人，于四个小时前死在 G 区监狱。

陈柳是很会得罪人的性格，坐牢了还被人追杀，很正常。如今的天志也不比从前了，因为被靳丞送去集体坐牢伤了元气，又丢了江河，只能堪堪在 A 区立足罢了。那些以前不敢对陈柳下手的人，现在敢了。

陈柳的牢狱之灾起初没有引起任何人的注意，就连崇延章都没放在心上，他甚至感受到一丝久违的快意。

江河的出走，陈柳是主因。

崇延章不是傻子，当然知道十个陈柳捆起来也比不上一个江河。但江河已经离开，他只能稳住陈柳，也稳住其他元老。这次陈柳又坐牢，崇延章只希望他能得到教训，不再给自己招惹麻烦。

没承想，陈柳死在了监狱里。

消息目前还没传到 A 区，K 的耳目从监狱里出来的人那儿得到消息，第一时间告诉了 K。K 正好跟靳丞聊孟于飞的事儿，略作思忖，便把消息卖给了靳丞。

"算作延期的利息。" K 因为黑帽子的事情，近期变得大方了许多。

靳丞照单全收，而他听到消息后的第一反应是——天志要完。

K 深以为然地点点头，嘴角流露出一丝讥讽："崇延章为了那些元老舍弃江河，可现在江河走了，他连陈柳都没保住。人心散了，什么都完了。"

唐措这次也跟着靳丞一起来了，听两人嚷嚷着"天志要完"，忽然想起一个被忽略的问题："江河去了哪儿？"

K 看过来："想要查江河的行踪可不简单，他是雾影刺客，最适合永夜城的黑夜了。"

"就问你知不知道。"靳丞屈指敲着桌面，"废话那么多。"

K 赏他一个白眼："我跟唐措说话呢，有你什么事儿？"

靳丞挑眉："那你到底知不知道？一个两个都不知道，我看你趁早关门歇业了。"

"三天两头咒我关门，你跟我有仇吗？"

"这是爱的关怀。"

K 拿起酒杯就要往靳丞脑袋上砸，但想到这酒杯价值不菲，又歇了这个念头。这一来二去，他什么脾气都被搞没了，深吸一口气，说："大约十天前有人在 F 区看见过他，至于他现在在做什么，为什么出现在那儿，却没人知道了。江河现在是散客，想要把他招入麾下的人多得很，据我所知，无道就派人在找他。"

无道就是傀儡师姚青所在的组织。

靳丞略略一想，便笑道："你把这个消息卖了个好价钱吧？"

K 笑笑，没作答。不过这就是大家心照不宣的消息，消息在 K 手上，他总能找到合适的买家卖个好价钱。也许他还知道些别的，但靳丞目前的重心并不在江河身上，也不想花费太多的点数在这上面。

不过江河再怎么样，也是 A 区的精英，是被靳丞安排去坐牢的，又不是降级，怎么会再次出现在 F 区？

靳丞看向唐措，唐措也若有所思的样子。片刻后，他抬头问："在监狱里杀了陈柳的是谁？是在永夜城杀他的那一个，还是另外的人？"

"很大概率是同一个。"K 眯起眼，"他是在中心区被杀的，那人下手很快，周围人都没反应过来，陈柳和那个杀手就化光了。他紧接着在监狱里又被杀了第二次，中间间隔不超过一个小时，不是对方盯着把他杀死，又是什么？"

"不知道具体身份？"

"对方做了伪装。"

永夜城能人辈出，想要不被人认出来有无数种办法，暂时查不到也很正常。这事儿说穿了就是天志的事情，靳丞和唐措并未多表示。

闻晓铭已经从副本里出来了，每天点卯似的来 E 区报到。靳丞把天志的消息告诉他，让他盯着 A 区的局势变化，这件事就这么过去了。

可没承想，仅仅一天之后，更大的变故发生了。

此时距离靳丞和唐措触发强制任务还有十六个小时。

闻晓铭刚从 E 区回去不到两个小时，又风风火火地从 A 区回来，进门还来不及喝口水，便道："崇延章为了给陈柳报仇，亲自去监狱了，没承想，遇到监狱暴动，把他乱拳打死了！"

靳丞满头雾水："你说什么？"

闻晓铭："崇延章啊！在监狱！被围殴死掉了！"

靳丞："这都行？"

闻晓铭疯狂点头。

唐措："为什么会发生暴动？典狱长不管？"

这是一个好问题。

靳丞认真地思考几秒，回答道："因为他变态。我们高高在上的典狱长，就喜欢看大家使劲蹦跶但怎么都逃不出他掌心的样子。事实上，他不是很喜欢乖巧的犯人。"

这理由很强大，唐措不由得被说服了，转而道："陈柳和崇延章接连出事，两者之间一定有关联。"

靳丞点头，略微收敛散漫姿态："崇延章再怎么说，也曾经是红榜排名前十的玩家，以这么戏剧性的结尾落幕，实在匪夷所思。"

至于为什么曾经是，因为东十字街一战后，他直接从红榜前十掉了出来。

末了，靳丞道："我们得去监狱走一趟了，看看这监狱里到底藏着什么牛鬼蛇神。不过在此之前，我很想知道江河现在在哪儿。"

唐措："你觉得江河跟这件事有关？"

"江河一定不会对崇延章下手，以他的性格，除非陈柳自己找死，否则也不会主动去杀他。但江河才刚离开天志，这件事儿无论跟他有没有关系，最后也一定会扯上关系。"

顿了顿，靳丞又道："天志散了，剩下的那些人要么变成垂头丧气的流浪狗，要么变到处咬人的疯狗。陈柳被杀，第一嫌疑人一定是江河。"

靳丞对于天志的评价一向不是很高，好像除了江河，连崇延章都不怎么放在心上。

语毕，靳丞当即让闻晓铭跑一趟红宝石酒馆，继续打听江河的下落。至于他自己，他觉得光凭他和唐措两个人去闯监狱还不够，得找个保镖。

唐措怎么瞧他都不像是乖乖认怂的模样，笑得不怀好意，听到他说保镖是谁之后，更是情不自禁地看向了他身后。

靳丞："怎么了？我后面有东西？"

有，有条大狼尾巴。

找冷缪当帮手，理由是他坐牢有经验，不是要气死他吗？

荣弋听到靳丞的这个要求后，也沉默了很久。他开始思考，当初在黑帽子杂货铺外跟靳丞寻求合作是不是个错误的决定。

"你找他当帮手，他可能会在半道上就忍不住捅你一刀。"

靳丞："缪缪是魔法师，不用刀。"

荣弋："我试试。"

荣弋说的"试试"，仅是代为转达。但他觉得代为转达已经是非常大胆的举动了，因为这意味着他可能会失去冷缪这个朋友。

果然，在听到荣弋"代为转达"的话后，冷缪直接捏碎了一只杯子。

"他有毛病吗？"

"看起来没有。"

"那就是隐性的，看不出来。"

"我赞同。"

池焰一直跟着荣弋，荣弋也没刻意避着他。两位大佬说话，他不敢插嘴，但在心里疯狂记仇，并打算回去打小报告。

此时距离靳丞和唐措触发强制任务，还有十三个小时。

闻晓铭没能从 K 那儿获得更多的江河的消息，倒是 A 区的动荡不断扩散开来，从中心区辐射全城。

永夜城已经很久没有像崇延章这样的大人物真正死亡了，实力强悍者，必定有很多保命的手段，轻易不会死亡。而且 A 区的精英们到了这个位置，出手很有分寸，除非是死敌，否则没必要下死手。

饶是如此，唐措还是觉得这消息传播的速度有点过快。

"浑水摸鱼？"他道。

"摸的哪条鱼？"靳丞反问。

"譬如你。"

"那这不叫摸鱼，这叫炸塘。"

靳丞懒散地躺在沙发上，怀里抱着抱枕，没个正形。他仰头看着从沙发前方走过的唐措，继续说："永夜城的古墓派还是很多的，到底有多少人藏在幕后搞事情，恐怕连林砚东都无法完全确定。像荣弋这样还算正派的人，只能活得不怎么容易了。"

唐措不予置评。

末了，他问："为什么选冷缪？"

靳丞微笑："空间掌控，这是个很有用的技能。"

与此同时，A 区。

稍显清冷的长街上，路灯都显得零零落落，灯光昏暗。一个模糊的身影在灯光下走过，灯光照不出他具体的轮廓，他就像被包裹在雾中，随时都有随风飘散的趋势。

前方忽然热闹起来，暗处有无数双眼睛在看，而在那无数道目光汇聚的焦点，低沉的喝骂与气急败坏的吵嚷混杂在一起，陡然爆发。

那是天志的大本营。

模糊的影子是江河，他跟那栋令他无比熟悉的别墅隔着一条街的距离，就这么看着，觉得越发地远了。

他有些恍神。

崇延章竟然死了。

江河到现在都觉得很不真实。他曾对崇延章怀抱感激，也曾在牢里时生出过一丝丝的怨怼，但最后想的不过是桥归桥路归路，可没想到天志会这么快就垮掉。

"陈柳死了，老大也死了，这一定是报复！除了江河还会有谁？还有谁对我们有这么大的恨意？！"屋里传来这样的声音。

江河的心里没有一丝波澜，只觉得过去一年的记忆忽然淡了，明明才是半个多月前的事情，却模糊得像是去年的。

过了很久，他想起分别前郑莺莺跟他说的话："你如果想清楚了，就去监狱外面等我出来。我不强迫你跟我一起。"

小姑娘很偏执，瞧着也有点赌气的成分。

"强扭的瓜，不甜。"

40

距离触发强制任务还有最后六个小时。唐措和靳丞来到 G 区入口。G 区与 A 区、F 区毗邻，但整个 G 区都被高耸的围墙包裹着，想要进去，只能通过面朝中心区的监狱大门。

大门足有五十米宽，真真正正的黑铁巨门，常年开着，但少有人闯。就连门外的那条黑石长街都略显冷清，玩家们似乎都不想从这里过，远远就避开了。

唐措看了眼周围的"小猫两三只"，预感到他俩进去后，这里大概就会热闹起来了。也许还会有人开个盘口，赌他俩会什么时候出去；也许有人跟他们抱着同样的想法，也想进去闯一闯。

但现在，唐措只想说："你确定冷缪会来？"

"会吧。"靳丞了解冷缪的性格，但世上又没有百分之百有把握的事情，"还有六个小时，如果他不来，我们也不等他。"

六个小时是个完美的时间长度，如果他们触发了典狱长的副本，那就绝对不会触发强制副本。如果没有触发，六个小时也足够把事情处理完，再回到中心区进副本。

如果六个小时后他们没能离开监狱，那就是被困住了，强制任务正好可以将他们带离。

又等了十分钟，就在靳丞不打算再等时，冷缪终于出现。他的表情很冷，人如其名，没半点笑模样。

见了靳丞，他也不打算打招呼，只跟唐措点了点头，算是见过了。

靳丞耸耸肩，难得没有开他的玩笑，因为唐措在。

这两人有一点很一致，那就是都不太想跟对方挨着，于是唐措就被迫站在了中间。唐措面无表情，抬腿便往里面走。

靳丞和冷缪仿佛左右侍卫，一个红榜第五，一个红榜第四，给足了他排面。

这就看得其他人一愣一愣的了，消息被传开后，"唐措"这个名字迅速在游戏大厅登顶，风头甚至盖过了刚刚死亡的崇延章。

不过大家更好奇的还是靳丞和冷缪为什么会凑在一起，他们又为什么挑这个时间点进入 G 区，与崇延章的死有关吗？

事情的发展完全没出乎唐措的预料，而他先前所说的有人在浑水摸鱼，被他们这么一搅之后，水也越来越浑了。

此时此刻，三人组已经站在了江河当初捡到郑莺莺的那片大草坪上。无数盏自围墙上照射下来的大灯打在草坪上，为他们照亮。

冷缪抬眸望着围墙转角处的塔楼，终于开口说了第一句话："当时，我、江河、陈柳关在一个区，陈柳那么聒噪，江河都没杀他，现在更不可能杀他。"

唐措："不是江河，谁会对天志有那么大的恨意？"

这话是同时问靳丞和冷缪两个人的，冷缪直言不讳："譬如，你们。"

靳丞也不反驳，因为东十字街的事情，他确实有毁掉天志的动机。不过他既然站在这里，自然就排除嫌疑了。

"今天有点慢啊。"靳丞抱臂，也抬眸扫了一眼塔楼。

唐措看出来了，典狱长肖童应该会在那里出现。可这里除了大灯照射下来的强光和眼前那暗黑色沉闷压抑的牢房的主体建筑，一点人声都没有。

冷缪蹙眉："现在应该还不到典狱长的游戏时间。"

闻言，唐措忽然想到什么，看向靳丞问："监狱的暴动确定结束了吗？"

"不确定。"靳丞被他提醒了，嘴角勾起，露出一抹玩味笑意，"看来我们来得不是时候，不——或许正是时候。"

"丁零零——"一阵急促的电铃声响，为靳丞的话做了最好的注释。那是从前面的牢房里传出来的声音，比冷缪之前坐牢时听到的更尖锐、更急促。

"走，直接进去。"靳丞当机立断。

电铃声，典狱长出巡。

冷缪这时也顾不得他跟靳丞之间的相看两生厌了，跟着便往里冲。三人的身影迅速掠过草坪来到牢房真正的入口处，也不挑哪个区域，门开了就进。

"吱呀——"铁门发出声响，喊叫声、脚步声登时铺天盖地而来，将门内和门外完全隔开成两个世界。

暴动，是真正的暴动。

监狱里灯光昏暗，杂乱的人影似地狱里钻出的魑魅魍魉，在墙上投下令人心悸的画面。整个牢房都是钢结构，就连楼梯、地板都由黑钢打造，脚步踩在上面，"咚、咚咚"的声音似惊天的鼓，只是惊的不是天上的仙人，而是地下的恶鬼。

所有的牢房门都大开着，"恶鬼"出笼，相互撕咬，好一副地狱惨象。

冷缪只是走快了一步，飞溅的鲜血就脏了他的鞋面。他满面沉凝地收脚，目光扫过眼前的场景，又一脚把正要提剑向面前人砍去的男子踹飞。

"砰！"他砸在钢架上，骨头断裂的声音清晰入耳，可这似乎也为他找回了一丝理智。唐措在他面前蹲下，靳丞则找上了那个被冷缪救下来的，同时问话："发生什么事了？"

两人忍着痛哆哆嗦嗦，说不出利索的话，其中一个还躺在地上直抽搐。靳丞蓦地变出一个铅皮水桶，把一桶水浇在两人头上，才逼出了一句话——"BS055！有人把BS055带进了监狱！疯了，都疯了！"

闻言，唐措不了解，靳丞和冷缪却瞬间色变。靳丞立刻为唐措解释："BS055，BS系列的又一大作，学名叫'狂犬'。"

狂犬？

唐措挑眉，这对他来说可不是什么好词。

靳丞又追问肖童的踪迹，可这两人只是无足轻重的小角色，并不知道多余的事情。三人便只好放弃他们，赶往其他区域查看。

也幸好BS055虽然是可吸入气体，但已经挥发完毕，是以三人能行走自如，而不担心也被感染。

一路走一路看，地上到处是血，但不见尸体，只有两种解释：要么人只是受了伤但是跑了，要么已经进入清业程序。

这里的情况，大多应该是后者。

也有很多人杀红了眼对三人组动手的，不用唐措出手，靳丞和冷缪就干脆利落地把人解决了。

"看样子是所有人都被放了出来。"靳丞再次打开一扇牢门，看到里头杂乱的情形，断言道，"我们的典狱长大人一定插手了。"

唐措现在深有感触：典狱长真的是个变态。

"可他现在在哪儿？"冷缪问道。

"别管他了，我们的目的可不是真的要对上典狱长。"靳丞答。

"那你的目的是什么？真那么好心来调查天志的事？"

"你又为什么答应来这里？"

两人互甩问题，但谁都不回答，扯平。

走着走着，唐措忽然问："你们上次入狱，邻近的牢房里除了你们三个，还有谁？"

左思右想，唐措还是觉得行踪成谜的江河跟这件事儿有着必然的联系。他消失，又出现在 F 区，为什么？

冷缪想了想，随即道："没什么特别的人，不过有个小姑娘，也许现在已经死了。"

小姑娘？

不只唐措，就连靳丞都霍然看向冷缪，把冷缪看得怔住。他再傻，也该知道这个小姑娘不一般了，仔细回想，说："她比我们早进来，受了很重的伤躺在最里面的牢里，没有说过话，也没有露过正脸，要说唯一有一点很特殊：典狱长似乎对她很关照，几次把她单独提出去。"末了，他又加了一句，"陈柳奚落过她。"

口头上欺凌一个快要死了的小姑娘，确实像陈柳做得出来的事情。可仅仅因为几句奚落，她就把陈柳杀了吗？

唐措直觉这个小姑娘就是他在进入永夜城时见过的小姑娘，否则同一时间段，永夜城哪里再来第二个这么邪性的？

"她是光头？"

"是。"

那就没跑了，全城的小姑娘都找不出多少个光头的。

冷缪心领神会："你们是为了她来的？她是谁？"

得到小姑娘的消息完全是意外之喜，但靳丞不打算纠正冷缪，顺水推舟："我们不知道她的名字，但有过一面之缘。你只要知道，她是个新玩家，见到她最好不要掉以轻心。"

冷缪略有些惊讶。

他完全不曾想过，当初被关在他隔壁的那个快要死掉的小姑娘，会以这样的面貌重新出现在他的世界里。

陈柳会是她杀的吗？

如今想来，典狱长多次单独提她出去，就已经预示了她的不凡。可惜当时冷缪正被靳丞坑到怀疑人生，见那小姑娘奄奄一息的，料定她不能活着出去，就没有再管。

他又想到什么，冷凝的脸上露出一丝了然："江河。"

当时在牢房里，他嫌隔壁的血腥味太重，难闻，所以施展了一个空气囚笼。是江河制止了他，说这样会让小姑娘窒息而死。

冷缪看在江河的面子上，把囚笼撤了。

"也就是说，江河也算救过她？"唐措听完冷缪的话，终于将所有线索串联，小姑娘、江河、陈柳、天志，甚至是肖童，彼此之间都有关联。

不论陈柳和崇延章的死跟小姑娘有没有关联，他们死在牢里，肖童一定是知情的。

而且，这也意味着那小姑娘很有可能就在牢里，就在此时、此刻。

V

去 往 人 间

叮！
恭喜玩家成功触发副本——人间，本次游戏为多人多重限时求生
游戏，共九十六位玩家。
请所有玩家注意，游戏通关方法有二——
一、存活六小时；二、幸存人数低于六位。
祝您生存愉快！

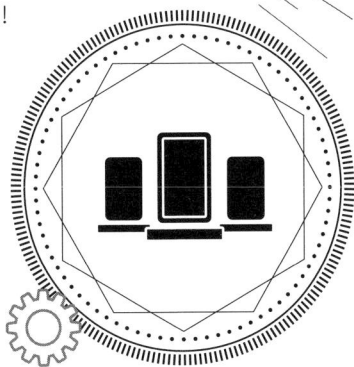

41

永夜城的典狱长，穿着一身黑色的军装制服，戴军帽、着军靴，衣着笔挺，身姿修长。帽檐投下的阴影遮住了他的眼睛。他走得不急不缓，手中的甩棍也甩得不急不缓，那伸缩的棍子甩出去，重重地敲在旁边的钢架上，又缩回来。

"砰！"每敲一下，墙上那些杂乱的人影便颤一颤。

"砰！"这是死神的警告，又像是某种催促。而在这声音里，唐措还听到一串串悦耳的清脆铃铛声。那是数个小铃铛撞在一起的声音，很小、很细碎。

待肖童走近了，唐措才发现那串珍珠大小的金色小铃铛挂在他握着甩棍的右手手腕上。他每甩一下，铃铛就响一下，而他缓步自黑暗中走出，微微抬头露出那双藏在帽檐下的上扬的丹凤眼，嘴角微微勾起的模样完美诠释了四个字——斯文败类。

"稀客。"他看向靳丞。

"典狱长大人没有出门来接，我就自己进来了。"靳丞上前一步，抬手放在胸前，致礼，"好久不见。"

肖童："我以为你不敢再来了。"

靳丞微笑："哪里。"

肖童再次手痒地甩了甩棍子，这次却没敲在钢架上，只那么轻轻一甩，语气也略显轻巧："我说过，只要你敢再踏进这里，就得做好永远都回不去的准备。"

此话一出，不只唐措，连冷缪都略显惊讶。跟靳丞打了三年的交道，冷缪可从来不知道靳丞跟肖童也有过节。

这个男人怎么到处跟人结梁子？

"在动手前，我只问大人一个问题。"

"崇延章？"

"不，是一个光头的小姑娘。"

"你跟她有关系？"

"哦。"靳丞笑笑，"她欠我的人一条命的恩情，我想要讨回来。"

"你的人？"肖童的目光在冷缪脸上掠过，摇摇头，又停在唐措脸上。他这才露出点打量的神色，也不知是满意还是不满意。

唐措面无表情，这又不是在见家长。

"这样吧，"肖童甩棍直指唐措，"你把他留下陪我三天，我就告诉你。"

靳丞毫不犹豫地拒绝："这可不行，我们可是同生共死的关系。虽不能同年同月同日生，但一定得同年同月同日死，大人可不能把我们分开。"

冷缪的表情却很古怪，比他知道小姑娘不简单时的表情还要诧异三分。

这时，远处传来一声巨响，不知是哪几个犯人用上了大规模爆破性武器，硬生生地把墙体炸开一个大洞。

霎时间，烟尘弥漫，凌乱的脚步声和咒骂声充斥耳膜。

"她来了！"

"她朝这边来了，快跑！"

"谁拖住她啊？！"

"不过就是一个小姑娘，你们怎么都吓破胆了，我的天……别过来！"

"快上啊，上啊！"

"……"

她？小姑娘？

唐措眸光微亮，立刻转身追过去。他一转身，靳丞就自动上前挡住了肖童，默契无间。而肖童再厉害，也不可能一招就把靳丞干趴下，从而追上唐措。

更何况，靳丞还找了个帮手。

冷缪自觉地站到了靳丞身侧。这也就是为什么冷缪明明参与了东十字街事件，靳丞仍放心找他当帮手的原因。

他很有分寸。

冷缪能和荣弋成为朋友，身上也必有共通之处。

"你们觉得这就能拦住我吗？"肖童笑问。

而此时，唐措已经消失在三人的视线中。武力点数增加后，唐措的速度又比从前快了一点，再加上这几天天天泡在训练场，对于自身的各项能力运用得更加得心应手。

很快，他就在这七拐八绕、错综复杂的牢房里接近了爆破点。

中了 BS055 的玩家依旧红着眼，仿佛狂犬病发作的病人一般，克制不住体内的战斗冲动，厮杀作一团，完全失去了冷静和理智。但如果仔细观察，会发现他们下意识地远离一个方向，神色里都藏着一丝惊惧。

唐措望过去，却只看见红斗篷的一角，飞快消失。

他追上去，那些人恰好挡着他，直冲他扑来。在这里下死手就是真的杀人了，唐措与他们无冤无仇，知道他们是中了BS055才变成这样，自然不会下这个狠手。

狭路相逢，唐措跃起抓住顶上的钢架，踩着前面一人的肩膀迅速掠过。跳下之后立刻回身飞踹，将一人踹飞，又带倒一片。

"哎哟！"

"我的天……"

人群一片惊呼，唐措却没有片刻停留。"咚、咚"的脚步声回荡在长长的走廊里，他看到一片红色的衣摆再次消失在转角。

犹豫半秒钟，唐措继续追上。

另一边，靳丞三人却还没有打起来。因为肖童微笑打量着二人，忽然说："你们其实不是为了崇延章，是为了十二乐章来的，对吗？"

典狱长肖童，他有一双能看透人心的眼睛。

靳丞对此并不意外，也没指望能一直瞒住。冷缪心中一凛，隐晦地看了一眼靳丞，但面上还是保持冷漠。

肖童饶有兴致地看着两人的反应，见他们两个没吵起来，颇为遗憾。

"既然如此，我们来玩个游戏吧。"

来了，典狱长的游戏时间。

靳丞和冷缪都不由得打起精神，靳丞更是隐晦地扫了眼唐措离开的方向——不知道那边怎么样了，虽说那小姑娘肯定比不过肖童的一根手指头，但太过邪性，让唐措独自对上她，靳丞还是有点担心的。

"让我想想我们来玩什么游戏呢？"肖童又开始有一下没一下地甩他的伸缩甩棍，末了，将它当作教尺，拍向掌心，"啪"的一声，有了定论。

"你们从人间来，我就送你们回到人间吧。刚才跑掉的那个小朋友不是刚刚从那儿离开吗？我想他会很怀念的。"

叮！

恭喜玩家成功触发副本——人间，本次游戏为多人多重限时求生游戏，共九十六位玩家。

请所有玩家注意，游戏通关方法有二——

一、存活六小时；二、幸存人数低于六位。

祝您生存愉快！

听到播报的内容，靳丞心里咯噔一下。在画面切换前，他最后一眼看向肖童，只见肖童对他挥了挥手，面带微笑，满含恶意。

多人限时生存游戏，参与人数九十六人，也就是说监狱里还活着的玩家可能都被拉入了副本。两个通关办法的内容证明这游戏绝不简单，第二个办法更是充斥着浓浓的恶意，因为玩家可以杀人。

只要把其余人杀掉，保证自己成为剩下的那六人之一，岂不就可以通关了？

环顾四周，他们已经来到了一个分岔路口。

荒野里突然出现的Y字形路口，岔开两条笔直的一眼望不到头的寂寞公路，左右各有两块路牌，上面没有路的名字，只有两个熟悉的标识——男性和女性。

"人生的分岔路？"靳丞琢磨着，目光在两个标识上来回打转，又瞥向出现在这里的其他玩家。

这些玩家在进入副本时也听到了系统播报声，但对于眼前的一切仍稍显惊奇和错愕。仔细看，他们眼中的赤红慢慢淡去了，可见进入副本抵消了BS055的药性。

"怎么回事？我们不是在牢里吗？怎么又触发副本了？？？"

"现在该怎么办？这是什么副本？"

"那、那是不是靳丞？！"

"还有——"

"……"

靳丞和冷缪毫无意外地被认出来了，因为靳丞脸上的疤实在太惹眼。永夜城赫赫有名的刀疤美人，只要你见到就会知道。

冷缪依旧冷着脸，对其他玩家稍显冷漠。他也没跟靳丞商量，兀自站到了男性标识前，靳丞想了又想，嘴角含笑，走向了"女性"的那条路。

冷缪看着他，冰山脸上露出一丝难以言喻的表情——你有病吗？

靳丞耸耸肩："不要低估永夜城的恶意，你以为的简单模式也许不简单，困难模式，也可能绝境逢生。"

成为一个男人或一个女人，在人生的道路上会面临什么样的困难，是被讨论了千百年的话题。哪个更艰难，只有亲自走了才知道。

冷缪没有说话，其他的玩家看到两位大佬产生了意见分歧，一时间都不知道该跟着谁走。而且他们之中男玩家占了多数，在永夜城存活下来的玩家中，也是男玩家占了多数，所以从理论上而言，选择成为一个男性好像确实更容易一些。

大家跃跃欲试地想要往冷缪那里走，可为首的几人刚迈出步伐，就看见冷缪走向了靳丞那条路。

大家傻眼了，大佬你怎么叛变了！

一时间，男玩家们都不敢动了，想要跟着大佬走，又不想走那条路。女玩家们则纷纷松了口气，快速跟上。

靳丞见她们跟上来了，稍稍收敛起玩笑表情，再度看了眼那块粉色的女性标牌，而后大方且坚定地迈出了步伐。

男玩家们面面相觑，犹豫片刻，随即咬咬牙，也跟了上去。只是在他们心里，这更像一条不归路，走得很是忐忑。

冷缪断后，默不作声地数了数在场的人数——一共二十八位。

与此同时，被拉入副本的唐措发现自己站在一个墓园里，四周都是排列整齐的墓碑，只是这些墓碑很奇怪，全部都是手机的样子。

长方形的手机，恰好与墓碑的形状相同。一部部巨型手机竖立在那儿，显示屏有些亮着有些没亮。

很奇怪，这里只有唐措一个玩家，其他人呢？那个穿红斗篷的小姑娘呢？

蓦地，系统的播报声又来了。

欢迎玩家来到灵魂公墓，此处共埋着九十九个可怜、可悲又可叹的灵魂，请玩家通过查看墓碑的方式，找出还活着的三个灵魂，并开棺验证。

请注意，开错棺会有惩罚哦。

话音落下，唐措侧前方的一块墓碑发出"叮咚"的信息提示音。他看过去，只见那亮着的手机屏幕上显示着微信的画面。

一条新的朋友圈被刷新出来了。

泡泡琦——

今天又是美好的一天，加油！
［咖啡.jpg］［阳光.jpg］

42

活着的标准是什么？

唐措仔细翻看"泡泡琦"的朋友圈，发现无非就是一些鸡汤和精致生活的图片。美好的一天从早上开始，伴随着咖啡和卖相很好的轻食，以及摆盘精致的晚餐和偶尔出现的丰富夜生活。

这看似是一个活得很充实的人，当然，唐措无法确定其真假，也不确定她是否享受其中。

唐措干脆走到前头，从第一个开始看——

第一个大概是上班族，手机界面是未完成的PPT。PPT是关于P2P（互联网金融点对点借贷平台）未来发展前景的，前面几页还是很认真地在分析，表格清晰，文字简洁，可从第七页开始，做PPT的人就开始暴躁了，满页都打满了"去死"两个字。

"去死去死去死……"红色小字，密密麻麻，触目惊心。

第二个是外卖员，手机显示的是送餐界面。十二点半应该送到的外卖，手机已经显示十二点四十七分了，未接来电有六个。

"丁零零——"电话又响起。

唐措滑动接听，电话竟然真的通了，里面传出一个略显暴躁的男人的声音："喂？打了你几个电话，怎么不接啊？外卖还送不送了？已经超时了，你知不知道？！"

唐措："抱歉，路上有点堵。"

男人："堵也得送啊，我都饿了很久了！要不是外面下雨我也不会点外卖，你赶紧给我送来，不然我投诉你了！我的时间很宝贵的，你再不送来我就来不及吃了！"

话音落下，电话当即被挂断。

唐措琢磨着"下雨"和"来不及吃"这几个字眼，暂时判断不出什么，于是又看向下一个。

手机屏幕是暗的，唐措在侧边找到按钮点亮，显示电量26%，时间是6月25日13:30，周二，锁屏屏保是一张情侣自拍合照。

照片是经过处理的，右下方添加了一行字——2019年6月12日，认识的第一百天！

没有面部识别、没有指纹，那就只能用密码，从6月12日往回推测，两人相识的第一天应该是3月5日——密码：190305——开了。

打开的界面是聊天记录，女孩和她的男朋友已经开始闹分手。男生给她发了无数条信息挽留，句句诚恳，简直低声下气。

可他的话里也透露出一个事实——他劈腿了。

一个老生常谈的话题。

女生说话毫不拖泥带水，虽然看起来对男生还有情意，但态度坚决，绝不回头。两人最后的对话结束于 11:59，是女生说的两个字——没门。

男生没有再挽留，是放弃了，还是没看见？

唐措又接着看了几个，他们的身份、性别各不相同，从外卖员、快递员、学生，到白领，什么都有。能够查到的都是些生活琐事，看起来没有什么特别的。

手机墓碑共有九十九块，看来这是一场持久战。

与此同时，走在寂寞公路上的靳丞等人终于迎来了变化，一群怪物忽然出现在路中央，挡住了所有人的去路。它们长得奇形怪状，长满锯齿的、头上有角的、站立的、用四肢行走的，或大或小，什么样子的都有。

冷缪却觉得它们看起来有些眼熟，不由得微微蹙眉。

靳丞也看出来了。

怪物们对他们低吼，喉咙里发出"嗝嗝"的声音，像是被什么东西卡着，想说话却说不出来。它们虽然长得不一样，可神情都一样的痛苦、绝望，红着眼睛，其中夹杂着诸多的愤怒和恨意。

最重要的是它们的眼神，混沌之中偶尔闪过一丝清明。

"清业程序，特殊副本。"靳丞得出了结论。

除了冷缪外，其余的人全都愣住，什么是清业程序，特殊副本？在 G 区监狱触发的副本与其他地方的有一个很显著的不同，就是各区人员混杂，并没有强制分区。这里有 A 区的冷缪，也有 E 区的靳丞，也会有 F 区的菜鸟，他们可能连清业程序是什么都不知道。

靳丞略微跟他们解释了一下。总而言之，这里的怪物，就是自我清退禁令解除前，在永夜城中自我清退的那些人。

他们沦为怪物，被分派到这些特殊副本，在清醒中一遍又一遍地体会被杀死的痛苦，却又无法作为一个人将这种痛苦表达出来。

他们只有一个选择——杀死面前的玩家。

恨吗？绝望吗？

无法挣脱、无法逃离，那些怨恨就会化作无穷无尽的杀意，将其他玩家也拖入痛苦的深渊。在这样的情况下，没有一个人能够再保持理智。

新人菜鸟们，脸上浮现出不忍，可怪物们不理会，张着血盆大口朝玩家扑来，腥风扑面的同时，眼尖的人还能看到它们牙齿缝里卡着的肉块。

众人急匆匆拔出武器的同时，虚空中浮现一行闪光大字——第一关：出生。

"难产吗？！"

"难产也不需要几十个怪物一起上吧，现代医学那么发达了！"

"滚，堕胎看不出来吗？"

一个长马尾的姑娘使一杆枪，一枪打中十米开外的一个怪物的脑袋，暂时结束了这个话题。可很快，跟她背靠背的一个男生就气喘吁吁地说："所以你们女生堕胎干什么？这不造孽吗？"

这两个人看起来是同伴，但此话一出，女生差点一枪托打向他后脑勺："堕你个头，给我闭嘴，再叨叨崩了你！"

也许是这番话太过凶狠，男生吓得闭嘴了，周围也很久没人说话。事实是大家也没有了说话的空闲，五六十个怪物一起扑过来，哪怕现场有二十八位玩家，也难以应付。

这还是靳丞和冷缪为他们挡住了至少三分之一的结果。

在永夜城选择自我清退的人超过 99% 实力都不强，可变成怪物之后又经过一遍又一遍的副本摧残，实力已不可同日而语——强，真的很强。

笔直的公路没有任何遮挡物和借力处，靳丞遂放弃弓箭，选择用刀。两把弯刀在他手里，就是杀伤力最强的利器。

怪物长得奇形怪状，一刀下去也许刺不到心脏，那就两刀。右手一刀刺进去，左手立刻又补一刀，有时也需要三刀，尽是最干脆利落又没有痛苦的死法。

靳丞出手如电，身影翻飞，迸溅的血却没有沾到他的衣角分毫。

冷缪更干脆利落，因为擅长空间魔法，一个空气囚笼罩下去，远程就能把怪物搞死，打了好几分钟，愣是没有一个怪物能近他的身。他的身影如鬼魅，一步踏出，可能就已经到了十米开外，根本无法捕捉。

两人几乎没有配合，各打各的，但也很快。大约一刻钟后，怪物终于被消灭了，可众人还没喘上一口气，又有一批怪物出现。

"怎么还有？！"有人惊呼。

靳丞甩了甩握刀的手腕，活动活动关节，不等怪物攻来，再度杀上。

冷缪也不废话，抬手一个空爆术在怪物群中炸开，炸得周围一圈怪物人仰马翻。

队伍持续推进。

在靳丞和唐措的这两个游戏关卡外，还有第三关卡——人间信息转接公司。

一个纯白色的巨大房间里，没有出口、没有门窗，五排五列的格子间依次排列，共二十五位玩家坐在电脑前，头戴耳机，疯狂地敲打着键盘。

每个人的电脑屏幕上都是密密麻麻的对话框，对话双方分为红、蓝两色，左边两列格子间里的人负责输入蓝色框，右边的负责输入红色框。

对话内容的提示在耳机里。

房间里安静得只有敲打键盘的声音，还有玩家在焦急时无意识地发出的语气词。过了大约二十分钟，玩家们额头上的汗已经顺着脸颊滑落，更有甚者青筋暴起，眼睛里已经出现了红血丝。

不知道他们究竟在耳机里听到了什么，有人试着将耳机拿下，却怎么都摘不下来，越是摘不下来就越是急，那疯狂的模样仿佛一场滑稽的默剧表演。

"别再骂了！别骂了！"他终于开始崩溃，大脑仿佛遭受着什么强烈的精神攻击。

下一秒，他的脑袋倏然炸开。

其他玩家瞪大了眼睛难以置信地看着这惨象，过了好几秒，猛然惊醒，颤抖着指尖回头继续疯狂输入。

快！再快！一个对话框输入完成，屏幕上立刻出现喷着彩带的"combo！"（连击）的字样，而后化作一股清凉抚慰紧绷的、刺痛的精神海。

"大家小心，这关是精神攻击！每一句话都是！智力点数加得不够的要格外注意！"靠近角落的位置传来了玩家的大声提醒，也不管其余玩家戴着耳机是否能听见，继续大喊道，"撑不住的立刻喝药，在脑海里构想自己的武技，尝试把它们转化为精神攻击以抵御耳机里的声音！"

而那个因为玩家爆头而掉落的耳机里，此时此刻还在不断地传出声音，满怀着纯粹恶意的谩骂、诅咒，或许有时还带着些幸灾乐祸、一些趾高气扬，尖利如刀。

"穿成这样不是发骚，是什么？哪个正经女孩穿成这样？活该。"

"油腻、恶心。"

"要死早死了，谁还会在这里矫情啊？有本事你就真的去死啊！去死啊！你这不是没死吗？嚷个屁！"

"……"

不同的声音，不同的语调，男女老少，肆无忌惮。

第三关卡外，还有第四关卡：世界是个精神病院。

穿红斗篷的小姑娘坐在医院外墙挂着的红十字上，荡着两条纤细的腿，嘴里哼着陌生的不成调的歌谣。她垂眸看着医院后花园里躁动的人群，末了，喃喃自语道："又回来了呢……"

系统播报声随之响起。

> 欢迎各位玩家入住精神病院，请所有玩家现在立刻回到各自的病房内，等候医生查房。在此期间请勿随意走动，违者将受到严重惩罚。

玩家们面面相觑，他们怎么就被关进精神病院了？听这规则，待在病房会有医生查房，不待在病房会有惩罚，无论哪个都不好吧？

"怎么办？"

"到底回不回去？"

"话说我们到底是怎么触发任务的，不该先搞清楚这个吗？？？"

众说纷纭中，有人透过二楼的窗户，看到了走廊里走过的身影，立刻抬手，惊呼："那是医生？！"

其他人也纷纷抬头看，顺着他指的方向看过去，看见几个跟靳丞碰到的那些如出一辙的怪物。只是这里的怪物个个穿着白大褂，脖子上挂着听诊器，手里还拿着巨大礼炮似的针筒。针筒折射出寒光，让所有人都不禁打了个冷战，觉得午后的阳光都变冷许多。

回去还是不回去，这是一个问题。

郑莺莺从红十字上站起来，风吹起她的红斗篷，露出她被黑色眼罩遮住的独眼。她缓缓地、缓缓地抬手抚上那黑色眼罩，另一只完好的眼睛里流露出自我怜惜和淡淡的哀伤愁绪，但随即又被决绝覆盖。

一只乌鸦站在对面的屋顶遥遥窥视，把翅膀背在身后，倨傲地昂着头颅，但掩饰不住它对窥视对象的喜爱和赞赏。

"杀吧，尽情地杀吧，不需要过多的怜悯，杀吧……"它这样低语着。

四个关卡，内容不同，共享的却是同一套通关规则。一共九十六位玩家，要么待满六个小时，要么死剩下六个人。

目前死亡人数：1。

唐措完全不知道另外几处的情形，还孤独地行走在空无一人的墓园里，做他的坟头调查。"叮咚、叮咚"的信息提示音不断响起，九十九块手机墓碑已经亮了七十七块。

一块因为电量不足，已经自动关机。

"砰——"电量告罄的那一刻，坟墓突然炸开。乱石和尘土拍了唐措满身，如果不是他本就保持着警惕，身手又灵活，恐怕要被当场埋进坟头。

生命值，骤降44%，真是个不吉利的数字。

43

不顾满身尘土，唐措第一时间检查坟墓。不出所料，棺材内没有尸体，而是升起一个淡蓝色的光团，静静地飘浮在坟墓的正上方。

灵魂公墓，埋葬着的自然都是灵魂。

永夜城认为灵魂的颜色是蓝色吗，还是说每个人的颜色都不一样？

唐措试探着向光团伸出手，甫一触碰，那光团就被自动吸入他的体内。随之而来的是冲入脑海中的一些记忆和情绪，来自这个光团的主人。

这是一个十几岁的高中生，唐措在检查他的手机墓碑时就大致了解过他的生平，没什么大的烦恼，只是因为喜欢网络主播，给主播打赏被家长发现，受到了责骂。手机最后显示的就是他继续偷摸着看游戏直播时的画面，一条输入框里未发出的评论——

666666666666

淡蓝色的灵魂，虽然稍有些灰，不是那么干净透明，可看着还算清爽。唐措随即打开人物面板查看属性——

人物——

编号 K27216：唐措。

人物点数：10。

武力：125。

智力：66。

魅力：35。

评级：A。

生命值：85%。

灵魂动荡指数：3。

生存不易，请再接再厉。

智力点数加了一点。

灵魂动荡指数又指什么？是因为接收了别人的灵魂光团，所以导致自身灵魂不稳吗？唐措略作思忖，闭上眼，仔细感知着光团带给他的那些记忆和情绪。如果精神是片海，那此刻灵魂光团的主人就从他的精神海里冒出头，大声地嚷嚷着他要看直播、他要玩游戏。

这是个任性的孩子，他的呼喊掀起了海浪，让唐措原本平静无波的精神海出现了些微的动荡，影响不大，但总归不是什么好兆头。

唐措面无表情，试着去操纵那片属于自己的海，试了几次，发现真的能影响海水的流动。于是他又花十分钟时间用海水凝聚出一只巨大的手掌，一巴掌扇过去，把那吱哇乱叫的孩子头朝下扇进了海里。

他挣扎着，还想冒出头来，唐措又一巴掌扇过去。

世界清静了。

他回头再看一眼人物面板，灵魂动荡指数归于"0"，很简单，没有难度，几乎白收一个智力点。

也许是这个灵魂光团的主人太菜了，如果墓碑爆开后给他带来的伤害仅有这么少许，还能拿点数，那根本无须破案，直接等屏幕都炸开就好了——唐措如是想。

正坐在监控室里喝着咖啡静静观赏的肖童却不由得微微挑眉，凝眸看着唐措若有所思的脸，越看，越觉得有意思。

G区的副本，其实还是在G区里面，并未脱离这个区域，所以肖童对于副本里发生的事情都知道得一清二楚。此时此刻，四个关卡的情形就化作监控画面出现在他的眼前，他抬手一点，属于唐措的画面就被放大。

唐措拍拍身上的尘土，又若无其事地查看下一个手机墓碑去了。

肖童屈指轻叩杯壁，道："他的灵魂似乎格外强大，这么点攻击对他来说不痛不痒，甚至比当初的靳丞还要强一些。"

房间里明明没有第二个人，他却像在跟谁说话。过了几秒，一只乌鸦出现在他身后的书架上，抖了抖羽毛，说："你看起来对K27216很感兴趣，还特地把他弄到单独的关卡，你是想证明你的眼光比伟大的乌鸦先生还要好吗？"

肖童转过椅子，姿态闲适地看着它，道："他既然是负分进来的，你一开始就该把他罚到G区。"

"你这个三心二意、朝三暮四的典狱长！你不是已经看上K26404了吗？太贪心了，伟大的乌鸦先生不允许你这么做！"

"反正是上了你黑名单的人，你也不喜欢，不对吗？"

乌鸦先生像被卡住了脖子，虽然一张黑脸看不出脸色涨红与否，可心里就是气。不过它眼珠子一转，便又得意扬扬道："他可是跟G79081一路的，G79081当初拒绝了你，他也不会答应你的。人类说这种关系，就像绑定的装备一样，你扒不下来，哼。"

肖童："你还知道这种关系呢？"

乌鸦先生骄傲地挺起胸脯："本乌鸦先生无所不知、无所不能。"

肖童放下咖啡杯，又转回去看向监控画面的唐措，眯起眼看了会儿，随即遗憾地摇头："可惜了，比起跟着靳丞，他更适合留在这里，成为一个合格的典狱长。"

"你两年前面对 G79081 时也这么说。"

"呵。"

乌鸦先生似乎找到了嘲讽肖童的乐趣，清清嗓子，背着翅膀在书架上踱着老爷步："你还有一年才走呢，在这一年里可以慢慢找你的接班人，善良的乌鸦先生也会帮你留意的。你不是还有 K26404 吗？难道说 K26404 也拒绝了你？嘿。"

肖童一个冷漠眼神瞥过去，乌鸦先生便扭过头，高高地昂起自己的头颅，假装自己什么都没看到，也什么都没说。

良久，肖童都没有再说话，那表情似笑非笑，眼睛里时而有寒芒乍现，时而又深邃如黑夜，阴晴不定。

乌鸦先生看着他，终于忍不住问："你为什么要走？"

肖童蓦地笑了："因为时间到了。"

乌鸦先生歪过头："时间到了也可以留下，你是永夜城的典狱长，除非永夜城强制你离开，还有谁能让你走？再说了离开永夜城有什么好的？人类又愚蠢、又无知、又多情，人间也不是什么好待的地方，说不定你过个十几年又回来了，嘿，到时候还会再碰见我呢！"

可你已经什么都不记得了，我就能尽情地折磨你啦！

这么想着，乌鸦先生觉得让肖童离开永夜城的想法也不错，真的不错。但它又担心，再次回来的肖童不是现在的这个肖童，又弱又无趣，那可多没意思啊！

人类，真是让人捉摸不透的物种。

"你就没有想过要去人间看一看吗？"肖童反问。

"人间？"乌鸦先生不由得看向那四个监控画面，似乎非常不理解他为什么这么问，"这看起来一点都不好看，又难看又无聊。"

末了，它又开心起来："我还要在这里等他回来呢，总有一天，他会回来的。"

"他"，肖童知道"他"指的是那个传说中创造了永夜城的神，《神灵、羔羊和乌鸦之歌》中的那个神，可他又去了哪儿呢？

他离开人间、离开永夜城又有多久了？

至少这世间已经毫无他的踪影。

肖童想着，忽然又听见乌鸦先生略显兴奋地看着监控说："看看 K26404 这个小可爱，这才是最适合接任典狱长的人啊！"

精神病院内，一场杀戮已经拉开了帷幕。

郑莺莺独自游荡在走廊里，从破碎窗户吹进来的风刮起了她的斗篷，露出斗篷下过于纤细瘦小的身体，那脚踝，看着一折就断。

她看起来也确实不强，但她的斗篷和披风都很古怪。

"聪明的乌鸦先生还以为你会更看重 K27216 和 G79081，可是你都没有把'万象'给他们，反而给了 K26404。"乌鸦先生觉得自己聪明极了，它会喜欢 K26404，也只是因为她比靳丞和唐措更心狠手辣一些，对于生存有着极其强烈、强到让人无法忽视的渴望。这样的人，很是让人期待她最后会走到什么地步。

可比起靳丞来，她本身的实力还是很弱。

万象，指的就是那件红斗篷，具备一定的伪装效果，且防御极强。在永夜城所有的防御类装备中，它一定可以排进前十。

"我跟她打了一个赌。"肖童笑笑，双腿交叠着优雅地坐在扶手椅上，抬手抵着下巴，说，"她想活，想要靠自己活，去拼、去抢，而不愿意直接留在 G 区。所以我放她出去，三天之内，无论她用什么办法，只要能拿到一百个点，我就把'万象'送给她。"

"吓死个人的典狱长什么时候开始做慈善了？你们人类管这个叫作慈善，对吗？对吗？"乌鸦在书架上跳来跳去，好奇得很。

三天，一百个点，换"万象"这样的神装，在乌鸦先生看来，无异于做慈善。更何况郑莺莺现在还握有"无名之刃"，"万象"加上"无名之刃"，再加上郑莺莺那样的心性，这得打造出一个什么样的怪物？

不过乌鸦先生也猜得到郑莺莺离开 G 区时肯定只剩一口气了，典狱长哪怕要做慈善，别人也不是那么好接受的，它又问："她是怎么办到的？"

肖童却只神秘一笑，道："天时、地利、人和。"

当时所有玩家的注意力都在 E 区的特殊副本上面，忙着抢夺六号乐章，无人注意到郑莺莺这样一个名不见经传的小人物，甚至连号称分身三千的乌鸦先生都没有分给她一个眼神，这是天时。

靳丞一手打造了东十字街安全区，郑莺莺身为一个手上还没有沾过人命的新玩家，正好可以躲在这里，这是地利。

她本来会死，因为点数被孟于飞夺走，她连买药的钱都没有，更遑论挣到那一百个点，但在没出 G 区前就碰到了江河，这是人和。

江河带她离开 G 区，所谓送佛送到西，不仅送了她一瓶药剂，更给她提供了一个赚点数的法子——红宝石酒馆的 K。

郑莺莺用一条关于典狱长肖童的情报，换了正好一百个点，又用这一百个点，空手套白狼地从肖童这儿拿走了万象斗篷。

肖童本该掐死郑莺莺，不过欣赏郑莺莺是个狠人，只有够狠，才能在永夜城活下去。况且于郑莺莺而言，并没有违反打赌的规则。

肖童说了无论用什么办法都成，那就是百无禁忌。

至于 K，有江河在，郑莺莺卖情报时一定做了伪装。不过 K 老练毒辣，有没有看出什么，抑或看出之后有没有选择对外隐瞒，这就不是肖童关心的了。

他很期待这一切的后续。

唐措、郑莺莺，这两人同一天来到永夜城，走了两条完全相反的路子，也不知道最后鹿死谁手，又会把永夜城带向哪条路。

很让人好奇，不是吗？

<h1 style="text-align:center">44</h1>

在肖童和乌鸦先生的注视下，郑莺莺握着匕首游荡在精神病院的走廊里，却不直接找怪物医生硬拼。她的战斗力还是太弱了，即便有万象和无名之刃加持，也无法在短时间内变强。所以她选择了另一种方法——利用万象把自己伪装成怪物医生的同伴，然后用无名之刃下黑手。她本身实力虽然不强，但下手又狠又快，毫不迟疑。

怪物医生们虽也都是玩家变的，还保有自己作为玩家时的记忆，可到底无法时刻保持清醒，绝大多数时候能被她得手。

"K26404这是把所有点数都加在智力上面了？"乌鸦先生作为一个不怎么合格的看客，在书架顶上蹦蹦跳跳的，尤其聒噪，"无名之刃有吞噬灵魂的效果，她每杀死一个人，就能变强一点点，杀得越多，她就越强。到了后期，哪怕她不会任何技能，光靠吞噬来的力量也足够把别的玩家捶死了。嘿，无名之刃，她可真敢，真可爱。"

肖童支着下巴："无名之刃不是那把企图杀死他的匕首吗？乌鸦先生还说得那么起劲？"

乌鸦先生冷哼一声："匕首是匕首，玩家是玩家。只有邪恶的玩家，没有邪恶的武器，你以为伟大又聪明的乌鸦先生会不明白这个道理吗？"

顿了顿，它又说："更何况无名之刃已经被加了诅咒，诅咒受到攻击的人，也诅咒它的主人。K26404吞噬的灵魂越多，就越有可能遭到反噬。这叫什么呢？用你们人类的说法，叫——人心不足蛇吞象。蛇和象多无辜啊，为什么要被你们拿来作比喻？！"

肖童："你知道你这叫什么吗？叫乌鸦嘴。"

"可恶的人类！"乌鸦先生又跳脚了，"你们总是肆无忌惮地调侃本乌鸦大人！！！你们是活该要受到诅咒的！诅咒你们！"

这可真是实实在在的乌鸦嘴了。

肖童勾着嘴角，见它跳脚，自己的心情就挺不错。反正他又不算是玩家，就算是乌鸦嘴也得落到靳丞和唐措他们头上。

他拭目以待。

"我也诅咒你！"乌鸦先生跟他打了那么多年交道，哪会不知道他笑着的时候在想什么，气到恨不得在他头顶拉屎。

要不是他们是同僚，肖童这位典狱长一定是乌鸦先生黑名单上的第一名，分分钟在副本里搞死他。

这厢乌鸦跳脚、莺莺阴人，唐措则还在坟头"蹦迪"。

在这过去的短短十几分钟时间里，又有一块手机墓碑因为电量告罄而爆炸，这次唐措特意提前站远，等到灵魂光团升起后再去收取。

这个灵魂比起之前一个的颜色深很多，且颜色驳杂，看着不怎么干净。收取之后，唐措加了三个智力点，又花几分钟平复精神海的动荡。

连续两次之后，他算是掌握了这个关卡的套路。两个通关条件，六个小时或幸存六人，唐措自然不会去考虑后者，那就只剩下前一个。

可根据这片灵魂公墓里不同型号手机电量的流失速度，哪怕是电量最高的一块墓碑，都撑不了六个小时。

除非唐措提前通关，否则这些墓碑全部会炸开。

系统提示说，只有三座坟墓里的灵魂是活着的，需要玩家将其找出并开棺验证。如果开错棺，就会受到惩罚。这跟棺材自动爆开应该不一样，那这个惩罚会是什么呢？

唐措作为一个无所畏惧的猛士，当然是要试一试的。

与此同时，人生的分岔路上，靳丞和冷缪等二十八位玩家已经顺利通过出生关卡，并来到了一个密密麻麻犹如树状图分布的分岔路口前。

这就是区域选择。

"神一样的一线城市！"

"还有包邮区啊！为什么永夜城都要这么分？给我们包邮吗？我们不买东西了，直接去风景好点的地方养老，行不行啊？？？"

"不如去蜀地搓麻将。"

"不要首都不要首都不要首都，老子这辈子都不要再北漂了……"

"你脑子有病吗？是让你出生在首都，谁让你去北漂了？当个首都人民不好吗？"

一道区域选择题，让大家的心思都活络起来，气氛也不像之前那么沉凝。每个人，在出生时无法选择自己的出身，但如果现在可以选，岂不是很爽？

可是很快大家就吵了起来，几乎没有人认为别人的选择就一定是对的。

一线城市太挤、生活太难；三线小城市又太小，庸庸碌碌。如果生活是座囚笼，那区别就只是囚笼的大小。

　　自由也只是个伪命题。

　　"都别吵了！我们现在想的只能是怎么做容易通关，在哪个地方遇到的阻碍更小。那选一个生活相对简单的地方不是更好吗？出生在一线城市，你占得到学区房吗？"

　　"你以为现在哪里不需要学区房？你去山区好了，坐等别人捐款！义务教育只是扫盲，你去更好的地方，上更好的学，打下更好的基础，后面的人生才能越走越顺，遇到问题才有能力去解决。平淡的日子算个屁，一场大病、一次事故就能搞死你全家！活着的时候千难万难，求爷爷告奶奶活得像个孙子还屁用没有，小城市里谁都跟你讲人情到最后谁都不顶用，一上网人人光鲜亮丽年薪百万，凭什么我到了永夜城还要在这里想这些？！"

　　说话的中年男人很激动，看起来是个新玩家，也不知来永夜城前到底遭遇了什么，说得唾沫横飞，甚至恨不得抱着头蹲下来哭。

　　其余玩家纷纷语塞，转念一想，是啊，大家来到永夜城，想到的都是人间的好。那些美好就像镜花水月，把难处都掩盖了。现在重新面对这些，那些窒息感便又扑面而来。

　　靳丞和冷缪旁观着没有说话，一个人的眼睛里是冷静，另一个人的眼睛里是冷漠。冷缪不爱听人间的那些话，比起那个人间，他宁愿待在永夜城。

　　于是他转身便走，挑了正对着他的一条路。

　　一线城市、包邮区的交叉点，沪上。

　　记忆已经太过遥远，但冷缪其实就是沪上人，住在小弄堂里土生土长的沪上人，平时没啥别的爱好，就喜欢油条配奶茶。出了弄堂口，左边老字号早餐店，右边新式奶茶店，都要排队。

　　他至今仍记得逼仄的楼房里，住在楼上那对夫妻的争吵和尖叫，以及小孩儿的哭声。对门的大爷天天坐在门口抽烟，熏得他满身的烟味，去学校时老师认为是他偷偷躲起来抽烟了，痛心疾首地批评他并罚站。

　　冷缪倒是宁愿罚站，因为走廊里凉快。

　　他的举动让所有人为之一愣，那个激动的中年玩家抹了把眼睛，狠狠心，这就跟了上去，再不看其他玩家一眼。

　　其余人便纷纷看向靳丞，靳丞摊手："这才刚开始，你们就觉得难了吗？"

　　众人微怔，目光望向前方那一条条不知通向何处的寂寞公路，随即恍然。是啊，人生才刚刚开始。

　　在这片寸草不生的荒原上，除了眼前的路什么都没有，所以只能往前走，不管会遇见什么。

靳丞随即抬脚，跟上了冷缪的步伐。

典狱长的监控室里，肖童好整以暇地看着众生百态，又给自己续了杯咖啡。乌鸦先生已经走了，他要近距离地看看郑莺莺，因为小姑娘虽然够狠，但持久力不行，一次没得手就被怪物医生抓住了，抓着脚拖进了诊疗室。

那地上一道道血痕，看着还挺触目惊心。

肖童喜欢看陷入绝境的人挣扎反击，有种惊心动魄的美，但此刻他的注意力还是在看起来没什么特殊情况的唐措身上。

他越看，越觉得喜欢，因为这四个关卡里，看来看去似乎只有唐措是认真地在玩这个游戏。

靳丞和冷缪游刃有余、经验老到，以自身实力就可碾轧；郑莺莺走的是邪道，她很独特，自然也不会认真参照什么游戏规则来达成目的；信息转接公司的那些人中规中矩，频频爆头，没什么亮点。

只有唐措，有打破规则的勇猛和无畏，也有看破规则的聪明才智，善于观察、不断验证，不似靳丞那样张扬夺目。这样的人，只要他想就可以活到最后。

譬如此刻，肖童可以确认唐措已经找到了不止一种通关的方法，也辨别出了其中获利最大的一种。他的每一个动作、每一个细微的表情，都被肖童收入眼底。

唐措懒，但不会在关键时刻偷懒，因为这必定意味着事后要花更多的时间去弥补损失。

暴力破坏所有坟墓，或者等坟墓因为电量不足全部炸开，是最轻松的法子，但既然这是个任务关卡，提供了通关的办法，那么通关所给的奖励一定比暴力破坏要来得强。

他试了一次主动开棺，结果开出来的是一个极具攻击性的NPC。他需要与这个NPC作战，赢了，NPC才会变成灵魂光团被他吸收。

与NPC作战很麻烦，因为这个关卡里的NPC没有实体，所以唐措直接祭出在"黎明之前"副本中获得的奖励——恐怖娃娃。

唐措向敌人扔出娃娃，释放十五米范围的惊声尖叫，造成持续五秒的精神震荡。

NPC受到精神震荡，唐措再提剑砍去。裁决圣辉瞬间暴涨，将NPC击退。NPC发出凄厉尖叫，那身影扭曲着，很快重新凝聚成一团，只是颜色比刚才更透明。

唐措毫不手软，再次攻上，三剑将之彻底打散。

NPC的精神攻击当然也给他造成了一定的伤害，但正如肖童所说，他的灵魂强度很高，这么点损伤很快就可以恢复。

此次获得点数：2，可见主动开棺拿到的点数比起电量告罄而爆炸相差不多。

略作思忖，唐措便选择——智取。

重新查看手机墓碑上的内容，因为已经看过一遍，脑海中对所有的墓碑都有了初步印象，所以这一次唐措很快就发现了这些墓碑中隐藏着的关联。

首先是时间，2019 年 6 月 25 日。

时间是最早被发现的点，看过一些墓碑之后就能知道——这是同一天。

同一天的不同时刻，从当天零点到晚上十二点，什么时段的都有。既然时间相近，那这些墓碑的主人之间必定存在关联。

譬如，那个因为下雨没来得及送餐的外卖员，订餐 APP 的界面可以显示当前定位。他停在了一条叫西山路的地方。

那个因为男友劈腿所以决意分手的女生，最后一条信息的定位也在西山路。唐措又在相隔十几个墓碑的地方，找到了一段对话框里隐藏的信息。

西山路，发生了持刀杀人的恶性事件。

出了事故，救护车、警车纷纷赶到，还有围观群众，再加上下雨，路口必定被堵。被堵在路口的除了外卖员，还会有谁呢？

这场雨，又持续了多久？

唐措记起有个手机屏幕上好像显示着当天的天气预报，一整天的都有。他连忙回身去找，却在不经意间瞥见一个正在直播的屏幕上，闪过一道冷光。

他蹙眉，立刻看过去。

一个女生在做游戏直播，一边跟观众调侃一边还不时停下来吃着海鲜炒面。她笑得很爽朗，而她背后被落地衣架挡住的阴影里，出现了一个高大的、穿着黑衣的模糊身影。

"怎么有水声啊？"

"主播你家里漏雨了吗？"

评论区有人提出了疑惑。

"滴答、滴答——"雨水，顺着那人的衣角滴落地板。女生却还没有察觉，笑呵呵地说刚搬进来的，房东人很好，新装修过，怎么会漏雨。

话音落下，屏幕黑掉，尖叫，持续高昂。

45

雨从中午十一点半开始，下到晚上的七点半。下雨天，天色是暗的，使得人心里也暗沉沉的，易低落，易暴躁。

正在直播的女生在出租房里遇害了，凶手是谁无人知晓。

唐措看着暗掉的屏幕，好几秒钟没动。因为屏幕暗了，可声音还在，暗掉是有人遮挡了镜头。

他能清楚地听到女生被捂住口鼻的呼救声、挣扎中椅子倒地的声音，还有她被拖走的声音。

时间是下午一点零三分。

游戏主播，这与之前那个因为给主播刷礼物而被父母责罚的学生有关联吗？唐措蹙着眉，觉得耳边似乎也响起了雨声，气温骤降，微寒。

他站起来，遥望整片墓地。手机组成的墓碑方阵诡异又荒诞，墓地外则是化不开的黑暗，就像他抵达永夜城前去到的广场一样，根本逃不出去。

须臾，他的目光又落到手机屏幕上。

凶手是谁？死者是谁？他暂时找不到另外的关联，于是果断放下，重新拾起外卖员那条线索继续追查。

他的动作似乎变快了一点。

肖童支着下巴认真看着，想喝一口咖啡，却发现咖啡已冷。他蓦地笑了笑，把咖啡杯放下，重新认真、仔细地打量起唐措。

认真玩游戏的小朋友，总是格外讨喜。

画面里，唐措在不断走动中思考。如果外卖员因为西山路的事故没能及时送餐，点餐的人没能及时吃上这一餐，又会发生什么连锁反应呢？

过了一会儿，唐措经过仔细排查，终于找到了疑似点餐人的墓碑。手机界面上显示的是他的工作群，领导在训话，员工们在发鲜花和鼓掌的表情，一溜儿的复制粘贴，整整齐齐。

他没有出声，于是领导@了他，问他为什么不答话。

王总@陈俊：看到消息了吗？怎么不回话，是不是对我刚才的话有什么异议？可以说出来。

王总：我们是一个包容的像大家庭一样有爱的公司，允许员工有不同的意见。

财务莉姐@陈俊：是啊小俊，王总说的都是很重要的话，你作为年轻人，更要听到心里，这会对你以后有帮助的，知道吗？

李监：莉姐说得对。[鲜花.jpg]

……

名叫陈俊的年轻人不出意外地炸了。

陈俊：我有什么意见？我没什么意见！

　　陈俊：我一天天忙得要死要活，连中饭都吃不上了，还要在微信群里给你们捧臭脚、拍马屁。每一天！每一天都跟我说年轻人要加油干，为了梦想、为了未来，不要计较钱钱钱！拿手机说你上班摸鱼，不拿手机听你们训话还要说我不合群！

　　于是不合群的陈俊被开除了，他一气之下，投诉了外卖员。

　　唐措找啊找，步履如风，神色坚毅。

　　身后又有一个手机墓碑炸开，他头也没回，目光迅速锁定一个手机屏幕，半蹲下查看。那是微博界面，有人发了一条短视频，地点正是西山路。蹲在地上哭泣的外卖员，衬得今天的雨格外无情。

　　微博的措辞很激烈，充满了气血上涌的正义感。背景是拥堵的人群，探头探脑地看向某个方向，唐措猜想那就是事故发生的地点。

　　大雨模糊了一切，让人看不清雨中正发生的惨剧。唐措却眼尖地看到外卖员背后的街角，有个高大的、穿着黑衣服的男人穿着雨靴走过。他推着一辆运货的小推车，推车上装着两个大大的白色泡沫箱子，箱子上盖着一层黑色防水布。

　　所有人都在看事故现场，没人注意到身后的他，就连十米之外的外卖员都没发现——那两个泡沫箱子里可能藏着尸体。雨靴男也被堵住了，停下来静静望着人群聚集的地方，帽子遮着脸，看不清面容。

　　视频很短，除此之外没有其他的内容。点开评论区，刚开始是满屏的谴责和心疼，后来又多了些说外卖员也许也有错的言论，双方毫无意外地吵了起来。

　　唐措快速浏览。他看东西很快，上学时就练就了迅速抓取关键词的技能，至少提速百分之五十。为了不漏掉关键信息，他几乎把能翻到的评论都看过了，却没能看到什么有用的信息。

　　"叮咚。"墓园里又响起了信息提示音，一声接着一声。

　　唐措依次查看，看到他第一个查看的手机屏幕时，发现这个名叫"泡泡琦"的女生又更新了一条朋友圈。

　　泡泡琦——

　　好可怕，西山路出事了，据说是男女朋友闹分手，男的把女的捅了。[惊吓.jpg]

　　唉，这男的也太冲动了，女的也是，怎么不好好说呢？还是像我这样好啦，独立自主的新女性，才不需要男朋友！

　　[自拍.jpg][自拍.jpg][自拍.jpg]

又见西山路。

唐措忽然有种大胆的猜测，难不成这公墓里九十九个人，全部到过西山路吗？

与此同时，精神病院内，被拖进诊疗室的郑莺莺正被金属的镣铐困在病床上。此处共有三个怪物医生，一左一右还有床尾各站一个，但它们没有立刻出手，而是像模像样地凑近郑莺莺，似在检查一般，摇头晃脑地打量着她。

一股带着腥味的恶臭袭击了郑莺莺的鼻腔，她闻着这令人作呕的味道，看着那三个怪物医生奇形怪状的丑陋的脸，却没有挣扎。

很快，右侧的怪物医生翻开手中的病历册，开始宣读她的诊断报告："偏执型人格障碍，有严重的暴力倾向，不宜与他人接触，建议隔离治疗。"

闻言，郑莺莺的脸色却倏然变了。不是因为它们说要隔离治疗，而是这个诊断，她听过一次，没想到还会听见第二次，什么人格障碍、什么暴力倾向，这些人根本不了解她，就要仅凭一句话把她关起来。

"不是我推他的！"她死死地盯着那个怪物医生，还完好的那只眼睛里满是愤怒和怨恨，"我得了癌症本来就要死了，为什么还要诬蔑我？！"

"按住她！准备注射镇静剂！"这里的怪物医生智力水平远在靳丞那个关卡之上，不仅能口吐人言，还有基本的行为套路。

两个怪物齐上，一左一右将挣扎着的郑莺莺按住，另一个拿出巨大的针筒，针筒里的镇静剂是红色的，像血。

那泛着寒芒的针尖在郑莺莺眼中不断逼近、放大，她强烈地想挣扎起来，身体却被按得死死的。

可这怎么行呢？

针尖猛地刺进皮肤的刹那，怪物医生嘴里发出"嗬嗬"的怪笑，刺痛让郑莺莺的挣扎达到顶峰，她咬着牙，不顾手上的疼痛硬是把一只手从金属的镣铐里抽了出来——那只手上缺了一根小手指，本就残缺，再蹭掉点皮肉，血液作为润滑，终于让她重获自由。

脱困的那一刻，她立刻翻出匕首，一刀刺进最近的那个怪物医生的胸膛。她的手受了伤，力道不足，匕首只刺进两三厘米，便再难插进。

不过无名之刃霸道、恐怖，即便只是刺入一点点，也足以让怪物癫狂。它的灵魂像被撕扯，莫大的痛苦席卷全身，每一处皮肉、每一处骨骼都似在承受凌迟之苦。

郑莺莺鼓足力气将它推出，再反手一刀刺向另一个怪物医生。可那怪物已经被同伴的惨状刺激到了，不退反进地朝郑莺莺扑去，郑莺莺一下子倒在病床上，匕首只割破了它的胳膊。

与此同时，床尾的那个怪物医生也重新抓住了郑莺莺的脚踝。

"啊！"郑莺莺觉得自己的腿骨好像断掉一般，怪物的爪子刺了进去，痛得她眼泪登时就下来了。

她哆嗦着手，在疼痛中保持着清醒，勉力将匕首扔出。

无名之刃擦过那位怪物医生的脖子，划出一道血缝，而后掉落在地，发出"哐当"一声。

怪物们被这声音吸引，纷纷回头看向地上的古朴匕首，眼里有着恐惧和渴望，但谁都不敢伸手去捡——那是出于动物对危险的本能感知。

两个怪物医生都被匕首伤到，但伤得不深。最早那个被刺中的此时也缓了过来，嘶吼着往病床这边来，看那赤红的双眼，似是想要把郑莺莺撕碎。

千钧一发之际，郑莺莺扯住斗篷裹住自己那只脱困的手，挡住它的血盆大口。那锋利的獠牙咬在手臂上，却咬不破斗篷，甚至差点崩碎牙齿。

郑莺莺眸光微亮，那匕首重新出现在她的掌心，手腕翻转，立刻刺入怪物下颌。

连着被刺中两次，怪物彻底疯了，痛苦地倒在地上，再不能爬起。

郑莺莺一边用斗篷护着自己，一边跟另外两个怪物搏斗，但斗篷虽然防御很强，毕竟不是坚硬的盔甲，她的骨头断了，内伤也不断累积。

怪物医生终于将她重新压制，巨大的针头再次戳进她的体内，将红色药液推进她的体内。冰冷的药液让郑莺莺身体一个哆嗦，她又在疼痛中恢复了一丝神志，剧烈地挣扎起来。

她越是挣扎，针头就越不稳，注射再次中断。

周而复始。

她在赌。

诅咒是持续效果，那两个怪物医生在与她搏斗时又被她乱刀划到几下，只要她撑得够久，它们就会先倒下。

更何况无名之刃有吞噬效果，它们的力量也会源源不断地补充到她身上。虽然它们的实力不够高，补给很少，但对于现在的郑莺莺来说，无异于甘露。

终于，扑通两声，怪物医生倒下了，身上被无名之刃割出来的伤口呈浓墨一般的黑色，光是看着，便有种心神都被掠夺的惊心感。

病床上的郑莺莺却也不动了，红色的血沾染在红色的斗篷上，一时让人分不清那到底是血的颜色还是斗篷的颜色。

巨大的针筒掉在地上，里面的药液大约还剩四分之一。

一只乌鸦在窗外的树干上摇头晃脑地看着，但没有靠近。

蓦地，诊疗室的门被人推开，一个打扮普通的男玩家走了进来，站在病床前神色复杂地看着郑莺莺。显而易见，他已经在门外等很久了，但听着里面的动静一直没有进来。

此时此刻，他的目光从郑莺莺的独眼上滑落，最终定格在她虚握在掌心的匕首上。他艰难地咽了口唾沫，再次不确定地打量着她的脸，迟疑地伸出了手。

他的指尖慢慢地、慢慢地靠近无名之刃，从最初的迟疑变成了坚定，眸光也越发透亮。可就在他马上就要拿到匕首时，郑莺莺忽然睁开眼坐起来，肩膀狠狠撞在他身上将他撞倒在地，而后不管不顾地从床上扑下，将他压住。

男人心中大惊，一只手立刻摸向腰后企图抽刀，可郑莺莺的匕首已经抵在了他的脖子上，让他动弹不得。

一滴血，从郑莺莺的下巴滴落在他脸颊。

"欢欢，"郑莺莺声音嘶哑，被打得肿起的嘴角咧开来，笑着说，"你不乖。"

46

不乖的欢欢，被刺穿了掌心。

这是惩罚。

郑莺莺喝了药，终于缓过一口气，无名之刃吞噬来的力量也抚慰着她疲惫不堪的身体。但她实在是太累了，两条手臂都像断了，抬不起来。

她戒备着孟于飞，想着江河跟她说过的有关孟于飞的话，深呼吸，闭上眼，冷声道："你过来，给我把绑带系好。"

眼罩在刚才的打斗中脱落了，歪歪斜斜地挂在她耳朵上。

孟于飞捂着伤口忍受着无名之刃带给他的痛苦，面对比他更狼狈不堪的郑莺莺，却生不起一丝反抗的念头。哪怕她现在闭着眼，看起来毫无防备。

不，她越是没有防备，孟于飞就越觉得恐惧。他的灵魂在颤抖，细小的战栗遍布全身，让他只能选择臣服。

片刻后，他膝行上前，拿起了那块黑色的眼罩。

乌鸦先生站在窗外的树枝上怪笑一声，歪着脑袋，仿佛看了一出好戏似的蹦蹦跳跳。下一瞬，它又出现在典狱长的监控室里，昂起胸脯说："怎么样？K26404 的表演好看吗？"

肖童回头看他："要不我把她让给你？"

乌鸦先生："我要一个玩家干什么？哼，伟大又善良的乌鸦先生是永夜城独一份的，才不需要什么接班人呢！"

肖童笑笑，没有接话。

乌鸦先生觉得这个典狱长真的越发无趣，于是抖抖翅膀，决定去寻 G79081 的晦气。这可是它黑名单上的第一名呢，好久没有跟他玩儿了，他一定特别想它。

肖童还在看唐措。

唐措已经确认至少二十九人在西山路的事故现场出现过，通过他们上传在社交网络上的信息以及实时定位。

这越来越能证明他的猜想也许是对的，即这九十九个人都在西山路出现过，那么，那个穿雨靴的凶手也应该是这九十九人中的一个。

想要找到他，可以用排除法。

可这游戏的规则并非找出凶手，游戏主播遇害也只是 6 月 25 日这一天内发生的其中一件事而已。

问题又回到了最初的原点——还活着的标准是什么？

既然是灵魂公墓，那判定的标准也许不是简单的肉体上的生与死。

一场由爱生恨引发的悲剧，在大雨的推波助澜下，导致九十九个人在西山路路口滞留。这里面有杀人凶手，有外卖小哥，也有爱发朋友圈的普通女性。

手机是窥探一切的媒介，是灵魂的新住所，是一切善与恶的新舞台。唐措在刚上学的时候受那个严肃认真的班主任影响，觉得人与网络隔了一个屏幕，说出去的话需要经由手指输入，多了道工序，自然就会更严谨。

后来他发现事实与之相反。

你所做的一切伪装，哪怕伪装得再好、永不可能有拆穿的一天，那也是你虚伪的证据。

虚伪，即代表了你人格的一部分。

那也是真实的你。

区别只在于你把哪一面放在最前面。

唐措并不很讨厌虚伪的人，甚至是自私、冷漠的人，这是个人的自由，是人基于内心的选择和判断。

他讨厌的是失去灵魂的空壳。

有的人活着，已经死了；有的人死了，还活着。

他蓦地想起这句话，"灵魂公墓"这道题，考的是这个吗？可这个标准未免太过模糊，永夜城的系统介绍副本时虽然总是说一半留一半，可关于通关的标准都是很清楚的。

唐措觉出点不对劲来，抑或说从他发现自己是单独一个关卡时就已经觉得不对劲了。他不由得举目四望，又抬头看了看暗沉的天——是谁，在注视他吗？

肖童见到他的举动，会心一笑后，仰靠在椅子上，屈指敲打着椅子扶手，道："我真是越来越喜欢他了。"

乌鸦先生虽未现身，幸灾乐祸的声音却从空中传来："我要告诉 G79081，你想挖他墙脚，他会来找你拼命的！"

"我们不是一伙的吗？"

"才不是！伟大的乌鸦先生一人之下万人之上，天上地下独一个，才不跟你是一伙的，才不是呢！"

肖童的目光随即落在靳丞身上，他还在打。

求学是条很漫长的路，各种各样的问题轮番上演，等到了高考，更是千军万马过独木桥。不过选了沪上有个好处，重男轻女这个现象在这样的发达地区会好很多。

这中间他们又遇到了很多分岔路，可以选择辍学，也可以选择继续深造，还有恋爱选项。而且走过越多的岔路口，碰到的怪物就越多，甚至站在路口就能看到等在前面的拦路虎。

既然要选，那当然选最好的。二十八位玩家开启学霸模式，一路打到研究生，想要继续往前走，玩家提出了异议。

"念到博士就不好找对象了，刚才我们已经看到过结婚选项了，现在还不选，后面想选的时候一定很难。"

"谁说一定要结婚了？你要结自己去结啊！"

"就算不结婚，念到博士干吗？搞研究吗？"

"搞学术研究总比当个打工仔好吧？说不定熬过这关，后面的人生就比较顺了呢？不求大富大贵，我们可以为人类做贡献嘛！"

这就太过虚伪了，令其余玩家纷纷侧目。

冷缪对于他们的争论一贯兴味索然，毫不犹豫地选择了"继续深造"这条路。因为他去往永夜城前就是个博士，再念一遍又如何？

靳丞耸耸肩，笑着看向几位女士，做了个"请"的姿势。他可不管冷缪选什么，把选择权交到女士手里，尽显绅士风度。

几位女士稍作犹豫，对靳丞点点头，跟上了冷缪。

乌鸦先生出现在路牌上，毫不留情地拆靳丞的台："你们不要被他骗了，这个人有队友！嘿，我要告诉 K27216，你背着他找了新队友！渣渣！你必将接受惩罚！"

今天的乌鸦先生，格外热衷于告状。

众人微怔，脑子里还在想"K27216"是谁，就见靳丞停下来，转头笑着看向乌鸦先生，说："乌鸦先生既然这么热心，不如帮我搞个全区公告？宣布一下我组队的事情？"

众人继续怔住——

"K27216、K27216……"有人喃喃念叨着这个编号，蓦地灵光乍现，"这不就是黑名单上的黑马吗？唐措啊！"

惊叹之声此起彼伏。

靳丞从容自若，抬手比在唇边："嘘。"

所有人噤声，一时拿不准大佬到底是个什么章程，靳丞便笑了笑："我刚组的队，别声张，省得给我把人吓跑了。"

冷缪翻了一个白眼。

那厢，接连三座手机墓碑因为电量告罄而炸开，唐措吸收灵魂光团费了些时间。

墓碑炸了，属于这些灵魂的线索便也没有了，好在唐措的记性很好，基本都还记得。

他把可能存在的窥视者暂时放到一边，很快又找到了一个关键线索——某部手机显示的监控画面。

监控摄像头是可以连接手机的，这个手机的主人在楼道里安装了摄像头。监控画面里，一个女生拎着超市塑料袋从电梯里走出，走到走廊左侧的一扇房门前，按下密码开门，正是那个被杀的游戏主播。

唐措又按返回键，发现监控摄像头不止这一个，且分别装在不同装修风格的楼里，角度也都很刁钻。

这不像是物业装的，像是有人在暗中窥视这些年轻的独居女性。

装摄像头的是凶手吗？

如果是，那他的职业一定很特殊，可以让他自由穿梭在这些小区装摄像头而不被人怀疑。他肯定配备着工具箱，明面上是水电工或锁匠之类的身份。

唐措便又从这些监控出发，寻找这个繁杂的关系网里下一个连接的对象。他又将所有的监控视频开倍速看了一遍，从4倍加到8倍再加到32倍，蓦地，他按下暂停键，是那个喜欢发朋友圈自拍的泡泡琦。

泡泡琦，单身，现在看来还是独居，没什么防范意识，发朋友圈从不关定位，她肯定还不知道自己已经大难临头。

紧接着，唐措又找到了关于西山路杀人事件的第二段视频。先前泡泡琦的朋友圈透露，这起事件的起因是情侣闹分手，男生把女生捅了。

唐措推测就是之前那对在聊天记录里说分手的情侣，男生劈腿，女生要分手，男生不答应，遂由爱生恨。

唐措找到了那个男生的手机墓碑，发现他留在手机里的一段视频。视频是他从家里出发前拍的，说他要去挽留自己的女朋友，神情里透露着一股偏执和狂热。

他也确实带了刀。

但重点不在于此，而他最后展示在镜头下的女朋友的照片——那是游戏主播的脸。

唐措的心像是突然被人敲了一下，他霍然转身，望向属于游戏主播的那块手机墓碑。下雨天、模糊的视线、雨靴男、监控、失去理智妄图用暴力挽回恋情的男生……种种的线索在唐措脑海中串联，他做了一个可怕的推论——男生杀错了人。

一位无辜的女性，被杀死在大雨天的路口，也许只是恰好出现在那里等红灯。

游戏主播逃过了前男友的刀，但没逃过这世界上最纯粹的来自陌生人的恶意。

下一个，是谁？

大雨还在下。

唐措的神色已然变得肃穆而凝重，他微微眯起眼，扫过剩余的九十一块墓碑，耳边忽然又响起警笛声。

坐在公交车上路过的群众，拍下了警车从西山路路口开过的画面。唐措抬手撑在墓碑上，利落翻越，追着那警笛声而去。有人报警了，报警的那块手机墓碑上显示的拨打时间是下午一点十五分，正好是游戏主播遇害后的第十二分钟，时间对得上。

应该是观看直播的观众报的警，可凶手此刻就在西山路路口！

警车在红绿灯路口停下，视频里，那个穿雨靴、戴帽子的男人抬头看了警车一眼，又很快低头，推着车混入人群。

两者相距不过十几米。

视频很短，视频的最后，拍视频的人漫不经心地吐槽了一句今天是什么日子，这里刚出事故，警车又开往了别处。

背景里还有其他乘客的议论声，有位母亲在教育自己的小孩儿，以后出门一定得当心。

唐措越看，真相越清晰，他的眉头就蹙得越深。

无论这个关于西山路的故事有多惨、有多令人心痛，他终归还是要通关的。可通关的标准如此模糊，他又该怎么判定？

还是说，是他想岔了，判定生死的标准另有其他？

47

心存疑惑的唐措只能选择继续追查。或许在以西山路的事故为中心节点的这个故事里，还有另外的牺牲者，是等待被害的泡泡琦，还是又一个无辜群众，抑或是凶手被绳之以法？

可随着一个又一个墓碑因为电量不足而炸开，吸取灵魂光团拖慢了他的速度。好在这些灵魂光团里包含了主人的一些记忆片段和情绪，他也能从中找到些线索。

譬如他发现了西山路的第三个牺牲者，那不是一个人，而是一条狗。

狗主人的灵魂光团里充斥着他对狗的眷念以及失去它的悲痛之情，把唐措的精神海搅得天翻地覆，差点刮起了海上风暴，唐措好不容易才将它压制下去，仔细感知，搞清楚了事情的来龙去脉。

狗主人养了一条土狗，虽然是土狗，但也是打过疫苗办过身份证而且串了狼狗血脉的土狗。狗的鼻子很灵敏，当狗主人牵着它路过西山路，被这里的围观人群吸引，也想来凑个热闹的时候，它突然对着杀人凶手的方向狂吠。

大雨之中，一条仅有膝盖那么高的黑背黄毛小土狗对着马路对面拼命地叫，任凭主人怎么安抚，怎么拉住绳子也不顶用。

周围人大惊，纷纷让狗主人管好自己的狗，连警察都看了过来。狗主人连忙跟大家解释自己的狗平日里都很乖，一时没牵好狗绳，那狗就蹿了出去。

雨靴男在听到狗叫时就已经预感到不妙，双手紧紧地抓着推车扶手。此时人群终于稍稍疏散，他立刻推着推车转身离开。

可狗已经冲过来了。

雨靴男可不敢让它撞倒推车上的泡沫箱子，也怕它咬住自己，情急之下一脚踹在狗身上，狠狠将之踹出。

"嗷呜！"狗被踹到了路中央，红灯闪烁变成绿灯，一辆车子刚起步便急刹车，下雨天路又滑，直接造成后面的车子追尾。

一扇扇车窗被打开，接连有司机探出头来，嘈杂的咒骂声被大雨打碎在潮湿的空气里。汽笛声四起，人心，越发浮躁。

刚刚疏通的西山路，彻底堵住了。

"那边怎么回事？！都不要冲动！"负责西山路事故的警察连忙往这边赶。他们快，狗主人更快，全然不顾危险地冲到路中央去救自己的狗。

狗被狠狠踹了一脚，又撞上了汽车，躺在地上直哼哼。鲜血从它的身下流出来，迅速溶进雨水里，赤红一片，触目惊心。

"是它自己冲出来的，这可不能怪我啊！"司机急忙辩解，因为没撑伞淋了满头满面的水，颇有点色厉内荏，"是你自己没拴好绳子，我的车还被撞了呢！"

"大毛、大毛、大毛！"狗主人却只顾着喊狗的名字，见狗丝毫没有回应，霍然转头看向雨靴男的方向。

人呢？！

"抓住那个推车的男人，他害死了我的狗！"狗主人放下大毛，推开司机冲了出去。他隐约还能在人群里看到那个雨靴男的黑衣一角，他还把他的推车留在了原地，可能是怕推着不好逃走。

这怎么能让他逃走呢？他可害了一条命！

路口拥堵，狗主人拼命往前追，一边跑一边眼泪夺眶而出，咬着牙非要把人追到不可。可人群实在太过拥堵，现在又出了追尾事故，人群惊呼着，一把又一把黑色的、彩色的雨伞相互交错，将视线挡得更加严实。

"不要冲动！停下！"

"大家注意保护好自己，谨防踩踏！都注意安全！"

警察操碎了心，声音喊到几近嘶哑："请求支援！请求支援！"

"砰！"挤挤攘攘之下，有人撞到了雨靴男留下的推车，两个泡沫箱子被撞倒在地。里面的东西从中滚了出来，被黑色的防水布遮住大半，但还有一小半露在外面。

一个穿着柠檬黄雨衣的五六岁的小男孩儿也在这乱局中被推倒在地，他没有摔痛，因为直接坐在了从泡沫箱子里滚出来的东西身上，软软的。

他睁着好奇的还挂着泪水的眼睛低头看，小手抓起脚边的一个东西，愣怔几秒，似被吓傻一般。直到他的家人喊着他的名字急匆匆地奔过来，他才倏然放声大哭——

周围的群众亦被吓得后退几步，甚至跌坐在地。外围的人也被小男孩儿的哭声吸引，纷纷踮着脚看过来——在冰冷大雨中散落一地的，是被肢解的尸体。

穿着柠檬黄雨衣的小男孩儿坐在这人间惨象中，成了此间唯一的亮色。

唐措透过狗主人的记忆看到这一幕，也许是他的情感太过浓烈，也许是这一幕太过冲击，哪怕狗主人的灵魂光团已经消散，唐措的大脑还是受到了穿刺一般的攻击。

他整个人猛地摇晃一下，及时抬手撑住旁边的手机墓碑，这才稳住。

甩甩头，连做两个深呼吸，随即闭上眼，努力让自己平复。

监控室里，肖童等待他恢复的间隙，暂时把目光从他身上转移，落到了一直被冷落的第三关卡——人间信息转接公司。

这个关卡几乎毫无悬念。

在永夜城，精神的强大并不等同于灵魂的强大。灵魂的强度取决于很大的先天因素，譬如肖童十分赞赏的靳丞和唐措，就是先天强大的类型。

进入永夜城后的智力加点，可以增强精神力，但对于灵魂的增强其实是有限的。进入第三关卡的人的灵魂强度都是普通人水准，如果智力点数加得不够，那就只有爆头这一个下场。

一共二十五位玩家，现在只剩十三位，死亡人数——十二。

白色的房间内，许多空着的格子间里躺着无头的尸体，旁边的人却不敢多看一眼。

只需一眼，都是对自己的动摇。

无端的谩骂和恶意还在从耳机里不断传出，越到后面，大家越麻木，可那些恶意也越来越深重，总有一句，能戳到你的点。

有人崩溃大哭，有人还在咬牙坚持。

肖童忽然想，如果把唐措安排在这一关，会是什么样的画面？他可能会全程面无表情，仿佛在听高考听力；至于靳丞……算了，不想了。

肖童对于再三拒绝自己的男人没兴趣，他到现在还活着，一定是因为自己太过仁慈。而且肖童觉得第三关卡实际上是最简单的，只要能熬过去，就万事大吉。

可很显然，这剩余的十三位玩家大多也到了极限。

"啊！！！"有人终于忍不了了，腾地站起来。他是金属系异能者，站起的瞬间便凭空凝出一根三棱锥，红着眼不顾一切地朝着旁边人的脑袋刺去。

"住手！"后面的人急忙大喊。

千钧一发之际，旁边的人一脚蹬在桌子上，整个人从椅子上重重地摔倒在地，这才避免了被三棱锥刺中的风险。他又慌忙从地上爬起，怒而质问："你干什么？！"

"不是说只要死剩下六个人就可以通关了吗？我受不了了！"金属系异能者面露癫狂，掌心再次泛出金属光泽，"你成全我吧、成全我！"

"你疯了！"那人连忙闪避，可耳机连在格子间的电脑上，耳机线总长不过三四米，且根本取不下来。

两人在这狭窄的范围内厮杀，大脑还不断承受着耳机里的精神攻击，苦不堪言。

"别打了，我们这里一共才二十五个人，不是说这个副本有九十六人吗？就算我们都死了也不一定能通关啊！"

有人劝着，也有人根本无暇分心。

可这人说得对，哪怕这里的人全死了，其他关卡的呢？说不定一个都没死！

那他们岂不是为别人作嫁衣?

闻言,金属系异能者终于有了偃旗息鼓的架势,可精神本就已经极其不稳定了,否则也不会突然杀人,再加上耳机里堆积的精神攻击过多,停下没几秒,他就爆头而亡。

旁边那人死里逃生,却生不出一丝欣喜。

他甚至来不及抹去脸上沾到的血,咬牙从地上爬起来,就这么站着,十指在键盘上疯狂输入——快、再快,一定得快,他不能死,不能就这么死了。

即便是死,他也不能是这么个窝囊的死法!

肖童看到这里,总算看出点乐趣来,抬眸扫了一眼墙上的钟——此时距离副本开始已经过去正好一个小时,死亡总人数:二十五。

第三关卡死亡十三人。

第四关卡死亡十二人。

世界是个精神病院——

郑莺莺和孟于飞在短暂的休整过后离开诊疗室,但其他的玩家就没那么幸运了。有些人选择听从系统安排,从一开始就回到了病房老实等待,也有些人藏在外面,企图苟活。仅有很少的两三个人,选择像郑莺莺那样反杀。

没人敢说自己的决定一定是对的,就算是郑莺莺,也只是在搏命。

"我们接下来怎么办?"孟于飞小声地询问她的意见。怪物医生被郑莺莺杀了七个,又被其他玩家杀了四个,孟于飞自己也杀了一个,可还是有很多游荡在各个楼层和病房里。

"不能回病房。"郑莺莺目光坚决。那半针镇静剂注入体内后,她发现自己被套上了削弱敏捷度的 DEBUFF,[1]现在行动略显迟缓,已经不能跟先前比了。

回到病房,得到医生诊治,那肯定也得吃药。根据病症的不同,得到不同的 DEBUFF。也许怪物医生打完针之后不会亲手杀死玩家,可每个小时都会有查房,玩家一次次被削弱,只会自取灭亡。

更关键的是,郑莺莺讨厌这种任人宰割的感觉。

又虚弱地咳嗽了几声,郑莺莺的眸中闪过一丝狠色:"我继续伪装成它们的同伴,把药拿到手,你负责接应。"

---

[1] 网络游戏中的游戏术语。对一个单位或多个单位施放的,具有负面效果的魔法,使之战斗力降低。与 BUFF 相对,又称为给角色实施的各种减益的魔法效果,降低角色的属性和能力,部分 DEBUFF 可以被驱散。
主要 DEBUFF:虚弱、定身、沉默、破甲、缴械、减速(减速术、残废、寒冰箭等)。

以郑莺莺目前的状态，硬拼肯定不行了，但偷个药剂她相信自己还是可以的。孟于飞心念微动："以牙还牙？"

"对，你把我拿到的药分发到各个病房。要怎么做，看他们自己。"

肖童看着，嘴角噙着笑，却还是不怎么满意。如果郑莺莺一开始就这么做，会省事很多，太狠了，拼过头了，也不明智。

看来她跟K做生意空手套万象那一招，功劳大半都在江河身上。只是不知道江河又会怎么选择？如果他跟郑莺莺就此分道扬镳了……

肖童眯起眼，蓦地，对虚空道："江河在做什么？"

乌鸦先生傲娇的声音随之响起："你当伟大的乌鸦先生是你的仆人吗？"

肖童莞尔："那无所不能的乌鸦先生，您能告诉我吗？"

"看在你这么诚心的分儿上，我可以勉为其难地告诉你，但是你得把你的甩棍借我玩一玩。"

"你要甩棍做什么？"

"你管我！"乌鸦又开始嚷嚷。

"好吧。"肖童耸耸肩，无可无不可地把甩棍放在桌上，随即问，"江河呢？"

乌鸦先生现身，一爪子将甩棍抓住，又飞快隐入虚空。身影消失的刹那，它高兴的声音才传来："他在家里煮泡面啦！"

肖童："……"

十分钟后，第一关卡，人生的分岔路。

刚结束一场战斗的玩家们躺的躺、坐的坐，汗流浃背，气喘吁吁，可是紧接着，又有一拨敌人来袭。

博士毕业后，婚姻、事业两大难题摆在面前，紧接着还有生孩子的问题，根本不给他们任何喘息的机会。

"那、那根棍子怎么那么眼熟？不会是……"蓦地，有人指向前方的敌人，瞪大眼睛看着那个最大号的怪物手中拿着的黑色甩棍，难以置信。

"那不是典狱长的棍子嘛！"霎时间，所有人都回忆起了被典狱长支配的恐惧。气氛陡然僵硬，众人的心齐齐往下沉。

靳丞亦甩了甩手中的弯刀，不由得回头望向了路牌。

一只乌鸦在路牌上欢快地跳脚，从左脚跳到右脚，再从右脚跳到左脚，格外开心。它看到靳丞看过来，就对他咯咯笑："嘿，你打呀！本乌鸦先生期待你的表演！"

48

典狱长肖童的甩棍，名叫"无戒"。

肖童在永夜城当了那么多年的典狱长，这根黑色的甩棍就是他的标志，要么挂在腰间，要么拿在手里，从不离身。

甩棍的适用长度与身高和手臂的长度有关，肖童身高一米九往上，他的甩棍自然也比较长。无戒通体由类似黑钢的永夜城特殊材质打造，共分三节，不用时只一把扇子那么长，甩到最长时则有 26 英寸，即约 66 厘米，打击范围广、力度大，附带电击。

当然，无戒的技能远不止电击那么简单，它最重要的一个功效是精神压制。

威压。这是一个在各路小说里老生常谈的词汇，看不见摸不着，却在此处具现为无戒的自动触发技能，而且是无差别压制。每个人受到的压制强弱不同，越弱的玩家被压制得越厉害，甚至直接跪地臣服。

无戒在肖童手里，就是 G 区至高无上的权杖，此刻到了怪物手里，效果虽大打折扣，但也不容小觑。

毕竟这是在永夜城三大榜单之一的白榜上排行第三的装备。

"不要紧张，典狱长阁下不会亲自出手。"靳丞深谙永夜城副本的套路，肖童不可能亲自出手当副本 BOSS，乌鸦先生把他的武器弄进来，已经是走了后门。

靳丞说着，把两柄弯刀咔嗒一声重新组装成机械弓，抬手从虚空中抽出一支金属箭，拉满弓弦，道："无戒，忌近身战。"

话音落下，"咻——"长箭离弦，拉开了战斗的序幕。

威压也分区域，越靠近无戒，受到的压制就越强，那自然选择远程攻击最佳。众人可不敢怀疑靳丞的话，闻言纷纷与手持无戒的怪物拉开距离，有几个小心思多的，干脆远远躲开，专挑别的怪物下手。

靳丞也根本不在意，咻咻几箭跟那怪物对上了，一个人放风筝似的把它带离了大部队。

冷缪难得给他打了个配合，一道空气囚笼阻断了那怪物与其他人的路，将无戒的威压影响降至最低。当然，这不是他突然看靳丞顺眼了，而是他也很讨厌被压制的感觉。

这下，可就换乌鸦先生不乐意了，可它无法对玩家直接出手，再作弊一次那可就得被系统制裁了，于是只能气得在路牌上跳脚，嚷嚷着要去跟唐揩告状，说靳丞在外头瞎搞。

靳丞收弓，一个利落地转身，抽空回它一句："你去啊，如果他生气了，烦请告诉我一声。"

今天的乌鸦先生，也要被靳丞气死了。

另一边的唐措，终于从灵魂震荡中恢复过来。他发现震荡过强的话，生命值也会有所下降，而且下降的速度会呈百分比增快。

数一数身上还剩四支治疗药剂，他得省着点用。

此时墓园里还剩下八十七块完好无损的墓碑，唐措着重查看了一下那些电量过低的，对所有的内容都已了然于胸，重要的是线索的串联。

各部手机上还是不停地有信息提示音响起，可见有些线索还没浮出水面，需要等。

雨靴男从西山路逃窜之后，又发生了什么？

这时候，一条隐藏在纷乱信息中的推送吸引了唐措的注意力——××省一小伙赶赴千里外见网恋女友，竟发现女友是男的！唐措点开链接，发现是一篇充斥着浓浓微信软文风格的情感故事，花了八百字描述××省小伙内心的纠结和痛苦，一看就像是假的。还有这文中配的小伙照片，双眼被打上了马赛克，脸却还算清晰。不过唐措没看到过这张脸，觉得眼生。

紧接着，西山路的两起事故都被传播到了网上——一是持刀杀人案，二是碎尸案。两起案子一出，立刻在网上引起了广泛关注，"叮咚""叮咚"的信息提示音连成片，营造出一股非常紧张的气氛。

唐措在各个手机墓碑之间穿梭，看到了不下三个版本的故事。有稍微贴近事实的，也有把两件事混为一谈的，还有大把的"现场观众"添油加醋地把故事放大，差点传成了都市怪谈。

尤其是微信上，在大家的口口相传之下，故事更是歪到了不知哪里去。

有人再把看到的朋友圈的截图发到微博，二次传播，越传越扑朔迷离，没过多久，据说是当事人的微信就被扒了出来。

她发在朋友圈里的照片、个人信息无一幸免被曝光于大众视野之下。

但是唐措从中感觉到了一丝违和。被曝光的这个女生，二十几岁的模样，化着妆有些网红脸，爱自拍、爱晒奢侈品，发在朋友圈的话时常透着股优越感，是最容易被网友攻击的类型之一。她很瘦，身材娇小，大波浪卷发。而且在最近的一张自拍里，她把头发染成了茶色。

违和感就来自这个女生本人。

西山路的杀人案里，唐措没有看到被害女生的正脸，也没找到她的手机墓碑，但从别的视频里隐约透过人群的缝隙，看到过她躺在血泊中的身影。她比网上曝光这个女生要高大很多，而且是黑色的长头发。因为大雨和视频画质不好，唐措无法说出更多的细节，可直觉告诉他——这是两个人。

为了进一步确认，他又去翻找了之前的视频，结果不出所料。信息在传播过程中出错，这是很正常的。先不论那个无辜被拉出来示众的女生到底是谁，唐措现在更想知道受害者的身份。

他连凶手的手机墓碑都找到了，却一直没找到受害者的，这不合常理。

难道说是那些已经爆掉的墓碑的其中一个？

想到这儿，唐措便不厌其烦地重新找过，找了大约一刻钟，一无所获，倒是发现了另外一件事情。这源于某人的微信群聊天内容——

听风者：我把她的微信曝光了，让她也好好体会一下被人问候的滋味吧，嘻嘻。

贪吃的小狐狸：这不太好吧……

诗和远方：她上次只是无心之失，也不是有意要嘲讽你的。这事儿跟她一点关系都没有，你这么把人家微信曝光，咒人家被捅死啊？

听风者：那你们代替她啊？

听风者：那臭婊子一看就不干净，谁知道背地里有没有做什么让人唾弃的事情，就算今天不出事明天也会出事，我只是提前让她有点危机意识啊，又没真的害她！再说了，真正传播开来的是那些最喜欢博人眼球的yxh啊，关我什么事？

听风者：你们不是她的好闺密吗？有本事去告状啊。

听风者：嘻嘻。

听风者：你们背后也说了她不知道多少坏话，别以为我不知道，谁更高贵呢？

泡泡琦：好了，都别说啦，我相信大家都不是真的心怀恶意的，我们都是朋友啊，不是吗？

……

唐措看得微微蹙眉。

泡泡琦跟这些人是朋友，那个被曝光的女生跟她们也认识，那这些人去过西山路的概率就很高了。塑料姐妹花，总是能神奇地保持明面上的友谊，一起出门玩耍，然后各自发朋友圈，互相屏蔽，再背后捅刀。

别问唐措为什么那么了解，他当侦探时曾接过一个小案子，为了调查，假扮当事人跟网友聊了一个月的微信。

熟练掌握了"嘻嘻""嗯啊""不要啦""爱你哟"等词汇，穿梭于七个不同的微信群，而这些都被如实记录在他的生存评估报告里，这段经历还不如天天被狗咬。

思绪回归事件本身，曝光虚假信息的幕后推手和动机都有了，瞧着跟西山路的事故本身并没有关联。但这整个灵魂公墓呈现出来的故事，与其说是像多米诺骨牌一样一件连着一件引发了连锁反应，不如说更像一张蛛网。

每一件看似不起眼的、无关联的事都是网上的一个节点，谁也不知道它还会不会连接到其他的丝线。

也许这张蛛网，就应该叫作互联网。

思及此，唐措果断推翻了之前关于生死标准的判断。每个人都是网上的一个节点，选取片段呈现于这个故事里，如果仅仅依靠这些去判断此人灵魂的生死，是不严谨的。

正如那个出现过几次的泡泡琦，她的话很假、自拍很假，说着漂亮的场面话，却透着一股自私和对他人生命的冷漠。可仅靠这些去判断她这个人是否已经成了一具没有灵魂的空壳，还是不够妥当。

而且，唐措始终对手机墓碑上展示出来的信息，保持基本的怀疑。大胆怀疑，合理假设，这是一个侦探的必备素养。

如果判定生死的标准没有唐措之前想得那么玄乎，那问题反而就变得简单了。灵魂公墓里有九十九块手机墓碑，代表九十九个跟西山路事件有关的人，可除非天降陨石或油罐车大爆炸之类的事情，在现代社会，怎么可能发生大规模死亡？

副本要求找出三个还活着的灵魂，那就代表死了九十六个。

如果反过来看呢？

唐措想起了第一次进入永夜城时听到的话——欢迎回到永夜城。

他当时就很在意，到底为什么是"回"到永夜城，"回"这个字眼代表了什么？

好的猜测还需要实证，最直接的办法就是找到那两个被害女生的手机墓碑，开棺验证。可现在西山路那个被捅死的至今身份不明，游戏主播的墓碑也还没找到。

唐措是在别人的手机屏幕上看到她的直播界面，而并非她自己的。迄今为止，唐措已经查看了这些手机墓碑不止一遍，可现在这两个都没找到，越难找到就越说明他的方向可能是对的。

人间试炼游戏只是前置剧情，回到永夜城才是真正地活着，所以——死即是生的开端。

可任务要求里有三个活着的灵魂，也就是说，还有第三个被害人。狗是不可能拥有手机的，所以暂且将之排除。当务之急，是要先找到第三个被害人，再用排除法确定他们各自的手机墓碑，唐措确定了思路，目光也不由得变得更加坚定。

肖童看着他的变化，猜到他可能已经明悟了通关的方法，笑了笑，稍稍移开视线。如果说唐措带给他惊喜，那么对郑莺莺，便是进一步的审视了。

此时的郑莺莺，正面临选择。

在此之前，郑莺莺已经靠万象再次成功混入怪物医生的队伍，拿到了几瓶药，并暗度陈仓交给孟于飞。这里的怪物医生们会口吐人言，遵循一定的行为套路，但智力依旧低下，发现药不见了只会寻找、发狂，却不会对同伴下手。

郑莺莺每次都装成最弱小、神志最不清楚的那一个，他们做什么她也跟着做，险而又险地混过去。

孟于飞跟她配合得很好，虽不算多默契，但至少没有搞什么幺蛾子。可就在郑莺莺打算继续这么干下去的时候，变故发生了——前头标着 304 号病房的门突然被人撞开，一个趔趄的身影从里面摔出来，明明是很重地砸在地上，可那个年轻的二十出头的男人竟还在笑。

他痛苦地蜷缩在地上，想爬又爬不起来，因为全部的力气仿佛都快要被抽空了，全用来笑。

"哈哈哈哈哈——"他就像被点了笑穴一样，一刻不停地笑着，脸上的表情也像是被夹子固定住，嘴角上扬，所有的肌肉都往上提，维持着笑脸。

可他又是那样的痛苦，笑声里藏着崩溃和无力，似笑非笑，似哭非哭，于是那表情看起来就格外扭曲了。

"哈哈哈哈杀、杀了我哈哈哈哈……"他看到怪物医生靠近，眼中没有露出恐惧，反而靠过去，向它们伸出手，卑微地祈求着，"杀了我哈哈哈哈哈，杀哈哈哈哈……"

怪物医生们嘴里发出"嗬嗬"的声音，好奇地将他围住。郑莺莺也跟了过去，但她有万象伪装，玩家也认不出来。

可无论他怎么祈求，怪物医生们都不动手。它们收到的指令似乎就只是给玩家打针并制服所有反抗的病人，眼前这个男人明显不在此列。

它们不动手，男人越发崩溃。他已经笑得快脱力了，眼睛里飙出眼泪来，样子又滑稽又狼狈。

郑莺莺可以杀他，但很好奇，如果他一心求死，为什么不自杀？

永夜城早没有了自杀禁令。

突然，男人胡乱挥舞的双手抓住了郑莺莺的脚踝，祈求的目光投向了这个看起来最像人形的妖怪，再次重复那些话语。

熟悉的画面，让郑莺莺不由得想起了她跟江河。当初她抓住江河的脚踝，是想让江河救她，让她活命，可现在这个男人是为了求死。

"当——"医院大楼里的挂钟发出了整点报时。

怪物医生们每隔一个小时查房，这就意味着新的查房时间又到了，病人们该吃药了。围着男人的怪物医生们立刻流露出喜悦，七手八脚地将男人重新拖回病房，把他摁在床上，而后齐齐回头看向郑莺莺。

药剂在郑莺莺手上。

为首的怪物医生拿出病例报告，像当初对待郑莺莺那样宣读他的判词："自闭、孤僻、不合群，建议注入微笑基因，禁止独处。"

话音落下，最晚进入病房的郑莺莺才发现这里是一个多人病房。这家精神病院的病房大多是单人的，多人的反而少见。

病房里一共三个床位，靠门边的是狂笑的男人；靠窗边的也是男的，但比他更年轻，全身上下插满了电线；中间是个女人，腹部高高隆起，像是怀孕了。

这副本里还有孕妇吗？

饶是郑莺莺，也不由得愣了一下，但为了不暴露自己，她立刻回神，并拿着针筒和药剂靠近了男人。

她该怎么做呢？

"你想死吗？"她忽然问。

其他的怪物医生都抬头看她，眨巴眨巴混浊的眼眸，似乎不太理解这个同伴为什么会问出指令以外的东西。

"想！"男人终于发出一个单字的音节，硬生生将笑声忍住。

郑莺莺点点头，却依旧把针头推向他。男人见状大惊，笑声再次从他嘴里迸出，却变了调，恐惧又愤怒，在笑声中质问，并开始挣扎。

"想活命只有一条路，死法却有千千万。"郑莺莺歪着头，举起针筒微笑，"你不是想死吗？"

我成全你。

"不！不！！！"男人彻底挣扎起来，就是受不了这什么微笑基因才想死的，怎么还敢承受第二针。

可那泛着寒光的针头已然到了他的手边，他绝望着，却又在绝望中生出一丝疯狂。那是陷入绝境之人怎么都无法挣脱之后的最后的疯狂。

他咬着牙，牙根甚至渗出血来，整个人从床上弹起，重重地撞在离他最近的一个怪物身上。那怪物又不小心撞到了郑莺莺的胳膊，于是郑莺莺的针头来了个夸张的一百八十度大转弯，插进了她身侧那个怪物的手臂。

"手滑了。"她哎呀一声，用力将药剂推入它体内。

所有的一切，都发生在瞬息间。针筒太大，不等药剂全部推入，郑莺莺便立刻弃针下蹲、前滚，以一个非常不熟练且非常狼狈的姿势逃入隔壁病床的床底。

怪物医生们都被她这套操作弄傻了，愣了两秒才反应过来，气急败坏地扑过去想要抓住她，却连她的衣角都没有抓住。而床底那么狭窄，凭它们那庞大的身躯根本钻不进去。

它们开始怒嚎，而那个被针剂刺中的怪物，已经不可控制地发出了笑声。一个奇形怪状的怪物被迫保持微笑发出毛骨悚然的笑声，这是何等刺眼的画面，病房里的玩家们可算是见到了。

整个病房里乱了套。

怪物医生们因为要抓郑莺莺，放弃了对男人的钳制。他略显错愕地坐起来，虽仍然止不住要笑，可经过那么长的时间，药效已经有所减弱。

他咬咬牙，终于祭出武器，从怪物的背后扑了上去。

"哈！"他大叫着一刀砍向怪物的背，虽砍中了，却也被对方重重地拍飞，砰的一声撞在中间的病床上，把正躺在床上的女人都撞了下来。

那女人原是昏迷着，所以才一直没动。此刻她捂着肚子清醒过来，身下已然开始大出血，剧烈的疼痛让她差点再次晕过去，一回头，带着腥风的怪物正朝她探爪。

"老娘跟你们拼了！"她要疯了，不管不顾地甩手就是一道火焰攻击，这么近的距离，正中怪物面门。

这也导致躲在她后面刚从病床底下爬出来的郑莺莺，差点被烧了眉毛。

幸好她是个光头，否则头发肯定保不住。

其实怪物是想去抓郑莺莺的，没承想女人突然从床上滚落，挡在了中间。郑莺莺见状，趁着女人正歇斯底里的时刻，抓着匕首从她肩膀上方刺出去，不管准头只管乱刺，又给了怪物一刀。

火焰攻击再加上无名之刃的诅咒之力，那怪物一时被弄得颇为狼狈，怪叫着后退。

恰在这时，最后一张病床上的少年跳起来，一个猛虎下山扑在它身上，一手一个电击器，用力压向对方的脑门——让你电我，让你看不起游戏宅，老子电死你！

如果唐措或靳丞在这里，一定认得出来，此人正是"风雪夜归人"和"决胜魔鬼城"副本中碰到过的钱伟。

49

304 病房里，一场厮杀即将进入尾声。

钱伟、郑莺莺、孕妇和狂笑的男人，再加上中途从窗户翻进来接应的孟于飞，五位玩家联手，终于在引起其他怪物的注意前，让病房里重新归于平静。

狂笑男已经彻底脱力了，再加上药效差不多快要过去，嘴里的笑声变成了轻声的哼哼，一口药剂灌下去，劫后余生。可就在大家的精神都松懈时，孟于飞忽然拔刀对准钱伟，让所有人的心都提到了嗓子眼。

"你干什么？！"钱伟也立刻拔剑，满身戒备。他已经认不出孟于飞了，纵然觉得孟于飞的刀有点眼熟，可一时间哪想得起来。在他的印象里，孟于飞可是被靳丞杀了的，他当时就在那个副本里，错不了。

所以面对这突如其来的敌意，他真的丈二和尚摸不着头脑。

郑莺莺也略感好奇，抬眸看他。

她此时已经解除伪装，重新拢好红斗篷，把自己的脸藏在兜帽里，跟所有人都保持着适当的距离。

孟于飞神色冰冷，看着钱伟的目光就像在看一个死人，道："他跟靳丞是一伙的。"

此话一出，所有人都露出错愕神情，当事人钱伟更是脱口而出一个"我的天"。他冤啊，是真的冤，他不就是跟大佬凑巧一块儿打了两个副本，怎么就被打成一派的了？

等等……"你怎么知道？"钱伟瞪大眼睛。

那两个副本里没这号人物啊！

可话一出口，钱伟就知道坏了，他这么问等于变相承认。彭明凡多次警告过他，不能对外透露他们认识靳丞的事情，他们就是两个小透明，没想过要抱大佬大腿，那就越低调越好。

在永夜城，大腿可不是那么好抱的，一不小心就得嗝屁，更何况两位大佬现在可都不在这里。

孟于飞见他眼神闪烁，更笃定他跟靳丞是一伙的，冷笑出声："你不用管我怎么知道的，你只要知道，靳丞该死，你也该死。"

"决胜魔鬼城"副本里的所有人都该死。

钱伟不知道自己怎么就该死了，但知道这个男人或许是目前病房里实力最强的，他打不过。

苍天，他本来今天就要出狱，结果碰上监狱暴动，暴动还没结束，又被拉进副本，进了副本没被怪物电死，却被扣上莫须有的罪名。

试问谁能比他更惨？

"兄弟，有话好好说啊！我跟靳丞真的不熟，也就是在副本里见过的交情。真的！如果我是靳丞的人，我能混得那么惨吗？你看看我这剑，比白板装备好不了多少，再看看我浑身上下哪点有高人风范？就算我想投靠靳丞，人家堂堂A区大佬也看不上我啊……"钱伟迅速装尿，余光下意识地瞥向窗口，随时准备跑路。

他可不寄希望于另外两位病友能救自己，永夜城没那么多善心人士。

孰料孟于飞压根儿不吃这套，钱伟也根本不会想到，不管他跟靳丞有没有关系，他出现在"决胜魔鬼城"副本里，孟于飞被杀，他却活着，这就是他的原罪。

他一步步逼近，钱伟便一步步后退，另外两位病友对视一眼，却都犹豫不定。

钱伟和孟于飞孰强孰弱一目了然，他们如果帮钱伟，那就势必将自己置于危险之中。可如果钱伟真的是靳丞的人，他们见死不救，以后万一遭到靳丞的报复怎么办？

还有这个拿刀的，真的不会杀人灭口吗？

大家各有各的思量，病房里只剩下钱伟急促的声音，气氛降至冰点。

钱伟有意识地向窗户靠近，孟于飞也不阻止。如此顺利却让钱伟心里生不出一丝高兴，因为这代表要么对方是个傻子，要么太有自信，答案显然是后者。

"我不知道你跟靳丞有什么仇什么怨，但其他的怪物医生可能马上就要过来了，你确定要现在动手？不怕把它们都引过来吗？"钱伟咬咬牙，握着剑的手已经开始蓄力。

孕妇的眸中也闪过一丝冷芒，藏在背后的手上凝聚出一簇小火苗。

"那我正好送你去死。"孟于飞已经忍不了了，他被靳丞杀了好几次，连唯一的复活道具都用掉了，还被迫整容，此仇简直不共戴天。

心里的怨毒时刻灼烧着他的心，他要是连一个小喽啰都不敢杀，那他就不是孟于飞！

思及此，他立刻出刀，可就在这时，一只瘦小的、缺了一根小手指的手按在了他的胳膊上，那熟悉的红斗篷令他的动作倏然顿住。

"你认识靳丞？"郑莺莺上前一步，"那你也认识唐措？"

钱伟怔住。

孕妇也急忙收住自己的火焰攻击，差点把自己憋出一口血来。

"我认识。"钱伟知道隐瞒也没有用了，也隐隐察觉到，这两个人中大概这个瘦小的才是拿主意的那个，眼珠子一转，赌了，"其实我们跟唐哥才比较熟。"

"你们？"郑莺莺问。

"是啊，我本来今天出狱，我朋友就在监狱外头等我呢。唐哥第一个副本就是跟我们一起下的，我们觉得挺有缘的，就喊他一声哥，嘿嘿，我们本来约好了出狱之后要聚一聚。"钱伟开始半真半假地说胡话，反正这儿也没人能戳穿他。

不过他心里还是紧得要死，脑袋别在裤腰带上，掌心里都是汗。他故作镇静地想要观察郑莺莺的神色，但她的眼睛被兜帽挡住，下半张脸又藏在阴影里，根本啥都看不到。

就这么忐忑着、焦虑着，钱伟的心越跳越快，孕妇掌心的火苗越来越烫的时候，郑莺莺终于发话："你给我说说你们一起下副本的事情吧，说得好我就放了你。"

"为什么？"孟于飞沉着脸，眼睛快要喷火，与其说是愤怒，不如说是觉得荒谬。郑莺莺什么时候跟靳丞和唐措有交情？怎么看他们都是会成为敌人的两类人吧？

郑莺莺凉凉的目光扫过他还未愈合的掌心，孟于飞瞬间想起被刺的那一刀，受伤的手又不可控制地开始轻微抽搐。

"我不需要跟你解释，欢欢。你只要知道，你可以跟靳丞有仇，但不能动唐措，你敢动他，我宰了你。"

这样的发展，不只惊了孟于飞，也让肖童挑眉。肖童知道郑莺莺和唐措是同一天来到永夜城的，但真不知道他们还有额外的交情，能够让郑莺莺放过钱伟，还要听他讲故事。

他再次召唤了乌鸦先生。

乌鸦先生正聚精会神地看靳丞打架，站在路牌上跳着脚扑棱着翅膀，恨不得自己冲上去跟靳丞打。至少它坚信如果自己能打，肯定比这些拿着无戒还打得这么菜的小怪物要打得好，真是气死鸦了。

今天的典狱长也特别烦，一点都不如平常那么高冷，比人类的大妈还要嘴碎。

"你又有什么事？乌鸦先生可是很忙的，不要老是叫我。"乌鸦先生因为太烦了，所以只从虚空中探出一个头来。

"郑莺莺和唐措认识吗？"肖童直奔主题。

"他俩同一届的啊。"乌鸦先生回答得理所当然，可肖童再问它两人具体有什么交情时，它却答不上来了。它当时的注意力全在唐措身上，唐措又救了不止一个人，它哪儿记得一个像只蚂蚁似的随时可能被踩死的郑莺莺啊。

郑莺莺正式进入他的视线，还是在 G 区被肖童特殊关照的原因。肖童问它，它问谁去？

答不上来，它便有些恼羞成怒。

肖童懂了，挥挥手让它从哪儿来回哪儿去。这可戳了乌鸦的肺管子，恨不得当场拉坨屎在他头顶。但拉屎到底不太雅观，所以乌鸦先生决定暂时不把无戒还回去了。

肖童的注意力却已经不在它身上了，任凭它怎么叫骂，一双眼睛都只看着唐措。他不得不承认，唐措给他的惊喜越来越多，他也越来越舍不得就这么把人放回去。

此时的唐措丝毫不知道外面发生了多少事情，他找了半天，终于找到游戏主播的手机墓碑——耗时二十分钟。

之所以花那么长时间，是因为这手机上根本没有任何其他的信息，只有一个订餐界面。手机的主人在中午十二点一刻时订了一份海鲜炒面，并于十二点五十五分收到餐。

游戏主播遇害时，恰好在吃一份海鲜炒面，被害时间为下午的一点零三分，餐点和时间都对得上。

当然，这不能算是实证，但唐措还可以开棺验证。

他不愿意拖时间，所以动作很快，裁决之剑圣辉暴涨，一剑就把整座手机墓碑都劈开了，端的是干脆利落。

"咔。"手机整整齐齐裂成两半。

变故却在此时发生，一束强烈的光从劈开的手机墓碑里爆射而出，带着极强的攻击力和杀气。唐措早有准备，脚步急退，瞬间与之拉开距离。

既然是活着回到永夜城，那说的不就是进入永夜城的玩家吗？被安排在副本里的玩家，就是副本的NPC了。

出现在唐措面前的是跟其他两个关卡大同小异的怪物，只是唐措面对的这一个更像人形，实力更强，眼神也更清明，两米左右，背上有尖刺，头发像钢针，全身肌肉夸张得像是充了气，布满青紫的粗大血管。

"是谁打扰了我的沉眠？"它说的话，也更像个强力BOSS。

一对一，唐措甩了甩手中的剑，正好拿它试试最近的训练成果。

怪物看过来，双方四目相对，下一秒，唐措悍然出手。怪物的两只脚还站在坟堆里，被泥土和破碎的棺材板压着，无法动弹。

它干脆避也不避，徒手去接唐措的剑，这叫硬碰硬。

"当！"唐措一剑砍在他手上，竟砍出金石之声，震得唐措的手腕酸麻。可裁决之剑到底是神器，唐措用力压下，还是割破了它的皮肤。

怪物血管粗大，且全部暴起，出血几乎是呈喷射状的，带着一股浓浓的腥气。它似乎感觉不到痛，另一只手立刻向唐措抓去。

唐措进则刚猛，退也迅疾，转身便到了三米开外的一块手机墓碑上，临风而立。可即便他退得再快，身上还是溅到了几滴血，而那血甫一接触皮肤，便如硫酸开始腐蚀皮肉，好在扩散的范围不大。

这无疑给唐措敲响了警钟，此时怪物挣脱手机墓碑大力攻来，他提剑阻挡时，迅速打开人物面板确认情况。

腐蚀：降低防御2%。

唐措可以肯定，如果沾染上更多的血，那防御就会被削弱得更厉害。这种打法，伤敌一千自损八百，而这个怪物明显是高防血厚的类型，能撑很久。等到了后期唐措的防御越来越弱，只要一不小心被它打中，就有可能翻船。

所以，他不仅要快，还要尽量避免被血溅到。

"刺啦——"怪物的利爪如刀锋，速度也很快，一不小心被它近身，衣袖就被划破了。唐措反手一剑攻它下盘，裁决之剑重重地点在它膝盖上，虽不能击碎它的膝盖骨，但也让它摇晃了一下。

它立刻向唐措伸手抓去，唐措的身影却像鬼魅那样迅速，眼前一花，它没抓住唐措，手里却多了个很丑的、带血的布娃娃。

"啊啊啊啊啊啊啊啊！！！"布娃娃突然睁开眼，张嘴大声尖叫。那恐怖的、令人牙酸的声音，直刺它的耳膜，甚至直捣它精神海。

怪物连忙把布娃娃丢掉，捂着耳朵痛苦低吼。

唐措出手如电，接住布娃娃的同时反手就是一枚爆爆蛋。怪物根本来不及躲避，刚睁开眼就看到一颗圆溜溜的球向它砸来，而后——"砰！"，爆爆蛋炸开，将四周的手机墓碑都炸到裂屏，怪物虽然防御很高，但因为猝不及防也被炸得摔倒在地。血流之处，无论是地上的花岗岩还是杂草，都被迅速腐蚀。

但唐措的攻击还没有结束。

爆爆蛋炸出的烟尘还未落下，怪物刚想从地上爬起来，唐措便拿出了一杆枪。这是打变异者副本时拿到的奖励，加特林机枪，重火力武器。

"嗒、嗒、嗒、嗒、嗒！"唐措面容冷肃，提起机枪疯狂扫射。普通品质的子弹肯定没办法攻破怪物的防御，可一发不行，就一百发；一百发不行，就三百发。

怪物被这毫无人性的火力硬生生地往后轰了三四米，小山般高大的身躯委屈地缩成了一团，直面火力的那部分身体差点成了筛子。

可它还活着，还不知道痛，唐措的子弹打完，攻击一停，就嚎叫着又冲上去，眼睛迅速染上赤红，双拳出击，还没有近身就裹挟起一阵刮得人脸颊生疼的劲风。

唐措一退再退，身形轻灵地在手机墓碑上腾跃，一次都没有落地。而且正在观战的肖童能发现，他自始至终都在固定的一块区域内活动，没有把战场扩大到整个墓园。

怪物虽然尚有神志，速度也不慢，但出招之间还是稍有迟滞，大半时间靠本能在打，自然被牵着鼻子走，跑不出唐措给它画的圈。

此时唐措的防御值降低 5%，生命值降低 16%，情况良好。

而怪物则稍显狼狈，身上多处受伤，血流不止，又因为血液的腐蚀效果，简直像个行走的变异者。

可它不知疲倦、不知疼痛，速度比起刚开始时没有丝毫减缓。恰在这时，唐措再次从它头顶越过，它抬头，便见那个穿黑色风衣的男人几乎遮住了它的大半视野，衣衫猎猎如大鹏展翅，握着剑的手朝下——

"当！"它急忙出手阻挡，但挡得仓促，且手臂本就受了伤，那剑破开它的防御直砍到它的骨头上。

唐措借助自身的重量用力下压，将怪物压得膝盖弯曲，全身青筋暴起，剑刃切割着骨头，发出令人牙酸的声音。

"滚！！"怪物大怒，用尽全身的力气要将唐措轰开。可在它发力前，唐措又果断抽身，一掌拍在它的头顶，借力抽剑，一个后空翻稳稳落地。

怪物很气，它那见骨的伤口上竟还有火。火球从唐措的剑上迸发，在伤口处炸开，虽然只是一颗小火球，但给怪物造成的二次伤害不是一加一那么简单。

"我要杀了你！"怪物彻底被激怒了，双手交叉在胸前，全身蓄力，仿佛要放什么大招。可就在此时，唐措单膝跪地，将没有持剑的左手抵在地面，咒语发动——地动术。

大地开始震颤，仅有半径五米的范围，但恰好把怪物笼罩。怪物被震得一个趔趄，虽然蓄力没有中断，但也气血翻涌，喷出一口血来。

唐措见状，眸中掠过一道冷芒，没有再贸然上前攻击。跳上手机墓碑借力跃起，到最高处时，他整个人诡异地在空中停住，而后来了个二段跳，迅速升至离地大约十五米的地方，使用技能——空中漫步。

就在这时，怪物的大招也发动了。它仰天怒吼，全身肌肉膨胀，从原来的两米巨汉长成三米多，一脚踩下，整个地面都在抖。

不，它还在膨胀！

血管炸开了！

"砰——"无数条血管爆炸，漫天的血雾刹那间笼罩了它周身十五米范围。

唐措心中一凛，立刻挥剑，激发裁决圣辉，将迎面扑来的血雾荡开。

可他不能在空中久留，因为空中漫步的冷却时间长达一分钟。思绪飞转，他再次取出加特林机枪，机枪很重，在拿出的瞬间便让他的身子一沉，坠落的速度加快。

千钧一发之际，他迅速压枪，对地炮轰，借反作用力在坠落的前一秒，将自己推出血雾范围。

唐措和机枪都重重地砸在地上，但只有一些擦伤，生命值掉了5%，不碍事。可忽然间，唐措似是听到了一丝破风声。那是什么？

他霍然抬头，只见一点血色的寒芒在自己眼中放大。

来不及挥剑了，唐措迅速滚地，只听"叮！""叮！"的声音在他背后响起。那是一根又一根长达十厘米的黑色尖刺，追着唐措刺入坚硬的花岗岩地面。

唐措想起来，怪物的背上有刺。血雾遮掩了刺的行踪，完美的暗器，完美的绝杀。

"咔——"唐措默念咒语，冰盾出现。

小小的冰盾很薄，根本挡不住黑刺，可唐措也只需要阻挡那么一下而已。冰盾、土墙，交替出现，虽然都是初级的小魔法，阻挡的时机却恰到好处。

黑刺数十发，唐措只中一根。

仅仅是一根，让他的防御值瞬间跌破50%，生命值跌破20%。唐措眼中的战意却在这时达到顶峰，他的眼睛很亮，右手紧握剑柄，回身，反击。

怪物已经变成了一个血人，它伤了唐措，同样付出了巨大的代价。此时的它越发不宜靠近，但唐措的速度比之前更快。

只要他够快，怪物的血就溅不到他的身上。

十分钟后，怪物轰然倒地。

唐措甩了甩剑上沾到的血，微喘着气，但神色依旧平静地结束了他来到永夜城后真正意义上的第一场个人战。

不过战斗还没有结束，因为刚才的大战损毁手机墓碑共五块，这五座墓碑里有五个具有攻击性的灵魂体，都对他虎视眈眈。

这也是唐措把战斗控制在一定范围内，不往外波及的原因之一。

50

唐措继续与灵魂体作战时，肖童在监控室里，嘻着笑，有一搭没一搭地给他鼓掌。他抬起穿着军靴的脚搁在桌面上，身子后仰靠着转椅，看得津津有味。

整个副本中唯一的单人关卡、最厉害的三个BOSS，全被肖童特意送到了唐措面前。现在 BOSS 倒了一个，故事推进了一半，但肖童觉得已经能看到结局了——一个毫无悬念的结局。

唐措作为永夜城的新人，能拿到裁决之剑那样的神器，熟练运用各个道具、技能，还是魔武双修，已经是百年难得一见。肖童敢肯定他还有很多底牌没有用出来，而能打得那么游刃有余，当然还有一个很重要的原因——他有脑子。

无论是通关方式的选择还是限制 BOSS 打斗范围的举措，都指向一点——他确实已经找到了最佳的通关方式。即尽可能在不破坏其他手机墓碑的情况下，找出正确的三座墓碑，并打败其中的 BOSS。保留下来的墓碑越多，得到的奖励就越好。

事情也正如肖童预料的那样，唐措成功打败五个灵魂体并吸收了它们的灵魂光团。这次因为光团过多，给他造成的灵魂震荡指数叠加之后达到了 37，所以他休息的时间更久。

又半个小时后，他重新睁开眼，虽然恢复了，但脸色还是有点苍白。

此时距离进入副本，已经过去了两个半小时。

唐措重新从那五个灵魂光团里得到了新的线索，譬如神通广大的网友们通过视频截图，在最短的时间里扒出了雨靴男脚上穿的那双雨靴的牌子。

那双鞋子很值钱，是某品牌的限量款，而且国内买不到。像这种东西，店家卖给了谁，都会有记录。只是这份记录是不会被普通的网友查到的，而且唐措怀疑这双雨靴根本就不是凶手自己的。一个日常扮演着普通工人穿梭于各个小区装监控摄像头的人，会特意给自己买一双这么贵并且需要从国外代购的鞋子吗？

装监控的目的是入室杀人而不是偷窃，可见凶手的目的根本不是为财。不是为财，不图物质上的享受，那这双鞋是他本人所有的概率就很小。

如果警方顺着雨靴这条线索查下去，或许还能查出另一起案子。这起案子里，会藏着第三个受害者吗？

唐措思忖片刻，有了方向——他记得这九十九块手机墓碑里，有一块属于一个代购的。

代购正在去机场的路上，但毫无意外地，因为西山路的追尾事故堵在了路上。刚才唐措看过他的手机界面，无非就是在跟朋友抱怨着该死的下雨天，不知道会不会耽误他飞往国外的行程。

此时唐措再回过头去找，信息已然刷新。

　　小甜甜欧洲代购：[图片 .jpg] 我的天！我看到了什么？！这是我卖出去的鞋子！！！商标底下有个不太明显的污点，我记得一清二楚！

泡泡琦：怎么了？

泡泡琦：别担心呀，你只是卖了鞋子，又不是杀人犯，没关系的。

小甜甜欧洲代购：可那鞋不是假的嘛，你知道的！他们如果按正品去查，根本就查不到，查不到就知道是假的了，最后万一找到我头上，我这生意岂不是黄了！

小甜甜欧洲代购：说不定还有一大票人来退货、赔款，完了完了完了……

小甜甜欧洲代购：等等！

小甜甜欧洲代购：你可别说出去啊！

泡泡琦：放心啦，我们是朋友，我怎么会说出去呢？[吐舌头.jpg]

……

一个赚黑心钱的代购，卖的假鞋穿到了变态杀人犯的脚上，为此惴惴不安。但这不是唐措关注的重点，他关心的是——泡泡琦怎么又出现了？

他立刻返回查看泡泡琦的手机墓碑，点开她的微信通讯录，快速滑至底端，一滑，发现没到；再一滑，发现还没到。

唐措都不知道自己究竟滑了多少下，才见到通讯录底端的那行小字——1001 位联系人。

泡泡琦，加了 1001 个好友，这还不包括群聊。

如果不是她出现得太频繁，唐措绝不会想到要去翻她的通讯录有多少人。而如果不是亲眼所见，他都不知道微信里能加那么多好友。

对于唐措这种不喜欢聚众的人来说，太过可怕。

跟谁都是朋友的泡泡琦又在这个故事里扮演了什么样的角色呢？

等等，她的这么多好友里面，有没有凶手？

唐措蹙眉。每个人的手机墓碑上显示的东西都是特定的，并不是说每部手机都会有微信。有些手机只有订餐界面，有些手机只有微博界面，而凶手的只有监控内容。他如果有微信，会叫什么名字？

1001 个好友，要找到一个连名字都不确定的人，无异于大海捞针。可唐措转念一想，凶手的监控里出现过泡泡琦的身影，也就是说她是凶手的目标之一。

这就证明凶手跟泡泡琦应该并不认识。

唐措眯起眼，蓦地想到什么，快步前往凶手的手机墓碑前，重新调出监控查看时间。这些监控录像的时间跨度很大，最早的可以追溯到一年前，最晚的是一天前。

属于泡泡琦的那个监控，时间停留在 5 月 17 日，而西山路事故发生在 6 月

25 日，这中间有一个月的时间差。起初唐措并未特别在意时间的问题，可现在想来——监控里拍到的那个泡泡琦，真的还活着吗？

凶手为什么在 5 月 17 日之后就不再监控泡泡琦？是他放弃了，还是说已经把人杀了？如果顶着那张漂亮脸蛋的泡泡琦已经死了，那现在还在发自拍的又是谁？

或许，这个人不只说的话很假，属于这个账号的一切都是假的。

她（他）盗了别人的照片。

这个"别人"早就不在人世，不会于 6 月 25 日出现在西山路附近，所以手机墓碑也不会出现在灵魂公墓。

之前唐措曾推断雨靴或许能引出另一起案子，那这个雨靴的线索，会跟监控里的那个女人是一条线吗？

凶手到底杀了多少人？

思及此，唐措的神色不禁又冷了几分。这时他想起刚进入副本时接到的那通外卖电话，灵光乍现。如果他能跟电话里的人进行交流，那发微信呢？

他立刻回到泡泡琦的手机墓碑前，找到代购的账号，点开聊天框，发现真的可以输入内容。

> 泡泡琦：你到底把鞋子卖给了谁？
>
> 泡泡琦：我觉得你还是主动给警察提供线索吧，网络那么发达，你所有的交易记录和聊天内容都会在网上留下痕迹，他们早晚会查到你的。作为你的朋友，我不希望你出事。

对方迟迟没有回复，但唐措很有耐心，过了大约十分钟，一条回复终于弹了出来。

> 小甜甜欧洲代购：我、我真的不知道该怎么办才好，我真是个正经代购，假货就卖了两三次……
>
> 小甜甜欧洲代购：雨靴是个叫"深情少年"的男人买的，付钱付得贼爽快，看着也不像坏人。为了做回头生意，我还送了他一个解压魔方，那东西可也好几十块钱呢，哪知道会出这事儿！

紧接着，代购发来一张截图，来自"深情少年"的朋友圈，上面不只有深情少年的自拍，还有他最新的两条动态。

唐措一见那张自拍就蹙眉，觉得眼熟。两秒后他想起来了，这不就是那篇狗血推送里的可怜小伙儿嘛——××省一小伙赶赴千里外见网恋女友，竟发现女友是男的！

他发的那两条动态也很有意思。

> 深情少年：爱他就要送他最好的！［雨靴图片.jpg］
>
> 深情少年：我花了那么多时间，付出那么多感情，一颗真心不容践踏！你必须跟我在一起！老子就算硬着头皮也要谈这个恋爱！啊！

真不愧是个"深情少年"。

既然把雨靴送出去了，又是外省来见网友的，那他是凶手的概率就很低了。可凶手难道是他那个网恋对象吗？

与此同时，第一关卡的靳丞等人已经来到了生育关卡。从出生到生育，他们走了将近三个小时。

玩家二十八人，减员一人。

无戒就像接力棒，一个怪物死了，就有另一个拿着它继续出现。持续不断的威压压制着玩家们的精神海，让他们本就疲惫不堪的身体，更加无法发挥出全部的实力。

靳丞也想过将无戒夺过来，但系统此时还默认无戒为肖童持有，这是一个BUG，无论靳丞将它夺过来多少次，只要有乌鸦先生在，无戒就又会回到怪物手中。

这一来一回，让靳丞冷笑，倒也不再费那破工夫。

等到他们打过生育关，再坐月子、带娃、重回职场，辛辛苦苦干掉各种妖魔鬼怪，紧接着又来到一个分岔路口。众人看着左侧那块路牌上写着的明晃晃的两个大字"二胎"，差点吐血。

"还要再来一次？让我去死吧……"有人气喘吁吁地跪倒在地，双手撑着地面，累得都快把肺吐出来了。

不止一个玩家开始怀疑他们跟随大佬选择"女性"道路的正确性，可如果此时分道扬镳，又没人觉得自己能活到终点。

前路虽艰险，可大佬的大腿必须抱啊。

冷缪则在此时终于悟出点什么，冰冷的眸子紧盯着靳丞，问："你现在还想选二胎对不对？为什么一定要走这条最难的路？"

明明有更轻松的路，可他却要选最难的，为什么？

打副本，用最简单的思路去想，最难意味着——最丰厚的奖励。

"不笨嘛，缪缪。"靳丞笑道。

"你进入 G 区，目的到底是什么？"冷缪追问。

"这就不能告诉你了。不过你既然答应了帮忙，就不能反悔，反悔的人是小狗哦，缪缪。"靳丞说着，活动活动筋骨，随即坚定地走向了二胎之路。

踏上岔路的前一秒，他又回头道："三十而立，各位，该有自己的想法了。接下来要跟我走，还是自己走，请自行抉择。"

话音落下，一小半玩家不假思索地跟上去，其余人却犹像地把目光投向冷缪。冷缪思忖片刻，倒是真想走另外一条路，看看他和靳丞哪个先到达终点。

靳丞有句话说得对，在永夜城的副本里，看上去最难的也许是最简单的，不是吗？丰厚的奖励会落到谁的手上，还不一定呢！

虽然他还不知道那奖励会是什么。

可就在他即将跨出那一步时，乌鸦先生站在路牌上叽叽喳喳："嘿，G79081 在哪里，无戒就在哪里，而且人越多，遇到的怪物就越多。你们跟他一路，都不要命了？！一个个都要被电成烤羊？！"

闻言，冷缪伸出去的脚又收回来，果断跟上了靳丞。

"为什么？！"乌鸦先生很生气，气到掉毛。

冷缪为人这么冷，当然不会回答——他只是见不得别人在他面前指手画脚，偏要跟人唱反调罢了，尤其是面对伟大而善良的乌鸦先生的时候。

去死吧，他如是想。

这厢靳丞和冷缪行走在二胎的道路上，那厢悲催的说书选手钱伟还在给郑莺莺讲《我和两位大佬不得不说的孽缘》第二部。

孟于飞抱臂靠在窗边，面黑如锅底。

"然后他就死了。"这是结语，钱伟给孟于飞的结语。

永夜城有很多人知道靳丞追着孟于飞杀进副本，彻底铲除了这个祸害，所以钱伟也没隐瞒，大大方方地把这段说出来，说得那叫一个热血沸腾、唾沫横飞。

"然后他就死了"，听听这结语，又是多么普通，仿佛靳丞只是踩死了路边的一只蚂蚁。

孟于飞差点没克制住，手都握上刀柄了，郑莺莺的话又如一盆凉水当头泼下。她说："他确实该死，杀了很多人呢。"

这个很多人里，也包括郑莺莺。

郑莺莺原是蹲在地上抱着膝盖听钱伟说话，此时抬头看他，露在外面的下半张脸上挂着笑，露出一口白牙，看得孟于飞毛骨悚然。

孟于飞不敢动了。

郑莺莺收回视线，又问钱伟："他们就两个人吗？没有带其他人啊？"

钱伟盘坐在地上，因为郑莺莺态度很友善，略微放松了些警惕，闻言摆摆手说："靳丞老大不是被罚回 F 区的吗？F 区除了唐哥，还有谁有那个实力跟他们一道下副本啊？！"

郑莺莺若有所思地点点头，没再多问。

钱伟却是有点好奇，犹豫了很久，终于忍不住问："你认识他们啊？"

郑莺莺摇摇头："他们是好人，我仰慕他们啊。"

孟于飞："……"我孟欢欢真是信了你的邪。

恰在此时，那个怀孕的女人忽然捧着肚子痛呼。她本是坐在地上的，此时竟是连坐也坐不住了，倒在地上连连大叫。

"怎么了？怎么了？这是要生了吗？"钱伟吓得一个弹跳从地上跃起，对他这样的半大小伙来说，目睹生产过程可是头一遭。

都是血啊，太可怕了！

其余人也纷纷围过去，大笑男见她如此痛苦，想起刚才的自己，眼里不由得流露出一丝心疼和不忍。

钱伟更是忙不迭地安慰："我这儿还有治疗药剂，你忍忍，啊，不对，是用力，肯定能生出来的，你别怕——"

"生、个、屁！"女人突然爆粗口，一把揪住钱伟的衣领，红着眼睛瞪他，"我根本就没怀孕生什么？！生出一个怪物吗？！"

女人进病房的时候，钱伟已经被电晕了，所以不知道这肚子是在注射了药剂后鼓起来的。

"我死也不要生一个怪物！"她的目光睃巡一周，抓住了现场唯一的小姑娘，"你帮我，你帮帮我……"

郑莺莺这次回应得很干脆，抬起握着无名之刃的手置于她的肚子上方，说："我一刀下去，肯定能杀死它，但你也有可能会死。"

女人在哭，痛哭流涕，无法回答。

钱伟看得揪心，连忙掏出一瓶治疗药剂递到女人嘴边，眼神则望着郑莺莺："你、你轻点捅，我马上灌药剂下去，说不定能行。"

"我这儿还有。"大笑男也咬咬牙拿出了一瓶，拿出来的时候手还是抖的，没人知道他下了多大的决心。

孟于飞冷哼一声，别过头没有说话。

女人哭得更厉害了，但终于点了点头，双手紧紧攥着自己的衣服，闭上眼："来吧。"

所有人的心被提起，郑莺莺抬起匕首，一刀刺下。

51

第二关卡，灵魂公墓。

唐措在寻找"深情少年"的手机墓碑途中，又经历了一次墓碑爆炸。此时墓碑还剩七十三块，另有五块手机墓碑的电量已经不足 5%。

唐措肯定，在这些墓碑里，没有一个叫作"深情少年"的微信账号，也没有在某个围观群众拍的短视频里看到过深情少年的脸，可他肯定到过西山路附近，也就肯定在公墓里。

还有什么跟深情少年有关呢？

没有，唐措找不到任何有关的线索，倒是又看到了那几个塑料姐妹花的微信群聊天记录。但这一次，泡泡琦不在里面。

听风者：你们谁能让那个泡泡琦给我闭嘴？什么我相信大家都不是真的心怀恶意的，什么我们都是朋友啊，就她会说话吗？我听得都快吐了。

诗和远方 @贪吃的小狐狸：你跟她比较熟吧？

贪吃的小狐狸：不是你把她拉进群的吗？

诗和远方：可她说跟你是朋友我才拉她的啊！

贪吃的小狐狸：我跟她不熟，见都没见过！

听风者：等等，合着你们都跟她不熟？？？

…………

几人经过一番讨论，最终发现一个惊人的事实。

听风者：泡泡琦到底是谁？你们都没见过她？那她是怎么在我们群里的？

一连三个问号，堪称灵魂拷问。她们都以为是其他人跟泡泡琦熟识，才把她拉进群，最后证明谁都没见过泡泡琦，甚至不知道她姓甚名谁，那就匪夷所思了。

紧接着，便是细思极恐，一个陌生人，混在她们的群里，口口声声说跟她们是朋友，相处了月余。在这个过程中，她没有表现出丝毫异样，跟谁都熟。

听风者看起来是个暴脾气，立马去群里 @泡泡琦，质问她是谁。

泡泡琦很快回复。

> 泡泡琦：我是你的朋友啊。
> 听风者：放屁！老娘哪儿来你这号朋友？！
> 泡泡琦：你不要当我的朋友吗？
> 听风者：你快给我滚出我的朋友圈，不认识你加我干吗？有病啊？

听风者说到做到，想要把泡泡琦删除好友。唐措正在看的，就是她的微信界面，他亲眼看着解除好友关系的操作在屏幕上出现。

可是诡异的一幕发生了，无论听风者怎么尝试，这个账号都无法删除。它就像病毒一样长在了她的手机里，不，它或许就是某种植入的病毒。

而听风者的手机在经历了这一系列操作后，跟泡泡琦的聊天框突然弹了出来。

> 泡泡琦：你不要跟我做朋友了吗？
> 泡泡琦：为什么要把我删掉？我只是想跟你做朋友。
> 泡泡琦：为什么？
> 泡泡琦：我们不是好朋友吗？
> 泡泡琦：为什么要这么对我？
> 泡泡琦：你一定是手滑了，对不对？我们是最好的朋友，对不对？
> 听风者：你疯了！你是疯子吗？
> 泡泡琦：我不是疯子，我是你的朋友啊。
> 泡泡琦：我们继续做朋友吧，好吗？
> …………

满屏的字，并且还在不断刷新，看得人突然心生寒意。

唐措眯起眼，看着那些大同小异的话语，突然起身，回去找到泡泡琦的手机墓碑。他快速找到群发功能，编辑一条内容，点击发送。

> 泡泡琦：你们认识我吗？知道我是谁吗？

不过半分钟后，铺天盖地的回复差点把微信挤爆。当然，灵魂公墓里的手机墓碑不会有卡机的风险。唐措迅速浏览那一条条回复，不需要一个个点开来看，只看预览就能知道大致的内容。

刚开始大家的回复都还很平常——

你不就是泡泡琦吗？

可紧接着，泡泡琦又是谁？
许多人开始回过味来——

焦糖布丁：你谁？为什么会在我通讯录里？
代号007：你是谁？
等等：阿呆说你不是他的朋友，你到底是谁？！
永动鸡：问了一圈我的朋友都没人认识你，我这号可是只加身边朋友的！你怎么会混在里面？我记起来了，你上次还跟我说生日快乐，说要给我寄东西，我还把地址给你了，可我根本没见过你啊！
白日梦想家：快递？搞推销的？不回复我可把你删了啊！
…………

无数的质问和怀疑充斥着手机。

唐措尝试在心里勾勒泡泡琦真正的形象。作为一个三流侦探，他没学过什么心理学，不会画犯罪心理画像，但大致能想象出她（他）是什么样的人，先暂且将她设置为女性。

她没有朋友，也许常年躲在一间没有光的房间里，不修边幅，对自己的容貌也缺乏自信。但是没有关系，她在网上找到了很多"朋友"。

她肆意入侵他们的朋友圈，单方面宣布成为他们的朋友，维持着美好的假象，因为她很孤独。

她做了什么具体的坏事吗？好像也没有。

她更像是一个生活的窥视者。

信息是唐措群发的，泡泡琦当然不会回复。而就在唐措打算离开时，一条信息回复引起了他的注意。

阖家欢乐：佳佳你怎么了？怎么突然发那条消息啊，佳佳？
阖家欢乐：你不要吓爸爸啊。
阖家欢乐：[语音]。
阖家欢乐：[语音]。

两条语音都长达一分钟，此人又自称泡泡琦的爸爸，唐措猜测这可能是跟她现实中唯一有关联的人。

他立刻点开语音，焦灼的带着点粗粝的中年男声冲入耳膜。

"佳佳？你没事吧，佳佳？是不是出什么事了？听到消息马上回复爸爸，知道吗？是不是你在网上看到什么了？还是又听邻居说什么了？佳佳，不要多想。你是个好孩子，只是有点内向而已，他们不了解你，他们说你的坏话，所以他们都是坏人，你是好孩子，所以不要听，知道吗……

"佳佳，爸爸还在开出租车，等拉完这个客人就回去了，在家里等着爸爸，知道吗？现在外面正在下大雨，前面西山路堵车了，爸爸回来可能需要一点时间，所以你无论听到什么都不要出门，知道吗？不管谁来敲门也不要开，如果有什么事情就打 110，爸爸一定很快就回来了——"

话还未说完，语音里传来了开车门的声音，车门打开的刹那，雨声骤然放大，可见那时的西山路还在下大雨，应该就是因为追尾事故堵车的时候。那一长串的车子里，有一辆属于泡泡琦爸爸的。

这是一位出租车司机。

从他的话来看，他的车上已经坐了一位客人。那两段语音里也确实夹杂着一个年轻男人略显焦灼的自言自语，还有不知道什么东西发出的很细小的咔嗒声，可这时候车门忽然开了。车门打开，大雨飘进车厢，一位不速之客闯进了已经载客的出租车。之所以说是有人上车，而不是客人下车，是因为在语音的最后，出现了第三个人的声音。

那是一个冰冷的"别"字，伴随着衣服的摩擦声和年轻男人的抽气声，语音戛然而止。

"别"字后面会是什么？别动？别出声？

西山路附近，大雨中的不速之客，除了凶手，唐措暂时想不到其他人选。凶手因为一条狗暴露了身份，弃尸逃离。

大雨和雨伞的"海洋"给了他很好的掩护，他一路逃，慌不择路中上了一辆出租车。

他想做什么？

车子被堵在路上，但如果凶手能在这时上车，那么这辆车停在紧靠路边的那条车道上的概率就很大。哪怕路被堵了，也可以往非机动车道上开。

穷凶极恶的杀人凶手可不管什么交规。

接下来是——追车大战吗？

等等……唐措忽然想起什么，把语音点开又听了一遍。他听得很仔细，一遍之后又一遍，直至他将那背景音中的小小的"咔嗒"声从中择出来。

"咔嗒。"

"嗒。"

"嗒、嗒、嗒。"

"咔嗒。"

这些声音不尽相同，有些比较清脆，有些比较连贯，听着像是——解压魔方。唐措记得小甜甜欧洲代购曾说过，他想留住买雨靴的豪爽客人，于是送了他一个解压魔方作为小礼物。

唐措也曾经有过这么一个小玩意儿，跟核桃差不多大，可以拿在手里玩。魔方的每一面都不同，有滚珠、小齿轮，还有摇杆等，发出的声音也略有不同。

也就是说，深情少年在车上，他就是车上原来的那位客人。

深情少年买的雨靴穿在凶手身上，凶手又恰好上了他的车，这是偶然还是特地接应？唐措一直不觉得深情少年会和凶手是一伙的，但同样不觉得他出现在西山路附近是偶然。

所以，他俩到底是什么关系？

唐措摸着下巴，再次开始推演——从凶手被狗撞破到他上出租车，前后时间一定不长，这是在短时间内发生的事情。

网上的信息传递是需要时间的，也就是说，此时雨靴的线索还未被扒出，关于那一箱碎尸的事情也才刚开始流传。

车上一共三个人——泡泡琦的爸爸，深情少年，凶手。

这里面，唯有泡泡琦的爸爸看起来跟这件事毫无关系。唐措对"阖家欢乐"这个微信号没有印象，但是看到过一个手机墓碑里有相关的账号，一个地图软件，登录的名称就叫"阖家欢乐"，地图软件跟出租车司机也很配。

他很快找到了这个手机墓碑，打开地图软件看到了实时定位，地点就在西山路拐弯之后距离一公里处的一座桥上。桥上还有红色标识，注明此处发生事故，已致一人死亡，提醒车主谨慎驾驶。

而此时的时间是，下午的一点五十四分。

唐措重新梳理时间线——

13:03，游戏主播遇害。

13:15，观众报警。

紧接着，是凶手推着装有尸体的泡沫箱子出现在西山路口，接到报警的警察也从这儿经过。综合凶手碎尸的时间以及出警的时间来看，这时最起码在13:30之后。

13:54，出租车已经停在了距离西山路不远的一座桥上。也就是说，如果凶手真的在出租车上，那根本就没有逃出多远，又停下了。

不论是出租车出了事故，还是有事故拦下了出租车，这个线索最重要的价值都在于——第三个死者终于出现了。

谁死了？

如今的地图软件很发达，在大数据的支持下，关于事故预警的更新是很快的。如果是出租车打滑撞在路边，造成事故和拥堵，信息也会很快反映在泡泡琦爸爸的手机上。

唐措更倾向于是车里这三个人中的其中之一死了，而不是某位无辜路人。

大胆的推理过后，便是暴力求证，唐措决定赌一赌，什么都靠推理、讲证据是很慢的，作为一个三流侦探，就得不走寻常路。

眼下凶手和泡泡琦爸爸的手机墓碑都已找到，在相信自身判断的前提下，有三分之二的概率，可以一试。

此时距离副本开始已经过了三个半小时，距离通关还有两个半小时，进度过半。

第一关卡，人生的分岔路，二十八位玩家，剩余二十四人。

第二关卡，灵魂公墓，一人健在。

第三关卡，人间信息转接公司，二十五位玩家，全灭。

第四关卡，世界是个精神病院，四十二位玩家，剩余二十三人。

一共九十六位玩家，死亡四十八，剩余四十八，正好一半。

肖童也是难得看到那么凑巧的数字，觉得这可能是冥冥中自有天意吧，神明非要让他做点什么，不做都不好意思。

可就在他从座椅上站起，伸手探向唐措的那个监控画面时，忽然感应到了什么，回头望向监狱大门的方位。

良久，他笑了笑，意味深远，但同时也收回手，重新坐回了椅子上。

第一关卡中，眼尖的玩家也发现乌鸦先生忽然不见了。靳丞回头看了一眼，若有所思，但敌人在前，没空去深究。

无论发生了什么，他们都只有等副本通关之后才能知道了。

没有了乌鸦先生，无戒在持有者死亡后，再度回到了肖童手上。靳丞没妄想能留下无戒，说到底，他们这些玩家和永夜城的 NPC 并非对立关系，没必要为了一件装备交恶。

而无戒消失之后，所有人的压力骤减，队伍推进速度加快，二十分钟内连过两个岔路口。

伤亡当然也在所难免。

前方的那条笔直公路，在中年危机来临时，出现多条岔路，众位玩家看着那一个个不同的路牌，心里再次出现了动摇。

"能不能停下来休息一会儿？"一个满头是汗的三十岁左右的男人朝前方的靳丞喊话，喘着气，如果仔细看就能发现他的手还在轻微地颤抖，尚未从战斗中恢复过来。

此话一出，所有人齐刷刷地看向靳丞，面露期盼。靳丞回过头来，神色平静，说："不能。"

男人的脸色变了变，焦急道："为什么不能？我们已经连续打了快四个小时，大家都已经到极限了。再有两个小时就能通关，休息一下也可以吧？"

"是啊。"另一人连忙帮腔，"没必要这么赶啊，如果不能休息，后面的伤亡会更重的！"

"我需要对你们所有人负责吗？"靳丞反问。

玩家们愣住，一时没人说话。

"这条路很长，我知道大家都很累，你们可以选择休息，但是我要到路的尽头去。我既然想去，就一定要去。"靳丞说着说着，蓦地笑了，耸耸肩，"你们不去，可不能不让我去啊，对不对？"

众人一时间竟无法反驳。

靳丞也根本不给他们再废话的机会，转身就走，干脆利落。冷缪自始至终不发一言，表情也没多大变化，甚至走得比靳丞还要早。

两位大佬走了，剩下一干玩家面面相觑。没过几秒，有几个玩家咬咬牙站起来，带着点儿一条道走到黑的坚决，跟了上去。

剩下的玩家却在犹豫中迟迟没有迈动步伐，不知到底该走向何方。大家讨论着、讨论着，就因为意见不合吵了起来，大约过了十分钟，几个明显是一个团队的玩家脱离大部队，走向了最左边的他们认为最简单的路。

"乌鸦先生说，人越多遇到的怪物就越多，我们分开走也好。而且没了靳丞和冷缪，我们现在的实力都比较均衡，应该不会再出现无戒那样的东西了。"

队伍自此分散。

二十一位玩家，分了三条路，但岔路之后还有岔路，最后会有多少条路，就不得而知了。

第四关卡，世界精神病院。

女人最终活了下来。郑莺莺那一刀下去，成功把她肚子里的东西杀死了，她肚子还大着，但至少不会再痛，连着两支药剂灌下去，也吊住了她的血线。

经过这件事情，病房里的气氛好了些，不再剑拔弩张，可郑莺莺最终还是没有与他们组队。一方面，她有信心压制孟于飞一次，却没有信心能一直压制住他，最后钱伟可能还是难逃一死。另一方面，难道304病房里的人真的不会反过来对他们下手吗？

未必吧。

趁着一个小时时限又到，怪物医生们忙于查房之际，郑莺莺带着孟于飞直奔顶楼的院长办公室。小怪眼看着是杀不完了，再碰到一次像304病房那样的情况，拖得太久，那不如干一票大的，擒贼先擒王。

当年她被关在里面，因为年幼和弱小无法逃离，如今手持无名之刃，就像一个复仇者，不仅要从这里逃出去，还要杀出去。

她没那能力把所有怪物一个个杀了，但只杀一个，不行也得行。

52

就在郑莺莺寻思着干掉BOSS时，唐措的开棺大业已进入尾声。

泡泡琦爸爸和凶手的棺材已经被劈开了，没有实体BOSS出现，都是无实体NPC。唐措接连与他们作战，泡泡琦爸爸好对付，但凶手毕竟是凶手，花了他一番工夫。

紧接着吸收灵魂光团，唐措又费了些时间，但收获同样丰厚。凶手的灵魂光团涨了他十点的智力，截至目前，他的智力点数已经从原来的65涨到104。

等到副本通关，他的智力点数恐怕会立刻超过武力值。而突破一百大关后，唐措能明显感觉到自己对魔法的掌控更自如了。

而两次开棺也帮助他直接锁定了死者的身份。

这不仅是因为排除法，更因为吸收灵魂光团时，唐措还能看到他们的记忆碎片，从而得知现场的真实情况。

西山路的这场大雨，下得真的比依萍找她爸要钱那天还要大。

明黄色的出租车冲上非机动车道，撞开路边的垃圾桶，掉头逆行。这么大的动静，哪怕雨下得再大都是掩盖不过去的，警察又恰好在附近。

警笛声很快响起，泡泡琦爸爸被凶手逼得一脚油门踩下，眼看着就要上演一出生死时速，给他平凡的人生添上浓墨重彩的一笔，孰料深情少年忽然看到了凶手脚上穿着的雨靴。

代购说过，这鞋子国内只有一双，他送给默默了！

深情少年瞪大了眼睛，目光移到凶手抵在他腰上的水果刀，再联想到跟默默约在西山路见面的事情，倒吸一口冷气。此时凶手虽用刀挟持着深情少年，但注意力大半在后面的警车上。见到警察开着摩托车追过来，他暗骂一声，掏出了手机。

他也许是想用手机联络谁，为自己安排后路，可刚把手机拿出来，就看到了一条推送。他微愣的当口，面部识别将手机解了锁，这个时候，他的表情变得十分古怪——错愕、震惊。

下一秒，他迅速将那条推送点开，甚至没有理会后面的追兵，抵着深情少年的刀也稍稍松懈。

那是一条关于西山路凶杀案的消息，是最早的路口捅人案，与凶手其实并无关联。可凶手沉着脸看得专注，而深情少年也在震惊过后，扫到了手机屏幕。他恰好看到了推送中的现场图片，看到了对于死者的体征描述，以及对于凶手的描述。

网上的信息，真真假假，在这么短时间内发出来的消息，没有经过查证，完全将恰好出现在路口的凶手与捅人事件混淆了。在深情少年眼里，就是身旁这个凶手杀了那个无辜的女生，而那个人是默默啊！身高有 173 厘米，黑色长发，穿着白色连衣裙和高跟鞋，背一个小熊图案的单肩包，跟默默出门前给他发的照片上一模一样！

刹那间，一道惊雷劈在深情少年的脑海里，将他的理智瞬间崩碎。他瞪大的眼睛里除了震惊、泪水，还有愤怒。

"你杀了默默，你竟然杀了他！！！"他怒了，怒火让他忘记了抵在腰间的刀子，也忘了恐惧，一把将凶手推开，并且毫无章法地抓住他的肩膀和后衣领，用力将他往车门上撞。

凶手正在看那则消息，完全没有预料到一辆出租车上的普通乘客，还是被他用刀抵着的弱鸡一样的男生，会突然发难。

"砰！"一腔怒火加持下的大力撞击，将凶手的脑袋直接开瓢。也许是他撞到的地方很巧，车门虽未被撞开，但车玻璃碎了。

碎裂的玻璃嵌进凶手的脑袋，大雨瞬间从破碎的窗口倒灌而入，裹着鲜血和碎玻璃，扑了深情少年一脸。

他愣住了。玻璃划过脸颊划出一道血口，他也没反应，只怔怔地看着眼前的一切，似乎难以相信这是自己做的。

泡泡琦爸爸也愣住了，车子刹那间失控，一个打滑就要撞上桥墩。

凶手却在此时反应过来，不顾满头满脸的血，千钧一发之际，揪住深情少年的衣领，打开车门拽着人跳出去。跳出的刹那，车头撞上桥上护栏，一声巨响后，仍未能止住前冲的势头，一头扎入河中。

"砰——"出租车入水。

在泡泡琦爸爸的记忆里，瞬间的失重和恐惧几乎掐住了他的喉咙，让他无法呼吸。但后面的车门是开着的，大雨无情地拍打着他的后脑勺，冰冷触感让他回过神来。

女儿小时候送他的唯一一件礼物，一个平安扣就挂在他的车里，他用余光瞥着平安扣，想起自己的女儿，心底陡然生出一股勇气来，解开安全带、放下椅背，不管不顾地往后爬。

车头已经入水，他打不开前面的车门了，情急之下看到后面的车门开着就往后爬。河水也在这时从后面灌进来，他一把扒住破碎的车窗，也不管碎玻璃扎进掌心，用力地拉、用力地踢，终于从车里挣脱出来。

另一边，凶手抓着深情少年滚落桥面，也不去管坠桥的出租车司机，揪着深情少年喝问："你跟默默什么关系？告诉我！默默怎么会在西山路？！"

深情少年差点被他晃晕了，大雨砸在他脸上，又让他差点睁不开眼："放、放开我！你这个杀人凶手！是你杀了默默！"

"你闭嘴！"凶手一拳打得深情少年后脑勺磕在地上。深情少年心痛极了，又痛又怒，理智再次下线，跟凶手扭打在一起。

凶手的刀落在了车上，两人都手无寸铁，变成了最原始的互相殴打。

唐措一边看着一边忍受着灵魂光团给自己造成的震荡，脑子一抽一抽地痛，眉头也不禁蹙起。

两人打得实在难看，你给我一拳我还你一脚，但总体而言还是凶手占了上风。他传达给唐措的情绪，已经是歇斯底里。

"默默"这两个字显然刺激到了他，尤其是当深情少年喊出"你杀了默默"这句话时，他情绪波动之大，在唐措的精神海上掀起了狂风骤雨。

深情少年不知道实情，但凶手是知道的。他没有杀西山路那个人，他只是推着尸体路过，远远地站在那儿看了几眼。

人群太拥挤，雨下得又太大，他根本没看到那人的脸，只是冷漠地看着，像往常一样用高高在上、如神祇般的姿态俯视着周围那些无知的人群。

可是这个人说什么默默死了？

"你闭嘴！闭嘴！"他越打越狠，用了十成十的力气，想要对方把嘴巴闭上。

深情少年差点儿被他打死，好在警察及时赶到，将两人拉开，并将凶手制服。围观群众都躲得远远的，在车里，抑或是周围的商铺里小心观望，还有很多人举着手机在拍照录像，但谁都不敢出来。

"默默是我弟弟！我怎么会杀他？！他不可能死，是你在撒谎！"凶手被警察摁在地上，双眼仍死死地盯着深情少年，咬牙切齿。

深情少年嘴角流着血，躺在地上，别人也不敢随意动他。他听见声音看过去，看见那双凶兽一般的狠厉却又绝望的眼睛，用尽全部的力气大声说："你、你骗人……"

"默默那么……好……怎么会有你这样的……哥……哥……"说完他就痛苦地咳嗽起来，一位警察过来帮他挡着雨，焦急地呼叫救护车，彻底隔绝了凶手的视线。

凶手已经被铐起来了，听见那句话，瞪大眼睛安静了数秒。就在警察以为他束手就擒时，他忽然绝望地大叫，挣扎着要冲向西山路的方向。那瞬间爆发的力道实在太大了，大到竟让他挣脱了束缚，跑了出去。

他刚从那儿逃出来，现在又要回去。

两个警察急忙大步追上，一起用力将他掼倒在地，死死压制，再不允许他踏前一步。他叫着、挣扎着，眼睛死死望着西山路路口的方向："放我过去！让我去见他！

"放开我！！！

"放我过去！

"默默！"

他越是挣扎，就被钳制得越厉害。大雨打湿了所有人的衣服，血水混在雨水里流淌，从桥边坠落，似珠帘，即将去河里流浪。

"默默啊……

"求求你们让我过去，让我看他最后一眼……"

怒吼变成了哀求。

从他闯入出租车逃离到这里，其实不过短短一两公里的路程。但别说一公里，现在就是一百米，他也去不了了。

至此，凶手落网，但死者不是泡泡琦爸爸，也不是重伤的深情少年，而是最早的西山路案件中，那个错把无辜路人当女朋友捅死的男人。

他捅死人之后，大约是慌了，又发现自己杀错了人，丢下刀转身就跑。很凑巧的是，他跟凶手的逃跑路线一模一样，唯一的区别是——他是靠双腿走的，走得并不快。

他越跑腿越软，尤其在听到警笛声后，跑不动了，又慌乱，最终一屁股坐在了桥边。桥边有个失意青年，喝醉了酒，见他如此落魄，揽着他的肩要跟他称兄道弟。

醉鬼说人生太难了，他太丧了，所以要跳河。

"丧啊，你看天都给我哭丧呢。"这是唐措在另一个西山路围观群众的手机里看到的。"丧"这个词，在所有人的故事线里，出现的频率仅次于"的地得"和"你我他"。

男人喝了醉鬼的酒，喉咙里火辣辣的，终于感觉到了一点暖意。理智回笼，他深深地后怕起来，又站起来想继续逃。

就在这时，一辆失控的出租车冲上石桥，把他连人带桥栏撞进了河里，快得他都没来得及发出一声惨叫。

"大兄弟你怎么自己跳了呢？到底是我跳还是你跳啊？！"醉鬼被那车子飙过的劲风一带，人也差点掉进河里。好在他本就抱着桥栏，离男人也不是很近，堪堪站在了那破损处的边缘。

他眨巴眨巴眼睛，又抬手用力揉了揉，晕乎乎的脑袋被冷冰冰的雨水一拍，好像清醒了些。

"欸？"他看到凶手和深情少年在互殴，又回头看看河里的出租车，吓出一身冷汗。

唐措看到了别在他胸口上的工作铭牌，上面写着他的名字和职位——市场推广部，陈俊。

这不就是那个因为工作忙碌和外卖员误点导致没吃上饭，怒怼上司，结果被上司开除的"社畜"陈俊吗？

唐措记得他在发给朋友的信息里说，心情不好，要去买醉。

现在看来，这场醉酒终将教会他生命的可贵。

唐措则在厘清事情的所有来龙去脉后，不可避免地感到了一丝荒诞。

这三桩案子，排除所有与当事人无直接关联的偶然因素，譬如外卖员、狗主人、泡泡琦、陈俊等，实际上是一个不断回还的双箭头。

劈腿的渣男因为挽留女友不成要杀人，却误杀了无辜路人。

无辜路人的哥哥是个穷凶极恶的连环杀人犯，恰好杀了渣男的前女友。

两人杀人的时间是差不多的，杀人之后逃跑的路线又是差不多的，也就是前脚跟后脚的关系。最终，凶手乘坐的出租车撞死了渣男。

因为冲动杀人的男人，也因为他人的冲动而丧命。

穷凶极恶的凶手虽然活了下来，但将接受法律的审判，在无穷无尽的悔恨和折磨中度过最后的时光。

因果报应，屡试不爽。

可逝去的生命不会再回来了，这么一想，唐措的心情就变得不怎么美妙。永夜城的副本对玩家总是抱着诸多恶意，玩家在人间作的"恶"，它总要放大十倍来给你看。

唐措觉得从踏进永夜城的那一刻开始，所谓的清业程序就已经启动了。人们所背负的罪，远不止生存评估报告上写的那些。

连番打斗后，唐措虽然成功把灵魂动荡指数调整为零，也喝了药恢复生命值，但他本就有低血糖的毛病，脸色还是略显苍白，也越发冷。

很快，他找到渣男的手机墓碑，速战速决。

战斗几乎同时在三个关卡打响。

靳丞是一直在打从未停过，越到后面怪物越强，难度堪比西天取经。郑莺莺和孟于飞顺利避开绝大多数怪物医生的巡逻，经过几次小打之后，摸到了院长办公室。两人一左一右站在门口，屏息凝神，倒数三秒。

"三、二、一！"不是冲进去，而是把两根点燃的爆竹塞进了门缝里。这是他们从楼下上来时，从一个玩家那里拿到的。他们杀了正要抓走玩家的怪物，再拿走爆竹，很公平。

两声爆响中，房间里传来怪物的低吼声，还有重物倒地的撞击声。孟于飞立刻踹门而入，郑莺莺则拿起了走廊里的灭火器，后退一步。

她得积蓄力量，寻找机会用无名之刃给怪物致命一击。

肖童同时留意着三处的情形，相较而言，单打独斗的唐措反而是结束得最快。他脸色的苍白程度和凶性似乎是成正比的，脸色越苍白，凶性越强，打得越狠。

这第二个 BOSS 的实力跟第一个差不多，但在唐措手底下走十五分钟就倒下了，这还是在战斗波及附近两块手机墓碑，召唤出两个灵魂体共同作战的情况下。

但这一次，唐措没有急着吸收灵魂光团。大战过后他状态不稳，如果立刻吸收会使糟糕的状态叠加，不利于恢复。而且他的治疗药剂也只剩下最后一支了，得省着点用。

他决定先去找默默的手机墓碑，找到之后再吸收光团。

可默默的墓碑藏得很深，半个小时过去，唐措连深情少年的墓碑都找到了，愣是没找到默默的。

深情少年的手机界面是支付宝，能看到他的历史账单，其中有一笔是买雨靴花的钱。唐措又用泡泡琦的号从代购那里套到了雨靴的交易价格和具体的时间，都对得上。

默默的墓碑到底是哪块呢？

唐措站在最前头的一块墓碑顶上，目光再度扫过整个墓园。此时的墓园已经因为数次战斗而变得狼狈不堪，昏暗的天光里，残余的手机墓碑散发着幽幽蓝光，很适合拍鬼故事。

副本没那么容易通关，关于默默的线索一定就藏在细枝末节的地方。而他之所以不好找，是因为关于他的信息太少了。他又是个会男扮女装的人，手机里的内容很难用性别去界定。

此时距离六小时时限还有最后一个半小时。

唐措不想浪费时间，但也不急，觉得身体恢复得差不多了，便先去吸收灵魂光团。在渣男的灵魂光团里，他终于看清了默默的正脸。

这是一张偏中性的脸，戴了假发之后很英气，身材又高挑，像个模特，虽然穿着女装但胸还是平的，走路自信大方，眼神看着也很干净。

默默跟深情少年的故事，唐措并不想知道。默默跟哥哥相依为命的故事，哥哥又是怎么走上连环杀人犯之路的，唐措也不想知道，但默默给唐措的观感很好。

这大概是所谓的眼缘吧。

记忆中的画面一闪而过，唐措仔细回忆着默默身上的细节，跟剩余的手机墓碑做比对。

默默抽烟，从包里掏东西的时候，露出过烟盒一角；用的是名牌的黑管口红，手上戴着的是昂贵的镯子；皮肤很白，保养得很好，但手上有茧。看茧子的位置，不是常年敲打键盘敲出来的，而是笔磨出来的，两者略有不同。

画家？设计师？他还遗漏了什么？

唐措仔细回忆，目光扫过面前这许多的手机墓碑，忽然灵光乍现——默默的手机界面是什么？

渣男拿刀从后面捅默默的时候，默默正好拿着手机站在路口等红灯。一刀刺中，默默蓦然回头，手机就从手上掉了下去。

屏碎的那一刻，唐措记得瞥见过手机的屏保，是一张图。如果说这灵魂公墓里的手机墓碑显示的都是真实的界面，那代表默默的那块墓碑显示的应该就是那张图才对！

唐措看不清那张图上具体是什么，但知道大致的颜色和感觉。那是蓝色和粉色交织的画面，单凭颜色，唐措能将范围缩小至五块墓碑。

他又迅速将那五块墓碑用排除法一一排除，直至剩下最后一块。

浅粉色的天空和淡蓝色的海，铺满了整个屏幕。这是一张看了能让人平静下来的画，笔触很柔和，画面简单却不单调。

手机里只有一个备忘录，备忘录里藏着一段现代诗——

> 是笔在绝望中开花
> 是花反抗着必然的旅程
> 是爱的光线醒来
> 照亮零度以上的风景

唐措自诩文盲，除了课本上的之外，就没读过别的什么诗，当然也不知道这诗的出处，不过大致的意思看得明白。

豁达又乐观的默默，大约是跟哥哥截然不同的两种人。

可惜。

带着些微的遗憾，唐措拔剑，利落地向映着诗文的墓碑砍去，"咔嚓"一声，墓碑碎了，唐措又一剑，将棺材劈开。

光芒乍现，尘土飞扬，如同前两次一样，一个有着实体的身影在那光芒中出现。

唐措已经做好了战斗的准备，不等光芒散去，便先发制人。裁决之剑亮起圣辉，一剑狠狠劈下，却似劈到了什么金属物体，"当！"裁决之剑被稳稳架住。

就在这时，唐措看清了 BOSS 的脸，心中一凛。

"典狱长阁下。"唐措立刻抽身，拿剑的手自然垂下，大拇指悄悄抚摩着手上的夜莺戒指。

他凝眸，脸上的表情却还平静，直视着从那光芒里走出来的人。

"K27216，唐措。"肖童拿着无戒，不疾不徐地从破裂的棺材里走出，唇边挂着微笑，"我们终于正式见面了。"

"典狱长贵人多忘事，我们刚刚才见过。"唐措答。

肖童看他这一脸平静还自带正气的模样，跟个英雄似的，就觉得好玩儿，不禁问："你这是天生的吗？"

唐措明白他问的是什么，面无表情地道："也许。"

肖童笑了笑，握着无戒的手背在身后，悠闲自得地走到唐措身边，偏头看他："不需要这么防备我，如果我想害你，你现在已经死了。靳丞应该告诉过你，你们对上我，没有胜算。"

"所以典狱长阁下想做什么？"

"跟你做笔交易。"

<h2 style="text-align:center">53</h2>

典狱长肖童的交易，肯定不是一般人能做的，不论得到什么，付出必定巨大。

唐措不知道靳丞跟肖童之间有什么过往，但结合刚才见面时肖童对靳丞说过的话，以及那光头小姑娘在进了监狱后发生的一系列变故，唐措怀疑——肖童所说的交易，与靳丞和小姑娘的事或多或少有点关系。

"有兴趣留在 G 区当典狱长吗？"肖童问。

果然。

唐措虽然没想到他是找接班人，但也不怎么意外，反问："永夜城应该还不需要你们自己找新人接替吧？"

"是不需要，但是我坐过的位子，要什么人来坐，由我自己来决定。永夜城——"肖童蓦地笑了，"你难道也希望什么都听永夜城的吗？它让你生就生，让你死就死？"

唐措："这不是一回事。"

"在我看来这就是一回事。"肖童手上轻轻一甩，甩棍伸长，点地，就变成了一根手杖。他拄着手杖眺望整片墓园，说："我看得出来，你跟靳丞是一种人，你们不都想知道永夜城的秘密吗？只要成为典狱长，你就能接近那个秘密，甚至——成为这个秘密的主宰。"

"主宰"，这两个字听得唐措心中一惊，看来永夜城确实藏着什么秘密，不过那又怎么样呢？

"既然阁下知道我们是一种人，就应该猜到，他会拒绝你，我也会拒绝你。"唐措道。

肖童："都不听听我开出的筹码吗？"

唐措："十二乐章？"

听到这话，肖童终于挑了挑眉。这接二连三的，唐措每每都似提前知道了他要说的话，再配上那一张充满正气的脸，如果是他的对头，恐怕得气到吐血。

"十二乐章也无法打动你，是吗？"肖童语气轻松，没有以势压人，看起来也不似生气模样。

"怪靳丞。"唐措道。

这没头没尾的一句话，让肖童再度挑眉，他隐约明白了这话的弦外之音，但并不想接话。唐措很有礼貌地为他解释："乐章见得多了，就不稀罕了。"

肖童气笑了。他现在可算是明白为什么靳丞跟唐措能走到一块儿，这说话的气人程度，叫青出于蓝而胜于蓝，绝配。

"看来是我多此一举。"肖童不生气，真的一点儿都不生气。他其实知道唐措一定不会答应，但试一试，逗逗小朋友，可不就是无聊生活中的一点乐趣？

而且，这样的小朋友最不乖了，见了长辈总喜欢绕着走，一点都不乐意陪他玩游戏。好不容易逮到一次，不让他掉几滴眼泪怎么能开心呢？

肖童越云淡风轻，唐措心里的警惕就越重。尤其是当肖童的嘴角再度勾起的时候，唐措心里的戒备达到了顶点。

他不由得握紧了剑柄，而这时，肖童也终于有了下文，说："三分钟。只要你在我手里撑过三分钟，就算你通关。"

话音落下，肖童给唐措做了个请的姿势，甩棍未动，手腕上的那串小金铃铛却随着他抬手的动作而叮当作响。

不知怎的，唐措就想起了反叛者伊索。他们两个给人的感觉很相似，但毫无疑问，肖童要比伊索可怕得多。

"丁零。"

铃铛声响，甩棍提起又重重点地。

"丁零。"

一股莫大的威压扩散开来，唐措脸色骤变，想要调动精神力去对抗，可那铃铛声却似毫无阻碍地穿透他的脑海，给他的精神海带来紊乱。

唐措无法全力抵挡那威压，整个人便似被千斤压顶，身体重了不少。

"丁零。"

唐措再不迟疑，一剑挥出，强行破局。

肖童面对唐措的剑尖，不闪不避。在剑尖马上要刺中他的胸膛时才侧身避过，整个动作看起来犹如闲庭信步，唐措的剑根本沾不到他分毫。

"啊啊啊啊啊——"恐怖娃娃发功，暂时抵挡住了铃铛的声音。唐措也根本不指望一剑就能伤到肖童，反而借肖童闪避时，迅速与他拉开距离，转身，卡牌出手，流星飒沓。

李白系列主题套卡之一，仅剩最后一次使用机会。

漫天的流星如雨般落下，拖着璀璨的、炫目的尾光，将肖童周身五米范围笼罩。可肖童抬起甩棍，也不见他用出什么花哨的招式，黑色的棍子便将一颗流星击碎。

一颗之后又一颗，那些流星根本不能近身。下一秒，他将一颗流星朝唐措打来，速度几乎是流星坠落的两倍。

唐措借力在墓碑上跃起，双手持剑，跃下的同时一剑斩下，将流星斩碎。说时迟那时快，肖童的身影就在此时冲破流星的覆盖范围，那黑色的棍身眼看着在唐措面前不断放大。

"当——"棍与剑敲击，骤然爆发的冲击力将周围的烟尘全部扬起。

唐措只觉手臂发麻，胸口仿佛受到了重击，嘴巴里也尝到了一丝甜腥味，哪怕那根甩棍根本没有直接打到他的身上。

"去。"肖童发力，唐措便被直接击飞，后背重重地撞在一块手机墓碑上，这才堪堪停住。

他抬手抹掉嘴角的血，黑白分明的眸子紧盯着肖童，丝毫不怯，反倒充满战意。

与此同时，郑莺莺与院长大BOSS的打斗也趋近白热化。

孟于飞负责主攻，而她则在场外游走，用灭火器作为远攻武器牵制对方。当然，她在那灭火器里是加了料的，否则也不可能对BOSS产生多大伤害。

终于，她寻到一个空门，毫不犹豫地冲上去，对准BOSS的下腹就是狠狠一刀。为了防止BOSS防御过高，造成刀脱手的情况，她还用布条把刀绑在了自己手上。

果不其然，BOSS的防御比之前的怪物医生强了不止一倍，但郑莺莺几乎是把自己所有的重量都压在这一刀上面，再加上无名之刃本身的逆天属性，还是破开了 BOSS 的皮肉，狠狠刺了进去。

"嗷嗷嗷——" BOSS 发出痛苦的怒吼，一掌向郑莺莺拍去。郑莺莺想要将刀抽出来，却一时抽不出，又无法做到弃刀，只能尽可能借 BOSS 庞大的身躯隐藏自己的身体，将自己挂在 BOSS 身上。

一掌之威，哪怕隔着万象斗篷，BOSS 还是差点拍碎了郑莺莺的肩膀，但同时也误伤了自己。孟于飞趁机出手，接连两刀在 BOSS 身上捅了个血窟窿。

第一关卡，在经历了人生的种种抉择后，靳丞终于看到了最后一块路牌——终点。

这一条路与以往的路都不一样，前面是一条路分了很多个岔路口，需要玩家去选。而现在，是许多的岔路在这里汇集，变成唯一的一条路。

到底有多少条岔路汇集到这里呢？数不清，因为岔路之上还有岔路，就像一棵大树繁盛的枝丫，无穷无尽。

"殊途同归。"沉默了一路的冷缪说出了这四个字。

跟在后头的五位玩家相互搀扶着，望着那多得数不清的岔路，都不禁生出一股解脱之感。殊途同归，不论怎么说，他们都走到尽头了。

五人一下子脱力地坐在地上大喘气，每个人身上都带着不小的伤，甚是狼狈。

整整五个多小时，不停地打、不停地做选择，他们连喘口气的机会都没有。更别说这完全是模拟人生，走最艰难的路，打最难打的怪，回头望向来路，都不知道自己究竟怎么撑过来的。

生平第一次，看到"终点"两个字，竟叫人喜极而泣。

"接着。"忽然，靳丞扔过来几瓶治疗药剂，正好一人一瓶。

玩家们此时哪还跟他瞎客气，赶紧喝了，生怕靳丞一言不合又去前头打怪。不怕敌人太强大，就怕队友太生猛。

喝下治疗药剂后，几人总算缓过一口气，这才有闲心去想其他的玩家。那些人跟他们走了不同的道，也许走着走着又在别的岔路口分散了，也不知道现在走到了哪里，是否还活着。

思及此，有人下意识地去看其他的岔路，可怎么看都不像是有人来的样子。

"走了。"前头，靳丞果然没有留出太多的休息时间，自顾自说了一句，便坚定地踏上了"终点"之旅。

玩家们纷纷强打起精神追上去，走了五六分钟，终于看到这最后一关的 BOSS。

两个青皮怪物，一左一右挡住了去路。它们身形高大，目测有三米多高，小腿发达，耳朵很大，双手是巨大的镰刀，巨型脚掌。

靳丞微微眯起眼——敏攻型 BOSS。

敏捷攻击型，速度快、瞬间爆发力强，是所有类别的 BOSS 中靳丞最不想碰到的。因为对于他这种远程弓箭手来说，这会大大降低他的命中率。

不过好在他带了冷缪。

"各位朋友，偷懒的时间到了。"靳丞回头，笑着跟后头的几位玩家眨眨眼，"如果不想死，最好躲得远一点，接下来，是我们这位冷缪大魔法师的舞台。"

冷缪侧目，真想直接打死他。再回头看，五位玩家在大佬冰冷的目光中，齐齐后退三步，而后又讪讪地笑着，再后退五步。

只是两口呼吸的工夫，五个人已经回到了路口。

"怎么了，大魔法师？你还需要他们帮忙吗？"靳丞在一旁说风凉话。

"闭嘴。"冷缪黑着脸。

"这我可闭不了嘴。"靳丞摊手，随即取出机械弓，放在手里掂了掂，余光瞥向那两位守关大将，道，"你用魔法限制他们的活动范围，我主攻。"

冷缪，擅长空间系魔法，成名绝技"空气囚笼"，是一切敏攻型 BOSS 的克星。靳丞带着他，原来是看中了他的"大裂缝术"，如果肖童执意不肯放他们离开，可以用大裂缝术进行空间转移。肖童再厉害，也没有十二乐章能够禁锢一整个区域那样强大的威力，想要逃还是逃得掉的。

只是没想到，在这最后一关，冷缪的魔法还能有大用处。

冷缪虽然脾气臭，可动起手来绝不含糊，见靳丞已经有了主意，也不再跟他多废话，法杖从袖中滑出，出手就是一道空气墙，将两个 BOSS 分隔开来，紧接着又是一道空气囚笼，将其中一个 BOSS 罩住。

怪物被触发，两只镰刀状的手立刻挥向囚笼，速度极快，只几下就让那透明囚笼出现了裂缝。但与此同时，靳丞的金属箭出手，还是分裂箭。

冷缪一眼不眨地盯着，等到金属箭即将进入怪物五米范围内，立刻撤除囚笼，给箭让道。怪物的反应也不可谓不快，但它再快，也快不过分了三个方向包抄而来的箭。

"噗！"一支箭插入怪物肩膀，差点将之洞穿。

退至路口的五位玩家看到两位大佬轻轻松松地就拿下第一滴血，饶是跟着打了一路，脸上也不免露出惊讶的表情。

另一边，唐措的生命值却已经掉到了 21%。

此时距离开战，才过了三十秒。

短短的三十秒，唐措的大脑就像上了发条的机器，每一次出招都是推演了无数方案的结果。

这也归功于那几十个灵魂光团给他增加的智力点数，虽说不能提高智商，但在那短短的一秒时间里，唐措精神海时间的流速好像变慢了，能够容许他思考更多。

三分钟，听着很短，但肖童攻击力太高，只要被他全力击中一下，可能就是生命值直接归零的结果。

唐措有什么呢？

恐怖娃娃？这对那串金铃铛的抵制效果有限。

疾跑？①空中漫步？火球术？这些小手段对于肖童来说好像都不顶用。卡牌已经用完了，左轮手枪、加特林这些也不能对肖童造成什么伤害，剩下的只有——月光潮汐！

骤然爆发的魔法洪流，传说级装备，让肖童不得不迅速避退。此时唐措也顾不得保存更多墓碑了，月光潮汐追着肖童而去，所到之处一切都化作齑粉，溶解在月光中。

肖童退得再快，也快不过这瞬间爆发的洪流，眨眼间便被月光淹没。

唐措却不敢放松警惕，晦涩的魔法咒语从他口中念出，只几个呼吸的时间，他的周遭就凝聚了许多的小火球。因为智力点数的增加，还有"一颗魔法石头"的增幅，他如今制造火球的速度已经很快了，几乎可以瞬发，念咒语只是辅助。面对肖童，他可不敢有一丝一毫的松懈。

大约十五秒后，月光消散，肖童的身影重新出现在墓园里。身上的衣服虽然有多处破损，脸颊上也有一丝血痕，但他挂着黑棍站着，嘴角噙着笑，看起来还是那么云淡风轻。

"还有吗？"肖童问。他看了唐措前两场战斗，知道他肯定有底牌，只是没想到会那么早拿出来，还是个大的。

传说级别的装备，果然很带劲。

尽管有心理准备，但看到肖童几乎毫发无损地出现在眼前，唐措的心还是往下一沉。这三分钟，与其说是平等的战斗，不如说是一场逗趣。

肖童见他不答话，也不在意拖这一两秒，目光扫过他周身那些火球，脸上露出一丝玩味："星火燎原？不对，只是些小火球。"

一些小火球能弄出什么名堂？肖童很期待，但唐措不动，那就只好他来动手了。

"咻！"唐措只觉眼前一花，本来站在墓园另一端的肖童就出现在他眼前。

———————————————————

① 获取来源：风雪夜归人；品质：普通；分类：技能；描述：奔跑速度提升20%。出自《人间试炼游戏》第二章：风雪夜归。

黑色甩棍如一道电光袭来，重重地砸向他的脑袋。

千钧一发之际，唐措硬生生将身子侧开，同时抬剑格挡。但这一击的力量太大了，裁决之剑跟无戒刚一接触，唐措就觉得一股巨力拍向整个身子，骨头都要断掉，更别说因为这一击，肖童手腕上那串金铃铛又开始作响。

"丁零。"

唐措立刻咬破舌尖，强行让自己保持镇定，与此同时那些环绕周身的小火球突然爆开。

小火球，哪怕有一千个，肖童也丝毫不放在眼里，可就在火球爆开的一刹那，肖童却从火光中闻到一丝令人不安的味道。

再看唐措，他突然收力，借肖童刚才的那一击被震出火光范围。

有诈。

肖童也立刻抽身，可就在他退出十米开外，落定时，忽然感到眼前一阵眩晕。而且以他这么强大的实力，也无法在短时间内将这种眩晕驱除脑海。

"这是什么？"他看向唐措。

唐措拄着剑单膝跪地，偏头吐出一口血沫，这才抬头看他，答道："致幻的东西。"

秘湖之泪，"精灵之森"副本出产，独角兽阿默送给他的礼物。这本是一种具有强烈致幻效果的高级素材，是用来做药剂或做装备的，但唐措向来不走寻常路，把一滴秘湖之泪混进了突然爆发的火球里。

永夜城的高级素材，可不会被区区火球术直接蒸发，但大火可以将这滴秘湖之泪蒸发成水雾，以最快的速度扩散开来。

此时时间过去一分四十六秒。

肖童兴致大增，唐措则借着这个机会把最后一支药剂灌下，没办法，他的生命值经过刚刚一击仅剩 3%。

而随着他点数的增加，一支治疗药剂能够补充的生命值比例也越来越少了，一整支灌下去，也才恢复到 95%。

"还有一分多钟，你要怎么撑过去呢？"肖童轻点额头，大脑还是有点晕乎，但这不影响他逗小朋友。

唐措："硬撑。"

肖童没想到他还真回答了，这答案真有猛士的风格，而这一来一回，又是五秒钟过去。肖童甩了甩棍子，微笑道："拖得也够久了，接下来我可要动真格了。"

VI

彩 蛋 游 戏

叮！

恭喜玩家触发彩蛋游戏——躲猫猫。

本轮游戏共十七位玩家，一人躲藏，十六人抓捕。

游戏双方均可在四个关卡内自由移动，成功躲藏或抓捕即为胜利，

胜利方立刻刑满释放，失败则原有刑期翻倍。

限时三十分钟。

生存不易，运气为先，

游戏现在开始！

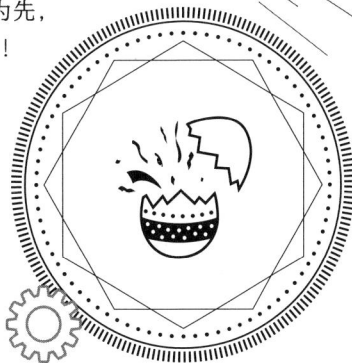

54

典狱长肖童的实力到底有多恐怖，唐措可以在三十秒内用自己的亲身经历告诉你。

短短三十秒，唐措因为治疗药剂而补充的生命值，直接被打到 30% 以下，这还是他用出了圣光护盾的结果。

唐措直到此时才明白，刚才的肖童确实留手了，而且留的不止一星半点。

从肖童说动真格开始，他所有的攻击都被附上了雷电效果，不仅威力翻倍，被击中后还会造成麻痹。

关于这些，其实靳丞在来 G 区之前都跟唐措讲过，但听到是一回事，真正亲身体会又是另一回事。

肖童把伸缩甩棍收至最短，再一甩，甩棍没有变长，反倒甩出了一根电弧长鞭。那鞭子随着肖童的甩动，甩出了三五米，且威力极大。

唐措的圣光护盾就是被这鞭子逼出来的。护盾可存在十五秒，唐措用它抵挡肖童的攻击，刚开始还好，可三鞭之后，护盾上就有了细微的裂缝。

"咔！"第十一秒，护盾破裂。

唐措虽然躲闪得快，但手臂还是被鞭子扫到，留下一道深深的血痕。雷电便从这道伤口进入，钻入血管，所以他受的伤远比表面上看还要重。

还剩三十多秒，29% 的生命值，该怎么办？

而肖童说要动真格的，好像就真的不打算留手了，电鞭毫不留情地朝唐措挥去。他的步伐也快如鬼魅，明明上一秒还在五米开外，下一秒就到了近前。

这不是瞬移，因为原地还留着他的残影，是速度过快，快到你的肉眼看起来，他只是在走，闲庭信步般跨出一步，就来到几米开外，微笑着扬起电鞭，一鞭甩下，便能打得你魂飞魄散。

唐措被逼得喘口气的机会都没有，甩手扔出恐怖娃娃为自己挡下一击，但一击过后这道具也就作废了。恐怖娃娃之后是加特林机枪，接连两个道具为他争取的时间只有六秒。

"啪！"唐措还是被电鞭抽中，砸在地上。一道可怕的鞭痕从肩膀一直延伸到腰际，鞭痕两侧不只血肉外翻，更有焦黑。

尽管唐措能忍，但极度的疼痛还是让他的肩膀轻微颤抖。雷电附带的麻痹效果更是让他无法第一时间站起来，勉力抬头，便见视野里出现一双锃亮的、到现在为止都没沾染上几粒尘埃的皮靴。

"我再给你一个机会，要不要留在 G 区？"肖童的声音伴随着清脆的铃铛声响起，让唐措的大脑一片混沌。

他甩了甩脑袋，掌心用力握紧，将一颗石子刺入血肉，借疼痛保持清醒，再度反问："你不觉得，G 区对于典狱长而言，就是一个牢笼吗？"

典狱长虽然是 G 区的主宰，但永不能踏出 G 区半步。

正如林砚东，他是 A 区的无冕之王，是资历最深的老将，谁都要卖他一个面子，可他不能离开 A 区。

个中缘由唐措并不知晓，但对他和靳丞这样的人来说，不自由，毋宁死。

听到他的话，肖童笑了，不像之前那样充满斯文败类气息的微笑，而是笑出了声。他一脚踩在唐措的伤口上，俯身看着他，说："说实话，我很欣赏你，哪怕是靳丞也不敢第一次见面就跟我说这种话。"

唐措瞄了眼生命值，已下降到 6%，他喘着气，疼痛让他几乎说不出话来。

"你还有什么招呢？我很期待。"这样说着，肖童再次扬起了电鞭。他的动作很慢，似乎真的在等唐措的后手，又像是种慢性折磨。

"啪——"一鞭挥下，却扑了个空。电鞭打在地面，将坚硬的花岗岩打成了粉末和细小的碎块，唐措却不见了。

这一下，肖童眼底的兴致终于被彻底点燃，环顾四周，最终确定了一个方位，拖着电鞭走去。

唐措就在那个方位的某块墓碑后面，跪倒在地，无声喘气。刚才那一招，是青藤徽章的镌刻技能，瞬间移动。让玩家瞬间转移至周身百米范围内的任何地方，不受任何技能限制，冷却时间 24 小时。

此时距离三分钟时限，还有最后的九秒钟，唐措能用的道具、技能和装备几乎全都用过了。

第八秒——肖童一鞭打掉了唐措藏身的那块墓碑，但唐措提前转移，避过了这道攻击。

第七秒——肖童的鞭子追着唐措而去。

第六秒——唐措狼狈逃窜，生命值降到 4%。

第五秒——地动术、冰盾、火球术等，所有能用的小花招全部用上，为唐措又争取了宝贵的一秒。

第四秒——肖童一鞭缠上唐措的脚踝，将他掼倒在地："抓到你了。"

第三秒——一蓬烟忽然从唐措身上炸开，只一瞬，肖童便再度丢失了唐措的身影。他起初还以为这又是一次瞬移，但很快就发现这不过是变身。唐措变成了一只黑猫，凭借娇小的身体从电鞭的束缚中逃脱。但这不是技能，而是来自唐措从"决胜魔鬼城"获得的奖励——变身药剂配方。他把药剂配方交给闻晓铭，闻晓铭经过大半个月的时间，用他那还不算多成熟的魔药学技能，炼出了唯一一支变身药剂，并作为配方的报酬给了唐措。

第二秒——肖童的电鞭再次阻截黑猫的去路，在变身药剂的作用下，唐措一时还变不回去，就连裁决之剑也无法施展。

最后一秒——一鞭落下，扑了空。

> 叮！
> 恭喜玩家完成单人关卡"灵魂公墓"。
> 难度：噩梦。
> 评级：A+。
> 获得人物点数：80。
> 当前为第一通关关卡，获得点数奖励 +20%……

听着播报声，肖童看着地上被打出的裂缝，微微挑眉。他回头，看到黑猫出现在他右侧五米开外的一块墓碑上，鲜血顺着他的猫掌落下，在还亮着的手机屏幕上滑出殷红血痕。

这又是怎么回事？

肖童收起鞭子，仔细在这空气中嗅了嗅，终于嗅到点不同寻常的味道："是时间的味道……时间掌控？"

黑猫没有回答。

"不。"肖童又摇头，"不只是这样，还有治疗魔法的气息。"

唐措虽赢了，但还是感到心惊。肖童着实可怕，他已经拼尽全力，可肖童还是能在短短几秒内就说破他的计划。

如果肖童再谨慎一点点，唐措今天就死在这儿了。

没错，他在最后那一秒里用的技能就是"时间暂停"和"治疗术"。

时间暂停：暂停时间一秒钟。

在这一秒钟内，玩家本人可自由活动。冷却时间一小时，仅限副本使用。

唐措的这个技能出自"黎明之前"副本，与同副本的时间掌控者荣弋相比，暂停一秒根本不够看的，但在这样高强度的战斗中，一秒就可以定胜负。

但这还不够，因为哪怕躲过了最后一击，唐措的生命值还是差了点，所以他用出了压箱底的技能——前面哪怕生命值掉得再厉害都没有暴露的初级治疗术。

唐措，是个全系法师。极限治疗，恢复生命值1%，在最后一秒堪堪把自己这口气给吊住。

这叫决胜一秒钟。

"啪、啪。"肖童忍不住给唐措鼓掌，眼里的赞赏毫不遮掩。

唐措可不敢有任何松懈，即使赢了，谁又能说肖童就一定遵守规则呢？况且他现在只剩1%的生命值，哪怕从这墓碑上掉下去，可能都得摔死。

就在这时，肖童忽然抛出一支治疗药剂："拿着吧。"

唐措越发看不透他了，刚才把自己打得半死，现在又大方送药，喜怒不定。不过到手的药剂不喝白不喝，唐措现在这个样子，也不怕肖童下毒。

一支药剂下肚，唐措的生命值终于又恢复到100%，看来肖童送的还是高级货。

"你这变身药剂持续时间有多久？"肖童又问。

唐措戒备。

肖童笑着，一个箭步来到唐措身边将他拎起，完全不给他任何反应时间。这猫嘛，只要抓住它的后脖颈，自然把它制得服服帖帖的。

唐措被他拎着，被迫与他平视。

肖童笑得他脊背发凉："可怜的小猫走丢了，让你的主人来领你吧。"

话音落下，肖童带着黑猫唐措消失在墓园里。

对此毫不知情的靳丞还在打BOSS，有冷缪这位空间系大魔法师在，两个BOSS的活动范围受限，优势被无限削弱，哪怕不能像唐措那样三分钟结束战斗，十三分钟也足够了。

两人也算不上多默契，但到底都是高手，凭借超强的战斗意识，配合得也算不错。至于守在路口的那五位玩家，就只有目瞪口呆的份儿了。

他们怎么也想不通，明明是最后关卡的大BOSS，怎么打起来看着比之前的小怪群还要简单。

十三分钟后，两个BOSS一前一后倒地。

　　叮！
　　恭喜玩家完成关卡"人生的分岔路"。
　　难度：困难。
　　玩家参与人数：28。

存活人数：7。

评级：A。

获得人物点数：40。

当前关卡为第二通关关卡，获得点数奖励+10%。

请等候其他关卡通关。

接连的播报让玩家们心惊，存活七人，代表跟他们分头行动的其他玩家全部死亡。这让他们无比庆幸跟着靳丞走了这条路，同时也生出一股后怕。

可更让人惊讶的是他们的通关序列，在两位大佬开路的情况下，他们才排第二？另外几个关卡的人是开挂了吗？

相较这五位玩家的惊讶，靳丞和冷缪就镇定得多。

冷缪双手抱臂站在路边，又纡尊降贵地开口了："是那位？"

靳丞笑得格外真诚："我不敢确定，但他确实有这个能力。如果不是我早来三年，论综合通关能力，我或许还比不上他。"

冷缪侧目。

他看得出来靳丞和唐措关系挺好，彼此之间很信任，但在他看来，靳丞这样实力强大又自信骄傲的人，怎么也不会轻易认输。

当然，冷缪不认为靳丞会拿这种事开玩笑。他回忆着进入副本前的情景，微微蹙眉："光头的小姑娘到底是谁？"

靳丞笑而不语。

冷缪直视着他："我可以拿情报跟你交换。"

"哦？什么情报？"靳丞笑得欠揍，"先说好了，一般的情报我可看不上眼，你知道的，我跟K关系很好。"

冷缪："林砚东。"

靳丞挑眉："林砚东去招揽你了？"

冷缪沉着脸，一看这模样就知道被靳丞猜中了。靳丞遂耸耸肩，轻笑道："你这个情报对我没用，林砚东能招揽，就跟我找你帮忙是一个道理，缪缪，坐观你最后上谁的船。"

"你跟林砚东不是一伙的？"

"是不是一伙的，我现在还不能告诉你，我只能告诉你，我跟唐措是一伙的。"

冷缪："……"

靳丞摸了摸鼻子，好似这才感觉到一点不好意思："不是我不跟你做这笔交易，关于那个小姑娘，我知道的并不比你多。我托K查过了，但得到的消息有限，目前只能猜测她跟江河混到了一块儿，至于他俩的组合会是什么路数，暂时还不清楚。"

闻言，冷缪蹙眉。

靳丞又道："小姑娘这事儿，或许还牵扯到典狱长，崇延章的死如果跟她有关，那就死得不冤。"

至于再详细的，关于典狱长在找接班人这事儿，靳丞没有再说。

又过了十来分钟，距离六个小时时限还有最后的二十一分钟时，播报声终于再度响起。

叮！

检测所有关卡已顺利结束，恭喜玩家成功完成任务"人间"。

难度：困难。

玩家参与总人数：96。

存活人数：17。

评级：A-。

获得人物点数：50。（此奖励与关卡奖励点数叠加）

现在开始结算奖励。

96：17，超过五分之四的死亡率，分岔路、精神病院……所有幸存的玩家都不由自主地抬头。

永夜城的玩家们，总觉得那播报声是从天上传来的。他们对那暗沉的天空感到害怕、惶恐、愤怒，有时又觉得无助。

恰如此刻，惊惧是他们的心跳，庆幸则是背上渗出的汗。

可这丝庆幸还没维持多久，一道铃铛声再次打破平静。大家原以为这是惯例的"欢迎回到永夜城"，听清内容后，却一个个张大了嘴巴。

叮！

恭喜玩家触发彩蛋游戏——躲猫猫。本轮游戏共十七位玩家，一人躲藏，十六人抓捕。游戏双方均可在四个关卡内自由移动，成功躲藏或抓捕即为胜利，胜利方立刻刑满释放，失败则原有刑期翻倍。

限时三十分钟。

生存不易，运气为先，游戏现在开始！

突如其来的彩蛋游戏，让所有人都蒙了。"刑满释放"这个奖励听起来是不错，失败也没说会死，可永夜城的彩蛋游戏是那么好打的吗？

靳丞更是直接蹙眉，敏锐地察觉到这游戏的设置问题。

系统说"游戏双方均可在四个关卡内自由移动"，说明"人间"副本有四个关卡，彩蛋游戏的地图就直接建立在这四个关卡之上。

这还是一个对抗游戏，十七位玩家分成两队，1V16，那个倒霉的1是谁？

唐措还是小姑娘？

靳丞毫不怀疑这个人选一定在唐措和那小姑娘之间诞生，毕竟这是典狱长肖童的地盘，他可不认为还有哪位玩家能有这种"好运"。

游戏要求他们找人，可靳丞环顾四周，分岔路那么多，地图那么大，半个小时根本来不及，更不用说这还只是其中一个关卡。

"你能感知到传送门在哪里吗？"靳丞问冷缪。既然玩家能在各个关卡之间穿梭，那就一定有传送门之类的存在。

冷缪早就在找了，闻言干脆闭上了眼仔细感知，片刻后，法杖前指："路牌。"

靳丞二话不说向路牌奔去，另外的五位玩家还在路口，见他过来，连忙迎上去想问问接下来该怎么做。可靳丞急着找唐措，眼里哪还看得见别人，众人只觉眼前一花，他就消失在路牌前。

冷缪紧随其后。

两人来到的是第三关卡：人间信息转接公司。

望着满地血污却不见半个人影的房间，靳丞拿起地上掉落的耳机听了两秒，便大致猜到了这个关卡的套路。随即他又看向墙上唯一的一扇门，打开门走进去，门内是同样空无一人的墓园。

此时的灵魂公墓已经一片狼藉，所有的墓碑东倒西歪，还立着的没剩几块。不过比起信息转接公司来，手机墓碑无疑新奇许多，靳丞在那些还亮着的屏幕前快步走过，估摸着这大概又是一个推理副本。从地上散乱却大小几乎一致的脚印来看，这个副本里似乎只有一个玩家。

冷缪见他忽然蹲下，便走到他身后。

靳丞指着地上的脚印，说："这是军靴的印子，我们的典狱长阁下来过这里，地上还有鞭痕。"

语毕，靳丞又在墓园里绕了一圈。他循着那些战斗留下的痕迹，边走边停，不一会儿，就从地上捡起一个坏掉了的破布娃娃。他记得这是唐措在"黎明之前"副本里得到的奖励道具。也就是说，如果这真的是个单人关卡，那么在这个关卡里的就是唐措。

"猫爪印。"冷缪的声音亦从身后传来。

靳丞回头看过去，见到那小小的梅花印，蓦地想起什么，微微眯起眼。单人关卡、典狱长肖童、彩蛋游戏，还有那1V16的设置——

"我说躲的什么猫猫呢，原来是我的猫。"

55

"这是违规。"

一只黑猫面无表情地坐在花架上的小铁笼子里，左边是一盆绿萝，右边是一盆龟背竹，衬得它的身体格外娇小。至于为什么能看出一只黑猫面无表情，那当然是因为黑猫的身体里住着一个没有表情的灵魂。

有人管这叫高冷，唐措管这叫节能。

此处是肖童的监控室，他又坐回了椅子上，泡了杯新的咖啡，加了很多很多的糖。对于唐措的指控，肖童抿了一口咖啡，略显愉悦地回答道："我的地盘，当然由我来制定规则。靳丞不是很厉害吗？如果你们真的心有灵犀，那无论你在哪里，他都会找到你。"

末了，他又问唐措："喝咖啡吗？"

能甜死人的咖啡吗？唐措抬起猫爪表示拒绝。

随即他又看向正对面的那四块监控光屏，光屏上的画面让他明白这可能是个独立于关卡之外的空间，是肖童的私人场所。

肖童把他带到这里，紧接着彩蛋游戏被触发，可如果这里真的独立于关卡之外，那他这只"猫"就永远不可能被找到。

这不是违规是什么？

此时唐措看到靳丞已经到了第四关卡精神病院，不出意外的话会在这里遇见钱伟，但小姑娘郑莺莺已经到了分岔路，两人恰好错过。

刚开始看到钱伟的时候，唐措也有点惊讶，但目光很快被郑莺莺身边跟着的孟于飞吸引。

孟于飞换了脸，因为不需要打斗，也没佩刀，跟在郑莺莺身后像个新收的马仔。唐措没认出他来，但隐约从他身上看到一点点熟悉的影子。

在永夜城，唐措见过的并且留下深刻印象的，好像也就那么几个。

其中，孟于飞是最有可能也最不可能的一个，因为他曾经杀死郑莺莺，将她送进了牢里。

唐措思考间，靳丞和钱伟终于碰面。

钱伟看到靳丞，那真是犹如看到了天神下凡，恨不得把自己挂在他腿上。

时间紧，靳丞没空停下来听他说话，他便一边走一边把遇到小姑娘和孟于飞的事情说了。

至此，唐措可以断定跟在郑莺莺身边的就是孟于飞了，除了他，还有谁认识钱伟并且对靳丞抱有那么大的敌意？

靳丞也猜出来了，但现在没空管。时间已经过去整整十一分钟，可这精神病院里似乎也没有唐措的身影。

钱伟虽然依旧没头脑，但只要知道这个游戏是在找唐措就好了，其他的也不去问，反正有大佬在。

倒是冷缪一针见血："你确定唐措还在这个副本里？"

靳丞蹙眉："你觉得典狱长已经把他带出去了？"

"这符合他的一贯作风。"

"确实。只要把他带走，我们永远都不可能赢。但哪怕是典狱长，也不可能更改永夜城的基本规则。"

靳丞说得很笃定。

唐措听得若有所思。他来永夜城不久，至今仍无法准确界定乌鸦先生与永夜城之间的关系，当然也不知道典狱长到底拥有多大的权限。

靳丞的话点醒了他。

不管彩蛋游戏是怎么触发的，真正制定游戏规则的是永夜城。恰如唐措刚死的时候经历的"幸运大转盘"一样，哪怕乌鸦先生再怎么跳脚，都无法阻碍游戏进程。

最终唐措赢了，当然，也因此上了乌鸦先生的黑名单。

乌鸦先生尚且被规则限制，典狱长肖童呢？他的权限能大到直接把玩家之一带离副本，让游戏出现那么大的 BUG 吗？

典狱长，也不过是个在编玩家。

肖童轻笑着，微微挑眉："看来你们都猜到了。"

唐措没有立刻回答，环顾四周，再次审视这个没有门窗的监控室，过了几秒，才下决断："我们在精神病院。"

如果典狱长没有那么大的权限，那这个房间一定就在副本内。唐措已经借监控画面看到了四个关卡的详情，能够藏得下这么一间屋子的，只有精神病院。

现在的问题是——他该怎么向靳丞传递这个信息？

"说出来，不怕我现在杀了你？规则是死的，人是活的。在副本内杀死一个玩家，顶多是我工作失误，至少你的尸体还在这里，他们找到尸体也能算作胜利，与规则并不冲突。在这方面，我可比乌鸦先生自由得多。"肖童放下咖啡，微笑地看着唐措。

唐措毫不怀疑肖童的话，甚至在他那含笑的眼睛里，捕捉到一丝一闪即逝的杀意，脊背生寒。但越是这样，他就越不能避。

"杀了我，游戏就不好玩了。"唐措道。

"是吗？"肖童的笑越发瘆人，他就那么略显慵懒地坐在椅子上，双腿交叠着，右手屈指有一下没一下地敲着甩棍打量着唐措，似乎在考虑要不要动手。

唐措满心戒备，但依旧不动如山。

空气一时变得有些凝固。

肖童敲打甩棍的速度越来越慢，似乎快要有所决断，然而就在这时，好像又察觉到什么，抬头望向前方，双眼微眯，似乎能穿透墙壁看到些什么。

"看来你交了个好运。"他说着，站起来，一步就消失在房间里。

走了？

唐措没有轻举妄动，等了一会儿确认房间里没有任何异样，才抬起一只脚蹬上笼子——没蹬动。

这笼子似乎是特殊物品，看着都生锈了，普普通通篮球大小的一个，却像有千斤重。唐措变成猫之后，不光使不了刀，力道似乎也被这具小小的身体局限了，踹了半天也没挪动一厘米。

面无表情的猫，又变成了一只很累的、爪子还在淌血的猫。

唐措不是很想叫靳丞看见自己这个模样，但既然是对抗游戏，就必定要有一方胜出、一方落败。如果唐措不出去，靳丞和其他十五位玩家就得接受惩罚，这里面还有钱伟这个倒霉蛋。唐措是不知道他怎么会被关进来的，刑期还剩多久，但由唐措成为落败方显然更划算一些。

因为他身上并无刑期，哪怕是翻倍，结果还是 0。

思及此，唐措没有迟疑，搓了个火球术试探着向精神病院那个光屏扔过去。猫爪搓出来的火球术，没有了法杖或附魔物品的加持，只能摇摇晃晃、摇摇晃晃地靠近光屏。

"啵"的一声，竟然真的进去了。

"轰——"的一声，精神病院上方掉下一颗火流星，炸掉了楼外的半边雨棚。

"啥？这是啥？陨石吗？？？"

"天罚吗？不是说躲猫猫吗？！"

"快看快看，又来了！"

"哎哟！"

幸存的玩家们一个个从不同楼层的窗户里探出头来，看到又一个火流星砸下来，随即齐刷刷缩回去、关窗，一气呵成。

另一边，唐措看到监控里的画面也愣住了，正在搓火球的两个猫爪子僵在那儿，搓也不是，不搓也不是。

等等……孟于飞呢？

唐措迅速找到还在第一关卡找人的郑莺莺和孟于飞，这两位应该还不知道目标人物是他，所以只是随着感觉走。

"去。"唐措一个冰锥，扔向了孟于飞。

"啊——"孟于飞看到当空砸下的"定海神针"，错愕得语调都劈叉了。他急忙往旁边躲避，可路只有那么宽，冰锥砸在地上，碎冰四溅，刮得他脸生疼。

郑莺莺裹紧了万象斗篷，站得远远的。

冰锥也给了唐措一点灵感，他连忙又凝了一个小冰珠，带血的猫爪往上一摁，再丢进靳丞的光屏。

"咚！"好一阵地动山摇。

所有玩家再次开窗，小心翼翼地探头看向那颗掉在院子里、小半都砸进土里的还散发着森森寒气的巨无霸冰球，尤其是冰球上还绘有鲜血图案，恐怖又血腥。

"那图案是啥啊？一朵花吗？"

"是什么猛兽的爪印吧？！要不就是外星人！"

"彩蛋游戏难道还有 BOSS 吗？"

议论声中，靳丞翻窗从二楼跃下，稳稳地落在冰球上。他蹲下来，低头去看那个梅花状的血印，确定这是猫爪的形状。

唐措……这是变成一只史前巨猫了？闻晓铭的变身药剂有这么不靠谱吗？

"唐措？你在哪儿？"靳丞对天大喊。如果唐措能用这个冰球来提醒他，那或许他正注视着这边，能听到自己说的话。

此时距离三十分钟时限还有十三分钟。

唐措确定靳丞明白了现在的情况，略作思忖，便立刻拿出龙炎笔和纸币。龙炎笔是"精灵之森"副本的奖励，用来书写咒语，效果是口头念咒的十倍。纸币则是唐措一直放在物品栏里的日常所需。

两只爪子夹着笔，唐措用笔尖蘸了自己的血在纸币上写字，再将纸币团成一团扔进光屏。

很快，靳丞就捡到了他的传信。

这次的信纸总算没有变大，大约是不具备攻击力的缘故。靳丞把纸团展开看到歪歪扭扭的血字，差点以为唐措被绑架了，这是绑匪抓着他的手逼他写的——画着个红十字，旁边备注"窗×""门×"，意为医院里没有窗也没有门的房间。懂是挺好懂的，就是字奇丑无比。

"大佬，怎么样？是我唐哥吗？"钱伟凑上来，踮着脚尖想要看纸上的内容。比起靳丞来，他还是觉得唐哥更靠谱、更沉稳，是真猛士，话不多说就是干，而且看面相就是个好人。

"看什么看？这是你唐哥给我的家书。"靳丞随手就把纸笔揣进兜里。

钱伟："哈？"

偷偷摸摸跟过来的其他玩家，也好奇地问："什么书？"

"这到底是在干啥？"

"永夜城版飞天传书吗？"

"我们到底在玩什么游戏？"

众人的疑惑如海浪，一浪更比一浪高。但再浪也浪不过靳丞，他算算时间还剩不到十分钟了，于是决定用最快的法子——强拆。

"通知所有人撤离。"靳丞叮嘱了钱伟一句，又转头看向冷缪："他就在这里，但一定不是我们肉眼能找到的某个房间，否则不会到现在还没被发现。我拆，你注意感知，速度得快。"

冷缪酷酷地没有回答，只是握紧了法杖。

这厢三人分头行动，另一边，唐措又开始搓火球、搓冰锥，还给孟于飞来了场雷电风暴，从一只很累的、爪子还在淌血的猫，又变成了没有感情的杀手猫。

孟于飞疲于应对，已经没空去想为什么自己会遭受这些了。他刚躲过一枚大冰锥，迎头又赶上火流星，连忙滚地避过，却差点把门牙磕了。

唐措出手不留情，转瞬间又是一个系统奖励的瞬发火球术。

"啊啊啊啊啊！"孟于飞气到大叫，抽出刀狠狠朝着火流星劈过去，竟也将它劈散。只是那瞬间爆发的高温和火星溅在他身上，也不好受。

他剧烈地喘着气，生命值急速下降，却连敌人是谁都摸不着、看不到，可真是憋屈到里外都是火。

"谁？到底是谁？！"他一边挥刀一边大喊。

回应他的却是更猛烈的攻击。

孟于飞匆忙召出一个木头护盾，看着很破烂，竟也挡住了一拨攻击。可很快，护盾也碎了，他被爆炸的冲击波拍飞，整个人重重地砸在十米开外的地上，肋骨都断了好几根。

千钧一发之际，一张红色的斗篷飞过来罩住了他。刹那间火流星和冰锥接踵而至，将他和斗篷一块儿淹没。

唐措看到那个斗篷，微微眯起眼，但此刻他所在的房间终于发生了晃动。

一声又一声的爆破声从外头传来，而距离时限结束也就只剩一两分钟了——正事要紧。

唐措停下了攻击，这么多魔法洒出去，本也到极限了，此刻脑袋都有点抽痛。

下一秒，轰隆一声巨响，房间的天花板似被什么东西从上面重击，突然垮塌。在漫天的烟尘和墙体的碎块中，靳丞持弓跃下，正好跟唐措打了个照面。

叮！

找到目标，抓捕方获得胜利！

恭喜各位玩家顺利完成彩蛋游戏——躲猫猫。

本轮游戏参与人数：17。

存活人数：17。

因检测到失败方无刑期，惩罚无效，全员出狱。

欢迎回到永夜城！

56

话音落下的刹那，唐措和靳丞几乎是立刻被传送出副本的，出现在 E 区的家中。只是与以往不同的是，唐措仍然待在笼子里，没能变回人形。

一人一猫四目相对，沉默了大约三分钟，靳丞终于忍不住伸手去摸。

"嘶。"靳丞被狠狠挠了一爪子。

"打开。"唐措抬爪拍着笼子，把笼子拍得哐哐作响，很是冷酷，但这不是靳丞不帮忙，而是笼子有古怪。

笼子没有门，自然也没有锁，但坚固无比，靳丞试了好几种武器都拿它没办法。

"这应该是件装备，既然带出来了，就是你的了。我待会儿让闻晓铭过来看看，里头一定有什么窍门。"靳丞嘴上说得冠冕堂皇，手里却已经拿了颗巧克力豆，伸到笼子边，试图引诱。

唐措也不说话，就这么盯着他。

靳丞摸了摸鼻子，终于收回手，把巧克力豆丢进自己的嘴里，起身就要去找闻晓铭。可他刚站起来，唐措却又叫住他。

"先不要去。"

"嗯？"

唐措解释道："我觉得事情有古怪。"

靳丞重新坐下："怎么说？"

"最后一个彩蛋游戏，结果是什么？"

"全员出狱。"

这么一说，靳丞明白了。这个彩蛋游戏根本没有任何玩家受到损失，反而因此获益。不是说这样不好，而是太好了，好得让人以为典狱长在做慈善。

虽说游戏设置得并不简单，肖童还特意将唐措关了起来，但他不会不知道冷缪的技能是什么。有冷缪在，再加上唐措和靳丞，肖童会猜不到最后的结果吗？

唐措随即把灵魂公墓的事以及肖童的突然离开都讲了一遍，道："我觉得肖童并不想杀我，彩蛋游戏也是他故意放水，现在的 G 区，已经一个玩家都没有了，对吗？"

靳丞："照你这么说，肖童的突然离开有问题。"

唐措："还有乐章，肖童手上应该确实有一份乐章，但不在我的奖励格里。"

靳丞检查过自己的副本奖励，其中也没有乐章的影子。思及此，靳丞又想到了小姑娘和孟于飞，问："你透过监控看到孟于飞了？"

唐措："我出手了，但他应该没死。他和那小姑娘到底怎么混到一块儿的？简直匪夷所思。"

"如果他真的跟那小姑娘走了，小姑娘跟江河又没拆伙，倒是暂时不用管他。有江河在，他还翻不出什么浪花。"靳丞说着，微微眯起眼，"我在打副本的时候，倒是听其他玩家说起了另一件有趣的事情。你还记得我们去 G 区最初的原因之一吗？"

唐措："崇延章。"

靳丞打了个响指："对。崇延章死在了 G 区，天志彻底崩盘。根据之前得到的情报，崇延章是在监狱的暴动中被围殴致死的，可里面的玩家告诉我，造成暴动的 BS055，是崇延章自己带进去的。"

唐措略显诧异："他自己害死了自己？"

"很不可思议是不是？崇延章虽然不是个多么聪明的人，但也不至于犯这种低级错误。"靳丞刚开始听到时，也像唐措这般诧异。

现在这么一分析，就觉得更有问题了。G 区、肖童、崇延章，甚至是 A 区，可能正在发生什么他们还不知道的事情。

简单的交流过后，两人心里都有了数，唐措留在家里等闻晓铭上门，靳丞则出门打听消息。

离开前，靳丞给唐措倒了杯蜂蜜水，还贴心地插上了吸管，以免他待在笼子里喝不到。另外他还用毛巾叠了个小垫子塞进去，虽然唐措身上的伤可以靠药剂治愈，但靳丞看着他带血的猫爪，还是觉得那坚硬的铁笼会给他带来二次伤害。

唐措拗不过，便听之任之了。

等待的过程中，唐措检查起了自己的副本奖励。这一次灵魂公墓给的智力加点非常丰厚，截至副本结束，智力点已叠加至141。

再加上唐措是所有关卡中第一个通关的，奖励的点数最多，还有第一名的增益，足足给了他170个点数。将170点酌情分配后，唐措目前的数据如下——

编号K27216：唐措。

人物点数：50。

武力：187。

智力：146。

魅力：88。

评级：A。

生命值：85%。

生存不易，请再接再厉。

至于装备，恐怖娃娃、加特林机枪、卡牌流星飒沓等全部报废，秘湖之泪用掉了一滴，其余所有强力技能都处于冷却状态，可谓损失惨重。

其中最让唐措感到可惜的就是恐怖娃娃，这个小道具虽然只有发出尖叫这一个功能，但很好用。

相对地，系统给的奖励虽然不多，但质量还不错。

雨靴——

分类：装备。

品质：普通。

描述：一双A货雨靴，防腐蚀。

厄运魔方——

分类：装备。

品质：高级。

描述：魔方有六面，面面不一样。每一面魔方都代表着一项厄运，可以给敌人带来不同的DEBUFF，但具体是哪一面，需要听从运气之神的指令。六项厄运分别为：防御 -30%、技能封锁、禁空、技能反弹、生命值减半、中毒，前三者持续时间为五分钟。

雨水——
分类：技能。
品质：高级。
描述：系列卡牌"二十四节气"之二。可激发技能"弱水"，对敌人进行半径五米的降雨打击，持续五秒。凡中招者三分钟内防御减半。

灵魂震慑——
分类：技能。
品质：高级。
描述：对敌人进行灵魂震慑，具体效果视双方实力差距而定（使用时需直视对方双眼）。

疾跑（升级版）——
分类：技能。
品质：高级。
描述：奔跑速度提升 40%。

唐措没想到"疾跑"这么一个技能居然是可升级的，40% 的加成能够将他的速度提升一个台阶，可谓意外之喜。

看完所有的奖励，唐措有些累了，便干脆趴在毛巾垫子上休息。

这一觉，唐措睡得昏昏沉沉。

唐措在副本中受到的灵魂震荡虽然都平复了，但还是留下了些许的后遗症，让他的疲惫更甚以往，整个人好像无根浮萍漂在自己的精神海上，无法反抗，只能随波逐流，等待风浪的平息。

透过那深沉的精神海，唐措看见了从前的画面。有很多小时候在孤儿院的画面、与靳丞初次见面的场景，兜兜转转，又定格在抵达永夜城之前那一刻。

是什么斩断了他最后的意志呢？也许是那通拨出去却永远没有回应的电话。

千言万语汇成两个字——算了。

意识逐渐昏沉，也不知过了多久，唐措闻到一股饭香，这才悠悠转醒。他抬头四下张望，在厨房的方向看到了一个系着围裙拿着锅铲的快乐身影，是闻晓铭。

唐措愣了一会儿，才想起他有万能房卡，出入自由。

正在做菜的闻晓铭，是真的快乐，小小的个子，哼着歌摇头晃脑，不说破年龄是真的看不出来比靳丞还要大。

唐措又扫视客厅，果然在角落里看到了闻晓铭的大包裹，里头鼓鼓囊囊的，不知道又塞了多少东西。

过了一会儿，闻晓铭端着菜出来，看到笼子里的猫已经睁了眼，连忙跑过来，连手里的菜盘子都没来得及放下，说："你醒啦！"

唐措假装没看到他突然放光的双眼，问："靳丞呢？"

"老大还没回来呢。"闻晓铭这才把菜放下，跪在茶几前，凑近了看着笼子里的唐措，说，"唐哥你这变身效果真的不错欸。"

唐措："……"

闻晓铭："莉莉见了一定喜欢。"

唐措："你不要告诉她。"

"咯……我已经告诉她了，她还说要亲自过来看。"闻晓铭不好意思地挠挠头，随即又补救道，"不过她现在暂时走不开，A区出了点事。"

唐措："什么事？"

闻晓铭："林砚东不见了，苗七到处找人，没找到，也不知道他到底是进了副本还是怎的。老大说A区肯定要出事，就叮嘱莉莉在A区坐镇，不要轻易离开。"

林砚东失踪？

唐措立马联想到已经清空的G区监狱，不知这里面会不会有关联。

"对了，我刚才趁你睡着的时候已经检查过笼子了。根据它的材质和特性来看，这应该是G区专门用来关押重刑犯的黑铁囚笼。囚笼不仅会根据犯人的体形来变幻大小，还有很强的压制效果，这也是变身药剂的药效明明已经过去，可你还没恢复的原因，笼子就那么大，想变也变不了。不过黑铁囚笼不都在地下的水牢里吗？怎么会用来关你呢？"

闻晓铭说起这话时略显困惑。

"G区还有水牢？"唐措问。

"对啊，普通玩家都不知道的哦。G区的监狱其实有两重，一重关押的是普通罪犯，另一重关押的是特别罪犯，都是触犯了永夜城核心规则的玩家被关押的地方。与其说水牢是在地底，不如说是在一个异度空间里，玩家被关进去，没个三年五载的根本不会放出来。像这样的黑铁囚笼好像一共才十三个，每个都有编号，不同的编号对应着不同的口令，用口令才能打开。我看看，你这个是——13号！"

十三是繁体的十三，字很小，又被铁锈覆盖，所以唐措和靳丞之前都没发现。

闻晓铭摸着下巴，盯着编号继续嘟哝："这可是个好东西啊，一个笼子罩上去，大罗神仙也跑不了，绝了。不过口令只有典狱长知道，刚出监狱，难道又得回去……"

"还有一个地方兴许也知道。"唐措道。

"咦？哪里？"闻晓铭登时凑近，大大的眼睛里充满了求知欲。

"梦幻无限市场。"

"对哦！"

闻晓铭的心思瞬间活络起来了，他可是个技术帝，对于黑铁囚笼这样的东西好奇得很，怎么也得搞过来研究一下。

思忖几秒，他就有了主意："我可以找池焰一起去，顺便还能换几样我中意的素材！让我想想，该换什么好呢……"

闻晓铭疯狂给自己画饼的同时，唐措却蹙起眉陷入了深思。从彩蛋游戏出现开始，他就觉得事情不简单，现在又出了一个本不该出现的黑铁囚笼。

肖童到底想做什么？

唐措坚信黑铁囚笼的出现一定有所指向，只是还不知道这个指向是什么。闻晓铭对于各种装备、道具如数家珍，但对于其他的隐秘，知道的就少了，帮不上什么忙。

好在等了大约一刻钟，靳丞终于回来了。

闻晓铭邀功似的跟他说黑铁囚笼的事情，谁知靳丞听完之后神色微变，反问："你们知道十三号笼子里以前关着谁吗？"

闻晓铭愣住："谁啊？"

"深红。"

只一个名字，闻晓铭也神色骤变，似乎听到了什么极为可怕的事情。

唐措立刻问他是谁，靳丞便沉声道："你上次不是问过我，红榜第三是谁吗？就是深红，前十里头唯一的女性，我们都叫她——深红魔女。一年前全城大围剿，她是通缉榜单上的第一名，由林砚东亲自做局，我们费了九牛二虎之力才把她送进监狱。"

唐措不知道深红，但记得全城大围剿这事儿。靳丞跟他提过，大围剿是对一些穷凶极恶之徒的肃清，防止永夜城彻底堕入无序深渊，孟于飞就曾在这次围剿中被送进监狱。

如此，许多事情终于可以串联起来了。原本关着深红的十三号囚笼突然出现、崇延章死亡、林砚东失踪，这是不是代表——

"深红出狱了？！"闻晓铭差点原地跳起。

"恐怕不只这么简单。深红的刑期明明还没到，为什么已经出来了？林砚东能把深红送进监狱，实力本就深不可测，为什么会突然失踪？深红不过坐了一年牢，有这个能力悄无声息地把林砚东干掉吗？还有，肖童为什么要特意提醒？"

靳丞接连抛出三个问题，把闻晓铭整蒙了。他不知道答案，但知道深红绝不能出来啊。

"莉莉会疯的！"闻晓铭一脸担忧。

"你马上去找池焰，如果他从副本里出来了，立刻带他去梦幻无限市场。"靳丞神情肃穆，指令下得飞快又果断，"如果荣弋也在，让他去找冷缪，一起到红宝石酒馆等我。至于莉莉，先瞒着她，小丫头怕会发疯。"

"我马上去。"闻晓铭得了指令，转身就要走。

靳丞却又叫住他："等等，先把量子隐形衣给我。"

闻晓铭也不多问，立刻掏出来给了他。靳丞随即把隐形衣罩在黑铁囚笼上，抱起笼子，后脚出了门。

"事情急，我们现在去红宝石酒馆，一边走一边跟你解释。"

VII

13 号囚笼

深红魔女与黑萝莉，
永夜城 A 区的一大一小两个女魔头，仇深似海。
深红魔女名列红榜第三，比荣弋还低一位，
但可怕程度大约是荣弋的十倍。

57

在去红宝石酒馆的路上，唐措得知了莉莉丝和深红之间的恩怨。

"莉莉丝的本名其实叫夏莉，莉莉是她的昵称。她原先还有一个弟弟，叫夏橙，只比她小一岁。"

靳丞没见过莉莉丝刚到永夜城时的模样，但见过夏橙。那是个年纪不大但很稳重的少年，人也聪明，很有战斗天赋，提起姐姐时总是一脸温柔，好像那不是姐姐，而是需要他呵护的妹妹。

他总说要保护姐姐，让她可以不要在这个吃人的世界里丧失自我、失去快乐。靳丞那会儿还是独行侠，挺欣赏他，还约着一起下副本。

可没过多久，他就跟夏橙失去了联系。在永夜城，一个人的消失根本不需要理由，人来来去去，都是过客。

靳丞没有特意去打探，因为自己也碰上了事儿，就是他脸上那道疤的事情。等他处理好一切，再次得到夏橙的消息时，夏莉的名字已经变成了莉莉丝。她的性情跟夏橙描述过的已经大相径庭，总是穿一身黑色的衣服。久而久之，大家都开始叫她"黑萝莉"。

深红魔女与黑萝莉，永夜城 A 区的一大一小两个女魔头，仇深似海。

深红魔女名列红榜第三，比荣弋还低一位，但可怕程度大约是荣弋的十倍。

"他们在副本里碰到了深红。深红的路数，严格来说像是亡灵法师。玩家想要杀死她，单单杀死她的肉身是不够的，必须杀死她藏起来的命匣，否则她就可以无限重生。她还能在副本里将刚刚死去的玩家复活成战斗傀儡，夏橙也是其中之一。"

在那个副本里，深红杀死夏橙，又复活他，让本就崩溃的莉莉丝，不得不将他亲手杀死。

"照你这样说，深红岂不是钻了永夜城规则的漏洞？只要她把命匣藏在永夜城内，无论在副本里死多少次，都可以无限复活。而在永夜城内杀死她，也只是让她去坐牢，除非——你们能毁了她的命匣。"唐措道。

"没错。永夜城内走亡灵法师路线的不止她一个，但能无限复活的只有她。命匣这个东西是一件传说级的装备，深红将自己的生命和这件装备捆绑在一起，有利有弊。只要命匣永远不被人找到，她就永远不会死；但如果命匣被毁，她也活不了，因为她的命已经跟命匣捆绑在一起了。之前她去坐牢，是因为命匣只能让人复活，不能避免被杀，她被杀进G区也不算真正的死亡。"

顿了顿，靳丞又说："而正如你所说的，她钻了永夜城的漏洞。命匣装备来自永夜城，她的行为又符合'生存即是正义'的铁律，所以永夜城可以默认她的存在。但她毕竟钻了漏洞，所以当她被杀进G区时，才会受到最严重的处罚——在此之前，水牢已经很久没有开放了。而她一旦被关进去，行动受限，我们完全有机会找出命匣，杀死她。"

全城大围剿几乎动员了A区超过半数的玩家，这场由占据绝对实力高地的红榜玩家们牵头的肃清活动，甫一开始就犹如雷霆暴击，没有任何转圜的余地。也只有很少的几个人才知道，这次行动的真正目标就是深红。

"她到底做了什么事，需要这么大费周章？"唐措问。

"那时候的深红，已经到了杀人取乐的地步，只要有她在的副本，不管多少人，最后都只会有一个幸运儿能存活。因为深红要他活着出来把一切都告诉别人，大家越是怕她，她就越开心。"靳丞道。

闻言，唐措沉默片刻，问："莉莉丝，就是这个幸运儿？"

靳丞没有回答，便是默认。顿了顿，他又沉声道："更糟糕的是，深红拿到了二号乐章。"

二号。

唐措心中一凛，二号乐章仅次于一号乐章，威力恐怕超出预料。他不敢想象，如果是深红把它用出来，会是什么效果。

"我们布局整整一个月，终于把她杀进监狱，也得到了命匣的线索。但当我们找过去的时候，命匣不见了。"

时至今日，靳丞提起来时还是语气冰冷。结合现在发生的事情，不用唐措问，他就主动提出了疑点："当时知道命匣线索的有：我、林砚东、荣弋和崇延章。"

如今看来，问题多半出在崇延章身上，可他已经死了。

唐措又问："二号乐章呢？"

靳丞摇头："跟命匣一起消失了，如果它还在深红手上，那就糟糕了。"

说话间，两人到了红宝石酒馆门口。与以往不同的是，K竟然坐在靠近门口的位置等他们，似乎料到他们会来。

"就你一个人？你那徒弟呢？"K看了看靳丞的身后。

靳丞可不想跟他解释，径自走进包厢。笼子很重，也就只有靳丞这样的实力再加上金属系异能的加持，才拿得动，放到桌上"咚"的一声，把 K 吓了一跳。

"你带什么东西了？" K 到底是个搞情报的，眼睛毒辣，很快就猜到东西上裹了隐形衣。但他猜不到靳丞会这样回答他——

"携眷出席。" 靳丞掀开隐形衣，再把笼子挪了挪，好让唐措能离他最近。

"你有毒吧？" K 左看右看，那都是一只猫。惊讶过后又反应过来，永夜城可没有任何动物的存在，于是更讶异，情不自禁地伸手去摸。

一只杯子飞过来，差点砸了他刚捏的鼻子。

K 侧身避过："你至于吗？"

靳丞在他对面坐下："至于啊，收回你那恶心的视线，唐措还没吃晚饭呢。"

"啧。"

"啧什么啧，去拿吃的过来。"

K 真想跟他当众翻脸，他开的是酒馆，可不是饭店。但他都多少年没见过活的猫了，让一只可怜的小猫咪饿肚子可是不道德的，哪怕小猫的身体里其实住着成年男人的灵魂。于是 K 不情不愿地找来服务员让他去准备餐点。

至于唐措，进了酒馆之后就保持高冷，再没说一句话。

此时此刻的他总算能够理解广大猫友为何总说地球人愚蠢。他要真是一只猫，喵都不愿喵。

打发走服务员，K 坐下来，正色道："我知道你来找我做什么，林砚东突然失踪，我只能告诉你我也没有得到任何消息，也不敢保证——"

靳丞打断他："我不是来找你买消息的，我是来卖消息的。"

"卖？" K 挑眉。

"一条大鱼，就看你出不出得起价。" 靳丞嘴角含笑。

K 做生意做那么多年，也不是没从外头收过情报，但看靳丞这样子，是要狮子大开口啊。他屈指敲打着桌面，思忖两秒，问："我要怎么相信你，不会随便拿个消息坑我？"

你也不是没干过这种事儿。

靳丞便敲了敲笼子，将那个"十三"指给他看。

K 看到那编号，脸色立刻变了。沉默几秒，他道："你想要什么价？点数，还是用情报交换？"

靳丞："三条情报。第一条，我要你老老实实告诉我，林砚东和黑帽子当初一起下的那个副本，是不是跟我触发的那个西幻副本有关。"

K 听他这么说，就知道他已经基本确定了，再否认也没意思："'七月玫瑰'，隐藏副本。副本的触发物品一开始是黑帽子和他的同伴们找到的，你知道永夜城的隐藏副本有很多，并且不限制人数，后来林砚东不知从哪里得到了消息，主动找过来说要加入。至于其他的，我就不知道了。"

"其他的我就不知道了"，这是 K 的口头禅。靳丞可不信他，又问："B 区的占卜师言业呢？"

K："这算第二条情报？"

靳丞："你说呢？"

K 翻了一个白眼："他是林砚东带过去的，你可别再问我他俩什么关系，我是情报贩子不假，可也不是全知全能的神。"

靳丞见好就收，又竖起两根手指："第二条情报，二号乐章。"

K 没有立刻回答，拿起桌上的红酒给自己倒了一杯，喝了一口，才慢悠悠地问："你凭什么认为我会知道？我要是知道了，还在这里听你叨叨？就算深红现在站在我面前，我也不理她。"

靳丞："你可别忘了，当初深红拿到二号乐章的消息，就是从你这里透露出来的。你还因此大赚一笔。"

K："这也不能说明我现在还知道它在哪儿，而且你们为什么从来不怀疑，二号乐章在一年前就已经易主了呢？"

靳丞："林砚东？"

K 耸耸肩："为什么觉得是他？"

"除了他，永夜城还有谁能拿二号乐章压箱底？"

"你说得很有道理，但这些终究只是猜测。深红的命匣和二号乐章同时失踪，谁也不知道它们被谁拿走了，当然，我也不会知道。"

这时，一直沉默的唐措终于开口："崇延章也许知道，他知道了，江河也有可能知道。"

"嗯？"K 挑着眉看向他，眼里充满了好奇和惊讶，"你怎么会想到崇延章和江河？"

小黑猫面无表情，反问："江河是什么时候出现在崇延章身边的？"

K："众所周知，一年前。"

唐措："深红是什么时候坐牢的？"

靳丞："众所周知，一年前。"

K 不干了，放下酒杯，跷起二郎腿，抱臂："我怎么觉得你俩在合起伙来鄙视我的智商呢？"

唐措转头看向靳丞。

靳丞清了清嗓子，道："这些终究只是猜测而已，我们也只是随口一说。崇延章现在死了，十三号黑铁囚笼却在这时出现，林砚东又突然消失，你不觉得太巧了吗？"

"巧不巧我不知道，但二号乐章我是真不知道在哪儿。江河当初跟随崇延章，确实是因为崇延章救了他一命，但他跟深红认不认识，我不能确定。如果你们想知道，我可以去查。"K说道。

这时服务生敲门，送上了准备的餐点。靳丞一看还是刚煎好的牛排，半点不客气地让服务生把牛排都摆到了自己面前，拿起刀叉慢条斯理地切下一小块，喂到唐措嘴边。

笼子的缝隙太小了，再小的盘子都塞不进去，那可不得直接拿叉子喂吗？

K看着他这一系列骚操作，吃牛排的心情都没有了。他希望唐措能争气点给他一爪子，但没料到唐措已破罐子破摔，张嘴就吃了。

唐措是真饿，肉都递到嘴边了，焉有不吃的道理。

再说了，不让靳丞喂，难道还真像只猫一样，低头在盆子里舔吗？

"好吃吗？"靳丞问。

唐措嚼着肉，没空回答。

那就是好吃了，靳丞又读懂了，熟练地将牛排切成小块儿，又在果汁里插好吸管，免得他口渴。

K看得一脸的难以言喻，靳丞看到他这表情，还挑了挑眉，嘴角带笑，吊儿郎当，一副"你管得着吗"的大爷样子。

唐措权当没看见两人的表情大战，专心吃肉。只怪这猫嘴太小，嚼了没几块肉就觉得累，麻烦。

靳丞趁唐措喝水的时候，拿出手帕擦了擦手，说："那就去查吧。第三条情报，我要你告诉我关于典狱长肖童的消息。不论是什么，只要是关于他的。"

K眼珠子转了一圈，笑道："关于他的消息，我这儿倒确实有一条。不过，你是不是也得先跟我交个底，深红真的出狱了吗？仅凭一个黑铁囚笼，不能说明什么吧？！而且如果她真的出狱了，永夜城很快就会乱起来，到时所有人都知道了，你卖给我的情报，一文不值。"

闻言，靳丞却看向了唐措，闲聊一般地问起："你知道我刚才出去碰见谁了吗？"

唐措不解。

靳丞："欧皇余——。"

"他？"唐措还没出声，K倒是惊讶起来。欧皇这个人，运气逆天到像是BUG一样的存在，简直不科学。

靳丞："十多天前，B区的占卜师言业接待了三拨客人。一拨是我和唐措，一拨是两个神秘人，剩下那个就是余一一。余一一碰见我，说他从占卜师那儿知道了深红的命匣存放地点。"

这话一出，唐措和 K 都不由得凝神。K 更是双手撑在桌面上凑过来，生怕自己漏听了一个字。

靳丞故意卖关子，拖着不说，还笑出了声，把 K 惹得翻白眼："你说不说？"

"好好好，我说。"靳丞又给唐措喂了口吃的，这才道，"深红的命匣藏在某个副本里。"

K："副本？？？"

靳丞："是不是很妙？藏东西的人真是个鬼才。谁能想到一位玩家的命匣，会藏在副本里呢？永夜城的副本千千万，有些副本可能十年甚至十几年才会出现一次，哪怕是玩家经常碰到的副本，也不可能去探索它的每个角落。如果藏得好，藏到地老天荒也不会有人发现。"

唐措也觉得这个办法真是剑走偏锋地妙，大胆又心细，不是一般人能想出来的。

"等等，余一一为什么要把消息告诉你？"震惊过后，K 开始怀疑，双眼盯着靳丞，似乎想要从他脸上看见撒谎的痕迹。

"这叫祸水东引。"唐措斩钉截铁。

"还是我家措措聪明，你以为余一一为什么能那么一帆风顺？固然有他本身运气好的成分在，还取决于他规避风险的能力。"靳丞道。

闻言，K 沉默片刻，终于有了决断："关于肖童，根据我得到的情报，他的身体好像出了问题，每天都会把自己关在小黑屋里，再出来时，身上都是血迹，手都会磨破，像是自己弄出来的。具体情况不明，但他或许是因为这样，才急着找接班人。关于接班人这点，恐怕你们也知道了吧。"

这条消息是从郑莺莺那儿收来的，但情报贩子的话，多透露一个字都是损失，他自然不会多说。

靳丞挑眉："就这些？"

K 老神在在地跷起二郎腿："你还想怎样？你给我的情报，难道又是什么准确消息了？深红的命匣到底藏在什么副本里，你总会一点都不知道吧？你敢说不，我现在就把你赶出去。"

靳丞这次倒是回答得干脆："特殊触发副本，触发物品：卡牌类道具，具体不明。"

K 还想再问仔细点，但荣弋和冷缪终于到了，这个话题便被暂时压下。

58

冷缪见到靳丞的第一眼,便开门见山道:"深红出来了?"

靳丞没有立刻回答,而是看向K,做了个请的手势。K耸耸肩,这才站起身慢悠悠地往包厢外面走,临走时还绅士地带上了门。

"各位慢聊,有什么事叫我啊。店里最近新推出了一款酒,折后只要88个点。"

黑心商贩,一如既往。

冷缪和荣弋落座,话题直奔中心。只是在开始前靳丞又让冷缪下了一道静音结界,毕竟防人之心不可无。

隔壁包厢的K听见他们忽然没了声音,撇撇嘴,觉得特没意思。他随手在旁边对着空气轻敲两下,那什么都没有的空气里竟然出现了一扇银白色的、仅容一人通过的门,门上雕刻着复杂的迷宫图案。

K推开门走进去,那门便自动在他身后消失了,入目是一个银白色的圆形空间。所有墙壁内嵌书柜,有一道楼梯绕着书柜螺旋而上,望不到顶,而空间的正中央,则是一个巨大的黑色棋盘。

黑色棋盘上是银白色的纹路,棋子错落有致地摆放在棋盘上,仔细看,每个棋子上面都写着一个人名。而那银白纹路也不是简单的方格线,而是人物关系图谱。

棋盘的南、北两侧,各放着一个蒲团,蒲团旁还摆着尚未完全冷却的茶水,遥遥相对。

K绕着棋盘走了一圈,手里又多了一根一米多长的推杆。目光在所有棋子上饶有兴致地一一扫过,他伸出推杆放在写着"崇延章"的棋子上,用力一敲,那棋子便被敲成碎片,继而化光消失。

随即他的目光又移到这枚写着"深红"的棋子上方,推杆轻轻一推,将她推到了棋盘正中间偏下的位置。

"深红"一动,整个银白图谱发生变化,而代表着天志的那片网络更是彻底瓦解。原本与天志还有一丝微弱光线连接的江河,被完全独立开来。

K微微一笑,用推杆钩住写着"江河"的棋子,下拉至另一颗棋子旁。两颗棋子互相吸引,很快就诞生了一根新的线条。

那颗棋子叫郑莺莺。

郑莺莺这颗棋子,又分出几条线,连向肖童、唐措、池焰和孟于飞。K的目光在郑莺莺、江河和深红三者上面辗转,面露思量。

"这里会不会又有条线呢？郑莺莺，真是个有意思的小姑娘。至于你，江河啊江河，你这兜兜转转，最后究竟给自己挑了个什么样的主子呢……"他拄着推杆，喃喃自语。

很快，他的目光又转向了一颗游离在外的棋子，余一一。

"祸水东引吗？"要说K最看不透谁，这个余一一是其中之一，运气好到逆天，看起来也没什么背景，迄今为止所有的一切似乎都只能用玄学来解释。

余一一得到了命匣的线索，怕惹祸上身，干脆转给靳丞。靳丞又把这消息卖给K，K的职业操守不允许他对外透露消息的来源，到时候，大家只会知道消息是从K这里传出去的。

这祸水引啊引，最后可不到K自己身上了吗？

除非K不把这个消息往外卖，但那可能吗？

谁都不笨，都把算盘打得啪啪响，可K有什么可害怕的？他可是在编玩家。蓦地，他勾起嘴角笑了笑，又走到棋盘的另一边，将写着"林砚东"的棋子，推进了G区，跟写着"肖童"的棋子撞在一起。

"你们两个，又在密谋什么？"

G区。

"你们今天一直在坏我的事。"典狱长肖童坐在椅子上，双腿交叠，手捧咖啡，哪怕是在牢房最深处的走廊里，依旧优雅。与他隔着铁窗相望的是盘腿坐在草席上的林砚东，一身棉麻的家居服，半边身子染着血，手里盘着的佛珠却纤尘不染。

"我可也是被杀进来的。"林砚东苦笑。

"林先生，你这话也就骗骗别人。深红在我这儿关了一年多，她现在的水平，还不足以直接把你杀死吧。"肖童反唇相讥。

"不欢迎我？"

"说吧，来找我什么事，我可特地为你清空了监狱，就专门招待你一个。"

"你应该知道的，四年前那个副本后，永夜城给了我很多的限制。我能来这里见你，也实属不易。"

"呵。"

"我想让你送我进一个副本，只有G区的副本，才没有限制。"

"你堂堂林砚东，进副本还需要我送？"

"那是一个C区的副本，我在A区，鞭长莫及，而且我必须亲自去。"林砚东平和而坚定地看着肖童，眉宇间自有一股叫人信服的力量，却莫名叫肖童恼火。

"你说送就送，你当我这里是中转站吗？"

话音落下，气氛有些僵硬。

良久，林砚东打破沉默："十年没见了，肖童。我在 A 区，你在 G 区，哪怕只有一墙之隔，我都遵守当年的君子约定，不再见你。现在十年过去，我想时间已经够久了。"

肖童却突然笑了："什么狗屁的君子约定？你林砚东算什么君子，不过就是一个登台唱戏的戏子。来永夜城那么多年，快忘了怎么唱的吧？这样，你再给本少爷唱两句，我就答应你。"

林砚东的脸色骤然沉凝，看着肖童，却又隐忍不发。

肖童只是笑，像旧时浪荡的贵公子，仿佛一切都只是他掌中的玩物。

气氛持续僵持，很长一段时间里两人都没有再说话。最后还是林砚东叹了口气，又恢复了往日的平和，道："我已经忘了。"

肖童冷哼一声，却没再说话。他沉默地打量着林砚东，眼神如刀，良久，道："我也不是不能帮你，顺便还可以再附赠你一个消息——靳丞用十一号乐章定了律令，从乐章生效之日起，在永夜城内杀人者须与被杀者同罪论处，是吗？"

林砚东看着他，不明白他什么意思。

肖童："你说是深红杀了你，你来了，深红却没来，肯定是靠什么手段逃过了刑罚。我不知道你们把我这儿当旅馆来来去去的到底在设什么局，但你有空留在这里打副本，深红就有空把你的人屠个一干二净。"

闻言，林砚东果然蹙眉。

肖童抿了口咖啡，又饶有兴致地问："现在，你还想进副本吗？"

另一边，靳丞刚把深红的事情跟冷缪和荣弋交代清楚。事关深红这样棘手的人物，靳丞没有丝毫隐瞒，毕竟当初的大围剿，荣弋和冷缪也是参与者。冷缪虽没有直接对深红出手，但照深红那性子，参与行动的人一个都跑不了。

至于余一一那段，靳丞直接省去了他的名字，直接说了命匣的线索。

荣弋蹙起眉："这么说，崇延章或许是深红的人？他自知天志已经走到头了，所以铤而走险，带着 BS055 进入监狱，制造暴动，趁机放出深红，只是自己不小心也死在了里面？"

唐措："不，崇延章也有可能是被人利用的。"

冷缪看着他，问："可你们不是说，深红的命匣的线索，当时只有靳丞、林砚东、荣弋和崇延章知道吗？"

唐措："除了崇延章，还有另外三个，不是吗？"

冷缪可不爱这样的狼人杀游戏，在这些自诩聪明人的脑子里，好像谁都有嫌疑。四个人，如果排除掉在这里的荣弋和靳丞，那不就只剩崇延章和林砚东？

不是崇延章，那难道是林砚东？

林砚东当初大费周章地把深红送进监狱，如今又把人放出来，图什么？

"总而言之，得搞清楚林砚东到底在哪儿。如果他已经被深红复仇得手，那按照先前的律令，两人应该都在G区。如果是这样，那情况并不算糟。"荣弋认真地分析着，继续道，"我们还有机会抢在深红前面找到命匣，彻底除去隐患。"

靳丞抱臂："但A区还是不得不防，当初参与围剿的，大多是A区的人。你我现在都暂时回不去，能回去的只有——"

冷缪瞬间黑脸："你们都看我干什么？"

唐措嘬着吸管喝了口果汁，面无表情，只管看戏。

冷缪真是信了靳丞的邪，两次，已经连续两次了，莫名其妙就被拉上贼船，荣弋身为他的朋友还在背后推了他一把。

谁能想到一个多月前，冷缪还为了十二乐章对靳丞出手结果反被他送进监狱呢？

荣弋："你有大裂缝术，对上深红比我们更有把握。"

冷缪："……朋友，你知道你为什么活得不容易吗？就是因为你这个人说话太实在。冷博士在心里发飙，脸上也冷得掉渣，连这唯一的朋友都不想搭理了。

靳丞权当他应下了，说："记得看好我家莉莉和10086，小丫头发起疯来六亲不认，她要暴走了，马上一个大裂缝术给我丢过来。"

"关我屁事。"冷缪拒绝得斩钉截铁。

"合作才能共赢。"靳丞往后靠在沙发背上，面带微笑，"而且，如果莉莉和10086出事了，我就是下一个深红。你确定你们挡得住？"

冷缪黑着的脸慢慢变成冷肃。

靳丞就是这样，如果谈不拢就开始明晃晃地威胁，一身匪气。但偏偏他说的话确实让人忌惮，如果靳丞变成下一个深红，再加上唐措，绝对比深红可怕一百倍。

这时，荣弋按住冷缪的胳膊，看着靳丞和唐措，语气平和却坚定地说："你不会。"

靳丞："成大事者，不拘小节。我不会是深红，那是因为我比她聪明，想要杀人，我有一百种方法，把你们杀得让所有人拍手称快。"

这话，堵得荣弋也说不出话来了。他不由得看向一脸正气的唐措，结果却看到一张黑黢黢的猫脸，啥正气都没有了。

唐措冲他高冷地点头："他说的是对的。"

冷缪冷哼一声，双手揣在法师袍里，起身就走。

荣弋忙叫他："你去哪儿？"

冷缪头也不回："A区。"

看来是答应了。

靳丞目送他离开，等门重新关上，这才对荣弋摊手解释："刚才其实都是开玩笑的，我靳丞，人美心善。"

荣弋："……"

荣弋也很快告辞，继续跟靳丞和唐措待下去，容易英年早逝。离开红宝石酒馆的时候，他还鬼使神差地在心里想：容易？荣弋？荣弋英年早逝？

活着真的很难。

人都走了，靳丞和唐措也起身离开，出门时没看到K，略微狐疑了一下，不知道他又跑哪儿去了。

回去的路上，靳丞依旧用量子隐形衣包裹着笼子抱在怀里。唐措舒舒服服地窝在垫子上，半点不费力，随即又问起了余一一。

"余一一明明可以直接找K把消息卖了，中间加个你，他是想卖你一个人情？"

"差不多。"

来的时候太匆忙，靳丞没空把余一一的事情从头细讲，此时重新梳理一遍，靳丞最疑惑的却是言业。

到底是占卜师言业主动把消息给了余一一，还是余一一问她的？

"我们是从黑铁囚笼的编号和林砚东的失踪，推断出深红的消息。命匣的线索却不是，余一一说是占卜师言业告诉他的，那就是十多天前。早在那时候，关于深红的消息就开始慢慢浮出水面，就好像知道她快从监狱出来了一样。余一一和言业，其中一定有人跟深红这件事有关。"

唐措基本同意靳丞的推断，今天这事儿，背后必定有人在布局。

而此时的余一一呢，正和队友躲在E区黑帽子杂货铺外的一条暗巷里，嘴里叼着根棒棒糖，探头往外看。

"出来了。"他稍稍往后躲了躲，看着闻晓铭和池焰从杂货铺出来，两人脸上还带着喜色，有说有笑。

"鱼儿，人走了，咱俩跟上去吗？"队友问。

"跟个屁啊，那可是靳丞的人，不要命了。"余一一把棒棒糖咬得嘎嘣响。

"那我们回A区？"

"那更要命了，今天出门看皇历，有血光之灾，我可不想去坐牢。"

"那咋办？"

"我们也去梦幻无限市场碰碰运气，淘换点保命的东西。"

队友一听要去碰运气，立马点头，他们别的没有，运气绝对不差。等到闻晓铭和池焰走远了，两人便大大方方地从暗巷走出来，一边走，队友一边感慨道："这梦幻无限市场好像真的挺牛啊，什么都能换。我看 10086 换的肯定是什么好东西，否则怎么笑得那么开心？"

"是挺牛，但碰运气的事情，哪能单说一个牛？"

余一一抬头看着牌匾上歪着的黑色巫师帽图案，眯起眼："这可是个潘多拉的魔盒。"

59

闻晓铭因为牵挂莉莉丝，所以把池焰送出杂货铺范围后，就回 A 区去了。池焰惜命，更何况还换到了打开黑铁囚笼的口令，急着赶回去拯救他唐哥，所以在路边打了个摩的。

永夜城的公共交通，方便起来很方便，垃圾起来也很垃圾，主要看运气。

池焰的运气好，站路边五分钟就来了辆大摩托，黑色的，特别炫酷，轮子还能发光。开摩托的驾驶员是个潮流青年，金属项链、大墨镜，车头上还用红绳挂着个老旧收音机，一打开音乐——邓丽君。

"以前没见过你啊，哥们儿，你这车真酷！"池焰这个自来熟，看见人就想唠嗑。

"我刚从 F 区升上来呢。"

"你们 NPC 也要升级啊？"

"这叫升职。"

"那敢情好啊，可喜可贺！"

驾驶员听着很高兴，但没给他打折。从杂货铺到唐措的家，开车十来分钟的路程，要三个点，比公交车贵了些。

池焰虽然心疼这三个点，不过也不妨碍他跟别人交朋友，从跨上车开始，那张嘴就没停过，哪怕风再大，只要有心，就能说话。

可说着说着，一滴水忽然迎面拍在他脸上，他狐疑地抬手抹了把脸："下雨了吗？永夜城还会下雨吗？"

驾驶员没听清，大声问："啊？你说啥？"

"我说，永夜城还会下雨吗？！"

"下什么雨啊！永夜城从来不下雨！"

那这是啥？有人洗了衣服没拧干，还是站在楼顶迎风撒尿呢？池焰一想到这个可能性，整个人都不好了，忍不住低头去看自己的手。

虽然整个永夜城灯火通明，可摩托车奔驰在路中央，两侧灯光昏暗，视野依旧不大好。池焰眯着眼看到那水的色泽好像有点不大对，再一闻，怎么有点血腥味？

恰在这时，又一滴水滴落在驾驶员的肩头。池焰忙凑过去闻，脸色立刻变了："血，我的天！是血！"

他猛地抬头，却没发现任何异样，只见那列魔法列车还如往常一般，如腾飞的钢铁巨龙从头顶飞过。

驾驶员却在这时一个急刹车，刺耳的轮胎摩擦声中，池焰一头撞在他背上，脑瓜子都在隐隐作痛，揉着脑袋抬头，驾驶员正对着前头喊话："你干啥啊？横穿马路会出人命的知不知道！"

池焰从他身后探出头去，就看到一个人跟跄着倒在摩托车前，浑身上下都是伤，鲜血淋漓的，都快看不出本来样子了，忒惨。

"朋友，你没事吧？"池焰多嘴一问，问完又觉得今天的血光好像有点多，眼皮有点突突。而当他终于看清那人面容的时候，就不只眼皮突突了，心都开始突突。

"傀儡师姚青？！"

姚青被他这一嗓子叫回魂，看到池焰，认出这是靳丞和唐措身边那小子，顾不得爬起来，连忙喊道："快去找靳丞！深红在 E 区！"

池焰倒吸一口冷气，在去杂货铺的路上就被闻晓铭科普过深红此人，原想不会那么快碰上，哪知才打了个摩的，就碰上了呢！

"快快快快，我们快走！"池焰狂拍驾驶员的肩膀。

"好嘞。"驾驶员掉转车头避过姚青，一脚油门下去，带起一地尘土。姚青被呛得肺都要咳出来了，这么一咳，感觉血又灌进了肺里，赶紧一口药剂灌下去，总算喘过一口气。

抬头看，魔法列车恰好经过那仿佛圆月般的巨大发光球体下面，灯光给它披上了一层朦胧纱衣，也照亮了列车底下挂着的东西。池焰也看到了，乍一看像是一排腊肠，仔细一看是尸体。刚才滴到池焰脸上的水，估摸着就是从尸体上掉下来的。

思及此，池焰整个人像过了电一样，头皮发麻，发麻后便是刺骨的寒意，冻得他脑子发僵。等他终于摆脱这种状态，用他那还算聪明的脑瓜子一想——

在永夜城杀人，人死的一瞬间立刻坐牢，几乎不存在尸体堆积的情况。可现在是怎么回事？尸体、尸体动了！

"诈、诈尸了！"池焰一下揪住驾驶员的衣服，"快开！"

只见一具、两具尸体接二连三地从那列车上掉落，像下饺子似的，坠入城中。可那又不是简单的坠落，因为尸体在坠落过程中还在动，像是突然被人唤醒，骨骼发生异变，落在地上，一砸砸出一个大坑。

"砰——"一个坑恰好拦在前路，池焰亲眼看见尸体从坑里站了起来。

电光石火间，他想起闻晓铭的话——深红，本质上就是亡灵法师的亲戚。

"转弯！"池焰可不敢硬碰硬。

与此同时，永夜城的其他人也都发现了天空的异样，更是被那巨大的砸地声惊扰。还在屋里的，推开窗来看；走在路上的，纷纷向那些大坑聚拢。

"发生什么事了？"

"怎么回事啊？"

"快看那列车下面挂的是什么？！"

"天呀……"

"也太瘆人了吧？"

议论声四起的时候，列车上挂着的还在往下掉，"砰！""砰！""砰！"的声音从永夜城各处传开，并不拘泥于 E 区。

整个永夜城开始躁动。有人刚一抬头，就像池焰一样接受了血雨的洗礼，惊呼还未出口，身后忽然传来骚动。他回头，看到那怪异的，全身青筋暴起，死而不僵的躯体，将一个玩家徒手撕碎。

飞溅的鲜血波及了周围一圈人，血滴落在地的时候，尖叫声才响起。玩家们后知后觉地开始反击，有人却还望着头顶，宛如痴傻。

深沉的夜幕中，那巨大"圆月"不知何时染上了一点朱砂，缥缈的云层也像被那点朱砂的红晕染着，有了点与以往不同的色彩。

另一边，G 区，林砚东终于给出了自己的答案。

"送我进副本吧。"他看着肖童，被阴影遮挡的半张脸上似乎潜藏着悲悯。肖童却冷漠讥讽道："你可真无情。"

语毕，他站起来，头也不回地离开了。林砚东望着他的背影，只余苦笑，手中佛珠滚动，缓缓地闭上眼，等候几秒。

"叮！"副本打开了通关之路。

离开后的肖童径自来到监狱外的大草坪上，他此刻的心绪有一点点乱，抬头看到月上的朱砂，又想起刚刚从这里出去的靳丞和唐措，心情才好了一点。

自己已经做出了提醒，希望这两位小朋友不要被杀得太惨才是，毕竟一边倒的游戏没什么看头，势均力敌才好玩。

"你就放任深红在永夜城大开杀戒？"蓦地，他望向虚空。

"特赦令能交到她手上，她能出来，不是你刻意放水吗？"乌鸦先生出现在围墙上，抖了抖翅膀，语气高傲，"况且她又没有违反规则，玩家互殴可是永夜城的经典曲目，伟大又善良的乌鸦先生，从来不去打扰他们的兴致。"

"你听起来很开心。"

"当然，C01724，我可是很喜欢的，你看她，每次出场都那么富有艺术感，她怎么就能想到把那些东西挂在列车上呢？多棒啊，制造恐慌的一把好手，为永夜城而生的天才玩家！如果可以，我真想现在就为她颁发一枚特殊贡献奖章。"

"那喝杯咖啡庆祝吗？"

"不喝。"

乌鸦先生想起那甜腻的咖啡就觉得喉咙里不舒服，毫不留情地扭过了头，下一秒，它的身影又出现在E区一栋塔楼的塔尖上。它往下看，玩家们正在四处逃窜。

混乱、嘈杂、尖叫，成了此间的基调。

因为玩家们忽然发现，被那些……暂且称之为"变异者"杀了的人，并没有像往常一样去坐牢。他们变成了新的变异者。

这下子，玩家们都不敢硬拼了，谁都不知道变成变异者后到底算是生还是死，还能不能再复活，于是纷纷往两侧的建筑里躲。可饶是如此，数量还是越来越多。

靳丞和唐措就在不远处的楼顶，靳丞面色沉凝，望着那月上朱砂叫出了她的名字："深红。"

最糟糕的情况发生了，林砚东失踪，深红也没有重新被关进G区。他们因为在"人间"副本里耽搁了时间，再加上需要搜罗情报整合信息，已经完全失去先机。

深红还是那个深红，神不知鬼不觉地杀了那么多人，又刻意贩卖恐慌，造成全区动乱。如果她不搞那么大排场，隐忍不发，杀的人一定更多。

复活死尸、尸毒传染，这些都是她的招牌技能。

莉莉丝的弟弟夏橙就是死后被复活成变异者，再被莉莉丝亲手杀掉的。这种变异者身体里会产生一种尸毒，作为母本。

被变异者杀死的人，感染尸毒，就会变成新的变异者。最初那批被挂在列车上的尸体，应该就是她亲手制作的母本。抢在尸体化光而去之前，发动复生术，深红做得到。

可她到底是怎么逃过十一号乐章定下的律令，可以不用去坐牢的？通过某样道具？靳丞百思不得其解，但现在不是思考这个的时候，因为唐措还没恢复人形。

唐措还非常冷静地告诉他一个坏消息："我所有的大招都在冷却状态，想要恢复最起码需要二十个小时。"

靳丞："我觉得我们现在需要荣弋。"

时间掌控者荣弋大师，调 CD 的一把好手。

唐措："在深红的仇恨列表里，林砚东之下，是不是就是你了？"

靳丞："大概吧，毕竟大围剿时的最后一刀是我补的。"

唐措："真厉害。"

靳丞："多谢夸奖。"

三秒后，唐措面无表情地亮出了猫爪："她看过来了。"

VIII

全 城 暴 动

在这永夜城里，
任凭谁拿到二号乐章都不可能将之交出，
被人威胁又怎么样？
二号乐章可以搞定一切。

60

"深红射线！"

遥远的天空中，一道红色射线自那月上的朱砂射出，笔直地打向城中的某个方向。苗七扛着他的炮立于A区的最高点——一座教堂式建筑的楼顶——视线追着那道射线而去，说出了它的落点："E区。"

E区都有谁？答案不需要说都知道。

"你不去帮忙吗？"苗七又看向站在对面楼顶的莉莉丝，那一身黑裙、一头黑长直发，整个人从头黑到脚，看着比夜色更浓。此人擅使双刀，暴力开山流，刀柄上垂着长长的流苏，持刀的双手涂着红色指甲油，这大概是她身上唯一的一点亮色。

"关你屁事，你还是好好想想你主子吧，那老女人搞这么大排场，你觉得你主子还活着吗？"这位的脾气也火暴得很，话还没说完，便一刀飞出插在一个变异者脑袋上。

那变异者正从楼外爬上来，四肢贴着墙壁像只大蜘蛛，身手异常灵活，结果刚露头就被一刀毙命。被深红控制的变异者，命门不在心脏，而是在脑子。莉莉丝走过去，在变异者坠落前将刀拔出。

苗七可也不是什么好脾气，但牵挂着林砚东，根本没心思跟莉莉丝争吵。他也不想靳丞出事，因为万一林砚东出事了，思来想去，好像只有靳丞能帮上忙。

先生也曾特意叮嘱过，如果遇到什么问题，而他又不在，就去找靳丞。

可现在……苗七蹙着眉，手里的炮火不停，紧随着莉莉丝的脚步，将下边街道里出现的变异者一个接一个地轰飞。两人的移动速度很快，像扫怪一样迅速推进。而且A区人少，都是精英，被变异者杀死感染尸毒的比例是全区最小的，所以情况并不严重。

其他玩家见两位这么猛，或观望，或不甘落后，但无论是谁，只要是A区的人，都比其他区的更明白深红的可怕。

很快，两人杀出A区。

从 A 区进入中心区后，人流一下子多了起来，仿佛一脚从僻静郊区跨入了闹市。无数的玩家从各区涌来，跑向游戏大厅的占了绝大多数。

"永夜城还不如副本里安全！"

苗七听到擦肩而过的玩家在低声咒骂，心下了然。如今强制副本触发时间缩短为一周，既然永夜城那么乱，伸头一刀，缩头也是一刀，还不如提前一点进副本。

而越往低级区走，情况就越乱。

实力越差的玩家，越容易被变异者感染，也越慌乱。而且苗七愕然发现，低级区投放的变异者竟然比高级区的更厉害。那么强的变异者掉进人数众多的低级玩家群里，那造成的杀伤力不可估量。

也许深红的目标从一开始就是低级区。

抬头，月上的那点朱砂越发殷红，深红的射线不断打向 E 区的位置，隐约可以从射线的落点窥探到一丝战斗轨迹。

站在中心区，也隐约能听见那边传来的巨大爆破声。

战斗越激烈、越焦灼，没有足够自保能力的低级区玩家们就越乱。变异者被清除一批，又感染一批，源源不绝。

苗七内心越发烦躁，一炮轰下去，也不管别的玩家是否被波及了。

"你有病啊？！"

"瞄准点打啊！"

一炮激起千层浪，苗七厉声一句"闭嘴"，红围巾随风飘荡，成功叫周围人都散开。

"疯子！"莉莉丝在不远处喊他。

"干吗？！"苗七脚步不停，这就要杀向 E 区。

"你的炮极限距离有多远？能打中她吗？"莉莉丝追上。

苗七转头看她，不出意外地在她眼中看到一丝疯狂，倏然停下："你想做什么？"

莉莉丝："把你的炮借我。"

"太远了。"

"我有浮空技能。"

"那可是深红，你想去送死吗？"

"就说借不借吧，别给我废话，怕死就一边待着。"

莉莉丝眼中的疯狂犹如燎原之火，越发地压制不住了。苗七觉得如果不借，她就敢把刀架在自己脖子上，这个疯婆子。

这炮可是他的主武器！

"你要就给你！"苗七用力丢过去，没好气地道，"不把她打下来，跟你没完。"

莉莉丝接住炮筒，手中一沉。这炮平时看苗七扛来扛去的轻如无物，实际有几百斤重。

苗七没看到她出丑，却见她把炮利落地往肩上一扛，脚下发力，整个人立刻如离弦之箭向那巨大的月轮冲去。升至半空，足尖轻点，裙摆飘扬的刹那，她似落在实地，借力再次跃起。

圆舞曲——轻若无物，翩若惊鸿，著名浮空技之一。

月轮很高，那点朱砂更像遥不可及的梦一样。

扛着炮的黑裙少女像个追梦人，哪怕扛着炮也身姿轻盈，令人心生向往。下一秒，那炮口却积蓄起幽幽蓝光，把这梦幻的画面轻易击碎。

"轰——"巨大能量光束划过长空之时，靳丞的箭也追着那点朱砂而去，双方没有事先沟通过，却胜在一个"巧"字。

实际上这么远的距离，靳丞的箭是射不到的，而且他为了保护唐措，不得不带着沉重的黑铁囚笼且战且退。

唐措不能使刀，只能用魔法辅助靳丞。而在深红射线的攻击下，普通的冰盾、土墙等防御术根本不堪一击，幸好靳丞有防御类的道具，这才避免他从一只黑猫变成死猫。

靳丞本想找到荣弋，可E区闹了那么大动静，也没见到他的身影。

"啪！"又是一道射线，精准打击。

高速的运动中，靳丞已经抱不住笼子了，闪身避过的同时，右手袖中甩出一根细锁链缠绕的铁钩，钩住笼子用力一拽。

笼子被大力拽动，避过射线，滑向屋顶边缘，深红射线类似激光，其威力大到能把永夜城的楼房捅个对穿。靳丞和唐措所在的楼顶登时多了个三米多宽的大洞，楼体虽未晃动，但这洞一直穿到了地底。

楼下的玩家正躲在屋里，谁曾想到天降射线，直接凿在他脚边。他吓得站在原地没动，抬起僵硬的脖子往上看那还在掉着碎石的洞口，恰好看到靳丞路过。

"打扰了。"靳丞冲他笑了笑。

靳丞的身影来得快去得也快，只眨眼间便从楼顶跃下，袖中的铁索持续拉长，绷直，"唰！"黑铁囚笼也被拖下。黑铁囚笼巨重无比，瞬间即落地，靳丞却在此时上了天，因为楼顶边缘有一根探出的金属水管，靳丞在跳下的瞬间将铁索挂在这根水管上。

铁索的一头连着靳丞，一头挂着黑铁囚笼，这便是杠杆。靳丞以囚笼的重量撬动自身，只用半秒钟，囚笼便落地砸出深坑，靳丞又被拉了上去。

水管承重不够，但支撑半秒钟足矣。

靳丞升空的同时放开铁索，弯弓，搭箭，待升至最高点，箭指深红，一气呵成，箭名"追踪箭"，搭载技能——射日。

就在此时，莉莉丝的炮也扛到了深红面前。

"魔法武装炮筒"，这是苗七这支炮的名字，开最大功率，可输出一个相当于魔法禁咒级别的能量炮，但是无法定位，需自行瞄准。

深红射线这样的大招也有弊端，那就是必须站桩攻击，释放过程中不得移位，否则中断。

躲与不躲是个取舍，但在靳丞的追踪箭下，深红不得不进行躲避，没人躲得过靳丞的追踪箭，只能硬扛。

于是在众人的视野里，朱砂急速下坠，很快就脱离了圆月范畴。她中断射线躲过了莉莉丝的这一记炮，但靳丞的箭紧追不舍。

刚开始没人看到这一支箭，因为夜幕深沉，它毫不起眼。可深红主动出手阻截后，箭尖骤然爆发出的能量光团，犹如太阳一般耀眼。月亮在上，太阳在下，日月同辉，这样的奇景，哪怕是在永夜城也是头一遭见。

"我的天——"

"末日大战吗？！"

"阿弥陀佛阿弥陀佛阿弥陀佛……"

日月的光辉吸引了全区人的注意力，所有人都在此刻抬头，当然也包括身处战局正中央的唐措。

唐措抬起猫爪抹掉嘴边的血迹，他不得不承认此刻的靳丞很帅、很酷，没有人不震撼，除了深红。

很快，靳丞落地，第一时间把笼子从砸进地里的深坑中捞了出来："还好吗？"

唐措："……"

靳丞："不是故意摔你的。"

唐措："闭嘴。"

这时，太阳的光芒终于散去，强光似乎令朱砂的颜色暗淡了些许，但它还未完全坠落。而下一瞬，已经暗淡的朱砂突然又变得鲜红，红到在夜空中发亮的地步。

朱砂越来越亮，越来越鲜艳，直至轰然炸开。

"不好。"靳丞脸色骤变，唐措亦警觉地看向四周。

因为靳丞忙着对付深红和保护唐措，并未花太多精力在清除变异者身上，所以他们四周有四五个变异者。此刻这些变异者都齐刷刷仰头望着深红的方向，低吼着，全身肌肉发出红光，并开始膨胀，眨眼间就大了一倍不止。

而且他们都看过来了。

四五双赤红的眼睛齐刷刷看过来，远处或许还有更多。这让唐措立刻想起了深红的战斗路数，复活死尸的下一步，不就是操控吗？

"砰！"靳丞一个爆爆蛋出手，二话不说带着唐措撤退。

他一动，变异者们也跟着动，爆爆蛋炸掉了两个，但还有三个，跑过一个十字路口，又跟出来一群。

靳丞已经消耗了部分体力，又被过重的黑铁囚笼硬生生拖慢了速度，一时间竟是无法甩开变异者们。而且这 E 区四面八方都有变异者，数量大概是全城之最，不管往哪个方向跑，都像是在池塘炸鱼。

这与"决胜魔鬼城"时的哥布林大军可不一样，那都是拿着白板大刀的小怪，不禁打，而这里的变异者每一个都是玩家，招数层出不穷。

"我看荣弋八成在躲懒。"靳丞一边跑一边吐槽，胜在心态好。

唐措持续搓火球，时而再放个治疗术，但聊胜于无。两人再度拐过一条街，隔着一群变异者，跟安宁和她的队友们打了个照面。

"大佬！"安宁有心想帮忙，但看着数量远胜于他们的变异者，头皮发麻。

抬头看天空，朱砂不见了，深红死了吗？

不可能。

敌人在暗，更可怕。

靳丞深知这点，所以压根儿没和安宁打招呼，翻身入楼，眨眼间就消失在众人视线里。他从楼中穿过，从对面出去，唐措思量过后，提议道："不如先把我放在这里，变异者锁定的应该是你，我暂时没有危险。"

"不行。"靳丞直接否决，"你现在的状况，一旦被发现，乌鸦先生都能一口啄死你。"

语毕，靳丞也不等唐措回话，径自翻窗出去，被路过的摩托车扬了一脸灰尘，靳丞正想戳爆他的轮胎，定睛一看："池焰，你给我回来！"

"欸？！"池焰回头，看到靳丞立马猛拍驾驶员的背，"快快快，掉头！"

这时，附近的变异者们又循着靳丞的气味追踪而至，从巷子里、路口，甚至是楼上的窗户里探出头来。

池焰吓得一个激灵，等不及下车，立刻双手合十开始大声念咒："诸神在上，听我号令。赐尔回还，百无禁忌——开！"

话音落下，清脆的"咔嗒"声自唐措耳边响起，他还未看清眼前的变化，就发现自己已经变回了人形，掌心多了一个核桃大小的黑色小铁笼。

61

从唐措恢复人形，到他提剑加入战局，中间只过渡了两秒钟。

摩托车一个急停，池焰从车上滚下来，还没站稳身子，就见唐措的剑光从他身侧掠过，唰唰几下将一个变异者斩于剑下。变异者挣扎着，很快就不动了，但没有化光而去。

此时的唐措在池焰眼中，那就是猛虎出笼。他唐哥只有更酷，没有最酷。

"哥，我来帮你！"池焰捋起袖子就上，但没有武器，只有右手手腕上一个紧扣的黑色金属环，挥拳的同时，黑环发出咔嗒声，忽然分裂开来，化作装甲残片重新组装。只一个呼吸的时间，池焰的右手就被全副武装。

"砰！"池焰单膝跪地，一拳砸向地面。

坚硬的黑石地面寸寸龟裂，以池焰为圆心，周身十米范围内所有变异者，全部晃倒。此时唐措恰好在空中，落下时无一敌手。

他飞快补剑，趁变异者们爬起来前将他们结果了，回头扫一眼池焰，略显诧异："你那是什么？"

池焰立马献宝似的抬起胳膊给他看："副本掉落，未来骑士专属铠甲套装，叫神圣守护。"

好中二——唐措虽然腹诽，但也觉得这机械臂格外适合池焰。而且这看起来只是套装的一部分，如果集齐全部，防御值和杀伤力应该都不低。

这时，靳丞的声音从头顶传来："两位骑士，聊天之前是不是先来搭把手？"

唐措抬头，看到靳丞蹲在二楼的窗台上往下看，笑眯眯的，手里还拎着一个垂死挣扎的变异者。

"来了。"唐措甩了甩裁决之剑，转身朝四周再度涌过来的变异者杀去——老虎不发威，真当他是只猫。

池焰紧随其后，那机械臂看着酷炫，又牛，却并不往前冲，只见缝插针地在后面捡漏，竟被他打出了几次配合。他的预判很准，当然，也可以归功为他的运气很好。

摩托车驾驶员身为永夜城的NPC，当然两不相帮，停在路旁看戏。靳丞、唐措再加上一个池焰在这里，奉献出的战斗格外精彩，他看得津津有味，以至于三人打远了才想起来——喂，那边的小兄弟，车钱还没付呢！

驾驶员一脚踩油门追上去，而与此同时，一场大战正在中心区上演。

莉莉丝一击未中，但认得靳丞的箭，看到深红坠落，眼中还是闪过一丝快意。她随即将炮还给苗七，猜测深红可能会找靳丞，于是果断向 E 区跑去。

这种事儿哪能少了苗七？他连忙追上去，却陡然瞥见一道红光从侧面袭向莉莉丝。

"小心！"苗七一炮轰出，可那道红光没有实体，炮竟拦不下它。

莉莉丝听到苗七的示警，也感知到了袭击的来临，来不及回头，便立刻扭身闪避。可那道红光太快了，几乎是眨眼间就到了她近前，是深红！

莉莉丝熟悉这股能量，又惊又怒，心里又生出一股喜意，正打算拼着受伤也要把深红揪出来时，回头，眼前忽然出现一道黑色裂缝，像裂开的巨口，将红光吞没。

下一秒，一只骨节分明的大手从那裂缝中探出，毫不留情地将她推开。

莉莉丝猝不及防间被推了个踉跄，猛地抬头看，就见那只手的主人从裂缝中走了出来，是冷缪。

"你做什么？"莉莉丝沉声问道。

"走开。"冷博士此人，面对男人时很冷，面对女人时更冷。

莉莉丝气死了，却又硬生生忍下来："你救我，老娘谢谢你。但我怎么样，轮不到你管。"

冷缪："是靳丞要管，不是我要管。"

说话间，冷缪举起法杖又挡下一道攻击，也不再理会莉莉丝，回头看向攻击袭来的方向，终于看到了那个穿红衣的身影。

"深红。"此话一出，周围的玩家都吓了一跳，尤其是站在深红附近的，猛地看到身边出现了这么一个人，登时脊背发凉，纷纷退开。

深红也不阻拦，大大方方地站在人群空出来的地方，一袭破烂红裙，手上、脚上还有未除去的镣铐。她的脸色很苍白，头发长得不知多久没有打理过，隐约露出的锁骨处文了一只蝴蝶。左肩有大片血污，新鲜的，应该是靳丞那一箭造成的伤口。

看到深红的那一刻，莉莉丝眼里的杀意几乎凝成了实质，她双手紧握着刀柄，指节泛白。

率先发难的却是苗七："深红，先生在哪里？你把他怎么了？！"

深红却根本没有理会，兀自看着冷缪，往前走一步，身上的镣铐就叮当作响，"叮当""叮当"，伴着她略显沙哑的嗓音："冷缪，你什么时候也跟他们混到了一起？我还以为你独来独往，跟他们是不同的。"

"别废话。"冷缪二话不说立刻开打。

深红和冷缪这个级别的高手过招，周围的玩家一退再退，根本不敢靠近。而莉莉丝再恨，也没有恨到失去理智，她与冷缪毫无默契，战斗路数也不一样，此刻上去只会打乱他的节奏，于是抬手一发信号弹打上夜空。

绚丽的烟花在空中炸开，提醒了远在 E 区的靳丞。

"是莉莉的信号，应该是碰到深红了。"靳丞蹙眉。

此时唐措和靳丞刚清理完一条街道上的变异者，背靠背喘了口气，而池焰则被摩托车驾驶员追上了，正在肉痛地付车费。先前街上的变异者越来越多的时候，池焰想到靳丞和唐措应该不可能继续待在家里了，于是让驾驶员开着摩托车带他满街跑。这一跑，人是找到了，点数也跑掉了不少。

"深红这么做，纯粹是为了打击报复吗？"唐措感到一点蹊跷。深红才刚出来，先是搞掉了林砚东，紧接着大打出手，那么大排场，可谓疯狂至极。

可是能爬到红榜第三、让全 A 区玩家忌惮的人，怎么会只有疯狂？

"这些尸体或许是答案。"靳丞蹲下来将离得最近的一具尸体翻过来，变异者明显已经被杀死了，却没有化光坐牢。那么多尸体滞留在永夜城内，会产生什么后果？或者说，深红想要拿它们做什么？

说话间，新的变异者又从四面八方赶到，源源不断，前赴后继，仿佛永无终结。他们的目标也很明确，就是靳丞，连唐措也分不到他们一丝眼神。

过多的变异者将他们拖在此处无法离开，唐措却在打斗之时，分心看向了两侧的住宅楼。E 区那么多玩家，被变异者感染的终归只是一小部分，可留在这条街上杀敌的有几个？

三个——唐措、靳丞和池焰。

池焰毕竟实力较弱，这么一会儿已经打得气喘吁吁。他当然也注意到了这个情况，一边打一边还忍不住嘀咕："他们为什么都不出来帮忙？"

他这么一分神，就差点挨变异者一爪子，靳丞眼疾手快将他拉开，偏头笑着回答他："因为好人都不会长命。"

"丞哥，你怎么还笑呢？"池焰觉得生气。

"不笑难道要哭吗？"靳丞反问。

池焰没脾气了，因为这话毫无破绽。但是如果哭有用的话，池焰会哭的，哭完还会记仇，当代青少年，就是要爱憎分明。

"好了，准备撤离。"靳丞说着，与唐措交换了一个眼神。

唐措点头，卡牌出手。

雨水，"二十四节气"之二，可激发技能"弱水"，对敌人进行半径五米的降雨打击，持续 5 秒，凡中招者三分钟内防御减半。

哗啦啦的大雨瞬间倾盆而下，唐措这个施术者却在第一滴雨降下之前，抓住池焰闪电撤退。

同一时间，靳丞拨弦，"铮——"空灵幽远的琴音在雨中激荡，将雨滴悉数震碎，原本覆盖范围只有五米的雨水，便被扩散开来。

"铮！"

"铮！"

靳丞踏着变异者的脑袋且走且退，琴音越来越急，连续的音爆如同镰刀，将防御减半的变异者迅速收割。

方才靳丞和唐措战斗之余还能说上几句话，是有意留手，待变异者聚集到周围，再集火清空。池焰看得嘴巴张成了 O 形，如果不是亲眼所见，都不知道还能这么打。唐措的脚步却没有停，抓着池焰一路冲出路口，看到停在路旁的摩托车，眸光微亮。

"靳丞！"

"来了！"

靳丞走位风骚，手中一段"金戈铁马"，以充满杀伐的琴音将最后追击的一批变异者击倒，几个起落，就到了唐措身边。

"走。"唐措话不多说，转动车把手，机车轰鸣。

靳丞挑了挑眉，有心想坐驾驶位，但怕唐措一脚把他踹下来，于是大长腿一跨就坐上了后座。

池焰在一旁弱小可怜又无助，刚想问他坐哪儿，就被靳丞一把拎起，搁在了最后边。

"抓紧了，掉下来可不会捡啊。"

"好、好吧——哎！"池焰屁股还没碰着坐垫呢，车子便如离弦之箭飞了出去，好险，他赶忙抓住靳丞的肩，蹲了下来。

胆战心惊地回头看，恰好看到驾驶员拿着卷饼从路旁的小饭馆里追出来，叫道："我的车！！！"

池焰赶紧回头："偷车没关系吗？不会被系统制裁吧？"

靳丞摇头："管他呢，你看你哥骑车的样子多帅。"

池焰成功被他带跑，小心翼翼探出头看到唐措专注又英俊的侧脸，深以为然地点点头——

他哥，真是好酷，人帅腿长，开起摩托车来特别帅。

唐措："闭嘴。"

摩托车行进的路线很明确，正是信号弹升起之处，可是还没等三人赶到，一道沙哑的声音就在空中响起，那就像系统的全区广播，只是换成了一个女人的声音。

"靳丞，杀得痛快吗？

"那是我送给你的礼物，用来跟你换取另一样东西。

"一年前，你、林砚东、荣弋和崇延章四个人，拿走了我的二号乐章。我不管它现在在谁手里，我限你二十四小时之内把它送回我手上。否则，躺在地上的那些人就真的死了，不入G区，永不复活。"

话音落下，池焰瞪大了眼睛，错愕得差点从摩托车上掉下去。而就在这时，他看到两侧楼房里的人纷纷打开了窗子探出头来，无数的人、无数的目光，开始聚集。

女人还在笑："你不是很聪明吗？计时现在开始。"

62

深红的威胁和玩家们打量的目光，并未延缓摩托车行进的速度。唐措猛踩油门，众人只见那辆超载的摩托车轰隆隆绝尘而去，只留下尾气供人瞻仰。

车速太快，风大得池焰眼睛都睁不开，想说的话也憋在了心里，等到了中心区，信号弹升起的地方，这里的情形却有点出乎意料。飙速的摩托车让玩家们自动让开了路，唐措一路开到人群聚集之处，看到冷缪的身影，这才停下。

此时的冷缪状态不怎么好，因为跟深红大战，固然伤了对方，可自己也面白如纸，肩上也负了伤。但最令人瞩目的是一旁的黑裙少女，她手持双刀，一刀插在一位玩家的大腿上，一刀抵在他脖子上。玩家躺在地上痛得满头大汗，却愣是不敢哼哼一声，想来这就是莉莉丝了。

莉莉丝神色冷厉，隐隐带着股不屑和愤怒，转头看见了靳丞和唐措的到来，却仍不忘对地上的玩家说："再让我听见你叨叨一句，小心我割了你的舌头。"

语毕，莉莉丝收刀，鲜血登时从玩家的大腿流出，血流如注。他眼中怨毒，嘴上却不敢有丝毫怨言，连声说着"不敢了，不敢了"，捂着伤口一瘸一拐地飞快逃离。

玩家们似乎慑于莉莉丝的威吓，尽管交头接耳，声音却都不大，还离得远远的。此时靳丞下车，众人看着他的目光就更复杂了。

靳丞只当没看见，径自走到冷缪面前，问："深红呢？"

冷缪沉声："跑了。"

靳丞耸耸肩，也没心情打趣他，又转头看向莉莉丝，语气稍微严厉："你又是怎么回事？"

莉莉丝抿着唇，没有说话。

冷缪破天荒地替她解释了一句："那个玩家怂恿别人讨伐你，让你把二号乐章交出来。"

闻言，靳丞抱臂冷笑一声，目光扫过周围的玩家——带着审视和一如既往的张扬。玩家们触及他的目光，有些低下头选择了避退，也有些大胆地望着他，等待着他的回答。

　　他朗声道："你们可真是天真，如果我拿到了二号乐章，整个永夜城都是我的天下，我凭什么拿给深红？在你们眼里，我靳丞就是这么一个愚不可及的人吗？"

　　"可你——"人群中登时有人忍不住反驳，却又当即被靳丞打断。他望过去，眼神如刀，嘴角带笑，说出来的话却冷得入骨三分："二号乐章给我用，你们还能寄希望于我会救他们。一旦给了深红，你们想全部跪在她脚下当她的变异者吗？如果你们有这个癖好，我当然——二话不说。"

　　此话一出，玩家们想通了其中关键，登时如坠冰窟。他们刚才都震惊于深红话中的意思，被二号乐章冲昏了头脑，可不代表他们真的蠢，能在永夜城活下来的，基本智商还是会有的。

　　深红还是靳丞，这还用选吗？

　　玩家们都不说话了，不少人暗自抹了把冷汗，庆幸自己没跟靳丞对上。但同样有很多心思活络且大胆的玩家，目光四下瞟着，不知在想些什么。唐措将这些人的表情尽收眼底，坐在摩托车上，单腿点地，像个冷酷车模。

　　靳丞继续加料："你们现在应该做的，是找到二号乐章的下落，而不是在这里跟我对峙。当然，如果你们怀疑二号乐章在我手上也可以，就看你们有没有那个胆子来问我要了。"

　　话音落下，玩家们踟蹰着，目光在靳丞、冷缪、莉莉丝和唐措身上来回打转，终究还是没人敢站出来。枪打出头鸟，这话可不假。

　　不少人偷摸着后退，很快就消失在人群里。此时深红已跑，可变异者还在，这么多玩家聚集在这里，变异者进不来，可外面的还在扩散。

　　"走，必须马上把那些变异者杀了，不能让更多的人被感染！"人群中不知是谁高呼一声，玩家们立刻呼啦啦散开。莉莉丝看得眼中冷笑不已，一转头，却发现靳丞也在看着她笑。

　　"我离开前怎么跟你说的？"靳丞歪着头，笑得令人毛骨悚然。

　　"忘了。"莉莉丝别过脸，目光落在唐措身上，眸中的冷厉都敛去不少。她冲唐措点点头，释放出一丝难得的善意，唐措便也回了她一个颔首。

　　靳丞在旁吃味："你们一个两个对着他倒是好脾气，讨好他我就不打你了？"

　　"不是吗？"莉莉丝一句话把靳丞噎住，随即她看到池焰，又想起什么，问，"闻晓铭呢？他不是去找你们了吗？"

　　靳丞："他没回来找你？"

莉莉丝蹙眉，从出事到现在，她可一直没看到闻晓铭。池焰听到他们的对话，忙道："我们离开黑帽子杂货铺后就分开了，他说要回 A 区的。哦对了，我之后还碰上了姚青，他被打得半死不活的，应该是那个深红动的手。"

这就奇怪了，闻晓铭去了哪儿？

"荣弋也不见了，从红宝石酒馆离开后，他就没有再出现过。永夜城闹那么大动静，你觉得他会去哪儿？"靳丞看向冷缪。

"我怎么知道？"冷缪喝下一支药剂后，脸色已经好看不少。荣弋毕竟是他唯一的朋友，他不欲与靳丞多扯皮，商议过后，便有了定论。

冷缪去找荣弋，靳丞去找闻晓铭，其间各自留意深红和二号乐章的消息，不论找得到找不到，两个小时后红宝石酒馆见。

莉莉丝也与靳丞一同回去，靳丞不放心留她一个人在 A 区。苗七看到他们都要去 E 区，当然不肯独自离去，扛着炮跟在后面，问他就说要找他家先生林砚东。

"你要找林砚东，应该去牢里找他。"靳丞道。

"那我不仅自己要栽进去，还不能救他出来。"苗七看着做事不经大脑，没想到这倒看得清楚，"我就跟着你，你能救他，还要杀深红。深红必须死。"

看着他信誓旦旦的样子，靳丞都怀疑林砚东在背后吹了他的"彩虹屁"。

"好啊，想要我救你家先生，可以，你先帮我找到闻晓铭。"靳丞嘴角一勾，唐措就知道他又在打什么如意算盘。

苗七心知此刻自己没有跟靳丞讲条件的资格，顿了顿，便点头答应。

为了更快地找到人，靳丞决定分头行动，苗七自然被分了出去。等他走了，唐措问靳丞："你把他支开，想说什么？"

靳丞："还是措措懂我。"

唐措："……"

靳丞："好好好，我说。苗七这人，一向以林砚东马首是瞻，林砚东虽然不在这里，但谁知道他是不是林砚东安插过来的棋子，有些话还是不要让他听到为好。"

唐措："深红？"

靳丞："对。"

唐措了然。

刚才靳丞三言两语就解了自己的危局，可不是这危局有多难解，而是事实如此。深红会想不到吗？

在这永夜城里，任凭谁拿到二号乐章都不可能将之交出，被人威胁又怎么样？二号乐章可以搞定一切。

但深红偏偏就是这么做了，所以她的目的只可能有一个——她猜到乐章不在靳丞手上，所以一方面想给靳丞制造点麻烦，另一方面想把真正拿走乐章的诈出来。

池焰习惯了两人打哑谜似的对话，莉莉丝却是头一次见，两只眼睛不停地在两人身上来回扫，要不是急着找闻晓铭，她一定搬张凳子喝着果汁看一天。

靳丞抬手给她一个栗暴，目光却依旧看着唐措："我们往黑帽子杂货铺的方向找？"

高冷如唐措，仿佛一家之主般点点头，再次赢得了莉莉丝的注目。

另一边，同样是 E 区。

钱伟从监狱出来后，第一时间去找彭明凡会合，谁知彭明凡因为强制任务触发时限快到了，不得不进入副本，只在家里留了张字条给他。

钱伟被"人间"副本折磨得没了脾气，在沙发上倒头就睡，直到变异者挠破了他家的窗户，扑倒在他身上与他来了个亲密接触。

"啊啊啊啊啊！"梦中的热辣美女变成了变异者，钱伟吓得一脚把人家蹬飞，坐在沙发上惊魂未定。

过了几秒，他又猛地弹起来，冲到窗边往下看，恰好看到日月同辉的壮丽场景，还没来得及惊叹，视线往下又看到游荡的变异者，以为自己又进了副本。

一直到他出门，他都没搞清楚是怎么回事，但认出了自街角走过的红斗篷。只不过这次红斗篷身边多了个其貌不扬的男人，从二人行变成了三人行。

钱伟想了又想，一边忌惮孟于飞，一边又按捺不住心中好奇，犹豫着要不要跟上去看看，而就在这时，他被那个其貌不扬的男人发现了。直到被孟于飞按在地上，钱伟都不晓得自己是怎么被发现的，总结起来可能就两个字——点背。

"这可是你自己找上来送死的。"孟于飞笑得阴冷。

"别别、别啊！"钱伟急忙举手求饶，"我们好歹是一起下过副本的关系，何必非要搞得你死我活呢？"

"你自找的！"孟于飞把人拖进暗巷里，刀架在了钱伟脖子上，余光却还瞥着郑莺莺，没有立刻下手。

郑莺莺看着钱伟，兜帽遮住了半边脸，表情莫测。钱伟可把希望都寄托在她身上了，见她迟迟不开口，心里急得慌，而就在这时，郑莺莺身旁的男人开口了。

"你如果当初不那么冲动，就不会进监狱，也不会差点又被靳丞杀死。"男人自然就是江河。

孟于飞被踩了痛脚，脸色阴沉得能滴出水来："陈柳和他的队友不该死吗？

我帮你们杀人，你们反过来骂我？"

江河："这不是骂，是讲道理。"

钱伟算是听明白了，孟于飞和那个小姑娘进监狱，是因为杀了陈柳和他的队友。钱伟听彭明凡提起过"陈柳"这个名字，他那位学霸同学分析起永夜城的局势来总是头头是道的。

只有郑莺莺知道，江河这话，其实是讲给她听的。他在指责自己，当初杀陈柳的时候太过冲动，以致把自己弄进了监狱。可如果重来一次，郑莺莺还是会动手。

"他骂你。"郑莺莺抬头看着江河。

江河微怔。事发时江河并不在，他以为郑莺莺杀陈柳，只是因为陈柳曾在牢里奚落过她，没想到还有这个原因。良久，江河说："我不在乎。"

63

也不知道是不是郑莺莺的话打动了江河，钱伟觉得江河的表情似乎变得柔和了一些，可他接下去说出来的话，又让钱伟错愕。

"你带着她，去找靳丞。"

"我？"钱伟指着自己的鼻子，"我？？？"

江河："对，就是你。你不是认识靳丞和唐措吗？带她去找他们。至于去找他们做什么，等你们见到他们就知道了。"

钱伟丈二和尚摸不着头脑，他不是当俘虏了吗？怎么又让他带人去找靳丞和唐措，就不怕他到了地方立刻反水？

等等……"你们到底认识吗？"钱伟急忙看向郑莺莺，他觉得郑莺莺在病房里的举止有些奇怪，分明是认识他们的。

郑莺莺没有回答，只是看着江河，问："为什么？"

江河："你我之间，是一个双向选择。我选择了你，现在轮到你来选择我。我还有些事情要做，如果顺利，事情结束后我会去靳丞那里找你，到时候你可以自己决定跟不跟我走。"

一旁的孟于飞蹙眉，不知道江河到底在打什么算盘，听到这里，心思不由得又活络起来，江河没提到他，他反正是不可能去找靳丞的，那是不是意味着他自由了？

正这么想着，江河突然望过来，道："你跟我一起走。"

孟于飞撇撇嘴，想说什么，但又忍住了，只冷哼一声。

郑莺莺看看他，再看看钱伟，半张脸始终藏在兜帽的阴影里，看不出表情。

良久，她似乎终于下了决定，点点头，末了又加了一句："如果你不来，我不会原谅你。"

江河难得地笑了笑："好。记住我给你的东西，不要轻易拿出来。"

钱伟突然任务加身，却又无法反抗，只得跟着郑莺莺离开。好在郑莺莺没让他带路，他只需要跟在后面。

此时街上还有变异者游荡，但托靳丞的福，所有的变异者都向他那边靠拢，其余人走在街上，除非踏入变异者五米范围内，否则就不会遭到袭击。

钱伟察觉到这点，但也不知道为什么，只能紧紧贴着郑莺莺走，生怕进入变异者的攻击范围。远远看过去，将近一米八的大高个跟在一个一米五都没有的小姑娘后面，还不如人家小姑娘走得挺拔，略显滑稽。

郑莺莺救过钱伟，按理说他该对郑莺莺感恩戴德，可看着郑莺莺的背影，钱伟就是觉得心里突突，很不安。结果没走出多远，深红的声音传遍全区。

钱伟惊讶得张大了嘴巴，问："这也太狠了吧，这女的是谁啊？"

郑莺莺蹙眉。江河只粗略跟她讲过深红和一年前的大围剿，除此之外，她对深红也并不了解，现在听到这个声音，明白事情显然没江河说得那么简单。

她下意识就想往回走，钱伟急忙叫住她："你去哪儿？现在回去他们肯定早走了！"

话一出口，钱伟立刻后悔。他这是干啥啊？让人回去他不就自由了吗？去找大佬的话说不定就会被卷进更大的危险里去。

现在可好，一时口快。

果然，郑莺莺紧紧攥着拳头，在原地顿了几秒，又转身大步往前走。钱伟内心纠结得很，还在想要不要跑路，便见郑莺莺转过头来，说："跟上。"

钱伟只得继续跟上。

郑莺莺并不知道靳丞的具体位置，也不把希望放在钱伟身上，看到周围的变异者似乎都在朝同一个方向前进，便干脆跟在他们后面。

她想得很简单，变异者行进的方向与信号弹升起的地方是大致重合的，而靳丞那样的人，哪里最瞩目，他在那里的概率就越大。

这一路却并不顺利。

首先他们离中心区很远，几乎是位于 E 区边缘的位置，又因为不想招惹到变异者，所以走的都是偏僻小路；其次他们还没走到一半，变异者的方向忽然变了，他们就陷入了是否改道的抉择中。

此时前方正好发生了战斗，几个玩家在打变异者，钱伟躲到了路旁的垃圾桶后面，探头看着，觉得有点奇怪——那几个人打变异者就打变异者，怎么还鬼鬼祟祟的，竟然还有人在望风？

"要不……我们换条路走？"

"再看看。"

郑莺莺说着，万象斗篷变幻形态，将她伪装成一个普通的年轻女生。她继续看着，没有发出一点声响。

没过多久，前面的战斗结束了，几位玩家打败了变异者，却留了一个活口，绑起来套在麻袋里，鬼鬼祟祟地运进了旁边的住宅楼。

风中传来他们的谈话声，隐约还有"靳丞"的字样。

"他们这是干吗呢？"钱伟有点看不明白。

"走。"郑莺莺握紧匕首，没有上前查看，而是走小路绕到了住宅楼的后面。沿着住宅楼走了一圈，郑莺莺找到一扇半掩的窗户，确定里面没人，立刻翻身进去。

钱伟趴在窗沿上，压低了声音问："喂，你进去做什么？不去找大佬了？"

郑莺莺回头，手中诅咒之刃掠过一道寒芒："闭嘴。"

钱伟欲哭无泪，只能跟着爬进去。

郑莺莺走到门边贴在门板上听了半天，听见外头好像有杂乱的脚步声，等到那脚步声渐渐远去，打开门往外看了一眼。

楼道里很空，刚才的脚步声往二楼去了。

郑莺莺复又关上门，没有贸然出去，蹙着眉思索刚才看到的情况，一回头，发现钱伟已经坐下来吃上了东西。

钱伟抱着"来都来了"的心思，正好看到桌上有吃的，干脆先拿起来填饱肚子，见郑莺莺看过来，举起手里的饭团问："你吃吗？"

郑莺莺："……不。"

"你不吃那我都吃了啊，我醒来到现在还没吃过东西呢，刚才的变异者可真吓人，害得我都做噩梦了，反胃。"钱伟一边吃一边跟郑莺莺说话，就这一会儿工夫，他已经忘记自己俘虏的身份，心不是一般的大。

"欸，你说刚才那些人提到靳丞大佬，抓了变异者又不杀，不会是在密谋什么吧？"说着他又觉得不可能，"怎么那么巧会被我们碰上呢？那个变异者肯定是他们的朋友，不忍心动手，所以干脆捆起来。"

郑莺莺不予置评，依旧站在门边，耳朵贴着门板仔细留意着外面的动静，时而透过门缝望几眼。

十分钟过去，钱伟已经填饱肚子，还给自己烧了壶水。水烧开，发出咕嘟咕嘟的声音，他倒了杯热水，走到郑莺莺身边想递给她，就见郑莺莺对他做了个噤声的动作。

钱伟登时警觉，开始做口型——怎么了？

郑莺莺指了指门外，钱伟便把耳朵凑上去，果然听到外头有脚步声响起，还有隐约的说话声。

"没事吧？"

"没事，你们怎么突然过来了？"

"不是深红出现了吗？我们当然要过来看看情况，还有二号乐章，那可是二号——"

"别骗我，从深红出现再到二号乐章，一共才过去多久，你们就能全部聚集到这里来？说，你们到底背着我在搞什么？"

其中一人突然停下脚步，两人似乎发生了肢体冲突，语气也陡然激烈起来。

"姚青，注意你的语气。"另一人也停下来，但压低了声音，"你可以提意见，但无道不是你一个人的无道，我们这样做自然有我们的理由，你很快就会知道了。"

姚青："知道个屁，深红跟靳丞斗法，你们插手是嫌死得不够快吗？！"

那两人又争吵了几句，但他们话说得太快，又刻意压低了声音，所以听不清楚。饶是如此，钱伟就已经够震惊了。

原想不可能那么巧的，谁家密谋干大事能被自己这小喽啰不小心碰上，没想到还真就那么巧。他再仔细听，没听出完整的句子，但听到了"崇延章"三个字。

完了完了——钱伟恨不得打自己一巴掌，要你乌鸦嘴，乌鸦先生的嘴都没你那么臭。他开始疯狂朝郑莺莺眨眼，待门外的脚步声远去，连忙说："我的学霸同学告诉我，想活命，就得压制好奇心。我们现在走还来得及。"

郑莺莺："你知道姚青是谁？"

钱伟："不就是无道的人吗？A区的各个精英小队都有自己的诨号，无道就是其中一个，姚青绰号傀儡师，据说很厉害。他的机关傀儡飞天遁地，无所不能。"

郑莺莺："比起天志怎么样？"

钱伟："马马虎虎吧，天志已经垮了，无道还好着呢，而且人多。也就是因为姚青上次对上靳丞，被坑进了牢里……"

说着说着，钱伟就没收住。往常都是他在彭明凡面前当学生，听他讲，难得一次有自己装老师的机会，那话完全没经过大脑就说出来了。等他发现郑莺莺的眼睛越来越亮，急忙捂住自己的嘴，可为时已晚。

"我们潜进去看看。"郑莺莺一锤定音。

与此同时，唐措和靳丞已经来到了黑帽子杂货铺附近。

因为残余的变异者数量依旧可观，而靳丞还是他们的绝对目标，所以莉莉丝带着池焰走了另一条路。唐措和靳丞则一直在屋顶跑酷，占据高地，以免被变异者拖住手脚。闻晓铭依旧下落不明。

"最糟糕的情况，是他已经被尸毒感染了。"唐措站在天台边缘，往下看。

"闻晓铭实力虽然不够强悍，但装备大师的名头不是吹出来的，人又机灵。失去理智的变异者应该还动不了他，除非——他被人杀进了 G 区，或被抓了。"靳丞道。

深红给的时间不多，此时去 G 区查探显然不是明智之举，因为如果闻晓铭被关在 G 区的牢房里，反而安全。

如果是被尸毒感染，那就只能是躺在地上当尸体了，不等这事儿解决都没办法救他，唯一令人头痛的可能就只有一个——他被人抓了或被困在除 G 区外的某处。

从唐措和靳丞的角度看出去，黑帽子杂货铺赫然在目。唐措看着看着，忽然道："如果我们去梦幻无限市场兑换二号乐章的线索，能换到吗？"

靳丞摸着下巴："你这主意听着很不错，角度刁钻，不过梦幻无限市场应该只换实物或咒语之类的客观存在的东西，这线索类的，恐怕不行。"顿了顿，他又勾起嘴角，幸灾乐祸道，"不过试试又不要钱。深红想钓鱼，鱼还没上钩，不管是谁都得多点儿耐心。说不定深红现在就在某个角落盯着我们，我们去杂货铺走一遭，把黑帽子也拖下水。"

唐措没说话，但觉得这提议不错。

两人遂下楼，往黑帽子杂货铺走去。因为靳丞唐僧附体，全区无论是谁，只要察看变异者前进的方向就能知道他的具体位置，所以两人半点儿不低调，直接从楼顶跃下，一前一后，身姿矫健、潇洒自如。

楼下正聚集着一堆变异者，两人还未落下，一个拔剑，一个弯弓，唰唰几下带着剑气与箭影冲入变异者群，只是眨眼的工夫，那周围的变异者便如秋收的麦子般齐刷刷倒下，把四周玩家看得一愣一愣的。

战毕，唐措利落收剑，靳丞笑眯眯地站在他背后，抬脚将最后一个变异者踹倒。

两个人，是双份的霸气。

四周伸长了脖子在观望的人登时把头缩回去，心惊肉跳。一个靳丞就已经让人忌惮了，怎么现在又来一个？而恰好从梦幻无限市场出来，想要走出黑帽子杂货铺的余一一，立刻拽住队友的胳膊将他拉回去。

"靳丞和他队友怎么来了？他队友什么时候变这么厉害了？永夜城到底靠什么分配武力值，靠脸吗？"余一一趴到窗口偷窥，左思右想，觉得此时出去不是明智之举。

如果靳丞继续追问命匣线索的消息，他该怎么答呢？这种聪明人惯会联想，给他一只蝴蝶都能联想到西伯利亚的寒风。

"我们再进去躲躲。"余一一很快下了决断，拉着还在发蒙的队友，重新进入梦幻无限市场。

反正不同批次的客人都不会进入同一个空间，只要他们躲在里面，就算天王老子都找不到他们。

三 入 行

信仰照耀大地。
而人性的光辉，可以照耀他人。
靳丞当时愣了一下。

靳丞初到永夜城时，境遇和唐措完全不一样。他一来就被分到了 A 区，乌鸦先生刚开始也很喜欢他，妥妥的天选之子。

　　不过高评级和乌鸦先生的喜爱也不是那么好消受的，靳丞一个新人，打的第一个副本就被分到了超高难度的大型副本，如果不是他命大，恐怕就出不来了。

　　也正因为如此，靳丞一战成名。

　　A 区的各个组织都曾对他抛过橄榄枝，但仅仅一个副本，靳丞就已看穿永夜城玩家的本质。他虽心善，但也不是别人给点恩惠就感恩戴德的人，更不会去做别人的跟班。而众人对他的评价，也就是那一句话——很强，是个硬茬儿，但过于心善。

　　靳丞自问不是圣父，可出身、人生经历，都赋予他高于常人的使命感。他无法见死不救，因此有他在的副本，通关率普遍较高。

　　不过靳丞心里也清楚，他再强，救得了一个人，却救不了全部。想要改变永夜城的现状，光靠他一个人是不行的，靠他在这个副本里救一个人、那个副本里救一个人，是不行的，于是他把目光瞄准了传说中的十二乐章。

　　林砚东曾为此专门请靳丞喝过茶，他说靳丞是个心中有信仰的人。那时的林砚东还是个深居简出的大佬，温和儒雅，全然看不出后来的疯狂模样，也曾数次提点或在暗中帮助过靳丞，所以两人虽然走得不近，但在这人情淡漠的永夜城，已经算好了。

　　后来发生的事情，只能说世事无常。在这个没有白昼的永夜城，每个人身上都有太多的秘密，和不为人知的小心思。

　　恰如靳丞后来遭到的那场背叛，令他始料未及，但也好像在情理之中。因此他不曾埋怨过，留下脸上的那道疤，也只是为了提醒自己，以后要更加谨慎，不可掉以轻心。

　　后来，他又陆续碰到了莉莉丝和闻晓铭。

　　如果要选队友，其实这两位不算是最合适的人选。靳丞第一次见到莉莉丝时，她还叫夏莉，正满腔愤恨地想要去找深红，为弟弟夏橙报仇。可她一个小姑娘，往日里又被弟弟保护得太好，怎么抵得过红榜第二的深红？

那时候的夏莉满身是刺，比郑莺莺也好不了多少。她很努力地训练、下副本，几乎没给自己任何喘息的时间，如此拼命，倒是让靳丞对她刮目相看。

靳丞见过夏橙，他还记得夏橙口中的夏莉，是个喜欢打扮，喜欢穿漂亮裙子，本应无忧无虑的富家女，虽然生得有点娇气，但其实刀子嘴豆腐心。夏橙说，他想让姐姐过得好一点。

磨难使人成长，夏莉成长了，如同漂亮的玫瑰终于长出了刺，可她与深红的差距实在太大，大得令人绝望。而就在这时，一个 A 区的组织找上了她，说她只要加入，就会帮她的忙。

夏莉也动摇过，但出乎意料的是，她最终拒绝了。而由于她的不识抬举，也因此得罪了这个组织的人，给自己惹上了麻烦。

他们闹起来的时候，靳丞刚好在隔壁居酒屋喝酒。

黑帽子也在，宽大的帽檐遮着脸，坐在角落里像个幽魂，对周遭的一切都不在乎。靳丞听到外面的打闹声，转头看了一眼，就看到了夏莉。

靳丞出手救了她，但也只是救了她这一次而已。

夏莉道过谢之后就跑了，老板娘说让她在居酒屋打工，她也没有答应。一周后的一天，她在 A 区通往中心区的必经之路上拦下了靳丞。

靳丞以为她是来求救的，没想到她只是递过来一个东西——一枚古旧的书签，是开启某个副本的钥匙，而那个副本里，也许藏着十二乐章的线索。

"为什么给我？你想我帮你做什么？"靳丞问她。

"这是我弟弟交代我要给你的。"夏莉语气坚定，"我们夏家人，言而有信。"

靳丞："你弟弟跟我说的时候，是说一起去这个副本。他提供钥匙，我保护他安全。所以你不必把钥匙给我，这本来就不是我的。"

夏莉："但是我护不住它，与其让它被别人拿走，不如给你。"

靳丞："没有任何条件？"

夏莉张了张嘴，似乎想说什么，眼里更是充满了复杂情绪。可最终，她还是摇了摇头，说："这是我弟弟的遗愿。他说要给你，一定是认为你是最合适的那个人，我不相信你，但我相信他。"

语毕，她就头也不回地跑了。

离开时的最后一眼，她的眼里充满了决绝。当靳丞追上去，悄悄跟在她后面时，却看到她一边跑一边抹眼泪。

最终，靳丞在她孤注一掷去找深红时，截住了她。他就靠在墙上，扬了扬手里的书签，说："既然你弟弟不在了，那你就顶上。不是说夏家人言而有信吗？从现在开始，你跟着我，直到找到乐章为止。"

夏莉："可是——"

靳丞："没有可是。你有没有想过，你弟弟让你把书签交给我，就是在为你留后路。不要辜负他，夏莉。也许他现在不在了，可他一直在保护你。"

夏莉听完这话，长久以来憋着的一股气散了，整个人像是被抽走了所有的力气，蹲在地上抱着膝盖痛哭。

从此以后，靳丞身边就多了一个人，名为"莉莉丝"。

后来，靳丞在第一次被贬到 F 区时，在副本里捡到了闻晓铭。

相比起夏莉已经在永夜城摸爬滚打过，闻晓铭纯粹就是个新人，什么都不懂，什么也不会，但会抱大腿。

"老大！救救我！"

"老大！我是技术人员，我可以加班！"

"老大！你让我跟着你吧，我可以少吃点饭！"

"老大！"

"老大！"

靳丞差点被他烦死。

闻晓铭的运气其实不错，进入永夜城第一个副本就和靳丞分在一块儿，而且那个副本叫"万代发明家"，专业对口。

玩家进入副本后，会来到一座虚构的未来都市。这里战乱频发，既有代表高科技的机器人，也有老旧的筒子楼，玩家的任务就是保护某位研究员，帮助他完成最后一项技术开发。

而这里所谓的科技，其实与永夜城的武器制造体系一脉相承。既科学，又玄学，在打好地基的基础上，研究如何用一根柱子撑起一个空中花园。

闻晓铭进了这个副本，就跟老鼠进了米缸一样。在一众愁眉苦脸的 F 区菜鸟新人里，他看起来可太不一样了，纵然灰头土脸，眼里也像闪着光。

他的那些想法，在现实世界中听起来天马行空的、白日做梦的畅想，好像在这里都能实现。他来不及悲伤，来不及去回头望，便怀着满腔热情，一头扎了进去。

可他在其他方面实在太菜了，副本里随便一个路过的老太太都能用拐杖把他打一顿。刚开始那几天，闻晓铭身上每天都带伤，睡也睡不好，吃也吃不饱。原本他是戴着眼镜的，可后来连眼镜都被打掉了，苦不堪言。

这时候，那个优哉游哉跷着二郎腿坐在街对面游戏厅门口的靳丞，就显得格外高大起来。

可闻晓铭好歹也是个在职场摸爬滚打过的人，可不会像池焰当初那般天真。

他想要抱大腿，那就得让大腿看到自己的价值，于是天天半夜偷溜出门，去垃圾站捡垃圾。

这个年代，千奇百怪，大家都吃不饱肚子，那垃圾站里却丢了不知道多少高科技废料。普通人根本不知道那是什么东西，只会将它们拆开来搜刮一些贵金属去换钱。闻晓铭却不同，他经过数日的观察和研究，以及每天半夜勤勤恳恳翻垃圾的行为，终于在进入副本的第七天，成功组装出一把光刀。

他为此沾沾自喜，觉得自己是个天才，"屁颠屁颠"地跑去给靳丞献宝，并说："老大，只要你收了我，以后我翻垃圾养你！"

靳丞："……"

其实这光刀，刀身才半米长，杀伤力在这个副本的武器中，也属一般。对于武力值较高的靳丞来说，属于食之无用弃之可惜的类型。因为如果想要，他完全有能力搞到更厉害的武器。

可他从这把刀身上，看到了闻晓铭的潜力，于是告诉闻晓铭："你要是能把这把刀的刀身延长到两米，我就带你出去。"

如果有两米长，那或许还可以打敌人一个措手不及。就像那个广为流传的表情包，你看那火柴人，只拿着一个刀柄，但只要光刀被启动，四十米大刀就立刻教你做人。

四十米有点太难为人了，所以靳丞只要求两米。

闻晓铭最喜欢鼓捣这些东西了，因此不觉得靳丞刁难他，只觉得热血沸腾。不过在这个时候，靳丞还没想过真的要收他当小弟，只是想让他找到适合自己的路，以后能在永夜城有立足之地。他看得出来，闻晓铭也是一个有信仰的人，这个信仰叫"创造"。

可后来，靳丞的想法又发生了改变。

闻晓铭成功地把光刀延伸至 1.8 米，还没达到靳丞的期待值，但也不远了。他似乎忘记了时间的流逝，忘记了周围潜藏的危险，铆着劲儿要达成两米的目标，而这时，副本即将迎来终结。

靳丞本来已经安排好了一切，可因为某个玩家的失误，导致目标 NPC，即那个研究员重伤陷入昏迷。他所研发的技术，也停滞在最后一步。一切都是那么凑巧，巧得让靳丞怀疑这是乌鸦先生在捣鬼，就为了惩罚他。

可现在不是气愤、懊悔的时候，靳丞单枪匹马强闯医院，成功带回了医生和药品。另一边的闻晓铭，捡起那个研究员的实验报告，义无反顾地投入后续的研究当中。

最后，研究员是救活了，实验室所在的大楼却被炸毁。

照理说，闻晓铭已无生还的可能，靳丞也想过是否要折返回去救他。而当他抱着万分之一的希望，终于在四十八小时后，挖开废墟发现闻晓铭时，就看到他满身灰尘混着汗水，如同一个泥人般，在断墙和梁柱撑起的一片狭小空间里，埋头做着研究。

他看到靳丞来，欣喜若狂，眼睛一如刚来时那般闪亮，哪怕瘦弱得脸颊都已经凹陷了，依旧努力地从地上爬起来，将东西都归整到一个黑匣子里，从废墟的缝隙中递给靳丞。

"拿着！"

那个黑匣子，或许可以叫"希望"。闻晓铭确实是个天才，他成功了，作为一个外来者，成功摸索到永夜城自制体系的边，并在倒塌的废墟里，成功完成了研究。

靳丞以为这就是信仰的力量，可当他将闻晓铭救出来，问他的时候，闻晓铭却告诉他："我也没想那么多，要是完不成研究，那大家不是都出不了副本吗？"

"可是如果我不回来救你呢？"靳丞问。

"啊……"闻晓铭张了张嘴，"忘记想了。"

信仰照耀大地。

而人性的光辉，可以照耀他人。

靳丞当时愣了一下。

自从到了永夜城，他在黑暗中独行，有时难免会产生怀疑。他也并非有一颗金刚不坏之心，无论受到什么伤害，都能无痛自愈。可看着闻晓铭的时候，他忽然觉得，一切又都是值得的。

也许绝大多数人，在前行的过程中，难免陷入永夜城的黑暗里，被同化、被吞噬。可他也总能看到像闻晓铭这样的，就像黑暗道路上的一盏盏灯，时刻提醒着他方向。

于是当他们离开副本后，靳丞没有拒绝闻晓铭的组队邀请。直到他带着闻晓铭回到 A 区，跟莉莉丝重逢。

不过当靳丞知道闻晓铭其实年纪比他还大时，已经是大半年后了。

闻晓铭不好意思地挠挠头："不是我故意装嫩，是我本来就不显老，而且我不是怕老大你把我甩开嘛，就、就说我比你小了，让你有点同情心。"

莉莉丝："所以你就叫了我大半年的姐？你可比我大将近十岁啊！"

闻晓铭见势不妙，立马开溜。

莉莉丝在后头冷笑一声，拔出刀来，满 A 区追杀他，最后按着他的头，把他的头发连同眉毛都染成了粉的。

从此以后，闻晓铭彻底失去了对头发颜色的控制权。

图书在版编目（CIP）数据

人间试炼游戏 . 2 / 弄清风著 . — 广州：广东旅游出版社，2023.8（2025.5 重印）
ISBN 978-7-5570-3040-7

Ⅰ . ①人… Ⅱ . ①弄… Ⅲ . ①幻想小说—中国—当代 Ⅳ . ① I247.5

中国国家版本馆 CIP 数据核字 (2023) 第 089310 号

人间试炼游戏 . 2

REN JIAN SHI LIAN YOU XI. 2

出 版 人：刘志松
责任编辑：何　方
责任技编：冼志良
责任校对：李瑞苑

广东旅游出版社出版发行
地址：广州市荔湾区沙面北街 71 号首、二层
邮编：510130
电话：020-87347732（总编室）　020-87348887（销售热线）
投稿邮箱：2026542779@qq.com
印刷：嘉业印刷（天津）有限公司
（地址：天津市静海经济开发区北区银海道 48 号）
开本：700 毫米 ×980 毫米　1/16
字数：416 千
印张：22.5
版次：2023 年 8 月第 1 版
印次：2025 年 5 月第 7 次印刷
定价：58.00 元